A GUARDIÃ

Melissa Marr

A GUARDIÃ

Tradução de Débora Fleck

Título original
GRAVEMINDER

Esta é uma obra de ficção. Todos os personagens, incidentes e diálogos são da imaginação da autora e não devem ser interpretados como reais. Qualquer semelhança com acontecimentos reais ou pessoas, vivas ou não, é mera coincidência.

Copyright © 2011 *by* Melissa Marr

Todos os direitos reservados.
Nenhuma parte desta obra pode ser reproduzida ou transmitida por qualquer forma ou meio eletrônico ou mecânico, inclusive fotocópia, gravação ou sistema de armazenagem e recuperação de informação sem a permissão escrita do editor.

Direitos para a língua portuguesa reservados com exclusividade para o Brasil à
EDITORA ROCCO LTDA.
Av. Presidente Wilson, 231 – 8º andar
20030-021 – Rio de Janeiro – RJ
Tel.: (21) 3525-2000 – Fax: (21) 3525-2001
rocco@rocco.com.br / www.rocco.com.br

Printed in Brazil/Impresso no Brasil

Preparação de originais
BEATRIZ D' OLIVEIRA

CIP-Brasil. Catalogação na fonte.
Sindicato Nacional dos Editores de Livros, RJ.

M322g   Marr, Melissa
          A guardiã/Melissa Marr; tradução de Débora Fleck.
         – Rio de Janeiro: Rocco, 2012.

         Tradução de: Graveminder
         ISBN 978-85-325-2776-9

          1. Ficção norte-americana. I. Fleck, Débora. II. Título.

12-2957   CDD-813
                               CDU-821.111(73)-3

Para o dr. Charles J. Marr, professor e poeta, tio e inspiração, obrigada pelos anos de conversas e cartas e por incentivar o meu amor pela literatura. Eu te amo, tio C.

AGRADECIMENTOS

AGRADEÇO ÀS MINHAS ENÉRGICAS *PUBLISHERS*: LISA GALLAGHER (sim, o nome do bar é em sua homenagem), por adquirir o livro, e Liate Stehlik, pelo apoio ao longo do caminho. Às minhas adoráveis agentes, Merrilee Heifetz e Sally Wilcox, pelo entusiasmo insano enquanto me afogava num mar de dúvidas. E às minhas editoras, Jennifer Brehl, pelas ideias iniciais (principalmente quanto aos trajes de Charlie e quanto à taverna), e Kate Nintzel, pelas ótimas observações editoriais, energia incansável e postura fantástica.

Não poderia ter escrito este livro sem a ajuda do "Agente funerário Todd" (W. Todd Harra), que respondeu as minhas perguntas constantes sobre o "ofício sombrio", deixou que eu lesse sua coleção de histórias fúnebres e leu *A guardiã* para garantir que eu usara os detalhes e a terminologia corretamente. Obrigada por tudo. (Observação: é evidente que qualquer erro relacionado à atividade deve ser imputado a mim. Todd fez um belo trabalho ao me ensinar, mas tenho certeza de que nem sempre sou a melhor das alunas.)

Além de Todd, tenho uma lista de grandes amigos que leram o texto, ouviram minhas divagações e, fora isso, seguraram minha mão durante essa jornada. Agradeço a todos vocês, em especial a Jennifer Barnes, Mark Del Franco, Rachael Morgan e Jeaniene Frost.

Meu agradecimento também a Stephanie Kuehnert por "emprestar" suas incríveis presilhas de cabelo para Amity.

Pai, mãe, obrigada por ajudar na questão da compra de armas por Alicia (aqui e no conto) e pela inabalável fé habitual. Vocês sem dúvida são os melhores pais que alguém poderia ter.

E, como sempre, a maior dívida de gratidão vai para o meu marido, Loch, e nossos filhos absurdamente pacientes. Obrigada por não me trancarem no escritório quando estava nas partes mais alucinadas da revisão. Sei que em alguns dias foi preciso muito esforço.

PRÓLOGO

M AYLENE COLOCOU UMA DAS MÃOS SOBRE A LÁPIDE PARA SE APOIAR. A cada dia ficava mais difícil levantar-se do chão. Os joelhos já tinham lhe causado bastante problema, mas nos últimos tempos a artrite começara a se instalar nos quadris. Ela sacudiu a terra das mãos e da saia e tirou uma pequena garrafa do bolso. Evitando com cuidado os brotos verdes de tulipa que havia plantado, despejou o conteúdo do frasco sobre o solo.

– Aqui está, querido – sussurrou. – Não é a mesma aguardente caseira que costumávamos tomar, mas é o que tenho para dividir.

Passou a mão pela parte superior da lápide. Não havia restos de relva acumulados nem teias de aranha se estendendo do alto. Ela cuidava dos mínimos detalhes.

– Você se lembra daqueles dias? A varanda dos fundos, a luz do sol e os potes de conserva – disse ela, fazendo uma pausa diante do encanto da recordação. – Éramos tão bobos naquela época... pensando que havia um mundo inteiro lá fora a ser conquistado...

Quanto a Pete, era pouco provável que respondesse: os que eram enterrados e tratados da forma correta não abriam a boca.

Ela prosseguiu em suas rondas pelo cemitério de Sweet Rest, parando para limpar a sujeira acumulada nas lápides, despejar um pouco de bebida no solo e pronunciar suas palavras. Aquela era a última parada na agenda da semana, mas nem por isso ela tratava com menos cuidado dos residentes. Para uma cidade pequena, Claysville tinha um número grande de adros e cemitérios. Por lei, qualquer pessoa que nascesse dentro dos limites da cidade deveria ser enterrada lá. Por isso, o lugar contava com mais residentes mortos do que vivos. Às vezes Maylene se perguntava o que aconteceria se os vivos soubessem do pacto que os fundadores da cidade haviam feito, mas, sempre que abordava o assunto com Charles, era ignorada. Algumas batalhas ela não podia vencer – por mais que desejasse.

Ou por mais que fizessem um sentido danado.

Ela deu uma espiada no céu que escurecia. Já passava da hora de voltar para casa. Desempenhava sua tarefa tão bem que durante quase uma década não apareceram visitantes, mas continuava indo embora ao pôr do sol. O hábito de uma vida inteira não perdia a força mesmo quando deveria perder.

Ou não.

Maylene tinha acabado de enfiar o frasco no bolso da frente do vestido quando viu a garota. Era muito magra – a barriga côncava aparecia por baixo da camiseta rasgada. Estava sem sapatos e a calça jeans apresentava furos nos joelhos. Uma mancha de sujeira podia ser vista na bochecha esquerda, parecendo um blush mal aplicado. Embaixo dos olhos havia um borrão de delineador, como se ela tivesse caído no sono sem tirar a maquiagem. A garota percorreu o cemitério bem cuidado sem se ater às trilhas e sim cruzando pela grama, até parar em frente a um dos mausoléus familiares mais antigos, ao lado de Maylene.

– Eu não estava te esperando – murmurou Maylene.

Os braços da garota projetavam-se em ângulos esquisitos – não exatamente numa postura beligerante com as mãos nos

quadris, mas tampouco de forma relaxada –, como se não estivessem por completo sob o controle dela.
— Vim para encontrá-la.
— Não sabia. Se eu soubesse...
— Isso não importa agora – disse a garota, demonstrando uma atenção inabalável. – *Você* está aqui.
— É... estou.
Maylene decidiu recolher a tesoura de jardinagem e o regador. Havia terminado o trabalho com as escovas de esfregar e já empilhara a maior parte dos suprimentos. As garrafas tilintaram quando ela jogou o regador dentro do carrinho de mão.
A garota parecia triste. Seus olhos enegrecidos estavam encobertos por lágrimas que, até então, não fora capaz de derramar.
— Vim para encontrá-la.
— Eu não tinha como saber – disse Maylene, estendendo o braço para arrancar uma folha grudada no cabelo da garota.
— Não importa. – Ela levantou a mão suja, as unhas exibindo um esmalte vermelho descascado, mas não parecia ter ideia do que fazer com os dedos estendidos. Em sua expressão, temores de uma menininha lutavam contra uma bravata adolescente. A bravata venceu. – Estou aqui agora.
— Então tudo bem.
Maylene pegou a trilha em direção a uma das saídas. Tirou a chave antiga de dentro da bolsa, girou-a na fechadura e abriu o portão. Ele fez um leve chiado. *Talvez seja bom falar sobre isso com Liam*, disse a si mesma. *Ele nunca consegue lembrar sem um pouco de insistência.*
— Você tem pizza? – perguntou a garota, com uma voz delicada. – E achocolatado? Adoro aqueles achocolatados.
— Com certeza consigo arranjar alguma coisa para você.
Maylene ouviu a própria voz estremecer. Estava ficando velha demais para surpresas. Encontrar a garota ali – *naquele*

estado – já passava até de uma surpresa. Não era para estar lá. Seus pais não deviam tê-la deixado vagar assim. Alguém deveria ter entrado em contato com Maylene antes de se chegar àquele ponto. Havia leis em Claysville.

Leis que eram mantidas em vigor apenas por essa razão.

Elas saíram pelo portão e chegaram à calçada. Fora das fronteiras de Sweet Rest, o mundo não era tão ordenado assim. O calçamento havia rachado e por entre as fendas brotavam ervas daninhas espigadas.

– Pisar numa lacuna quebra a coluna – sussurrou a garota, forçando os pés descalços no cimento rachado e sorrindo para Maylene. – Quanto maior a lacuna, pior a dor – acrescentou.

– Essa parte não rima.

– Não mesmo, não é? – Ela inclinou a cabeça por um momento. – Quanto maior a *ruptura*, pior a *fratura*. Agora funciona.

Enquanto caminhava, balançava os braços sem sincronia com seus passos, fora do ritmo normal. Seu caminhar se mostrava firme, mas o padrão era irregular. Os pés pisavam no calçamento com tanta força que o cimento rachado se rompia.

Em silêncio, Maylene empurrou o carrinho de mão pela calçada, até chegarem à entrada da garagem de sua casa. Ela parou e, com uma das mãos, tirou o frasco do bolso para esvaziá-lo. Com a outra mão, checou a caixa de correio. No fundo havia um envelope dobrado, selado e endereçado. Seus dedos tremeram, mas ela inseriu o frasco dentro do envelope, fechando-o e devolvendo-o à caixa. Levantou a bandeirola vermelha para sinalizar ao carteiro que recolhesse o pacote. Se ela não voltasse para recuperá-lo de manhã, ele seguiria para Rebekkah. Por um momento Maylene descansou a mão na lateral da caixa envelhecida, desejando ter tido coragem de contar a Rebekkah o que ela precisava saber antes daquela ocasião.

— Estou com fome, senhora Maylene — apelou a garota.
— Desculpe. Vou pegar algo quente para você comer. Vou...
— Está tudo bem. Você vai me salvar, senhora Maylene. — A garota olhou para ela com um ar de verdadeira felicidade. — Sei disso. Sabia que se te encontrasse tudo ficaria bem.

1

Fazia anos que Byron Montgomery não pisava na casa dos Barrow. Houve um tempo em que passava por lá todos os dias para encontrar a namorada de escola, Ella, e sua meia-irmã, Rebekkah. As duas partiram cerca de dez anos antes, e pela primeira vez ele se sentia grato por isso. A avó de Ella e Rebekkah jazia agora no chão da cozinha envolta em uma poça de sangue parcialmente coagulado. Sua cabeça, retorcida, formava um ângulo insólito, e o braço fora dilacerado. O sangue parecia vir principalmente desse ferimento. Havia um hematoma semelhante a uma marca de mão na parte superior do braço, mas era difícil distingui-lo em meio a toda quantidade de sangue.

– Você está bem? – perguntou Chris, postando-se na frente dele e bloqueando a visão do corpo de Maylene.

O delegado não era um homem de estatura excepcional, mas, como todos os McInneys, tinha um semblante que chamava atenção sob qualquer circunstância. O porte e a musculatura que no passado faziam de Chris uma figura fácil de ser vista em uma boa briga de bar agora o tornavam o tipo de delegado que inspirava confiança.

– O quê? – Byron esforçava-se para olhar apenas na direção de Chris e evitar o corpo.

– Você não vai passar mal por causa do... – Chris apontou para o chão – sangue e tudo o mais?

– Não – respondeu Byron, balançando a cabeça.

Um agente funerário não podia ficar nauseado diante da visão – ou do cheiro – da morte. Ele havia trabalhado por oito anos em casas funerárias fora de Claysville até que cedeu ao insistente impulso de voltar para sua cidade natal. No tempo em que esteve longe, pôde ver os resultados de mortes violentas, mortes de crianças, mortes demoradas. Lamentou muitas delas, apesar de se tratar de estranhos, mas nunca chegou a passar mal. Agora tampouco passaria mal, porém ficava mais difícil não se envolver quando o morto era alguém conhecido.

– Evelyn trouxe roupas limpas para ela – comentou Chris ao se recostar na bancada da cozinha, enquanto Byron notava que o jato de sangue não atingira aquele canto.

– Você já recolheu as provas ou...?

Byron parou de falar antes de terminar a frase. Não sabia o que precisava ser feito. Já perdera a conta de quantos corpos havia recolhido, mas nunca de uma cena de crime tão recente. Não era patologista nem atuava em investigações forenses; seu trabalho só começava depois, fora do local do homicídio. Pelo menos tinha sido assim nos outros lugares. Agora que voltara, nada mais acontecia do jeito como ele estava acostumado. A pequena cidade de Claysville era diferente daquelas por onde andou perambulando. Só percebeu a *extensão* dessa diferença quando foi embora... ou talvez quando retornou.

– Se eu já recolhi as provas do *quê*? – questionou Chris, fixando os olhos nele de forma tão agressiva e ameaçadora que faria muita gente se acovardar. Mas Byron se lembrava da época em que o delegado era um dos garotos de sua turma – dos que entravam na mercearia da Shelly e compravam cerveja quando Byron ainda não tinha idade suficiente para isso.

– Do crime – respondeu ele e apontou para a cozinha.

Uma mancha de sangue desenhara um arco no chão, em frente aos armários. Sobre a mesa havia um prato e dois copos, prova de que uma segunda pessoa estivera ali, ou que Maylene servira dois copos para si mesma. *Então ela devia conhecer seu agressor.* Uma cadeira estava tombada no chão. *Ela havia lutado.* Um pedaço de pão e várias fatias cortadas permaneciam sobre uma tábua. *Ela confiava no agressor.* A faca de pão fora lavada e era o único item descansando no pequeno escorredor de madeira ao lado da pia. *Alguém – o agressor? – tinha limpado tudo.* Ao tentar entender o que via ali, Byron pensou que talvez Chris simplesmente não quisesse falar sobre as provas. *Será que ele vê alguma coisa que eu não vejo?*

O técnico de laboratório, que Byron não conhecia, entrou na cozinha. Ele não pisou no sangue que estava no chão, mas se tivesse pisado, os sapatos já estavam protegidos por botinas. A ausência do equipamento parecia indicar que já havia realizado seu trabalho.

Ou que não faria coisa alguma.

– Aqui. – O técnico estendeu aventais e luvas de látex descartáveis. – Imaginei que fossem precisar de ajuda para removê-la.

Depois de colocar o avental e as luvas, Byron desviou o olhar na direção de Chris. O esforço em se manter paciente desaparecera. Ele precisava saber.

– Chris, é a Maylene e... apenas diga que você tem algo capaz de... Sei lá, ajudar a decifrar quem é o assassino ou pelo menos *alguma pista.*

– Esqueça isso. – Chris balançou a cabeça, afastando-se da bancada. Ao contrário do técnico, pisava com todo o cuidado. Dirigiu-se para a porta que dava na sala, esquivando-se do corpo e atraindo o olhar de Byron. – Apenas faça o seu trabalho.

– Pode deixar. – Byron pôs-se de cócoras, começou a estender os braços e em seguida olhou para cima. – É seguro tocá-la? Não quero atrapalhar se você ainda for recolher...

– Faça o que for preciso. – Chris não olhava para Maylene enquanto respondia. – Não consigo ir adiante até que você a retire daqui, e não é justo deixá-la assim. Portanto, vá em frente. Leve-a embora.

Byron abriu o zíper do saco onde iria colocar o cadáver. Em seguida, desculpando-se em silêncio diante da mulher que um dia ele acreditou que faria parte da família, gentilmente transferiu o corpo com a ajuda do técnico. Ainda sem fechar o saco, ajeitou-se e tirou as luvas agora sujas de sangue.

O olhar de Chris se voltou para o corpo de Maylene. Sem fazer barulho, ele pegou outro saco, agora descartável – para depositar os resíduos de risco biológico –, e o empurrou na direção do técnico. Depois se agachou e fechou o zíper do saco onde estava o cadáver, tirando-o de vista.

– Não é certo que ela esteja assim – declarou o delegado.

– E não é certo contaminar o exterior do saco – completou Byron, colocando com cuidado as luvas e o avental dentro do recipiente descartável.

Chris pôs-se de joelhos, fechou os olhos e sussurrou algumas palavras. Em seguida, levantou-se e disse:

– Vamos logo. Você precisa tirá-la daqui.

Lançou um olhar acusatório na direção de Byron, que, por um breve momento, desejou rosnar como resposta. Não significa que não lamentasse pelos mortos. Ele *lamentava*. Dava muita atenção a eles – tratava-os com mais cuidado do que muitas pessoas recebiam ao longo da vida –, mas não ficava choramingando. Não podia agir assim. O distanciamento era tão fundamental quanto as outras ferramentas de um agente funerário: sem isso o trabalho se tornava impossível.

Algumas mortes o abalavam mais do que outras, e a de Maylene era uma delas. Ela havia ocupado um cargo na casa funerária da família de Byron e cultivara uma longa amizade com o pai dele. Fora isso, foi responsável pela criação das duas únicas mulheres que ele um dia amou. Era praticamente da família, mas isso não significava que ele iria sofrer *ali*.

Em silêncio e com cautela, Byron e Chris carregaram Maylene para o catre que Byron deixara do lado de fora da casa. Logo depois, posicionaram o corpo dentro do carro fúnebre.

Quando a traseira do carro foi fechada, Chris respirou aliviado. Byron tinha lá suas dúvidas se o delegado já havia participado de alguma investigação de assassinato. Apesar de todas as excentricidades, Claysville era a cidade mais segura que conhecia. Durante a infância e a adolescência, não se dera conta de como isso era incomum.

– Chris, sei de algumas pessoas que talvez possam ajudá-lo.

O delegado assentiu com a cabeça, sem olhar para Byron.

– Diga ao seu pai que... – pronunciou Chris, com a voz cortada. – Diga a ele que vou ligar para Cissy e as meninas – emendou, depois de limpar a garganta.

– Pode deixar.

Chris estava indo embora quando parou perto da mesma porta lateral pela qual haviam saído.

– Presumo que *alguém* terá que avisar a Rebekkah. E é provável que a Cissy não ligue para ela. Ela precisa vir para cá o mais rápido possível – declarou o delegado, sem olhar para trás.

2

REBEKKAH PASSOU A MAIOR PARTE DO DIA FORA DE CASA, VAGANdo pelo Gas Light District com um caderno de rascunho debaixo do braço. Naquele momento estava sem projetos e, ao mesmo tempo, não se sentia inspirada para criar nada por conta própria. Algumas pessoas lidam bem com uma disciplina diária, mas ela sempre fora o tipo de artista que precisava ter um prazo ou então estar obcecada por um propósito. Infelizmente, isso queria dizer que não sabia para onde canalizar a inquietude que experimentava, portanto decidiu dar uma volta, levando consigo um caderno e uma câmera antiga. Depois de perceber que nem o desenho nem a fotografia ajudariam, voltou para casa e se deparou com mais de dez chamadas perdidas de um número desconhecido – e nenhuma mensagem.

– Dia agitado e ligações aleatórias... O que você acha, Querubim? – divagou Rebekkah, enquanto olhava pela janela e alisava as costas do gato.

Ela estava em San Diego havia apenas três meses, mas a comichão voltara. Ainda dispunha de quase dois meses antes de Steve retornar para reaver o apartamento, mas já se sentia pronta para partir.

Hoje parece pior.

Era como se nada estivesse no devido lugar. O resplandecente céu azul da Califórnia parecia pálido; o pão de frutas vermelhas que ela havia comprado na padaria do outro lado da rua estava sem sabor. Em geral, sua irritabilidade não se convertia no embotamento dos sentidos, mas naquele dia tudo apresentava uma aura entorpecida.

– Talvez eu esteja doente. O que você acha?

O gato malhado no parapeito da janela balançou o rabo.

A campainha soou no andar de baixo e Rebekkah deu uma espiada pela janela. O motorista do serviço de entregas já estava de volta à caminhonete.

– De vez em quando seria bom que uma entrega fosse de fato *entregue* em vez de ser apenas largada, podendo pegar chuva, ser pisada ou até mesmo roubada – resmungou Rebekkah, enquanto descia os dois lances de escada para alcançar a porta de entrada.

Do lado de fora, nos degraus do prédio, havia um envelope marrom endereçado a ela com a caligrafia fina e alongada de Maylene. Rebekkah agachou-se para pegá-lo e quase o deixou cair ao perceber qual era o conteúdo.

– Não!

Ansiosa, rasgou o envelope, e a parte de cima esvoaçou até o chão, aterrissando perto de um vaso de ave-do-paraíso junto à porta. O frasco prateado de sua avó estava aninhado dentro do grosso pacote e um lenço branco com um rendado delicado havia sido amarrado em volta dele.

– Não! – repetiu.

Subiu correndo os lances de escada, um tanto desnorteada. Entrou no apartamento como um furacão, agarrou o celular e na mesma hora ligou para a avó.

– Cadê você? – sussurrava, enquanto continuava ouvindo o toque do outro lado. – Atenda o telefone. Por favor, por favor. Atenda.

Ligou várias vezes para os dois números de Maylene, mas nem o telefone de casa nem o celular – que a própria neta havia insistido que a avó carregasse – respondiam.

Segurou o frasco entre as mãos. Ele nunca estivera longe de Maylene desde que Rebekkah se entendia por gente. Quando saía de casa, ele ia dentro da bolsa. No jardim, ficava em um dos bolsos fundos do avental. Em casa, seu lugar era na bancada da cozinha ou na mesinha de cabeceira. E a cada funeral que Rebekkah havia comparecido junto com a avó, lá estava ele.

Rebekkah adentrou o quarto escuro. Sabia que Ella estava pronta para ser enterrada, mas o velório só começaria dali a uma hora. Fechou a porta com o maior cuidado, tentando ficar em silêncio, e foi até o final do quarto. As lágrimas escorriam pelo rosto, pingando no vestido.

– Não faz mal chorar, Beks.

Ela passou os olhos pelo quarto escuro, detendo-se nas cadeiras e nos arranjos de flores, até que viu a avó sentada em uma poltrona confortável localizada em um canto.

– Maylene... Eu não... Pensei que eu estivesse sozinha com... – olhou para Ella – com... Achei que apenas ela estivesse aqui.

– Ela definitivamente não está aqui – disse Maylene, sem desviar a atenção para Rebekkah nem sair da poltrona. Permaneceu na sombra, com o olhar fixo em sua neta de sangue, em Ella.

– Ela não podia ter feito isso – desabafou Rebekkah.

Naquele momento sentia raiva de Ella. Não confessaria a ninguém, mas sentia. O suicídio fez todo mundo chorar, embaralhou tudo. Julia, a mãe de Rebekkah, ficou louca: passou a vasculhar o quarto dela em busca de drogas, ler o seu diário e vigiá-la de perto. Jimmy, seu padrasto, começou a beber no dia em que Ella foi encontrada e, pelo visto, ainda não tinha parado.

– Venha cá – murmurou Maylene, em meio à escuridão.

Rebekkah foi até lá e deixou que a avó a enlaçasse em um abraço perfumado de rosas. Ela afagou o cabelo da neta e proferiu palavras delicadas, em uma língua desconhecida. Foi aí que Rebekkah derramou todas as lágrimas que estava segurando até então.

Quando ela parou, Maylene abriu uma enorme bolsa e tirou de dentro um frasco prateado, gravado com rosas e parreiras que se enroscavam formando duas iniciais: A.B.

— Remédio amargo — explicou Maylene, inclinando o frasco para dar um gole. Em seguida o ofereceu a Rebekkah.

Com a mão trêmula e úmida de suor e muco, ela o pegou e bebeu um pouco do líquido. Começou a tossir ao sentir uma queimação se propagar da garganta em direção ao estômago.

— Você não é sangue do meu sangue, mas é tão minha quanto ela era — disse Maylene enquanto se levantava e pegava o recipiente de volta. — E agora mais ainda.

Ela ergueu o frasco, como se estivesse fazendo um brinde, e disse:

— Dos meus lábios para os seus ouvidos, seu canalha. — Enquanto bebia do uísque, apertava a mão de Rebekkah. — Ela foi muito amada e continuará sendo.

Maylene olhou então para a neta, estendendo o frasco. Em silêncio, Rebekkah tomou um segundo gole.

— Se algo me acontecer, cuide do túmulo dela, cuide durante três meses. Da mesma forma como quando você vai comigo, tome conta dos túmulos — implorou Maylene, com a voz firme, apertando mais forte a mão de Rebekkah. — Prometa.

— Prometo — respondeu ela, sentindo o coração acelerar. — Você está doente?

— Não, mas sou uma velha senhora — retrucou, largando a mão de Rebekkah para tocar em Ella. — Pensei que você e Ella Mae iriam... — emendou, balançando a cabeça. — Preciso de você, Rebekkah.

— Claro — assegurou a neta, com certo tremor.

— Três goles para garantir. Nem um a mais nem um a menos — afirmou Maylene e estendeu o frasco pela terceira vez. — Três nos seus lábios durante o enterro. Três na terra por três meses. Entendeu?

Assentindo com a cabeça, Rebekkah deu o terceiro gole. Enquanto isso, Maylene se inclinava para beijar a testa de Ella.

— *Agora durma. Você consegue me ouvir? Durma bem, minha garota, e permaneça onde eu a deixar.*

Rebekkah ainda estava agarrada ao telefone quando ele tocou. Pelo visor, pôde perceber que o código de área era o mesmo de Maylene, mas não se tratava de nenhum de seus números.

— Maylene?
— Rebekkah Barrow? — perguntou uma voz de homem.
— Sou eu.
— Rebekkah, é melhor você se sentar. Está sentada?
— Sim, estou — retorquiu ela, mentindo. As palmas das mãos suavam. — Sr. Montgomery? É o que...
— Sinto muito, Rebekkah. Maylene está...
— Não — Rebekkah o interrompeu. — Não!

Ela deslizou parede abaixo enquanto o mundo saía de foco, e desmoronou no chão ao notar que seus medos haviam se confirmado. Fechou os olhos à medida que o peito se enchia de uma dor que não experimentava fazia tempos.

— Sinto muito, de verdade. — A voz de William se tornou ainda mais suave. — Tentamos te ligar várias vezes ao longo do dia, mas nós estávamos com o número errado.

— Nós?

Rebekkah se deteve antes de perguntar por Byron. Estava apta a lidar com uma crise sem tê-lo por perto. Ele já não estava mais ao seu lado havia muitos anos, e ela vinha se virando muito bem. *Mentirosa.* Sentiu certo entorpecimento, uma necessidade de chorar, de gritar, um sofrimento engasgado que ainda não podia expressar. Ouviu as mesmas perguntas sussurradas que fazia para si mesma quando Ella morreu. *Como pôde não me contar? Por que não me chamou, não foi atrás de mim? Por que eu não estava lá?*

— Rebekkah?
— Estou aqui. Desculpe... Eu só...

— Eu sei — respondeu William, fazendo uma pausa. — Maylene *precisa* ser enterrada dentro das próximas trinta e seis horas. Você tem que voltar para casa esta noite. Agora.

— Eu... ela...

Na verdade, não havia palavras. Rebekkah ficava desconcertada diante da tendência, em Claysville, de se adotarem procedimentos "biossustentáveis" para os enterros, que consistiam em não embalsamar os corpos. Não queria que a avó retornasse à terra: queria que ela estivesse viva.

Maylene está morta.
Assim como Ella.
Assim como Jimmy.

Rebekkah segurava o telefone com tanta força que as extremidades do aparelho marcaram a sua mão.

— Ninguém me ligou... o hospital... ninguém me avisou nada. Eu estaria lá se tivessem me ligado.

— Estou ligando agora. Você precisa vir imediatamente.

— Não consigo chegar aí tão rápido assim. O velório... não vai ser possível chegar *hoje*.

— O enterro é amanhã. Pegue um voo noturno.

Ela começou a pensar no que precisaria fazer. *Apanhar o cesto de Querubim. O lixo. Esvaziar o lixo. Regar a hera. Tenho alguma roupa adequada para vestir?* Havia uma série de tarefas a executar. *Precisava se concentrar nisso. Nas tarefas. Ligar para a companhia aérea.*

— Obrigada. Por tomar conta dela, quero dizer. Fico grata... grata não... — interrompeu ela. — Na verdade, preferia que você não tivesse ligado, mas isso não a traria de volta, traria?

— Não — respondeu ele, suavemente.

A morte de Maylene soava naquele instante como algo monumental, como se houvesse pedras nos pulmões de Rebekkah, tornando difícil qualquer movimento, sequestrando o espaço destinado ao ar.

— Ela já estava doente havia muito tempo? Eu não sabia. Passamos o Natal juntas, mas ela nunca comentou nada. Parecia bem. Se eu soubesse... eu... eu... estaria lá. Não tinha a menor ideia até você ligar.

Depois de uma longa pausa, William disse:

— Entre em contato com a companhia aérea, Rebekkah, marque um voo o quanto antes. As perguntas podem esperar.

3

WILLIAM LARGOU O TELEFONE SOBRE A ESCRIVANINHA, EMPURRANdo-o para longe.

— Ela está a caminho. Você podia ter ligado para ela. Provavelmente *devia* ter ligado.

— Não — respondeu Byron.

Sentado ao lado da escrivaninha do pai, ele olhava a página com os números riscados de Rebekkah. Alguns estavam com a caligrafia de Maylene e outros com a da própria Rebekkah. Ela estava ainda pior do que ele. *Isso não significa que preciso ir correndo ficar ao seu lado.* Não agiria com crueldade — nem *conseguiria* —, mas também não correria atrás dela, à espera de outro pé na bunda.

— Julia não virá com ela. Nem em uma situação dessas ela voltaria a Claysville — disse William, olhando fixo para Byron. — Rebekkah vai precisar de você.

Ele encarou o olhar do pai.

— E, apesar de tudo, estarei aqui. Você sabe disso e ela também.

— Você é um bom homem — concluiu William, inclinando a cabeça.

Ao ouvir isso, Byron desviou o olhar. Não se sentia um bom homem. Estava cansado de tentar levar a vida sem Rebekkah — e era totalmente incapaz de levar a vida com ela. *Porque ela não consegue esquecer o passado.* O desejo de Byron de estar disponível para Rebekkah lutava contra as lembranças da última vez em que se falaram. Estavam do lado de fora de um bar em Chicago e ela deixara bem claro que não o queria em sua vida. *Nunca, B. Você não entende? Eu nunca vou ser aquela garota, nem para você nem para ninguém*, ela meio soluçou, meio gritou, *em especial para você*. Quando acordou na manhã seguinte, sabia que ela fora embora de novo. Desaparecera tantas vezes enquanto ele dormia que sempre ficava um pouco surpreso quando ela continuava ao seu lado de manhã.

William afastou-se da escrivaninha. Por um momento apertou os ombros do filho e depois seguiu em direção à porta.

Talvez fosse apenas para evitar o assunto sobre o qual Byron não queria pensar, mas continuava sendo uma verdade que precisava ser enfrentada.

– Rebekkah só morou aqui por poucos anos e faz *nove anos* que não está mais na cidade – disse Byron, fazendo uma pausa até que o pai o olhasse de novo. – Ela também terá algumas perguntas.

No entanto, William não se intimidava com facilidade. Apenas assentiu e disse:

– Eu sei. Será contado a Rebekkah o que ela precisa saber *quando* for preciso que ela saiba. Maylene era muito clara quanto a como lidar com os negócios. Mantinha tudo em ordem.

– E o planejamento de Maylene... está tudo no arquivo inexistente dela? Eu procurei, sabia? Ela possuía uma mesa aqui, mas não existe nenhum papel em cima dela. Nenhum plano. Nada pago de forma antecipada. Nada. – Byron mantinha a voz constante, mas a frustração que sentia pelos anos de perguntas sem resposta parecia prestes a transbordar. – Qualquer dia desses você terá que parar de manter segredos para que um dia eu me torne um sócio de verdade na casa funerária.

– Tudo o que você tem que saber hoje é que Maylene não precisava de arquivo. As mulheres da família Barrow não pagam taxas, Byron. Existem tradições em Claysville.

William virou-se e foi embora. Seus passos foram abafados pelo macio carpete cinza que forrava os corredores.

– Certo – resmungou Byron. – Tradições.

Essa desculpa já havia se desgastado muito antes de ele deixar Claysville no dia seguinte à formatura do ensino médio, e nos oito anos posteriores não se tornou nem um pouco mais palatável. Na verdade, a frustração dessas discussões sem resposta só ficou ainda mais premente. As tradições ali iam além de excentricidades de cidade pequena. Havia algo diferente em Claysville, e Byron tinha certeza de que o pai sabia o que era.

Cidades normais não sugam as pessoas de volta.

A maior parte dos habitantes nunca se mudara. Nasceram, cresceram e morreram dentro dos limites da cidade. Byron só percebeu o quanto estava firmemente enraizado em Claysville quando foi embora – e na mesma hora sentiu necessidade de voltar. Achou que fosse diminuir, mas a necessidade de retornar para casa só aumentou com o passar do tempo. Cinco meses atrás – depois de oito anos resistindo, sem conseguir amenizar a necessidade –, ele entregou os pontos.

Naqueles anos em que esteve fora, tentou ficar em pequenos vilarejos, dizendo a si mesmo que talvez não tivesse o perfil para morar em cidades grandes. Em seguida, convencia-se de que estava no vilarejo *errado*, na cidade *errada*. Experimentou lugares tão pequenos como manchas de poeira e outros maiores, e ainda mais cidades. Tentou morar em Nashville, em Chicago, em Portland, em Phoenix e em Miami. Mentia para si mesmo, colocando a culpa de cada mudança no clima, na poluição, na cultura errada, no relacionamento errado, na casa funerária errada. *Em tudo, menos na verdade.* Em oito anos, morou em treze lugares – embora, de fato, alguns tenham sido por apenas poucos meses – e a cada mudança não conseguia deixar de pensar que o passo seguinte deveria ser para casa. No momento em que cruzou o limite da cidade, todo aquele gosto de viajar que ele não foi capaz de satisfazer se dissipou. O torniquete que aos poucos apertava seu peito ao longo dos anos desapareceu de repente.

Será que Bek vai sentir o mesmo?
Ela só vivera em Claysville poucos anos. Foi para lá com a mãe, no começo do ensino médio, e antes da formatura já tinham ido embora. De alguma forma, aqueles três anos foram decisivos para os últimos nove anos da vida dele. Ella morreu, Rebekkah partiu e ele passou os nove anos seguintes sentindo falta das duas.

Byron ouviu a voz do pai no escritório da gerência, perguntando sobre os preparativos para o velório e o enterro. Depois de se certificar de que estava tudo em ordem, William desceu até a sala de preparação para inspecionar o corpo de Maylene. Deram-lhe um banho e a vestiram. O cabelo e a maquiagem faziam-na parecer um tanto viva. Entretanto, como era tradicional em Claysville, não fora embalsamada. Seu corpo seria restituído à terra sem mais toxinas além dos vestígios persistentes daquelas que ingeriu ao longo dos anos.

Tradição.

Essa era a única resposta que sempre lhe davam para isso e para inúmeras outras questões. Houve épocas em que achava que aquela simples palavra não passava de uma desculpa conveniente, uma maneira de dizer "este não é um assunto a ser discutido", mas a verdade era que, até onde Byron sabia, a maior parte da cidade não via necessidade de mudar as tradições. Não era tão simples quanto um conflito de gerações: todos pareciam confusos quando ele questionava as tradições locais.

Com um ruído abafado e surdo, Byron empurrou a cadeira para trás e foi procurar o pai. Encontrou-o no topo da escada, descendo para as salas de preparação e depósito.

– Pai, estou de saída. Vou até a casa dos Barrow, dar uma olhada por lá. A não ser que precise de mim...

– Sempre preciso de você.

As rugas no rosto de William dividiam-se entre marcas de expressão e de preocupação, mas, independentemente do nome que se dê, o fato é que lembravam a Byron que o pai estava envelhecendo. Ele tinha quase cinquenta anos quando o filho nasceu, então, enquanto a maioria de seus amigos cuidava dos netos, William era um pai de primeira viagem. Muitos de seus amigos – como Maylene – já tinham morrido, mas, diferentemente dela, todos morreram de causas naturais.

– Aqui. Precisa de mim *aqui*? – perguntou Byron, com mais suavidade.

– Lamento não poder te dar agora todas as respostas que deseja, mas... – A pressão de William sobre a maçaneta da porta ficou um pouco mais forte – ... existem regras.

– Eu voltei para casa. Estou aqui por você.

– Eu sei – disse William, assentindo.

– Você sabia que eu voltaria.

Não era uma pergunta, não exatamente, mas William respondeu assim mesmo.

– Sabia. Nosso lugar é em Claysville, Byron. É uma cidade boa. Segura. Você pode construir uma família aqui, sabendo que você e os seus estarão protegidos do mundo lá fora.

– Protegidos? – repetiu Byron. – Maylene acabou de ser assassinada.

Por um momento, as feições de William, já desgastadas pelo tempo, pareceram ainda mais deterioradas.

– Não deveria ter acontecido. Se eu soubesse, se ela soubesse... – respondeu o pai, piscando para afastar lágrimas evidentes. – Coisas desse tipo não acontecem com frequência por aqui, Byron. É um lugar seguro, diferente de qualquer lugar lá fora. Você esteve lá fora. Você sabe.

– Você fala como se existisse um outro mundo fora de Claysville.

O suspiro de William revelava o que ele não dissera: estava tão frustrado quanto Byron em relação àquelas conversas circulares.

– Me dê mais alguns dias e terá as respostas. Eu gostaria... gostaria que você não fizesse tantas perguntas, Byron.

– Sabe o que ajudaria? Respostas. – Byron fechou os olhos por um momento antes de encarar o pai. – Preciso de ar.

William assentiu, afastando-se, mas não tão rapidamente a ponto de Byron perder a expressão de arrependimento. Ele abriu a porta e desapareceu lá dentro, fechando-a com um leve clique.

Byron virou-se e saiu pela porta lateral. A Triumph estava estacionada atrás da casa funerária, sob um grande salgueiro. Vista pelos fundos, a casa se parecia com a maioria das outras residências da vizinhança. O jardim era cercado por estacas de madeira desbotadas e uma longa varanda coberta tinha duas cadeiras de balanço e um balanço. As azaleias, o jardim de ervas e os canteiros de flores – cuidadosamente planejados e replanejados por sua mãe ao longo de anos – continuavam florescendo, da mesma forma como acontecia quando ela ainda estava viva. Os carvalhos e os salgueiros pareciam iguais a como eram na infância dele, fazendo sombra no jardim e em parte da varanda. Aquela normalidade não levantava suspeitas de que lá dentro cuidava-se dos mortos.

O cascalho rangeu sob as botas dele, conforme empurrava a moto adiante por alguns metros. Mesmo agora era difícil escapar a antigos hábitos, e o estrondo das motocicletas do lado de fora da janela da cozinha sempre incomodara sua mãe. Ele balançou a cabeça. Às vezes desejava que ela saísse de casa para infernizá-lo por ter deixado rastros de lama no chão ou por espalhar cascalho ao sair, irritado de novo com o pai. Mas os mortos não voltam.

Quando era garoto, achava que eles voltavam. Certa noite, jurou ter visto Lily English sentada na varanda, mas seu pai o fez ficar quieto, levando-o de volta para a cama, enquanto a mãe ficou sentada na mesa da cozinha chorando. Naquela semana, ela arrancou todo o canteiro de flores para replantar, e Byron suspeitou que sua imaginação e seus pesadelos não fossem os únicos transtornos decorrentes do fato de viverem tão perto dos mortos. Seus pais não brigavam com muita frequência, mas só se ele fosse muito desligado não perceberia a tensão crescente entre eles ao longo dos anos. Amavam um ao outro, mas ser a mulher do agente funerário representava um desgaste para a mãe dele.

Byron foi penetrando aos poucos no tráfego escasso e então acelerou. O vento bateu forte em seu rosto, como se estivesse indo de cara contra uma parede. As vibrações do motor e as curvas da estrada levaram-no a entrar em um estado zen, de paz interior. Enquanto dirigia, não pensava em nada – nem em Lily English nem em sua mãe nem em Rebekkah.

Bom, talvez ainda pensasse em Rebekkah.

Mas também seria possível deixar isso para trás. Era provável que não conseguisse escapar de Claysville, mas conseguiria escapar das lembranças por algum tempo. Ele acelerou, atingindo o nível máximo do velocímetro e deslizando tão rapidamente nas curvas que era preciso se inclinar muito perto do chão de forma perigosa. Não era liberdade, mas era o mais próximo disso que encontrou.

4

WILLIAM FICOU PARADO DIANTE DA QUIETUDE DA SALA DE PREPAração. Maylene estava muda sobre a mesa em frente a ele. Havia partido. Ele sabia disso. O corpo não era ela, não era a mulher que ele amou durante grande parte da vida.

– Mesmo agora, quero pedir sua opinião. Detesto ter que tomar o próximo passo sem você.

Ele ficou de pé ao lado da mesa fria de aço, onde os dois permaneceram lado a lado por mais vezes ao longo dos anos do que ele era capaz de contar.

– *Você alguma vez se arrepende?*

Ela não olhou para cima ao fazer a pergunta. Sua mão continuou pousada sobre o peitoral do filho. Jimmy não enfrentara bem a perda de sua família. Ao contrário dos pais, era feito de matéria mais delicada. Maylene e James eram determinados. Precisavam ser assim para conseguir criar uma família e ganhar a vida.

– Não, não pelo que fazemos.

Maylene ergueu o olhar, deixando de observar o filho.

– *Você se arrepende pelo que não fizemos?*

– Mae, você sabe que essa conversa não vai ajudar nenhum de nós dois. – Ele colocou o braço em volta dos ombros dela. – Nós éramos quem éramos quando fomos chamados. Você já estava casada. Eu encontrei Annie. Eu a amava, e ainda amo.

– *Às vezes fico pensando... se eu não tivesse tentado construir uma vida tão diferente do que poderíamos ter tido...*

– Não. Você e o James tiveram uma vida boa. Annie e eu também tivemos.
Ele não se aproximou de Maylene. Depois de algumas décadas como seu parceiro, sabia esperar até que ela estivesse pronta para ser confortada.
– Meu marido está morto, minha neta está morta e agora meu filho. – As lágrimas escorriam pelas rugas de seu rosto. – Minha Cissy e minhas duas netas de sangue estão revoltadas com o mundo. Beks não é filha de sangue de Jimmy, mas faz parte da família agora. É minha. É tudo o que me resta.
– E eu. Estarei ao seu lado até o fim – disse ele, lembrando-a de novo, como já havia feito várias vezes antes.
Maylene afastou-se do corpo do filho e permitiu que William a abraçasse.
– Não posso deixar que ela me odeie, Liam. Não posso. Ela ainda não pode saber. Ela nem mesmo nasceu aqui.
– Mae, estamos ficando muito velhos para prosseguir com isso. As crianças já estão mais do que crescidas...
– Não – declarou ela, afastando-se. – Tenho uma filha que me odeia, duas netas que não têm capacidade para lidar com isso e Beks. Ela só morou em Claysville por poucos anos. Por ora vou deixá-la ir embora. Byron quer ficar longe daqui, viver um pouco. Você sabe que ele quer. Deixe os dois passarem um tempo fora.
William fez o que sempre fazia quando Maylene precisava de alguma coisa: concordou.
– Mais alguns anos.
Agora ele estava parado no mesmo lugar – a diferença é que desta vez não havia mais escolha. Byron precisava saber e Rebekkah também. Nos anos seguintes à morte de Jimmy, William sugeriu isso várias vezes, mas Maylene sempre recusava.
– Não temos mais escolha, Mae – disse ele, olhando para baixo, na direção do corpo inerte dela. – Gostaria de poder protegê-los por mais tempo. Gostaria de ter conseguido proteger você.

No entanto, aquele era o *xis* da questão: ele não conseguiu. Depois de passar metade da vida ao lado dela, os dois se tornaram muito confiantes. Ela dera conta de tanta coisa que ele praticamente esqueceu o que poderia acontecer.

Praticamente.

A cada mês a chance estava lá, e até que ele apresentasse o filho para o sr. M., a cidade ficaria desprotegida. Abominava o que Byron e Rebekkah estavam sendo convocados a fazer, mas já passava da hora.

– Eles são fortes o suficiente. – William roçou os dedos na face de Maylene. – E ela irá perdoar-lhe, Mae, da mesma forma como perdoamos os que vieram antes de nós.

5

Quando Byron parou na entrada da casa de Maylene e desligou o motor, não ficou surpreso ao ver Chris recostado no carro de polícia. Tinha visto o delegado circulando uma hora antes e, naquele momento, se perguntou se ganharia uma multa ou apenas um sermão.

– Sua mãe o comeria vivo se visse como está dirigindo – disse Chris, com os braços cruzados sobre o peito. – Você sabe disso.

– Sem dúvida – concordou Byron, após tirar o capacete.

– Está tentando ser preso? – perguntou Chris, com um ar carrancudo.

– Não – respondeu Byron ao descer da moto.

– Morrer?

– Não, também não. Só precisava relaxar. *Você* tem que entender isso – explicou Byron, com calma. – Vi você bater várias vezes quando a gente estava no ensino médio.

– Bom, ganhei mais bom senso... e agora preciso tomar conta das crianças. Você se livrou de uma multa hoje, mas não vá pensando que vou sempre olhar para o outro lado. – Chris balançou a cabeça, saindo do carro. – Pelo visto você quer entrar lá de novo, não é?

A simplicidade do comentário fez Byron parar por um momento. As leis eram relativas em Claysville. Chris e o Conselho Municipal eram o primeiro e o último passo para todas as questões legais – e às vezes para as sociais também. Se estivessem em qualquer outro lugar onde Byron morou, ele não conseguiria entrar com tanta facilidade na casa de uma mulher morta. Se estivessem em uma cidade decente, não poderia esperar que a polícia abrisse a porta para sua curiosidade. Ali, se Chris o autorizava a entrar, isso era o equivalente a ter um mandato.

Byron tirou a jaqueta e colocou-a sobre o assento.

— Diga que você recolheu provas capazes de dar *algum* sentido a isso.

Chris tinha seguido em frente, mas parou por um instante e olhou de volta para Byron com uma postura nitidamente contestadora — os ombros para trás, o queixo erguido e os lábios arqueados em um sorriso que não era lá muito amigável.

— Por que você está sendo difícil? Não adianta nada, Byron. — Chris esperou até que ele o alcançasse. — Maylene está morta e, seja lá o que tenha acontecido, já é um fato consumado. Ela morreu, a porta estava aberta e alguma coisa a mordeu.

— Você não pode pensar isso. Eu *vi* o corpo. Podemos buscar impressões digitais ou... alguma pista. — Byron não era detetive, não sabia que indícios procurar nem se os reconheceria ao se deparar com eles. — Me deixe contactar algumas pessoas. Conheci uma mulher em Atlanta que estava terminando uma formação em investigação forense. Talvez ela pudesse vir até aqui e...

— Por quê?

— *Por quê?* — Byron parou no meio do degrau. — Para descobrir quem matou Maylene.

Chris lançou para ele o mesmo olhar impenetrável com que William sempre o encarava. Era irritante ver essa expressão no rosto de um homem que no passado já havia farreado muito com ele.

— Eles provavelmente já partiram há muito tempo. Não faz sentido sair por aí em busca de um vagabundo qualquer. Maylene está morta, acabou. Não vai ajudar em nada ficar fazendo perguntas. Nem você nem Bek.

Byron fez uma pausa. Não chegou a falar, mas esta *era* parte da questão: queria ter alguma coisa a dizer quando encarasse Rebekkah. Pelo menos tivera isso quando sua mãe morreu, uma explicação, alguma espécie de resposta. Não diminuiu a dor da perda, mas ajudou.

Não posso protegê-la disso. Não posso resolver nada... tampouco consigo lidar com ela me culpando de novo.

– Apenas abra – pediu Byron, apontando para a chave na mão de Chris.

Chris enfiou a chave na fechadura e abriu a porta.

– Vá em frente, então.

Era a segunda vez em vinte e quatro horas que Byron cruzava a soleira que havia ficado quase uma década sem atravessar. Uma das últimas vezes tinha sido quando Ella e Rebekkah tentaram fazê-lo passar furtivamente pela janela do andar de cima. As duas faziam sinal para que ele ficasse calado e davam risadinhas. Em seguida os três caíram empilhados, bêbados demais para conseguir fazer qualquer outra coisa.

– Ela vai precisar de um ombro amigo, acima de tudo. Sei que vocês tiveram o seu... não importa agora, mas você tem que dar apoio a ela.

Chris parou logo na entrada. A cozinha agora estava impecável. Nenhum prato aguardava no escorredor de louça. Nada de sangue no chão.

– Já limparam tudo – constatou Byron.

Ele não sabia ao certo o que esperava encontrar, mas o fato era que qualquer pista que pudesse achar tinha sido apagada com o alvejante cujo odor ainda podia ser sentido.

– Claro que limparam. – Chris balançou a cabeça. – A Rebekkah não pode chegar e dar de cara com o sangue de Maylene nas paredes. Você queria isso?

– Não, mas... – Byron ficou passeando com as mãos. – Como vamos descobrir quem fez isso se já alvejaram, aspiraram e sabe lá o que mais fizeram por aqui? Maylene foi *assassinada*.

— Talvez você devesse levar suas preocupações para o Conselho. — Chris não o seguiu para dentro da casa. — Se você for se sentir melhor dando uma olhada aí pelos cantos, vá em frente. Só encoste a porta quando terminar.

Byron respirou fundo, com calma, mas não respondeu.

— Te vejo no enterro amanhã... com Rebekkah? — Essa pequena frase de Chris resumiu todas as perguntas que ele não estava verbalizando: você conseguiu falar com ela? Ela está vindo? Você vai ajudá-la?

— Sim — confirmou Byron.

— Ótimo. — O delegado se afastou, deixando Byron sozinho.

Porque não existe cena do crime a ser preservada. Nenhum senso de justiça ou de privacidade nem droga nenhuma que faça sentido.

Byron começou a percorrer a casa. Se soubesse o que era normal no lar de Maylene por aqueles dias, seria mais fácil ver o que estava fora de ordem. *Ou se ainda não tivessem feito a limpeza.* A cozinha sempre pareceu excessivamente grande, mas em uma antiga casa de fazenda isso não era tão estranho. Por outro lado, a despensa era suficiente para fazê-lo imaginar se cada pessoa em Claysville escondia algum tipo de excentricidade. Anos antes, as meninas tinham sido categóricas ao explicar que eles nunca deveriam abrir aquela porta, e na época ele nem ligou. Agora permanecia estático, sem fala. O cômodo em si era do tamanho de algumas cozinhas que ele teve fora de Claysville. As prateleiras iam do chão ao teto, e ele percebeu que havia trilhos no piso de modo a fazer com que as da primeira fila deslizassem para frente e para o lado. Atrás dessas ainda era possível ver outra série de prateleiras abastecidas. Maylene estocava comida suficiente para alimentar toda a cidade.

Ele puxou uma prateleira à frente e à esquerda.
– Caramba – murmurou.
De cima a baixo estava tudo tomado por garrafas de uísque. Dispostas uma ao lado da outra, todas tinham os rótulos voltados para frente e estavam separadas por marca, em cinco fileiras.
Maylene nunca pareceu ser alcoólatra, não exalava o mesmo cheiro das garrafas e, a menos que estivesse administrando um bar clandestino, não havia motivos para estocar aquela quantidade de bebida. Ainda que se embebedasse todas as noites, levaria anos para ingerir aquele tanto. Se tinha sido sempre assim, agora não era difícil imaginar onde Ella e Rebekkah conseguiam, no passado, seu interminável suprimento de bebidas.
Byron acessou a prateleira seguinte e viu de novo o excesso de estoque, só que dessa vez as garrafas não tinham rótulos e o líquido era transparente. Pegou uma delas e girou a tampa. Não era preciso romper nenhum lacre.
Aguardente caseira?
Resolveu cheirar. Não tinha aroma algum.
Aposta errada.
Mergulhou um dedo no gargalo e depois levou-o à boca.
– Água?
A água da cidade era testada de forma regular. Não havia nada de errado com ela. Os donos de mercearias evitavam se abastecer com muita água engarrafada, acreditando que comprar esse recurso era uma ideia estúpida, e aquelas garrafas com certeza não provinham de nenhum armazém.
– Não entendo.
Byron examinou a garrafa, girando-a, olhando o fundo e o verso da tampa. A única identificação era uma data escrita com uma caneta preta indelével no lado de baixo. *Água engarrafada de forma caseira, uma boa destilaria de uísques e comida suficiente para anos de sustento.* A menos que estivesse se pre-

parando para catástrofes apocalípticas, aquilo não fazia sentido. Maylene não era mais religiosa que o resto de Claysville e definitivamente não parecia estar se planejando para algum tipo de Armagedom.

Fora isso, armazenar comida e bebida não explicam por que alguém resolveria matá-la.

Byron fechou a porta da despensa e colocou a garrafa de água sobre a bancada. Subiu as escadas. Não sabia para onde enviar uma amostra de modo que pudesse ser testada, mas já era um começo.

Exceto pelo fato de que água contaminada não resulta em corpos dilacerados.

No andar de cima tudo parecia estar na mais perfeita ordem. Até as camas estavam feitas. No banheiro que Ella e Rebekkah um dia compartilharam, alguém tinha arrumado uma toalha de mão, outra de banho e um daqueles pequenos sabonetes em forma de concha. Muito acolhedor.

No quarto de hóspedes, que no passado havia sido o quarto de Rebekkah, um edredom estava dobrado ao pé da cama. E, sobre a mesinha de cabeceira de Maylene, tinham sido dispostos lençóis limpos, como se a pessoa que fez a arrumação não tivesse certeza se trocar a roupa de cama era uma boa ideia ou não. Byron também não tinha muita certeza. Quando a mãe dele morreu, o pai manteve os pertences dela intactos durante meses, chegando a ponto de, volta e meia, borrifar no ambiente o perfume que ela usava. A sombra de sua presença perdurou muito tempo após ter partido.

Por um momento ele cogitou se sentar, mas não era capaz de fazer isso. Uma coisa era entrar na casa de Rebekkah em busca de alguma pista, *qualquer* pista para responder às perguntas que ela sem dúvida faria. Outra completamente diferente era se sentir em casa.

Ele parou no vão da porta, recordando a primeira vez em que Rebekkah precisou lidar com a morte de uma pessoa querida.

Rebekkah estava sentada à beira da cama. As lágrimas encharcavam seu rosto e ela soluçava engolindo saliva e arfando ao mesmo tempo. Ele já tinha visto pessoas em sofrimento profundo – soluços eram normais em uma casa funerária. No entanto, naquelas vezes não se tratava de Rebekkah. Vê-la sofrer era diferente.

Byron se aproximou, abraçando-a.

– Ela partiu – disse Rebekkah, recostada no peito dele. – Morta, B. Ela está morta.

– Eu sei.

Ele conseguia ver que Maylene os observava do corredor. Ela não entrou, mas, em vez disso, inclinou a cabeça para ele, em sinal de aprovação.

Rebekkah agarrou a camisa dele com as mãos, para mantê-lo perto, de forma que ele ficou com os braços em volta dela até que o choro se transformasse em choramingos.

– Por quê? – perguntou ela, levantando o rosto e olhando para ele. – Por que ela está morta?

Mas ele também não tinha respostas. Ella vinha agindo de maneira estranha nos últimos dias. De repente resolveu terminar com ele, de manhã. Os dois nunca haviam brigado, discutido, e até aquela semana ele achava que a namorada estivesse feliz.

O que aconteceu?

Praticamente só conseguia pensar nisso a partir do momento em que ela disse não querer mais nada com ele. Ella não parecia estar com raiva, apenas triste. Byron não contou nada disso a Rebekkah. Ainda não. Em poucos dias a situação mudou de forma radical: antes ele tinha uma namorada e uma grande amiga; depois passou a sentir medo de perder as duas porque ele e Rebekkah haviam se beijado; e agora, naquele momento, via-se abraçado a Rebekkah enquanto tentavam entender a morte de Ella.

Era nossa culpa?

– Não me deixe. Prometa. – Rebekkah se afastou, mas manteve a mão agarrada à camisa dele enquanto o olhava. – Ela nos deixou, e agora... Ela podia ter falado com a gente o que estava errado. Podia ter me dito alguma coisa. Por que não se abriu comigo?

– Não sei, Bek.

– Prometa, Byron. – Rebekkah enxugava o rosto furiosamente.

– Prometa que não vai manter segredos ou ir embora ou...

– Prometo.

Ele sentiu uma pontada de culpa ao perceber como parecia certo fazer aquela promessa a Rebekkah. A irmã dela, sua namorada, estava morta. Byron só deveria pensar em Rebekkah como uma amiga – mas o fato é que já não pensava mais assim muito antes de Ella morrer.

E Ella sabia.

– Prometo – repetiu ele. – Nada de segredos, nada de te deixar. Nunca.

Foi Rebekkah quem partiu, menos de um ano depois. Deixou Claysville e o deixou.

– Como vou dizer a ela que você foi *assassinada*, Maylene?
– perguntou ele para o quarto vazio.

Abriu a porta dos outros quartos. O terceiro, antigo quarto de Ella, não estava arrumado. A cama situava-se em um quarto anônimo, lotado de tralha. Maylene não construíra um santuário para a neta morta, nem fez isso para o filho morto. O quarto que fora de Jimmy servia de depósito agora. Nele, mais caixas se amontoavam e havia muito entulho, mas nenhuma cama. Tanto o quarto de Ella quanto o de Jimmy pareciam não ter sido tocados pelo assassino e pela pessoa que limpara a casa.

Byron desceu as escadas e pegou a garrafa de água. Saiu da casa, certificou-se de que a porta estava trancada e então parou.

Uma adolescente estava montada na moto e balançava as pernas para frente e para trás.

– Ei!

Ela levantou a cabeça.

– Sim?

– Fora da minha moto!

Ele saiu da varanda e cruzou o gramado, mas, quando a alcançou, hesitou um pouco. Segurar uma garota – independentemente da razão – não era para se fazer de modo leviano.

Ela deu um pulinho e dobrou as pernas junto de si. Em seguida saltou para trás, deixando a moto ficar entre eles. Por um momento observou-o. Sua testa enrugou-se, demonstrando confusão evidente.

– Ela está morta. A mulher que mora aqui.

– Você a conhece?

Byron tentou identificar a garota, mas só estava de volta a Claysville havia poucos meses e não se lembrava de tê-la visto em nenhum lugar. Tampouco se parecia com algum conhecido dele, portanto não podia considerar que era filha ou irmã de alguém.

– Eles pararam de trazer o leite dela. – Ao olhar para a varanda, desviando dele, a expressão em seu rosto ficou triste. – Ontem tinha leite, mas hoje não tem. Estou com fome.

– Entendo.

Byron assimilou a calça puída e o rosto sujo da garota. Não existiam abrigos para sem-teto em Claysville. E ele nem tinha certeza se havia algum orfanato. Os parentes acolhiam aqueles que precisavam de um lar e os vizinhos repassavam aos mais necessitados qualquer excedente que conseguissem acumular.

Ele abriu o casaco para pegar o telefone.

– Você tem uma casa? Parentes aqui na cidade? Posso ligar para alguém vir te buscar.

– Não, não vou a lugar nenhum. Não agora – sussurrou.

A pele da nuca de Byron se arrepiou, mas quando ele desviou o olhar do telefone para a menina, ela já tinha ido embora.

6

Ao sair da casa de Maylene, Christopher pegou o carro e foi direto encontrar o rabino Wolffe. O jovem rabino estava na escala de serviço daquela semana.

A partir do que lera em livros e vira na televisão, Christopher sabia que em Claysville os assuntos eram conduzidos de forma peculiar. Na administração da cidade, o prefeito contava com um Conselho Municipal dividido entre representantes religiosos e seculares. Qualquer membro que renunciasse escolhia o próprio substituto – assim como fazia o prefeito. Entre a cidade propriamente dita e os arredores havia menos de quatro mil habitantes vivos, mas sob a liderança do prefeito Whittaker e do Conselho, Claysville não apresentava quase nenhum crime grave. Era raro alguém se mudar dali, e os poucos que iam embora sempre voltavam. A cidade era segura, previsível e, para garantir que continuasse assim, os líderes colocavam em prática políticas para lidar com anomalias. O delegado só precisava seguir o protocolo.

– Odeio essa parte.

Christopher desligou o motor, mas continuou dentro do carro por mais um minuto. O rabino era relativamente novo na cidade, portanto tendia a esquecer que havia alguns tópicos que grande parte dos cidadãos não podia discutir. Ele e o restante dos membros do Conselho nunca experimentavam o mal-estar que todos os que *não* faziam parte do Conselho sentiam quando assuntos proibidos eram abordados.

A porta da casa bem cuidada do artesão se abriu, e o rabino saiu para a ampla varanda da frente. Sem dúvida estava trabalhando: enfiara um lápis atrás da orelha e as mangas da camisa tinham sido dobradas. Para o rabino, o trabalho com livros era uma distração tão boa quanto os projetos de marcenaria que iniciara na cidade: ambas as atividades requeriam que ele arregaçasse as mangas.

Christopher saiu do carro e fechou a porta.

– Tudo em ordem, delegado? – gritou o rabino Wolffe. A pergunta não foi feita em tom alarmante, mas os dois sabiam que Christopher não passaria por ali se tudo estivesse em ordem.

– Achei que a gente poderia conversar um minuto, se você tiver tempo – respondeu, seguindo pela entrada de pedras.

– Sempre.

O rabino deu um passo para o lado e fez sinal para que ele entrasse na casa.

– Prefiro ficar aqui fora, rabino – disse Christopher, sorrindo. Gostava do jovem rabino, e ficava feliz por ele ter escolhido ir para Claysville, mas conversas muito longas com ele sempre levavam a dores de cabeça.

– O que posso fazer por você?

– Existem alguns detalhes estranhos sobre a morte da sra. Barrow – respondeu Christopher, mantendo a voz branda. – Não que eu ache que a cidade inteira precise saber, mas pensei que você pudesse falar sobre isso com o Conselho. Talvez um de vocês pudesse fazer uma visita a William.

– Há alguma questão em particular que devemos contar a ele?

Christopher encolheu ligeiramente os ombros.

– Desconfio que ele saiba. Ele viu o corpo dela.

Rabino Wolffe assentiu.

– Vou convocar o Conselho para uma reunião hoje à noite. Você sabe...

– Não, não sei de nada. E também não quero saber.

— Tudo bem — disse o rabino, cujas feições pareciam indecifráveis. — Obrigado, delegado.

Christopher encolheu de novo os ombros.

— Só estou fazendo o meu trabalho, rabino.

Em seguida ele se virou e voltou para o carro o mais rápido que pôde. Não fugia de brigas nem nada parecido, mas não queria tomar conhecimento do que não precisava saber. Qualquer um que prestasse atenção entenderia que existem muitos momentos nos quais evitar perguntas é a melhor forma de fazer as coisas darem certo.

7

Depois de resolver algumas incumbências e dar um longo passeio para espairecer, Byron se acomodou no Gallagher's, seu refúgio noturno habitual. Era o melhor tipo de taverna: piso e balcão de madeira, mesas de sinuca, jogo de dardo, cerveja gelada e bebida de qualidade. Ali podia pensar que estava em um bar como o de qualquer outra cidade e, em geral, conseguia relaxar – tanto nos horários em que o estabelecimento estava aberto quanto depois do fechamento.

Não esta noite.

A princípio estava indo bem, mas, à medida que a noite foi se esticando, parecia cada vez mais nervoso. Olhou o relógio pela terceira vez num curto espaço de tempo e pensou em ir até o aeroporto. Droga, tinha começado a dirigir até lá mais cedo, mas acabou parando e dando meia-volta. *Duas vezes.* Por mais que quisesse ver Rebekkah, não sabia ao certo se isso seria de alguma ajuda, então sentou no bar e disse a si mesmo que o fato de ser recebida por um agente funerário – *ainda mais sendo eu* – não faria o ânimo dela melhorar.

– Está tomando alguma coisa ou vai ficar só esquentando o banco, Byron? – perguntou Amity, sorrindo para aliviar a provocação. Ela estava se mostrando um passatempo bem-vindo desde que ele voltara a Claysville. Não exigia nada e nunca pedia mais do que ele era capaz de oferecer. – Byron? – insistiu ela, com um tom menos seguro dessa vez.

– Estou bebendo – respondeu ele, batendo de leve no copo vazio.

Após lançar um olhar inquisidor, Amity pegou o copo dele e encheu de gelo. Ela era bonita e tinha muita atitude. O cabelo louro-claro estava penteado para trás com presilhas em forma de mãos de esqueleto; óculos vermelhos de armação grossa emolduravam os olhos escuros bastante carregados de maquiagem em tons de roxo e cinza. Suas curvas eram acentuadas por uma blusa preta apertada que trazia estampado um monstro de desenho animado e as palavras TEM ESTACAS? na frente e TEM PRATA? nas costas. Era quatro anos mais nova do que ele, portanto, na época da escola ainda não tinha idade suficiente para se fazer notar. Porém, desde o seu retorno à cidade ele vinha reparando nela. Amity era descomplicada, e Byron conseguia lhe dar exatamente o que Rebekkah queria dele: nenhum vínculo, nenhum empecilho, nenhuma conversa sobre o futuro.

Talvez eu tenha mudado.

Amity apenas disparou um olhar na direção dele, sem falar nada enquanto servia uma dose tripla de uísque em seu copo.

Ele estendeu o cartão de crédito.

Com uma das mãos ela apoiou o copo em um novo descanso na frente dele e com a outra pegou o cartão.

– Vai ficar tudo bem.

– O quê?

Ela deu de ombros e se virou para a caixa registradora.

– As coisas.

– As coisas – repetiu ele, devagar.

– É. Vai ficar tudo bem. Você precisa acreditar que... É o que todos nós estamos fazendo desde que ela morreu – explicou Amity, sem olhar para cima.

Byron ficou paralisado. As palavras dela denunciavam o pouco que eles conversaram até então. Ele não sabia quase nada sobre a vida dela, seus interesses, sobre ela.

– Maylene?

– Claro. – Ela passou o cartão e, enquanto esperava sair a impressão, colocou a garrafa de volta no lugar vazio da prateleira. – Maylene era boa gente.

Byron fez uma pausa, deu um gole na bebida e perguntou:
– Ela frequentava o bar? Nunca encontrei com ela aqui.
– Ela vinha, mas não muito. – Amity se recostou no balcão por um momento e direcionou o olhar para ele. – Eu a conhecia mais por causa da minha irmã. Maylene ia às reuniões do Conselho e Bonnie Jean assumiu um lugar lá no ano passado. Então...

Byron olhou de novo para o relógio. O voo de Rebekkah já devia ter aterrissado.

– Ei.

Um toque delicado atraiu sua atenção: era Amity passando a mão por cima da sua. Ele ficou observando e em seguida seu olhar gravitou entre a mão dela e seus olhos.

– Vai ficar tudo bem. Você *precisa* acreditar nisso – assegurou Amity.

– Por que você parece ter alguma informação que eu não tenho?

– A maior parte das pessoas não consegue ir embora como você fez. Às vezes alguém que fica por aqui acaba sabendo de certas coisas... coisas diferentes do que aqueles que puderam sair. – Ela apertou a mão dele. – Mas acho que você sabe de algo que *eu* não sei.

Byron não se afastou, mas fez uma pausa. Em geral, Amity mantinha com ele conversas amenas – isso se chegassem a conversar. Ele tomou um longo gole da bebida, para ganhar tempo.

– Relaxa – disse ela, rindo. – Nada de vínculos, certo? Você acha que estou mudando as regras do jogo ou algo parecido?

Ele sentiu a tensão sendo escoada conforme ela ria.

– Não – mentiu ele.

– Então... depois que eu fechar... – Ela deixou a proposta pairando no ar.

Na maioria das vezes ele ficava até o fechamento apenas se estivesse disposto a aceitar a proposta. Essa noite não podia. Era ridículo se sentir culpado, mas era assim que se sentia. Não conseguiria ficar com Amity agora que Rebekkah estava na cidade. E também não podia confessá-lo a Amity. Em vez disso, sorriu e disse:

– Fica para a próxima?
– Pode ser. – Amity se debruçou para beijar o rosto dele.
– Vá vê-la.

Ele segurou o copo com força, mas tentou manter uma expressão neutra.

– Quem?
– *Rebekkah* – respondeu Amity, balançando a cabeça.
– Rebek...
– Você vai se sentir melhor se tiver certeza de que ela chegou bem em casa.

Amity passou para ele a via do cartão de crédito e uma caneta.

– Como você...
– As pessoas comentam, Byron. Principalmente sobre vocês dois. – A expressão dela permanecia inalterada. – Mas saiba que *ela*, no entanto, nunca fala de você. Quando você esteve fora e ela passou por aqui, Maylene nos apresentou e ficamos nos conhecendo, mas ela não mencionou você *nem uma única vez*.

Por uns instantes, Byron deteve o olhar na via do cartão de crédito. Queria perguntar se ela ainda falava com Rebekkah, queria descobrir se Rebekkah sabia que ele e Amity... *Não que isso seja importante*. Ele agitou a cabeça. Rebekkah havia deixado tudo muito claro anos antes, e eles nunca mais se falaram desde aquela noite. Byron assinou o papel e colocou a cópia dentro do bolso. Em seguida olhou para Amity.

– Não sabia que vocês se conheciam.

– Nós dois não conversamos muito, não é, Byron? – Ela abriu um largo sorriso.

– Sinto mui...

– Não, *não* sente – disse ela, com firmeza. – Não quero palavras, Byron, muito menos palavras vazias. Continuo querendo o mesmo que você sempre me dá. Não deixe de vir me ver só porque Rebekkah está aqui.

– Rebekkah e eu... nós não...

– Venha me ver – interrompeu Amity. – Mas não esta noite. Já falei a Bonnie Jean que talvez precisasse de carona. Pode ir.

Byron se apoiou no balcão, esticando-se, e a trouxe para perto. Deu um beijo rápido em sua bochecha.

– Você está ruim de mira. – Amity bateu de leve nos próprios lábios.

Ele se curvou para beijá-la.

– Melhor?

Ela inclinou a cabeça e olhou-o de um jeito que, na maior parte das noites, teria indicado que não esticariam até a casa dela depois que o bar fechasse.

– Mais perto. Sem dúvida mais perto de ficar melhor.

– Da próxima vez, srta. Blue.

Ele pegou o capacete e, quando já estava na porta, ouviu a resposta dela.

– Espero que sim, Byron.

8

REBEKKAH PERMANECIA PARADA DIANTE DA ESTEIRA DE BAGAGENS. Àquela hora o aeroporto estava bem vazio, as lojas estavam fechadas e os portões, desocupados. Ela não parecia muito alerta, apesar das xícaras daquela porcaria que a companhia aérea tinha servido como café, mas se mantinha ereta, acordada e em movimento. Àquela altura, isso representava mais do que uma vitória.

Querubim, infeliz por estar dentro da caixa de transporte, miava desconsoladamente.

– Só mais um pouquinho, bebê – prometeu Rebekkah. – Vou te tirar daí quando a gente chegar...

As palavras minguaram assim que ela imaginou como seria chegar em casa e encontrá-la vazia. Nesta noite não haveria abraço perfumado de rosas para tornar tudo menos sombrio: Maylene estava morta. As lágrimas que Rebekkah vinha controlando nas últimas horas rolaram por seu rosto enquanto aguardava a bagagem. *Maylene não existe mais. Minha casa não existe mais.* Os poucos anos em que ela morou com Maylene, e os nove anos seguintes em que a visitava, fizeram com que Claysville se transformasse em lar, mas sem Maylene não havia motivos para voltar à cidade.

Rebekkah se recostou na parede verde desbotada e ficou olhando cegamente para o nada enquanto os demais passageiros pegavam seus pertences e iam embora. Ao fim, sua mala era a única que continuava girando. Em seguida a esteira parou.

– Você precisa de ajuda?

Rebekkah olhou para o homem que vestia um uniforme do aeroporto e piscou.
— Essa é a sua mala? — apontou ele.
— É sim — respondeu, endireitando-se. — Obrigada. Estou bem.
Ele a encarou e ela percebeu que tinha a face molhada de lágrimas. Enxugou-as depressa.
— Por que não me deixa...
— Obrigada, mas estou bem. De verdade. — Ela sorriu de modo a suavizar as palavras e seguiu até a esteira para pegar a mala.
Sem parecer convencido, o homem foi embora.
Rebekkah puxou a alça retrátil da mala, pegou Querubim e foi até o balcão de aluguel de carros. *Um passo de cada vez.* Poucos minutos depois, com a chave nas mãos, afastou-se dali e quase deixou o gato cair no chão.
Um homem de calça jeans, botas e jaqueta de couro gasta estava parado diante dela. O cabelo parecia um pouco mais comprido do que o habitual, roçando o colarinho, mas os familiares olhos verdes observando-a com cautela não tinham mudado.
— Byron?
A tentação de se jogar nos braços dele, como já fizera muitas vezes, era inacreditável, mas ele manteve a distância.
— Quanto tempo... — disse ele, fazendo uma pausa em seguida. Passou a mão no cabelo e abriu um sorriso tenso antes de continuar. — Sei que não nos separamos da melhor maneira possível, mas queria ter certeza de que você tinha chegado bem.
Ela o encarou, o seu Byron, ali. Os anos transcorridos deram-lhe mais arestas, sombras onde suas faces pareciam mais pronunciadas, olhos preocupados em demasia, mas os gestos continuavam os mesmos — assim como a prudência.
Fiz por merecer.

– Não sabia que você tinha voltado – declarou ela, de forma tola. Sua mão apertou a caixa de Querubim enquanto eles ficaram ali, naquele silêncio constrangedor que ela tanto temia quando pensava em encontrá-lo de novo.

Depois de um tempo, ele estendeu a mão, oferecendo ajuda.

– Me deixe pegar isso.

Quando ele alcançou a mala, ela afastou a mão depressa para evitar tocá-lo. O endurecimento de sua expressão deixou claro que ele percebeu a manobra, mas mesmo assim pegou a mala e fez sinal para que ela fosse na frente.

Depois de darem alguns passos em silêncio, Byron explicou:

– Já faz alguns meses que estou de volta.

– Não sabia. Maylene não me contou. – Não mencionou que não tinha perguntado nada, *nem teria perguntado*, a Maylene. Rebekkah chegara à conclusão de que a melhor maneira de lidar com Byron era fingir que ele não existia, que estava tão morto quanto Ella. Conseguir esse feito era muito mais difícil com ele andando ao seu lado. Em vez de olhá-lo, ficou observando a etiqueta na chave que tinha nas mãos, analisando-a detidamente, embora soubesse a marca e o modelo. – A última vez que ela falou de você foi... não me lembro quando. Pensei que você morasse em Nashville ou algum lugar naquelas bandas, não que eu estivesse vigiando a sua vida.

– Eu sei. – Ele abriu um sorriso meio torto, respirou fundo e então deu uma guinada na conversa para retornar a um território mais seguro. – Voltei há poucos meses. Estou aqui desde o final de dezembro.

– Ah. – A falta de descanso e o sofrimento aparentemente estavam tornando-a ridícula, porque admitiu: – Eu estive aqui no Natal.

– Presumi que fosse estar, então só voltei depois disso. – Ele andou com ela até o estacionamento da locadora de carros. – Não achava que precisávamos lidar com... nada disso naquele momento, então esperei até quando imaginava que você já teria voltado para onde quer que estivesse.

Ela não sabia o que falar. *Isso é o que eu queria, o que* pedi *a ele.* Infelizmente, aquela situação – parada ali, no estacionamento deserto, sentindo os efeitos do fuso horário, de luto – levava-a a querer esquecer tudo. *Foi você quem disse a ele para ficar longe da sua vida,* ela pregava um sermão a si mesma, como se as palavras fossem capazes de manter seu bom senso intacto.

Enquanto caminhavam, a voz dele, já embargada pelas doses de uísque, quebrou o silêncio.

– Disse a mim mesmo que ficaria fora do seu caminho, e farei isso se você quiser, mas não podia... Precisava ter certeza de que você tinha chegado a salvo. Prometi que te daria a sua distância e foi o que *fiz*. E farei. Só quero que saiba que estou aqui caso precise de um amigo nos próximos dias.

Rebekkah não sabia como responder. Tinham trocado palavras como aquelas por quase uma década. *Desde quando Ella ainda estava viva.* Sabia que o mais seguro era não encará-lo, que o mais inteligente era não se deixar atrair. Olhou de relance para ele e logo desviou o foco para o carro à sua frente.

– É esse aqui.

– Abra o porta-malas.

Ela abriu para ele colocar a mala lá dentro, e, enquanto isso, ajeitou a caixa de Querubim no banco traseiro. Depois parou ao lado da porta, insegura.

Ele estendeu a mão, para a qual ela ficou olhando inexpressivamente. Como ela não dizia nada, ele tomou a iniciativa.

– Você passou a noite toda em claro. Está exausta e triste. – Abriu os dedos dela e, com gentileza, pegou as chaves. – Me deixe levá-la para casa. Sem vínculos, Bek.

– Seu carro...

– Moto. É uma moto, não a mesma que tinha antes, mas... de qualquer forma, vai ficar bem aqui. – Ele deu a volta e abriu a porta do carona. – Me deixe fazer isso. Não posso resolver muita coisa, mas... daqui até a cidade leva pelo menos uma hora, e... bom, já estou *aqui*. Deixe-me ser um amigo esta noite. Depois disso, se me quiser longe, farei o meu melhor para ficar fora do seu caminho.

– Obrigada por vir até aqui e se oferecer para... por *ser* um amigo – disse ela, e então entrou no carro antes que se jogasse nos braços de Byron. Foi ele quem ficara ao seu lado durante os piores momentos de sua vida – a morte de Ella e de Jimmy – e agora estava ali, pronto para ajudá-la a passar por uma terceira perda. Apesar das vezes em que saíra de fininho no meio da noite, das palavras que tinha disparado contra ele, das ligações e visitas que havia ignorado, ele ainda queria ajudá-la a se recompor.

Rebekkah tinha muito que dizer: dar explicações, pedir desculpas e até mesmo lançar mão de pretextos, mas se manteve em silêncio quando ele abriu a porta do motorista e entrou no carro. E ele não a pressionou. Nunca tinha pressionado.

Ao deixarem o estacionamento, ela relaxou pela primeira vez desde que recebera o telefonema. Ele era a única pessoa restante no mundo que a conhecia de verdade, com seus defeitos e tudo. Era, ao mesmo tempo, reconfortante e surreal estar sentada ao lado de Byron. Quando ela se mudou para Claysville durante o ensino médio, ele era o namorado de Ella, mas, em vez de ignorar Rebekkah, fazia questão de incluí-la – tanto que ela começou a pensar nele como alguém mais que um amigo, tanto que uma vez, uma única vez, cruzou essa fronteira.

E então Ella morreu.

Depois disso, Rebekkah teve dificuldades para permanecer do lado certo da fronteira e, ao longo dos anos, ficou entrando e saindo da cama dele, mas tudo sempre acabava do mesmo jeito: Byron queria mais do que ela podia oferecer.

Ela lançou um olhar fugaz na direção do dedo anelar dele, e ele fingiu não notar.

– Você precisa parar em algum lugar?

— Não. Talvez. Quer dizer, não tenho certeza. — Ela respirou fundo. — Espero que os armários... que comida não seja um problema.
— Não. — Byron só desviou o olhar da estrada escura para vislumbrá-la rapidamente. Uma expressão hesitante cintilou pelo rosto sombreado dele. — Eles ainda não começaram a trazer todos aqueles pratos prontos, mas com certeza deve ter alguns na geladeira.
— Nada muda por aqui, não é? — murmurou ela.
— Não mesmo. — Ele emitiu um som que poderia ter sido uma risada. — É como se o mundo lá fora parasse no limite da cidade.
— Seu pai está bem?
— Ele finge que está. — Byron parou, como se medisse as palavras, e logo prosseguiu. — Você sabe que ele a amava?
— Sei.
Rebekkah descansou a cabeça na janela do carro.
— Sinto como se eu estivesse à deriva. Ela é... *era*...
Quando a voz dela pareceu vacilar, Byron a alcançou, entrelaçando seus dedos aos dela.
— Ela era minha rocha. Não importava quantas vezes eu me mudasse, quantos empregos eu não conseguisse manter, o quanto eu ferrasse *com tudo*. Ela era meu lar, minha família inteira. Não que minha mãe não seja ótima, ela é, mas... Sei lá, depois que Ella, e em seguida Jimmy... Às vezes, acho que ela nunca se recuperou dessas perdas. Maylene acreditava em mim. Achava que eu era melhor do que sou, melhor do que jamais poderia ser. Seu amor não era asfixiante, mas também não fazia eu me sentir culpada por pedi-lo. — Rebekkah sentiu as lágrimas brotarem de novo e piscou diante da visão enevoada. — Sinto como se tudo simplesmente tivesse *sumido*. Todos se foram. Toda a família Barrow. Só me resta a minha mãe.
Em termos técnicos, Rebekkah não era uma Barrow: tomou o nome para si quando sua mãe se casou com Jimmy.

Resolveu mantê-lo porque era o sobrenome de Maylene, de Ella e Jimmy. Eram sua família, não de sangue, mas por opção. Os únicos Barrow que sobraram – *além de mim* – eram os que a odiavam: a irmã de Jimmy, Cissy, e suas filhas.

Em resumo, Rebekkah queria que sua mãe tivesse ido também, mas nem sabia ao certo por onde Julia andava naquele momento. Assim como ela, a mãe acalentava um forte gosto por viajar. Mas, ao contrário dela, Julia nunca voltara a Claysville, nem mesmo para o enterro de Jimmy. Às vezes falava sobre ele e ficava claro que ainda o amava, mas seja lá o que tenha acontecido entre os dois foi o suficiente para que ela nunca mais pusesse os pés na cidade.

Rebekkah afastou a mão de perto de Byron.

– Sinto muito.

– Pelo quê?

– Você já lida com bastante gente chorando no seu ombro durante seu trabalho.

– Não faça isso, por favor. – A voz dele foi áspera, mas manteve a mão estendida, com a palma para cima. – Não use o meu trabalho como desculpa.

Ela queria ser mais forte, não queria deixá-lo entrar de novo, não queria abrir uma porta que teria de fechar outra vez em poucos dias, mas não conseguia. Nas melhores épocas, era um desafio resistir à atração que sentia por ele, e agora estava longe de ser uma época das melhores. Ela deslizou a mão de volta para junto da dele.

Pelos quarenta minutos seguintes, Byron dirigiu em silêncio, enquanto ela ficou olhando pela janela, observando Claysville despontar na paisagem. O trecho da estrada entre o aeroporto e os limites da cidade era deserto. Durante muitos quilômetros, só havia árvores sombreadas e o caminho eventual que parecia conduzir a uma escuridão mais profunda. Depois disso, ela viu à frente deles a placa que dizia BEM-VINDO A CLAYSVILLE. Quando cruzava aquela linha, sempre sentia ficar mais brando o aperto que nem se dava conta de que carregava. No passado, pensava que era porque encontraria Maylene, mas esta noite, com Byron ao seu lado, o sentimento de alívio parecia mais forte do que nunca. Antes que se desse conta, sua mão apertou a dele – ou talvez a pressão dele tenha surgido primeiro.

Ela se desvencilhou da mão de Byron assim que ele dobrou na rua de Maylene, estacionando o carro em frente à casa dela e desligando o motor.

Em silêncio, ele saiu e levou a mala de Rebekkah e a caixa com Querubim até a varanda da frente. Quando ele já estava voltando ao carro, Rebekkah abriu a porta lateral e deixou escapar um soluço. Ela se recusou a apoiar-se nele, mas, por um momento, a ideia de entrar ali parecia demais. Parou diante da porta, incapaz de cruzar a soleira.

Maylene não está aqui.

Byron não a tocou, e ela não tinha certeza se ficava contente ou não por conta disso. Se ele a tivesse tocado, ela desmoronaria, e uma parte dela precisava manter o controle. Outra parte, menos estável, só queria mesmo era desintegrar-se.

Com calma, ele disse:

– Se você precisar ficar em outro lugar, posso te levar até a pensão do Baptiste, ou pode ficar no meu apartamento e eu vou para outro canto. Não tem problema se você precisar de tempo para se recompor.

– Não – respondeu ela, respirando fundo. Destrancou a porta e entrou na casa. Byron a seguiu. Com a porta fechada, ela libertou Querubim.

E então ficou paralisada. Byron esperava no vão entre a cozinha e a sala de estar, e, por um momento, era como se o tempo tivesse voltado para trás.

Ela olhou para ele com um ar desamparado.

– Não sei o que fazer. Tenho a sensação de que devia estar fazendo alguma coisa. Ela está morta, B., e não sei como agir.

– Sinceramente? Você devia dormir um pouco. – Ele deu um passo na direção dela e então parou. O tempo não tinha voltado: havia anos de distância entre eles e palavras que não podiam ser apagadas. – Você está sentindo os efeitos do fuso horário, além de estar em choque. Por que não instalamos você e...

– Não. – Ela passou por ele e pegou uma manta que estava sobre a poltrona. – Eu vou. Só... não consigo. Ainda não... vou sair um pouco para ver as estrelas. Você pode vir comigo, ou pode ir embora. Estarei no balanço.

A expressão de surpresa no rosto de Byron desapareceu antes mesmo de se instalar por completo e ela não esperou para ver o que ele decidiu. Era egoísta da parte dela querer que ele ficasse, mas não ia tentar convencê-lo. *Ele foi me buscar. Não parece que me odeia.* Ela tirou os sapatos, abriu a porta da frente e foi para a varanda que cobria toda a extensão da casa. A madeira curtida era familiar sob seus pés. Como sempre, uma das tábuas, não exatamente a meio caminho entre a porta e o balanço, soltou um gemido quando ela caminhou por ali.

Talvez fosse ridículo, mas ela queria ao menos fingir que alguma coisa ainda era normal. Sair para ver as estrelas era normal, mesmo que a ausência de Maylene não fosse. Ela queria – *precisava* – que alguma parte dessa volta para casa permanecesse como sempre tinha sido.

Sentou-se no balanço da varanda. As correntes rangeram quando ela começou a balançar, fazendo-a sorrir de leve. *Aquilo* dava uma sensação boa. Era sentir-se em casa. Embrulhou-se na manta, olhou para as luzes oscilantes no céu e sussurrou:

– O que vou fazer sem você?

– Você está bem?

A voz na escuridão atraiu a atenção de Rebekkah. Uma garota de não mais que dezessete anos – *mais velha do que Ella nunca chegou a ser* – estava parada no gramado. As feições dela pareciam contraídas de tensão e a postura era cautelosa.

– Não, não muito. – Rebekkah desviou o olhar da garota, procurando os amigos dela, mas parecia estar sozinha.

– Você é parente de Maylene, não é? A tal que não é daqui?

Rebekkah apoiou os pés no chão, parando o movimento do balanço.

– Conheço você?

– Não.

– Então... você conhecia a minha avó? Ela partiu. Morreu.

– Eu sei. – A garota deu um passo à frente. Seu jeito de andar era desajeitado, como se tentasse se forçar a caminhar mais devagar do que o natural. – Queria vir até aqui.

– Sozinha? Às três e meia da manhã? As coisas devem ter mudado para seus pais deixarem você sair assim. – Rebekkah sentiu o esboço de um sorriso nos próprios lábios. – Achei que o toque de recolher ainda fosse ao pôr do sol, a menos que estivesse com um grupo.

A porta de tela se fechou com um golpe forte quando Byron saiu. Sua expressão estava tomada de sombras, mas não era preciso ver o rosto dele para saber que estava tenso. O tom de sua voz disse tudo:

– Você quer que a gente ligue para alguém?

– Não. – A garota deu um passo para trás, para mais longe, penetrando na escuridão da madrugada.

Byron foi até a beira da varanda, parando em frente a Rebekkah.

– Não sei ao certo o que você está procurando aqui, mas...

A garota virou e desapareceu tão de repente que, se Rebekkah não soubesse das coisas, pensaria que tinha sido uma alucinação.

– Ela *sumiu*. – Rebekkah estremeceu. – Você acha que ela vai ficar bem?

– Por que não ficaria? – Byron não se virou para encará-la. Em vez disso, continuou olhando para a escuridão por onde a garota desaparecera.

Rebekkah se enroscou ainda mais na manta.

— Byron? Devemos ir atrás dela? Você a conhece? Senti como se... sei lá. Será que a gente liga para o Chris ou para a família dela ou...

— Não. — Ele olhou para ela por sobre o próprio ombro. — Quando tínhamos a idade dela passávamos metade do tempo fora de casa até tarde.

— Não sozinhos.

— Claro que sim. — Byron riu, mas soou forçado. — Quantas vezes não acompanhei vocês duas até em casa e em seguida voltei varado antes que meu pai me flagrasse andando sozinho depois do toque de recolher?

Num lampejo de culpa, Rebekkah se lembrou de quando corria logo para dentro de casa, evitando assim vê-lo dar o beijo de boa-noite em Ella. Forçou-se a continuar encarando-o.

— Talvez eu fosse mais corajosa naquela época — constatou, fazendo uma pausa e franzindo o rosto. Em seguida desviou o olhar dele para a escuridão. — Meu Deus, olha o que estou falando. Não faz nem um dia que cheguei e já estou preocupada com o toque de recolher. A maioria dos vilarejos, das cidades, não tem esse toque ao pôr do sol.

— Não existe nenhum lugar parecido com Claysville, não é? — declarou Byron, sentando-se na extremidade do balanço.

— Cá entre nós, acho que a gente teria encontrado se existisse. — Com um dos pés, ela se empurrou contra o muro da varanda e começou a movimentar o balanço. — Você sente o... não sei bem... *estalo* quando volta para cá?

Byron não fingiu não entender.

— Sinto.

— Às vezes detesto essa sensação. Me fez querer ficar longe *mais tempo*. Mas Maylene é... *era* tudo. Ao vê-la, muitas vezes conseguia esquecer que Ella tinha...

— Morrido.

– Isso. Morrido – sussurrou Rebekkah. – Agora Maylene e Jimmy também estão *mortos*. Minha família acabou, então por que ainda me sinto bem ao voltar para casa? Me sinto *bem* assim que cruzo aquela linha. Todos os sentimentos espinhosos que experimento nos outros lugares aonde vou desaparecem quando passo por aquela placa idiota.

– Eu sei. – Ele empurrou de novo o balanço, fazendo com que as correntes rangessem por conta da força. – Não tenho nenhuma resposta... pelo menos não as que você quer.

– Você tem outras?

Por alguns instantes ele permaneceu calado. Em seguida disse:

– Ao menos uma, mas você nunca gosta dela quando a menciono.

9

Nicolas Whittaker não era homem de ficar patrulhando as ruas. Contava com pessoas para realizar esse tipo de trabalho, pessoas que faziam isso enquanto ele aguardava no conforto do gabinete da prefeitura. *É a ordem natural das coisas.* Havia crescido com a certeza de que sua cidade natal era um lugar onde se podia crescer de forma saudável e equilibrada. Seus filhos, quando fosse escolhido para tê-los, estariam seguros. Não se mudariam para outra cidade nem seriam assaltados. Não teriam nenhuma dessas doenças infantis que matavam os filhos dos outros. Estariam protegidos. Os fundadores da cidade haviam se certificado disso. Em Claysville, existia uma única ameaça real à família que ele pretendia ter um dia – e essa ameaça só aparecia caso a Guardiã não conseguisse mantê-la sob controle.

O prefeito Whittaker foi até o pequeno bar de mogno que seu pai acrescentara ao gabinete da prefeitura durante a gestão dele. O tilintar suave do gelo no copo soou alto no escritório vazio. Àquela hora, a secretária já tinha ido embora havia muito tempo. Ele se serviu de mais uma dose de bourbon e ficou pensando distraidamente que tinha sorte de o alcoolismo também não atingir os habitantes da cidade.

Uma batida na porta foi seguida da entrada de dois dos conselheiros: Bonnie Jean e Daniel. Aos 26 anos de idade, Bonnie Jean era a mais nova do grupo. Sua juventude a tornava destemida – diferente dos demais conselheiros –, mas, por outro lado, ela ainda não fazia parte do Conselho na última vez em que eles passaram por um problema.

Agora apresentava um rosto ruborizado e olhos arregalados.

– Não vimos nada, sabe, *estranho* enquanto estivemos fora. Atrás dela, Daniel agitava a cabeça.

– Espalhamos os panfletos sobre os pumas – acrescentou Bonnie Jean.

– Ótimo – respondeu Nicolas, sorrindo para ela. Não conseguia deixar de pensar – *nem via razão para isso* – que ela era uma garota adorável, embora não fosse necessariamente um bom exemplar para procriação. Ele ergueu um copo vazio.

– Quer um drinque para esquentar um pouco?

A jovem conselheira lançou um sorriso para ele na mesma hora em que Daniel trocou um olhar com Nicolas e franziu o rosto.

– Está ficando tarde, *prefeito*.

– Então nos vemos depois, sr. Greeley – respondeu, arqueando a sobrancelha.

– Bonnie Jean não precisa ficar vagando sozinha por aí quando existe um assassino à solta. – Daniel deu um passo à frente e se postou ao lado dela. – Uma jovem não precisa...

– Aqui está, rapazes. – Ela tirou de dentro da bolsa uma .38 e, com as mãos manicuradas, lhes mostrou a arma.

– Estou vendo... – murmurou Nicolas. – Talvez devêssemos pedir à garota que nos escoltasse, Daniel.

Bonnie Jean abriu um largo sorriso.

– Dan está dirigindo, e é mais do que capaz de se virar sozinho. E quanto ao senhor, prefeito?

Com o mesmo carisma de que se servia nas reuniões, Nicolas bateu de leve nos bolsos da calça e em seguida abriu o paletó.

– Na verdade, receio que eu esteja desarmado, minha cara. Talvez eu precise mesmo de uma escolta. – Sorriu para ela. –

Infelizmente, ainda não estou pronto para ir embora. Posso pedir que você me espere?

– Pode sim – respondeu, virando-se para Daniel. – Estou cem por cento apta a lidar com qualquer coisa lá fora – lançou um sorriso para Nicolas – ou aqui dentro.

Depois de olhar com reprovação para Bonnie Jean, o que ela ignorou, Daniel balançou a cabeça e foi embora. Ela o seguiu até a saída, deu-lhe um beijo no rosto e fechou a porta.

Nicolas serviu um copo de uísque e ofereceu à conselheira.

10

Byron ficou pensando no que deveria contar a Rebekkah, no que queria contar a ela e no fato de que nada do que tinha a falar era o que ela precisava ouvir aquela noite. Estavam sentados em meio à escuridão, ouvindo os insetos e os sapos e sendo tão cuidadosos quanto sempre foram quando tentavam não falar nada. Sentar-se ao lado dela o fez perceber que havia mentido para si mesmo quando tinha dito que mudara.

Quase três anos haviam se passado desde quando ela pediu a ele que nunca mais ligasse. Byron tentou alguns relacionamentos, mas em seguida convencia-se de que não era talhado para se apaixonar. Fingira que – assim como a necessidade de retornar a Claysville – a necessidade de estar com Rebekkah podia ser superada. A diferença, claro, era que quando ele entregou os pontos e voltou a Claysville, a cidade não havia fugido *dele*. Rebekkah fugiria de manhã se não estivesse desolada. E mesmo assim, ainda era capaz de ir embora.

No entanto, essa noite ela havia baixado a guarda. Encostou a cabeça no ombro dele. A adrenalina e a dor que a mantiveram de pé pareciam agora falhar ao mesmo tempo. Ela se curvou – ombros caídos, uma das mãos mole sobre o colo – como uma marionete que teve o fio cortado. A luz fraca da varanda escondia a palidez de sua pele, e o nó bagunçado que fizera no cabelo disfarçava o quão longo estava naqueles dias. Contudo, no geral, não parecia muito diferente de três anos antes, quando havia se afastado dele: sua boa forma o fazia pensar que ainda corria ou nadava com frequência. *Ou os dois*. Rebekkah

sempre enterrava o estresse através de exercícios e as emoções através de fugas. *Entre outras coisas.*
— Byron? — disse, sonolenta.
— Estou aqui.

Ele não acrescentou que sempre *estaria* se ela não fosse tão difícil ou que nunca a havia rejeitado quando ela o queria por perto. Aquela era a área de especialidade de Rebekkah: arrastá-lo para perto de si e depois mandá-lo embora quando se dava conta de que, na verdade, o queria ali. Ele suspirou, culpado por pensar sobre isso enquanto ela estava vulnerável, mas sabendo muito bem que assim que não estivesse mais se sentindo perdida, ela daria no pé.

— Bek?
— Queria que fosse um pesadelo, B. — sussurrou. — Por que todos eles morrem e me deixam?
— Sinto muito.

Mesmo depois de tantos anos rodeado pelo sofrimento, não encontrou resposta melhor. Porque não havia: as pessoas morriam e isso causava tristeza. Nenhuma palavra era capaz de amenizar de verdade a dor. Byron passou os braços pelos ombros de Rebekkah e a abraçou enquanto lágrimas escorriam pelo rosto dela.

Sem se desvencilhar, ela virou a face para contemplar o céu que aos poucos clareava.

Ficaram sentados por alguns minutos, observando o amanhecer. Ela enroscara os pés sob si mesma e uma das mãos agarrava a corrente do balanço, como se fosse uma criança pequena com medo de cair. A manta estava enrolada em seu corpo, contribuindo para a aparência vulnerável.

Ele se sentia um idiota por querer dizer a ela tudo que ela sempre tentava manter como não dito entre eles. O problema com Rebekkah era que nunca havia um bom momento para conversar. Só baixava a guarda quando estava ferida e, quando não estava ferida, corria — ou literalmente ou afastando as emoções por meio do sexo. Ele costumava pensar que chegaria o dia em que o sexo não seria uma desculpa para fugir da intimidade, mas ela dissipou essa ideia na última vez em que se viram.

– Você vai dormir melhor em uma cama do que aqui fora nesse balanço. Venha – disse ele, controlando com cuidado os próprios sentimentos.

Por um instante pensou que ela fosse recusar.

– Eu sei – respondeu Rebekkah, ficando de pé. Depois ele colocou o casaco sobre os ombros dela. – Você vai ficar? – sussurrou.

Assim que ele franziu as sobrancelhas ela logo emendou:

– Não como... não *comigo*, mas em casa. Já quase amanheceu, e eu não quero ficar sozinha aqui. As camas de hóspedes devem estar feitas.

Em vez de confrontá-la sobre a mentira que ela tentava vender, ele abriu a porta.

– Claro. Talvez assim seja mais fácil. Eu já tinha planejado vir te buscar para o velório.

Ela parou e deu um beijo no rosto dele.

– Obrigada.

Ele assentiu. Porém, ela não se mexeu. Um dos pés estava no degrau que dava para a casa e o outro permanecia na varanda.

– Bek?

De lábios entreabertos, ela se inclinou em direção a ele.

– Essa noite não precisa contar, certo?

Ele não fingiu entender mal a pergunta.

– Não sei.

Ela o puxou para si de forma quase desesperada, e ele ficou sem saber se era um choro ou um pedido de desculpas o que sussurrou ao se enroscar nele. A porta de tela o acertou quando ele resolveu largá-la para segurar Rebekkah mais perto do corpo. Uma parte dele – muito insistente – queria ignorar o sofrimento dela e a inevitável sensação de "isso é um erro" que a manhã traria. Outra parte, mais responsável, sabia que ela daria o fora quando acordasse e que ele se arrependeria por terminar da mesma forma como sempre terminava quando isso acontecia. Eles entraram na casa e a porta se fechou rapidamente, com um estrondo.

— Desculpe. Eu não deveria... — Ela parou, balançou a cabeça e subiu as escadas.

Ele a seguiu. Se fosse um tipo diferente de homem, não deixaria as coisas terminarem ali, ou talvez se ela fosse uma pessoa diferente, mas ele conhecia os dois o bastante para saber que o que Rebekkah o estava convidando a fazer era tirar a responsabilidade sobre a escolha das mãos dela para que depois pudesse culpá-lo.

Não dessa vez.

Era difícil para ambos ter determinação quando o outro estava envolvido. Eles alegavam ter, mas inevitavelmente a decisão dele de não repetir o mesmo padrão e a insistência dela de que eram apenas amigos falhavam. Ao longo dos anos, terminavam na cama para evitar as conversas, e muitas brigas eram resolvidas assim, mas tudo sempre acabava com Rebekkah indo embora e ele se convencendo de que era mesmo um bobo por pensar que daquela vez seria diferente.

Mas aqui estou.

A diferença agora é que permanecia do lado de fora do quarto dela, não dentro.

No alto da escada ele perguntou:

— Você vai dormir no seu antigo quarto?

Ela fez uma pausa.

— Posso ficar no quarto de Maylene, então você... dessa forma você tem uma cama também, ou... posso dormir no quarto de Ella, no *outro* quarto, assim... você...

— Não — respondeu Byron, pegando no antebraço dela. — Você não precisa dormir no quarto de Maylene ou no quarto de Ella. Vou dormir no sofá.

Ela balançou a cabeça.

— Você não precisa... estou bem. Quer dizer... não estou, mas...

— Sem problemas. — Ele colocou as mãos com delicadeza no rosto dela e lançou-lhe um olhar. — Você precisa dormir um pouco.

A expressão dela parecia tomada de indecisão, mas depois de um momento fez que sim com a cabeça e entrou no quarto. Encostou um pouco a porta, deixando-a aberta o suficiente de modo que ele ainda pudesse segui-la. E foi o que ele cogitou fazer. No passado, teria entrado. Ela precisava dele e ele havia dito a si mesmo repetidas vezes que a carência bastava. Com qualquer outra mulher, era tudo o que *ele* queria.

Com Amity, isso basta, mas Bek não é Amity.

De forma categórica, Byron fechou a porta do quarto dela e voltou para o andar de baixo. Sentou-se no sofá por um tempo, segurou a cabeça entre as mãos e ficou pensando em tudo que eles precisavam conversar, em tudo que estava de cabeça para baixo, nas razões que o impediam de voltar correndo para o andar de cima.

Não podia dormir no quarto da antiga namorada. Ella já partira havia muito tempo, mas às vezes ele achava que Rebekkah nunca fosse deixá-la partir de verdade. Mesmo morta, Ella permanecia entre os dois de uma forma que nunca teria acontecido se estivesse viva. Isso — além de várias outras questões — não era algo que Rebekkah quisesse discutir. Claro que havia inúmeros assuntos que *ele* ficava satisfeito por não ter que abordar naquela noite. Temia ter que dizer a ela que Maylene fora assassinada — e que Chris não parecia querer investigar o caso.

Byron pensou na garota desabrigada que vira flanando por ali na tarde do dia anterior e naquela noite. Era jovem, adolescente e franzina demais para ter infligido aqueles ferimentos no corpo de Maylene. Ficou se perguntando se ela estaria acompanhada de alguém, talvez um homem. Checou de novo as janelas e as portas, mas não havia sinal de invasão. *Provavelmente estava apenas com fome*, concluiu ele. Ficou sabendo que a casa estava vazia e quando uma pessoa não tem um lar, encontrar um lugar vazio é sem dúvida tentador. Ele fez uma anotação mental para sugerir que Chris falasse com a garota. Talvez tenha visto alguma coisa. Mesmo que não tenha visto, deixá-la perambulando sozinha e sem recursos pela cidade era a garantia de transformá-la em criminosa. Claysville cuidava dos seus. Tivesse ou não nascido ali, o fato é que estava na cidade, então precisava de cuidados. *O que eu deveria ter pensado antes*. Agora, suspeitava que a pior acusação que podia recair sobre ela era de ter roubado o leite da varanda de Maylene. Se não tivesse para onde ir, como se alimentar e parentes com quem contar, problemas mais graves surgiriam em breve.

11

Poucas horas depois, Rebekkah despertou de um sono entrecortado em seu antigo quarto. Na verdade, o cômodo tinha se transformado num quarto de hóspedes desde que ela parou de passar os verões na cidade, mas mesmo assim ainda era seu. Tomou um banho, vestiu-se e, ao descer as escadas, encontrou Byron esfregando os olhos.

Ele não comentou nada sobre o convite meia-boca que recusara na noite anterior, e ela não disse uma palavra sobre não ter se assustado ao encontrá-lo lá embaixo à sua espera. Em vez disso, por um momento, os dois permaneceram calados.

– É horrível você não ter tempo de se recompor, mas o velório já vai começar, e se quisermos...

– Vamos logo. – Ela apontou para o vestido e os sapatos pretos. – Estou tão pronta quanto poderia ficar. O que você precisa fazer?

– Sair de casa – respondeu, erguendo a chave do carro alugado.

Byron foi dirigindo até a Montgomery e Filhos. Deram a volta por trás da casa e entraram pela cozinha. Ele devia ter ligado antes, porque William estava esperando. Sobre o terno escuro, vestia um avental enfeitado com imagens de patos bem amarelos e, em uma das mãos, segurava uma colher de pau.

– Vá em frente. – Com a colher, fez sinal para que Byron subisse as escadas. – Eu cuido dela.

William virou-se para Rebekkah e apontou para a mesa. Ela se sentou e ele serviu-lhe uma xícara de café. Por um momento ela pôde ouvir o chuveiro ligado no andar de cima. Era reconfortante estar ali, como em um lar de verdade – contanto que não pensasse na outra parte da casa, onde as pessoas estavam reunidas em torno do corpo de Maylene.

William colocou sobre a mesa um prato que acabara de encher com ovos mexidos e bacon.

– Se quiser vê-la, pode ver. No entanto, sei que você e Maylene tinham suas tradições, então podemos esperar até que o resto do pessoal vá embora.

Rebekkah concordou.

– Obrigada. Não vou ficar me escondendo o dia todo, mas o... – Sentiu as lágrimas se formando de novo. – Vou ficar bem no velório. E vou enfrentar o café da manhã. Sou capaz disso.

– Sei que é – confirmou William. – Posso dizer às senhoras para montar a refeição na sua casa?

Rebekkah fez uma pausa. *Minha casa*. Ainda era a casa de Maylene. Chamá-la de *sua* parecia errado, mas debater sobre semântica não ajudaria em nada.

William ficou olhando para ela com expectativa.

– Claro – sussurrou. – É o lugar certo para isso. Eu só... Eles já cuidaram de tudo, não é?

– Tudo, menos levar as coisas até a casa. Eles *são* eficientes. Precisam agir assim devido ao curto espaço de tempo entre a morte e o enterro.

As palavras dele não foram cruéis, nem seu tom de voz, mas mesmo assim ela sentiu um aperto no peito.

– Soube de tudo ontem e depois teve o voo e chegar em casa...

Ela ouvia a si mesma, as desculpas sendo despejadas por seus lábios. A verdade era que não queria ver Maylene dentro do caixão, imóvel e sem vida. E sem dúvida não queria fazer isso em meio a outras pessoas.

— E também tem a diferença de fuso horário — acrescentou William. — Ninguém vai te repreender por não estar lá. Muita gente nem sabe que você já chegou.

— Obrigada por tudo. Você e Byron estão sendo tão... Eu estaria mais perdida ainda sem vocês — disse, abrindo um sorriso um tanto lacrimejante, mas ainda assim um sorriso.

William retribuiu sorrindo com gentileza.

— Os Montgomery sempre cuidarão das Barrow, Rebekkah. Eu teria feito qualquer coisa por Maylene, assim como Byron faria por você.

Ela não sabia como responder. Ficou se perguntando se William achava que ela e Byron tinham mantido contato. *Realmente não quero pensar nisso.* Desviou do assunto e ficou observando os olhos cansados dele. Os círculos escuros na parte inferior podiam ser normais, pelo que ela sabia, mas a vermelhidão revelava que tinha chorado. Ele e Maylene eram amigos de longa data e, além disso, foram apaixonados um pelo outro por muito tempo.

Rebekkah percebeu que estava encarando-o fixamente.

— Você está bem? — perguntou e logo em seguida se sentiu idiota. Claro que ele não estava bem. *Se algo acontecesse a Byr...* Ela balançou a cabeça como se o gesto pudesse apagar esse pensamento.

William afagou a mão de Rebekkah e virou-se para encher de novo a xícara dela.

— Tão bem quanto você, imagino. O mundo fica muito mais sem graça sem ela por perto. Maylene foi tudo para mim durante um bom tempo. — Ela pressentiu que as lágrimas ameaçavam cair quando ele disse: — Preciso sair um pouco. Você fique aqui e coma. Quando forem embora, venho te pegar para que você tenha alguns momentos a sós com ela.

Diante da ideia de ficar sozinha de repente, ela disse de forma apressada:

— Preciso fazer alguma coisa? Quer dizer, tem algum papel ou... qualquer coisa?

Ele se virou para encará-la.

— Não, agora não. As ordens de Maylene eram muito precisas. Não queria que você tivesse que lidar com isso, então nos certificamos de que tudo seria tratado antes. — William colocou o cabelo dela para trás, como se ainda fosse uma garotinha. — Byron vai descer em poucos instantes e, se precisar dele, pode subir quando quiser, fique à vontade. A casa não mudou. Estarei com Maylene.

— Ela não está aqui — sussurrou Rebekkah. — Só sua carapaça vazia.

— Eu sei, mas ainda preciso cuidar dela. Ela partiu para um descanso muito merecido, Rebekkah. Prometo. — Havia lágrimas nos olhos dele. — Ela era mais maravilhosa do que a maioria de todas as pessoas que um dia conheceremos. Forte. Boa. Corajosa. E enxergou todos esses traços em você. Você precisa ter coragem agora. Faça com que ela fique orgulhosa.

— Farei — disse, assentindo.

E então William a deixou sozinha com sua dor. O primeiro instinto dela foi encontrar Byron.

Covarde.

O mais sensato era ficar sozinha. Tinha morado sozinha muitos anos. E tinha viajado sozinha. O problema é que era mais fácil manter o sofrimento a distância quando contava com testemunhas. Anos antes, Maylene lhe ensinara a importância de esconder as dificuldades: *Não deixe que o mundo veja seu ponto fraco, meu amor,* ela lembrava quando as alfinetadas de estranhos e colegas de escola machucavam. *Uma parte de ser forte consiste em saber o momento de esconder suas fraquezas e o momento de admiti-las. Quando estivermos a sós, você pode chorar. Diante do mundo, mantenha a cabeça erguida.*

— Sou forte. Eu me lembro — murmurou Rebekkah.

Quando terminou de comer, Byron ainda não tinha descido, então resolveu cruzar a porta que separava a parte privativa da casa e o espaço público. Juntou-se à multidão de pessoas, aceitando os acenos e abraços sem vacilar, conforme se aproximava do corpo de Maylene.

Sei que você está morta. Sei que não é você de verdade.

Porém, o corpo ainda parecia o da avó. O olhar agudo, mais do que conhecido, estava ausente; o sorriso estava ausente; mas a forma ainda correspondia a Maylene.

Rebekkah sabia o que precisava dizer. O frasco estava em sua bolsa, mas não podia fazer nada. *Ainda não. Não na frente de todo mundo.* Havia palavras, tradições que seguira junto com Maylene inúmeras vezes. *Daqui a pouco.*

Curvou-se para beijar o rosto de Maylene.

– Agora durma, vovó – sussurrou. – Durma bem e permaneça onde eu a deixar.

12

R EBEKKAH CUMPRIU COM AS FORMALIDADES, ACEITANDO AS CONDO-lências e escutando as reminiscências de estranhos e daqueles ligeiramente familiares. E fez isso sozinha.

Byron tinha descido para a área do velório, usando um de seus ternos escuros. Ele e William estavam de olho nela e ela sabia que, a qualquer momento, poderiam libertá-la dali se lhes lançasse um olhar de súplica. Em vez disso, acenou de leve com a cabeça enquanto Byron se aproximava.

Sou a neta de Maylene e farei o mesmo que sempre fizemos. Junto da avó, havia estado em inúmeros velórios e enterros. De forma educada, assentia e, com calma, aceitava os abraços e os tapinhas nas costas. *Posso fazer isso.* Chegou apenas para a última hora, mas aquele velório parecia mais longo do que qualquer outro que conseguia se lembrar. *Até comparado com o de Ella.*

Por sorte, Cissy e as filhas foram embora logo antes de Rebekkah chegar. *Dominadas pelo sofrimento*, disse William com uma expressão estoica.

Em seguida, o velório chegou ao fim. William se encarregou das pessoas presentes e Byron se aproximou dela.

– Quer um minuto com Maylene?

– Não, ainda não. – Rebekkah olhou de relance para ele. – Depois. No cemitério.

– Venha cá.

Com habilidade, Byron evitou algumas pessoas que queriam falar com ela, levando-a de volta para a parte privativa da casa.

— Eu poderia ter ficado — murmurou, no momento em que ele fechou a porta.
— Ninguém duvida disso — assegurou ele. — Temos alguns minutos antes de irmos para o cemitério, então pensei que você talvez quisesse tomar um ar.

Ela o seguiu até a cozinha. Os pratos ainda estavam sobre a mesa.

— Obrigada. Sei que não paro de dizer isso, mas você tem sido muito melhor comigo do que mereço.

Para evitar encará-lo, ela tratou de enxaguar a xícara e o prato.

— Nossa... amizade não morreu para mim — disse ele. — Mesmo quando você decidiu não atender mais as minhas ligações. E não vai morrer nunca.

Como ela não respondeu, ele chegou mais perto e tirou a xícara de suas mãos.

— Bek?

Quando Rebekkah se virou, ele a envolveu num abraço.

— Você *não* está sozinha. Eu e meu pai estamos aqui. Não apenas na noite passada, nem só hoje. Mas até quando precisar.

Ela descansou o rosto contra o peito dele e fechou os olhos por um momento. Seria muito fácil ceder ao ímpeto irracional de ficar perto de Byron. Em toda sua vida, ninguém mais a tinha feito querer permanecer em um só lugar. Desde que saíra de Claysville, ninguém a tinha levado a querer pensar em compromisso. *Só você*, pensou enquanto se afastava. Mas não admitia isso. *Não para ele*. Ele não era seu. *Não de verdade. E nunca seria.*

— Vou me refrescar antes de irmos — disse Rebekkah, sorrindo.

Ao sair, sentiu que ele a olhava, mas Byron não falou nada enquanto ela escapava.

Quando voltou do lavabo, pai e filho a aguardavam.

— Ela não queria uma procissão. Somos só nós. Todos os outros já foram na frente. — William estendeu a mão. Nela estava o sino de prata embaciada que Maylene carregava consigo para perto dos túmulos.

Rebekkah se sentiu ridícula por não querer pegá-lo. Tinha presenciado a cena inúmeras vezes quando William, sem dizer uma palavra, estendia o mesmo sino para Maylene. Com calma, ela o envolveu com as mãos e colocou o dedo na parte interna, de forma a manter o badalo em silêncio. Era para ressoar na sepultura e não ali.

Em seguida, foi na direção de Byron, para que ele a escoltasse até o carro que iria ao cemitério, da mesma forma como William escoltava Maylene. Byron a levaria aonde precisava ir. A presença dele ao seu lado desde a noite anterior parecia tão *certa*, como tinha sido quando ela foi para Claysville pela primeira vez, como também tinha sido quando Ella morreu e como sempre era toda vez em que o via.

Não posso ficar aqui. Não posso ficar com ele. Não vou.

Segurando o sino entre as mãos, Rebekkah deslizou para o interior escuro e escorregadio do veículo. Bloqueou a porta com o braço, impedindo-o de juntar-se a ela.

— Por favor, prefiro ficar sozinha.

Um lampejo de irritação se acendeu nos olhos de Byron, mas ele não disse nada sobre a rejeição dela. Em vez disso, seu disfarce profissional reapareceu.

— Nos encontramos então no cemitério — disse ele. Em seguida, fechou a porta e se encaminhou para o carro fúnebre.

Posso passar por isso sem ele... e depois partir.

Sem Maylene, Claysville era uma cidade qualquer. Não exatamente um lar. Tinha se iludido pensando que havia algo especial ali, mas a experiência de morar em tantos lugares diferentes acabou levando-a à conclusão de que uma cidade não era diferente da outra. Claysville tinha algumas regras estranhas, mas nada disso importava mais. Maylene estava morta e Rebekkah não tinha motivos para continuar voltando para lá.

Exceto por Byron.

Exceto pelo fato de ainda ser minha casa.

Ela observou pela janela o carro fúnebre ganhar as ruas. O motorista dela foi atrás, seguindo William, que levava Maylene para o derradeiro lugar de descanso.

Quando o motorista deu a volta e abriu a porta para ela, Rebekkah já pôde ouvir a lamentação exacerbada. *Cissy está aqui.* Fazendo o sino ressoar enquanto caminhava, Rebekkah cruzou o gramado até chegar às cadeiras enfileiradas debaixo do toldo. Lembrou a si mesma de que Maylene esperaria dela o melhor comportamento possível. Tomara conta de tudo, sem dúvida com esperanças de que, ao aliviar o estresse, o momento se tornasse mais tolerável, mas mesmo um planejamento cuidadoso não era capaz de anular a dor de cabeça que Cissy inevitavelmente causaria. A filha de Maylene era briguenta até nas melhores circunstâncias. Sua atitude venenosa em relação a Rebekkah representava uma fonte de irritação para Maylene, mas ninguém conseguia explicar a Rebekkah por que a mulher a odiava tanto. *Ela vai aparecer*, Maylene lhe assegurara. Até aquele momento isso não acontecera. Na verdade, a animosidade chegara a tal ponto que há muitos anos Rebekkah e Cissy não trocavam uma palavra. A ausência dela no final do velório foi uma trégua formidável, mas não se tratava de gentileza: era apenas uma forma de ela chegar primeiro ao cemitério.

Ao se aproximar do túmulo, Rebekkah fez o sino soar com mais vigor.

O volume dos miados de Cissy aumentou.

Uma hora. Consigo aguentá-la por uma hora. Rebekkah não podia expulsá-la dali, como adoraria fazer, então se encaminhou para frente e ocupou um assento.

Posso ser educada.

Essa decisão perdeu força quando Cissy chegou perto do caixão, agora fechado. Lírios e rosas oscilavam sobre a superfície conforme Cissy se agarrava a ele, suas unhas pequenas apressando-se na madeira, como insetos fugindo da luz.

– Mamãe, não se vá.

Ela agarrou uma alça lateral do caixão com os dedos, garantindo que ninguém conseguiria tirá-la dali.

Rebekkah descruzou os tornozelos.

Cissy deixou escapar outro choro lamentoso. A mulher não era capaz de ver um caixão sem ficar gemendo como um gato molhado. Suas filhas, Liz e Teresa, permaneciam ao lado dela, inutilmente. As gêmeas, de vinte e tantos anos, um pouco mais velhas que Rebekkah, também chegaram ao cemitério cedo, mas nem tentaram acalmar a mãe. Assim como Rebekkah, sabiam muito bem que ela estava fazendo cena.

Liz sussurrou alguma coisa para Teresa, que apenas deu de ombros. Ninguém esperava que elas tentassem convencer Cissy a encerrar o espetáculo. Não existe possibilidade de argumentar com certas pessoas e Cecilia Barrow era uma delas.

Ao lado do caixão, reverendo Ness colocou o braço em torno do ombro de Cissy. Ela o sacudiu na mesma hora.

– Você não pode me obrigar a deixá-la.

Rebekkah fechou os olhos. Tinha que ficar, pronunciar as palavras, seguir as tradições. A necessidade de fazer aquilo afastou quase todo o resto. Mesmo se Maylene não a tivesse feito jurar sobre isso tantas vezes ao longo dos anos, preparando-a para este dia, Rebekkah sentiria essa necessidade como uma dor chata roubando sua atenção. A tradição que aprendera ao lado de Maylene era uma parte tão importante do enterro quanto o próprio caixão. A cada morte em que as duas estiveram juntas, cada uma havia tomado três goles – nem um a mais nem um a menos – daquele frasco com rosas gravadas. Todas as vezes Maylene sussurrou algumas palavras

para o cadáver. Todas as vezes se recusou a responder qualquer uma das questões levantadas por Rebekkah.
Agora era tarde demais.
Os guinchos de Cissy estavam acabando com as tentativas dos sacerdotes de falar. A fala da reverenda McLendon era mansa demais para que fosse ouvida. Atrás dela, o reverendo tentava consolar Cissy de novo. Nenhum dos dois estava indo muito longe.
– Que se dane – resmungou Rebekkah. Ficou de pé e foi até Cissy. À beira da cova onde iriam enterrar Maylene, parou. O reverendo parecia quase tão frustrado quanto ela. Já lidara o bastante com as performances de Cissy para saber que, até alguém dar conta dela, eles não podiam fazer nada. Maylene também teve que enfrentar aquilo, mas agora estava morta.
Rebekkah envolveu Cissy nos braços e, com os lábios perto do ouvido dela, sussurrou:
– Cale a boca e sente a bunda na cadeira. *Agora*.
Em seguida soltou Cissy, ofereceu o braço a ela e prosseguiu em um volume normal dessa vez.
– Deixe que eu te leve até o seu lugar.
– Não. – Cissy fulminou com os olhos o braço que ela ofereceu.
Rebekkah se inclinou para mais perto de novo.
– Pegue no meu braço e me deixe levá-la ao seu lugar em *silêncio*, ou então terei que imobilizar a propriedade de Maylene até que suas filhas morram como putas velhas e amarguradas iguais a você.
Cissy cobriu a boca com um lenço. As bochechas dela ficaram vermelhas ao olhar em volta. Para os demais presentes, parecia estar constrangida. Mas Rebekkah sabia: acabara de cutucar a cascavel. *E pagarei por isso depois*. Entretanto, naquele momento, Cissy se deixou acompanhar até o seu lugar.

A expressão no rosto de Liz era de alívio, mas nenhuma das duas gêmeas olhava direto para Rebekkah. Teresa pegou a mão de Cissy e Liz abraçou a mãe. Sabiam de seus papéis nas performances melodramáticas maternas.

Rebekkah voltou para o seu lugar e abaixou a cabeça. Do outro lado, Cissy mantinha-se em silêncio, portanto os únicos sons além das orações dos reverendos eram os soluços dos presentes e o cantar dos galos. Rebekkah não se moveu – nem quando o reverendo Ness terminou de falar, nem quando o caixão foi baixado à terra, não até sentir um toque suave em seu punho e ouvir:

– Venha, Rebekkah.

Amity, uma das únicas pessoas em Claysville com quem ela mantinha algum tipo de contato, abriu um sorriso amável. Os demais presentes estavam se levantando e se movimentando. Rostos conhecidos e rostos que só vira de passagem voltavam-se para ela com expressões de apoio, solidariedade e com uma espécie de esperança que Rebekkah não conseguia entender. Devolvia-lhes um olhar de incompreensão.

– Vamos te tirar daqui – disse Amity.

– Preciso ficar. – Rebekkah umedeceu os lábios subitamente secos. – Preciso ficar sozinha aqui.

Amity se inclinou para mais perto e a abraçou.

– Te vejo de novo na casa da sua avó.

Rebekkah fez que sim com a cabeça, e Amity se juntou à massa de pessoas que estava de saída. Semiestranhos e família, amigos e outros passavam pelo caixão e jogavam flores e terra dentro do enorme buraco. Lírios e rosas choviam sobre o ataúde de Maylene.

– Que desperdício de beleza – murmurou Maylene enquanto jogavam flores sobre mais um caixão. – Como se os corpos precisassem disso – completou, virando-se para Rebekkah com seu olhar sério. – De que os mortos precisam?

– Orações, chá e um pouco de uísque – respondeu a menina, então com dezessete anos de idade. – Eles precisam de alimento.

– Lembranças, amor e desapego – acrescentou Maylene.

Rebekkah dispensou o reverendo Ness e a reverenda McLendon quando eles tentaram parar para confortá-la. Estavam acostumados às excentricidades de Maylene – e ao fato de Rebekkah ficar ao seu lado quando a avó se demorava junto aos mortos. Também a deixariam sozinha.

Depois que todos foram embora, depois que o caixão foi coberto, quando estavam apenas ela e Maylene no cemitério, Rebekkah abriu a bolsa de mão e tirou de dentro o frasco com rosas gravadas. Foi até o túmulo e se ajoelhou no chão.

– Estou carregando isso desde que chegou pelo correio – disse a Maylene. – Fiz o que a carta dizia para fazer.

Parecia errado misturar água benta com uísque de qualidade, mas Rebekkah agiu exatamente como fora instruída. Sempre havia muitas garrafas de água benta na despensa de Maylene. *Água benta e uísque divino.* Ela abriu o frasco, deu um gole e em seguida despejou uma quantidade sobre o túmulo.

– Ela foi muito amada – disse, enquanto lágrimas jorravam por seu rosto.

Tomou um segundo gole e depois ergueu o frasco fazendo um brinde aos céus.

– Dos meus lábios para os seus ouvidos, seu canalha.

Pela segunda vez despejou um pouco sobre o túmulo.

– Durma bem, Maylene. E permaneça onde eu a deixar, está ouvindo? – Tomou o terceiro gole e verteu o conteúdo do frasco na terra pela terceira vez. – Vou sentir sua falta.

E então Rebekkah finalmente chorou.

13

Daisha permaneceu escondida durante o enterro. Tinha roubado um moletom preto e uma calça jeans – *além de um pouco de comida* – de uma mulher que levava o lixo para fora de casa naquela manhã. A mulher não se levantou depois de Daisha ter acabado de comer, mas seu coração ainda batia. E *grande parte de sua pele ainda estava sobre o corpo*. Pensar em pele e sangue não deveria fazer o estômago de Daisha roncar, mas foi o que aconteceu. Depois, a lembrança causaria repulsa, mas no momento era... perfeitamente adequado.

Também clareou sua mente. Essa parte era importante. Quanto mais tempo demorasse entre uma refeição e outra, menos foco possuía. *Menos corpo também.* Sentiu como se estivesse sendo puxada e empurrada em todas as direções ao mesmo tempo. Mais cedo havia se desintegrado, como fumaça espalhada pela brisa.

Naquela manhã esteve no cemitério e viu Maylene ser depositada na terra. Parecia algo tão permanente, ser morta e enterrada, mas obviamente não era.

Daisha ficou atrás de uma árvore enquanto observava. Tinha que estar ali. Quando ouviu o sino, seu corpo se sentiu tão atraído para aquele lugar quanto na vez em que encontrou Maylene por lá. A incapacidade de recusar as estranhas compulsões, a impossibilidade de reter pensamentos ou lembranças, os desejos que a preenchiam – tudo parecia fora dos eixos. Daisha queria respostas, queria companhia, queria *adequar-se*. Apenas Maylene conseguira entender, mas agora estava morta.

Talvez Maylene também acorde.
Daisha continuou esperando, mas ninguém saiu de dentro da terra. Ninguém apareceu para juntar-se a ela. Estava tão sozinha quanto sempre fora quando ainda era viva de verdade. Não se lembrava de ter rastejado para fora da terra. Nem sabia ao certo quando despertara, mas o fato é que estava acordada. Disso ela sabia.
Encostou a cabeça na árvore.
A mulher estridente insistia na veemência e o Guia fazia cara feia para ela. Ele havia passado os olhos pela multidão e pelo cemitério. De tempos em tempos fixava o olhar na mulher que estava hospedada na casa de Maylene.
Agora *ela* brilhava da mesma forma que Maylene brilhara. A pele de Maylene parecia preenchida pelo luar, um farol que atraíra Daisha mesmo antes de ela ter visto qualquer coisa. Tudo o que sabia era que havia uma luz e que precisava ir ao seu encontro. Quando a nova mulher despejou o conteúdo do frasco no solo, começou a brilhar até que seu corpo como um todo foi tomado de luminosidade.
Os demais presentes haviam ido embora, mas mesmo que não tivessem ido, Daisha não poderia se aproximar deles e fazer perguntas. Apenas o Guia e a mulher lamuriosa é que esperavam.
Daisha começou a tremer e o foco que possuíra foi desaparecendo. *Ela* foi desaparecendo, então fugiu antes que seu corpo se dispersasse de novo.

14

Conforme caminhavam em direção ao carro, Liz segurou a mãe, não de uma maneira protetora, mas como um apelo de por-favor-mamãe-não-faça-outra-cena. O braço que ofereceu como apoio só foi aceito enquanto havia gente observando. Assim que chegaram ao carro, Cissy livrou-se dela.

Liz acionou seu alívio cheio de culpa. Não havia como lidar bem com enterros: todos eles serviam de lembrete para o que ela e a irmã não eram.

Não eram boas o suficiente.
Não eram as escolhidas.
Não eram Guardiãs.

Verdade seja dita, Liz não desejava realmente ser a Guardiã. Sabia tudo sobre o assunto, o contrato, as obrigações, mas esse conhecimento não a tornava ávida por *desempenhar aquela função*. Sua mãe e sua irmã pareciam se sentir desprezadas, mas passar a vida preocupando-se com os mortos era algo que não atraía Liz. *Não mesmo.* Ela fingia direitinho – porque a alternativa era sentir o dorso da mão de sua mãe –, mas, na verdade, queria o mesmo que a maioria das mulheres de Claysville: a sorte de encontrar um homem bom que aceitasse entrar na fila de nascimentos para ter direito a ser pai o quanto antes.

Não que Byron fosse uma opção ruim para a cama.

Ela olhou mais uma vez de relance para ele. Era apaixonado por Rebekkah, mas isso não passava do resultado inevitável de toda aquela ladainha de Guardiã e Guia. A avó dela e o pai de Byron flertavam um com o outro desde sempre, até onde se lembrava. *A história se repete.* Ela balançou a cabeça. Apesar de tudo, Maylene era sua avó, e Liz devia se envergonhar de pensar mal dela quando seu corpo ainda nem esfriara sob a terra. *E por ter pensamentos de cobiça no meio de um enterro.* Lançou um novo olhar na direção de Byron.

– Olhe para ele – murmurou Teresa. – Não consegue parar de olhar para ela. Acho que eu não teria nenhuma dificuldade para resistir a ele se eu fosse... *você sabe.*

Liz assentiu, mas pensou consigo mesma que não ia *querer* resistir a ele.

– Nem toda Guardiã se casa com o Guia. Vovó Maylene não se casou. Você não ia ter que... ficar com ele.

– Que bom. Não sei se gostaria de ter um homem que transou com nossas duas primas.

– *Ela* não é sua prima – interveio Cissy, enxugando os olhos. – Seu tio se casou com aquela mulher, mas isso não significa que a cria dela seja sua prima. Rebekkah não é da família.

– Vovó Maylene achava...

– Sua avó estava errada. – Cissy segurou o lenço de bordas rendadas sobre a boca, para esconder o rosnado que deixou escapar.

Liz conteve um suspiro. A mãe delas, com toda a sua firmeza, tinha uma noção antiquada de família. *O sangue vinha primeiro.* Cissy nunca aprovou o fato de Jimmy se juntar a uma mulher que já tinha uma filha e, certamente, não aprovava também as visitas de Rebekkah alguns anos depois de essa mulher tê-lo deixado. A menina chegara no início do ensino médio e fora embora antes da formatura, mas continuou visitando Claysville depois de Julia e Jimmy terem se divorciado e mesmo depois da morte de Jimmy. Gostassem ou não, Rebekkah era tão neta de Maylene quanto as gêmeas – e essa era a questão.

A família de sangue tem importância, ainda mais para uma Barrow.

Infelizmente, Liz suspeitava que o próprio sangue fazia de si a próxima candidata provável para aquilo que tanto Teresa quanto sua mãe queriam, e ela se dividia entre o desejo de agradar a mãe e o desejo de ter liberdade. É claro que não era tão idiota a ponto de admitir isso. *Ela* era esperta o bastante para não chamar Rebekkah de família. Era esperta o bastante para não admitir que não se importaria de conhecer Byron Montgomery.

Com uma expressão determinada, Cissy foi dar uma volta pelo cemitério.

– Ela está num humor... – murmurou Teresa.

– Nossa avó, a *mãe* dela, acabou de morrer. – Liz não tinha certeza se era mais prudente segui-la ou permanecer longe daquilo. Anos tentando bancar a mediadora da casa faziam-na querer ir atrás da mãe, mas os mesmos anos tentando se esquivar das críticas maternas atestavam que era mais sábio deixar que outra pessoa fosse o alvo.

– Ela não está chorando, Liz. Está louca por uma briga.

– Vamos atrás dela?

Teresa revirou os olhos.

– Droga, não quero ser o alvo dela. Você sabe que ela vai ficar uma fera quando Rebekkah descobrir que é a Guardiã. Toda reunião do Conselho vai acabar em acessos de raiva depois disso. Fique à vontade para ir atrás dela, mas eu vou continuar aqui – respondeu Teresa, encostando-se no carro. – Vamos aturá-la muito tempo esbravejando depois do café da manhã.

– Talvez...

– Não. Se quiser caçá-la, pode ir, mas ela está prestes a ficar frente a frente com os dois. E a vovó Maylene não está aqui para acalmá-la. Você acha que consegue? – Teresa agitou a cabeça. – Não preciso controlar o temperamento dela. Nem você. Deixe que *eles* cuidem disso.

15

Byron ficara tão preocupado em vigiar Rebekkah que acabou presumindo que todos os presentes já tinham ido embora. Precisou reprimir um comentário um tanto impiedoso ao ver que Cissy vinha em sua direção. Atrás dela, as gêmeas ficaram paradas – e, ao que parecia, estavam discutindo – ao lado do carro. Liz jogou as mãos para o alto e seguiu a mãe. Teresa encostou-se no carro e ficou observando.

Cissy mantinha uma expressão determinada no rosto e ele se preparou para a fúria dela. No entanto, ela passou por ele sem um olhar sequer e foi na direção de Rebekkah.

– Cecilia! – Byron segurou seu braço. – Ela precisa de um tempo.

Ela arregalou os olhos e umedeceu os lábios.

– Mas ela precisa saber. Alguém precisa contar sobre o... o que aconteceu, e *eu* sou da família de Maylene.

– Não se preocupe com isso – interrompeu ele, colocando um braço em volta dela e conduzindo-a de volta ao carro. – Você já precisou lidar com muita coisa, Cissy. Deixe suas filhas te levarem para casa e eu cuido de Rebekkah.

Byron olhou para as filhas de Cissy. Teresa continuava vendo a cena ao lado do carro e Liz, ansiosa, permanecia atrás da mãe.

– Elizabeth, por favor, ajude sua mãe até o carro.

Cissy o fulminou com os olhos.

– Eu realmente deveria falar com Becky. Ela precisa saber o que aconteceu e duvido que *você* tenha contado. Contou?

— Contar a ela... — Byron balançou a cabeça ao perceber com desgosto que, de todas as pessoas de Claysville, parecia que apenas Cissy, além dele, achava que as circunstâncias da morte de Maylene exigiam debate. — *Não é* o momento nem o lugar.

— Mamãe... — começou Liz.

Cissy deu um passo ao lado, rodeando Byron.

— Acho que Becky deveria ouvir o que aconteceu.

Diante disso, Liz ergueu as mãos, como que se rendendo. Era a mais sensata das duas filhas, mas também tinha o bom senso de não querer ser o objeto da fúria materna.

— Eu disse que *não*. Não vai ser nem aqui nem agora. — Byron apoiou a mão no cotovelo de Cissy e a levou até o carro.

Ela lançou um olhar furioso para as filhas — que permaneciam estáticas: uma perto do carro e a outra atrás dela — antes de ceder.

— Tudo bem. Encontro com ela na casa, então — proferiu, desvencilhando-se dele. — Você não pode me manter longe dela, rapaz.

Byron sabia muito bem que dar uma resposta não levaria ao resultado desejado, então forçou um sorriso educado e continuou mudo.

— Obrigada — disse Liz, com uma expressão de alívio.

Byron deu as costas para elas e voltou para a lápide onde estivera esperando antes de Cissy se aproximar. Tentava não olhar para Rebekkah, mas não podia deixá-la sozinha. Gostaria de não ter que lhe contar sobre o assassinato de Maylene, mas também não queria que ela ouvisse a notícia pronunciada de forma casual — ou cruel.

Um borrão escuro à esquerda chamou sua atenção, mas, quando se virou, não viu nada nem ninguém. Então recostou-se à árvore ao lado da sepultura e ficou esperando.

Nunca se dera conta de como os caminhos da morte em Claysville eram peculiares. Ao se mudar para Chicago, ficou surpreso quando soube que não havia uma pessoa designada para servir de acompanhante final dos enterros. Pensou então que aquilo talvez fosse uma característica de cidades pequenas, mas dezoito meses depois – após ter morado em Brookside e Springfield –, percebeu que não tinha relação com o tamanho da cidade. Claysville era simplesmente única em sua maneira de chorar seus mortos. Prestara atenção ao viajar, tornando-se quase uma espécie de turista fúnebre por alguns meses. Nenhum outro lugar era como Claysville. Ali, os serviços funerários sempre contavam com a presença de vários representantes religiosos. Ali, os túmulos eram mantidos em ordem de forma meticulosa: cemitérios e adros tinham a grama aparada, eram bem cuidados e semeados. Ali, uma mulher caminhava pela procissão do enterro tocando um sino.

Certa vez, ainda criança, pensou que Maylene trabalhasse para a Montgomery e Filhos. Quando se tornou adolescente, chegou à conclusão de que a avó de sua namorada era um pouco esquisita. Tinha um jeito próprio de dizer adeus, e os moradores da cidade aceitavam com tranquilidade o fato de que ela seria a última acompanhante para cada pessoa que morresse. Agora ele não tinha muita certeza sobre o que pensar, especialmente porque Rebekkah parecia estar substituindo a última mulher da família Barrow.

O que estou deixando passar?

Ao se colocar de pé, Rebekkah acalmou-se e virou-se para ir embora. Só então Byron saiu detrás da sombra da árvore e foi na direção dela.

– Não sabia que ainda tinha gente aqui até... – ela fez sinal para o trecho morro acima – ... ouvir a perturbação.

Ele esfregou as mãos no rosto.

– Cissy e as gêmeas estavam aqui e...

– Obrigada. – Rebekkah corou. – Duvido que qualquer conversa entre nós pudesse *ser boa* nesse momento. Fui um pouco menos do que paciente com ela.

Byron hesitou.

– Ela queria te contar... queria ser a pessoa que...
– Que me contaria aquilo que você está evitando dizer. – Levantou o queixo e olhou com firmeza para ele. – Você não mencionou nada sobre Maylene estar doente... Sei que foi de repente. E você não quis me contar na noite passada nem esta manhã. William não tocou no assunto, assim como ninguém durante o velório. Afinal, o que você está deixando de me dizer?

Ele vinha tentando imaginar uma maneira de contar a ela desde quando o fato aconteceu, mas não havia como falar isso de um jeito agradável.

– Ela foi assassinada.

Rebekkah pensava estar preparada para ouvir qualquer coisa que Byron dissesse, pensava que nada poderia fazer com que a dor fosse ainda maior. Mas estava enganada. Seus joelhos fraquejaram e, se não fosse por Byron, teria caído no chão.

Ele deslizou a mão pela cintura dela, estabilizando-a.

– Sinto muito, Bek.

– Assassinada?

– Lamento muito. – Byron fez que sim com a cabeça.

– Mas... ela *já foi enterrada*! – Rebekkah afastou-se dele e gesticulou para o lugar em que o corpo da avó fora sepultado. – E quanto a uma autópsia? Não dá para fazer com ela... *ali*. Me diga o que...

– Não posso te dizer nada. – Byron ajeitou o cabelo para trás, num gesto familiar de frustração. – Tentei arrancar respostas de Chris, mas não há nada.

– E você me diz isso *depois de ela ter sido enterrada*?

– O fato aconteceu há quarenta e oito horas, Bek. Se não enterrássemos o corpo – Byron olhou por sobre o ombro dela para a terra mexida –, seria preciso embalsamá-lo. Você acha que eles concordariam *com isso*? É contra a lei daqui.

Rebekkah limpou a sujeira das mãos sobre a saia.

— Você sabe que isso é insano. Nenhum outro lugar tem essas leis esquisitas em relação aos enterros. Nem sei se *existem* leis para enterros em outras cidades.

— Existem sim, mas não como aqui. — Ele apertou os lábios de uma forma que a fazia se lembrar das vezes em que o vira controlar o próprio temperamento. — Aqui eles limpam as cenas de crime com alvejante e vinagre. Aqui eles removem o corpo e trabalham para que a casa pareça intocada.

— Casa? — Rebekkah sentiu o corpo oscilar. — Ela foi morta *dentro de casa*?

Ele alcançou de novo o cotovelo dela, para equilibrá-la.

— Não foi uma tentativa muito boa de te dar a notícia com suavidade, não é?

Rebekkah sentou-se na grama.

— Por que eles não me disseram? Por que *você* não me disse?

Byron juntou-se a ela no chão. Seu tom não foi cruel, mas a pergunta incluía, de certo modo, uma alfinetada:

— E quando eu deveria ter feito isso? Enquanto você esperava na esteira de bagagens, no momento em que estava sentindo os efeitos do fuso horário e precisando dormir ou depois, durante o velório?

— Não — respondeu, arrancando um pouco de grama. — Eu só... por que eles não estão me falando nada? Entendo a tentativa de serem gentis, de verdade. Posso até compreender isso, mas quando alguém é *assassinado*, eles não deveriam me falar? Não deveriam ter me ligado, ou, sei lá, feito *alguma coisa*?

— Não sei. — Ele respirou fundo e depois disse a ela que havia estado na casa para tentar encontrar alguma pista, algum vestígio, qualquer indício, mas não tivera sorte. — As leis relativas aos enterros fazem com que tudo aconteça muito rápido e eu sou apenas um agente funerário, não um detetive — acrescentou.

— Entendo — disse ela, limpando as mãos no vestido. — Saber o que aconteceu não vai trazê-la de volta para mim. Me deixe enfrentar o dia de hoje primeiro ou, pelo menos, o café da manhã.

Ele ficou de pé e ajudou-a a se levantar. Ainda segurando as mãos dela, olhou direto em seus olhos e disse:

– É só me fazer um sinal. Estou aqui... apesar da sua insistência em tentar me empurrar para tão longe a ponto de não sermos nem mesmo amigos. Prometi que sempre estaria aqui e isso não mudou.

Rebekkah parou e olhou para ele. Estivera ao seu lado quando Ella morreu. Tinha segurado sua mão e prometido exatamente isso. Nas primeiras semanas após a morte de Ella, Byron foi sua corda de salvamento, e quando sua mãe decidiu que precisavam se mudar, Rebekkah pensou que perdê-lo faria com que se dividisse ao meio.

– Isso foi há muito tempo – disse ela, de forma um tanto inútil.

Ele largou a mão dela.

– Não me lembro disso ter qualquer prazo de validade, você lembra?

Tudo o que eu precisar.

– Ella também ficaria grata – murmurou, voltando a andar.

Ao seu lado, Byron balançou a cabeça.

– Não estou fazendo isso por Ella. Estou aqui por *você*.

Por um momento, Rebekkah sentiu o peso de perder a amizade dele. Naquele único dia, perdeu os dois. Não se deu conta disso na época, mas perder Ella levou-a a perder Byron. Pouco depois de Ella ter morrido, sua mãe deixou Jimmy e elas se mudaram. Desde então, sua mãe odiava quando ela falava com Byron; nunca tentou mantê-la afastada de Maylene, mas qualquer referência a Claysville – ou a alguém de lá – era fonte de conflito.

Como se nada daquilo tivesse acontecido.

Ela o olhou de relance.

— *Somos* amigos. Sei disso. Não da mesma forma como a gente era, mas... muita coisa mudou.
— Sem dúvida — concordou, com o tom de voz neutro que adotava quando ambos suspeitavam que ela estava prestes a dizer algo que levaria a uma discussão.
Não dessa vez.
— Às vezes fico pensando naquela época... em nós todos... Acho que Maylene sabia exatamente o que a gente fazia sempre que nos achávamos muito espertos. Sua mãe também era terrível.
— Elas eram boa gente, Bek. É como me lembro de mamãe. Se me dissesse que eu iria sentir tanta falta de sua rigidez quanto do resto... — Ele balançou a cabeça, mas dessa vez estava sorrindo. — É assim que enfrento isso. Nunca deixo de sentir falta dela, mas fico revivendo as lembranças. As boas e as ruins, da mesma forma como me recordo de Ella. Ela não era esse anjo que você quer pintar.

Rebekkah parou.
— Sei disso. Só pensei que você... Achei que era assim que você ainda pensava nela. Somos uma dupla, não somos?
— Lembro dos bate-bocas entre vocês duas e de ela roubar meus cigarros e minha maconha sempre que ficava sozinha no meu quarto. Aquela briga depois da aula no segundo ano? Ela *não* estava se defendendo. Eu presenciei a cena. Ela deu o primeiro soco. — Byron riu. — Ninguém tinha um pavio mais curto. Ninguém superava Ella Mae Barrow na bebida, nos cigarros e nos palavrões. Eu a amava, mas também via quem era. Ela não conseguia resistir a um desafio, mas era capaz de recusar um convite para ir a uma festa só para poder plantar flores com a minha mãe. Falava tanto palavrão que eu devia ficar vermelho, e cantava para si mesma, mas na igreja dizia tudo baixinho porque não tinha segurança na própria voz. Não faz sentido construir um pedestal, principalmente para uma ilusão.

– Ela era tão cheia de vida... – Rebekkah desviou o olhar, passando a contemplar as lápides que marcavam as sepulturas de Ella e Jimmy. – Não entendo como uma pessoa assim pôde optar por morrer.

– Também não entendo, mas sei que tanto ela quanto Maylene e seu pai não gostariam que você lembrasse deles de forma diferente do que realmente foram. – Byron sinalizou para que ela fosse na frente em direção ao único carro preto que ainda restava. – Amar alguém significa aceitar o lado bom e o ruim.

Byron abriu a porta de trás e ela deslizou para dentro do veículo antes que ele pudesse ver o pânico em seus olhos quando *aquele assunto* foi mencionado.

16

Daisha entrou na casa, cruzando a soleira com a confiança de quem sabe estar a salvo. Era um sentimento desconhecido. Depois de anos recuando diante de qualquer som, a segurança de sua nova *vida* era arrebatadora.

Estava numa espécie de vestíbulo, uma antecâmara para as pessoas que ainda precisavam se preparar para o velório. Mesmo ali, o carpete bege e as plantas verdes e frondosas estavam posicionados de modo a criar uma atmosfera calculada para acalmar.

Para além da entrada estava o homem que precisava encontrar. O sr. Montgomery sabia que ela era diferente; dava para ver pelo jeito cauteloso com que ele a observava. Ninguém mais na cidade – *a não ser Maylene* – tinha olhado para ela daquele modo.

– Você não deveria estar aqui – disse ele.

O corpo dela sabia que precisava ir até lá, da mesma forma como soube que precisava encontrar Maylene. Havia caminhado durante dias, sem saber para onde estava indo nem por quê, apenas que estava se dirigindo para o lugar onde as coisas poderiam ficar melhores. Seu corpo pertencia a Claysville.

– Mas *estou* aqui – retrucou Daisha, adentrando na sala do velório, onde ele aguardava. Certa vez estivera naquela mesma sala, lamentando a morte de um tio que ficara destroçado depois de muitos drinques e sabe lá o que mais. O cheiro era o mesmo de antes: um perfume persistente de flores e algo mais doce. No passado, pensara que aquele era o aroma da morte, um odor adocicado quase doentio. E depois morreu. Agora sabia que a morte às vezes cheira a cobre e folhas.

— Eu posso te ajudar. — A voz dele era reconfortante, confiante.

— Como?

— Ajudar você a chegar onde precisa estar — disse William. Se não fosse pelas mãos trêmulas dele, Daisha pensaria que não o afetara.

Ela balançou a cabeça.

— A outra pessoa que tentou isso...

— Você matou Maylene.

— Ela se ofereceu para me alimentar — sussurrou.

— Então você a *assassinou* — acusou William, aumentando o tom de voz.

Ela franziu o rosto. Não era para ser daquele jeito. Ele não deveria ser tão mau. *Maylene* não fora.

— O que mais eu poderia ter feito? — Ela não estava fazendo uma objeção; estava apenas perguntando. No entanto, William não encarava assim. Maylene teria encarado. Foi o que fez antes de morrer.

Maylene ofereceu a Daisha um copo de uísque e água.

— *Não tenho idade para beber isso.*

— *Você está um pouco além dessas regras, agora* — *respondeu Maylene, sorrindo.*

Daisha fez uma pausa.

— *Por quê?*

— *Você sabe por quê.* — *Maylene foi delicada, mas firme.* — *Toma, vai te ajudar.*

Daisha virou o copo, tomando tudo de uma vez. Não queimou da forma que o uísque costumava queimar. Em vez disso, pareceu pesado, como uma espécie de xarope revestindo a garganta até chegar ao estômago.

— Nojento — disse, atirando o copo contra a parede.

Maylene serviu outro e dessa vez o ergueu para fazer um brinde.

— Você finalmente poderá me ter, seu canalha. — Esvaziou o copo e em seguida olhou para Daisha. — Deixe-me ajudá-la.
— Já está ajudando.
— Preciso que confie em mim. Se eu soubesse que você tinha... morrido, teria cuidado do seu túmulo. Ainda podemos fazer isso. Me diga onde...
— Meu túmulo. — Daisha recuou. A verdade que ainda não tomara forma a atingiu em cheio. Meu túmulo. Olhou para baixo, observando as mãos. As unhas estavam sujas. No entanto, não tinha rastejado para fora de lugar algum. Podia não se lembrar de tudo, mas disso ela sabia. — Eu não estava em um túmulo.
— Eu sei. — Maylene serviu outro copo, despejando a garrafa de uísque e a de água sobre a taça. — É por isso que está com tanta sede. Os mortos sempre ficam assim quando não são cuidados da forma adequada.
— Eu não... — Daisha olhou fixo para ela. — Não estou...
Maylene cortou uma fatia grossa de pão, colocou-a num prato e despejou um pouco de mel sobre ela. Em seguida empurrou o prato à frente. A ponta de seus dedos estava bem ao lado do cabo da faca de pão.
— Coma.
— Eu não... como posso estar morta se estou com fome? — No entanto, Daisha sentiu a verdade nas palavras de Maylene. Ela sabia.
Maylene apontou com a cabeça para o copo e o prato.
— Coma, menina.
— Não quero estar morta.
— Eu sei.
— Também não quero estar em um túmulo — disse Daisha, afastando-se da mesa. A cadeira tombou para trás, caindo no chão.
Maylene não reagiu.
— Mas é o que você quer, não é? — Daisha compreendeu tudo. Entendeu por que fora até lá, entendeu por que a velha senhora estava lhe dando uísque e pão.

— É o que eu faço — respondeu Maylene, levantando-se. — Mantenho os mortos em seus lugares e mando-os de volta quando acordam. Você não deveria ter sido deixada fora de Claysville. Não deveria ter sido...

— Assassinada. Eu não deveria ter sido assassinada. — Daisha tremia. Sua cabeça parecia estar cheia de abelhas zumbindo tão alto que os pensamentos não conseguiam ficar claros. — É isso que você quer. Quer me matar.

— Você já está morta.

Quando Daisha se deu conta, estava ajoelhada sobre Maylene, com o chão duro abaixo dos joelhos.

— Não quero estar morta.

— Nem eu. — Maylene abriu um sorriso. Escorria sangue de um corte perto de seu olho. — Mas você já está, querida.

— Por que você? Por que vim até você? Foi mais forte do que eu — murmurou Daisha.

— Sou a Guardiã. É o que faço. Os mortos batem à minha porta e eu ajeito as coisas.

— Manda a gente de volta.

— Palavras, bebida e comida — sussurrou Maylene. — Dei todos os três a você. Se tivesse sido enterrada aqui...

Aos poucos, Daisha foi penetrando ainda mais na sala. O tempo todo ficou observando William. Não parecia ser uma ameaça, mas ela não tinha certeza.

— Ele não sabe o que eu sou... o outro Guia. Ele não sabe nada disso — disse Daisha, dando um passo à frente.

William não chegou a recuar, mas a tensão em seu corpo sinalizava que era isso que queria fazer. Seu olhar se estreitou.

— Deixe-os de fora disso.

Daisha passou as mãos nas costas de uma cadeira a seu lado.

— Não posso. Você sabe, não sabe? Às vezes não dá para escolher.

— Podemos acabar com essa história antes que mais alguém se machuque. — William pendurou as mãos ao lado do corpo, como para lhe mostrar que estava desarmado. – Você não quer machucar as pessoas, não é? É o que vai acontecer se não vier comigo. Você sabe.

– Eu não sou má – sussurrou.

– Acredito em você – disse, estendendo a mão para ela e dobrando os dedos para chamá-la. – Você pode fazer o certo aqui, basta vir comigo. Vamos encontrar algumas pessoas que podem nos ajudar.

– *Ela*. A nova Guardiã.

– Não. Eu e você podemos resolver tudo por nossa conta.

– Ele deu mais um passo à frente, com a mão estendida. – Maylene te deu comida e bebida, não foi?

– Foi, mas não o suficiente. Estou com muita fome – respondeu, desconfiada.

– Precisa que eu arranje alguma coisa para você? – A respiração de William estava irregular. – Isso ajudaria?

Sem ter a intenção, Daisha pegou a mão dele e o trouxe para junto de si. Estava muito perto; era como se ela nem tivesse feito menção de se mover, mas tinha se movido. Ela balançava a cabeça. Ele tremia. *Igual a Maylene*. Daisha cravou os dentes no pulso de William, levando-o a soltar um gemido, um som de animal ferido.

Ele tirou algo de dentro do bolso e tentou espetar no braço dela. *Uma agulha*. Tinha lhe oferecido esperanças, mas agora estava tentando machucá-la. *Veneno*. Ela o empurrou.

– Isso não foi legal.

Ele apertou o braço que sangrava contra o peito. Pequenas gotas vermelhas caíram no chão e mais algumas em sua camisa.

– Deixe-me ajudar – pediu. Estendeu a mão para pegar a agulha que havia deixado cair. – Por favor, me deixe ajudar.

Daisha não conseguia parar de olhar para o pulso dele. A pele tinha sido arrancada.

– Eu fiz isso – murmurou.

– Podemos dar um jeito – disse William, pegando a agulha. Seu rosto estava pálido e ele caiu no chão, de forma que estava meio ajoelhado e meio sentado em frente a ela. Apesar da dor evidente, conseguiu alcançar e segurar o braço de Daisha. – Por favor. Eu posso... te ajudar.

– Não. – Ela limpou a boca com o dorso da mão. Sua mente parecia mais clara agora. Tudo fazia mais sentido quando não estava tão faminta. – Acho que não quero a ajuda que você tem para oferecer.

Ele embalou o braço ensanguentado e tentou ficar de pé.

– Isso não está certo. *Você* não está certa. Não era para estar aqui.

– Mas *estou*.

Daisha o empurrou para baixo. Ainda estava com fome, mas o medo em relação a ele era maior. *Ele não entende*. Ter medo significava se desintegrar. Ela não gostava disso. E não deixaria que acontecesse. Podia não ter escolhido morrer – ou acordar depois de morta –, mas agora era capaz de fazer algumas escolhas.

Com calma, saiu da sala e fechou a porta atrás de si. William não a seguiu.

Ela pensou em visitar a mulher que estava cantarolando no escritório, mas permanecer ali não parecia muito prudente. William talvez não fosse forte o bastante para contê-la, mas conhecia coisas e pessoas que poderiam ser capazes de machucá-la.

Daisha escapou pela porta.

Outra pessoa lhe daria comida, alguém que não a deixasse com medo. Ela iria atrás disso e então decidiria o que fazer em seguida.

17

REBEKKAH ESTAVA GRATA PELO SILÊNCIO DE BYRON ENQUANTO ELES percorriam de carro a curta distância até a casa de Maylene. Uma parte dela se rebelava contra a facilidade que sempre era recomeçar de onde haviam parado. No início, Byron tinha sido seu segredo cheio de culpa. *E Ella sabia.* Rebekkah não planejou nada; amava sua meia-irmã. *Uma noite. Um beijo. Foi tudo.* Não deveria ter acontecido e ela sabia disso na época, mas foi só uma vez. *Não teria acontecido de novo. Nós não teríamos...* Levou anos até que conseguisse falar com Byron sem se sentir culpada. Então, certa noite, após muitos drinques e anos de desejo contido, ela acabou cruzando a linha que prometera não cruzar. Depois disso, ele se transformou em um vício do qual não conseguia se ver livre. Porém, sempre que o deixava entrar, pensava na irmã. *Ella sabia o que eu sentia, o que ele sentia, e morreu sabendo.*

O carro parou. Byron abriu a porta e saiu.

– Está pronta para isso? – perguntou ele.

– Não, na verdade não.

Rebekkah respirou fundo e o seguiu até a varanda da frente, para entrar na casa da avó. *Minha casa.* Não queria saber em que cômodo Maylene tinha morrido, mas o fato de saber que havia morrido ali tornava difícil não ficar especulando. *Mais tarde.* Faria perguntas mais tarde – para Byron, para o delegado McInney e para William.

Cissy estava sentada na poltrona de Maylene e, pela expressão em seu rosto, não parecia nem um pouco amigável. Encarou os dois fixamente enquanto eles entravam na sala.

– Tia Cissy – murmurou Rebekkah.

– Becky. – Cissy estava segurando uma xícara de chá com uma das mãos e um pires com a outra. – Presumo que *ele* te contou – disse, num tom de voz mordaz.

Rebekkah fez uma pausa. Não era a hora nem o lugar.

– Por favor, não...

– Minha mãe foi morta aqui, na casa dela. *Minha* casa. Logo ali... – Cissy fechou os olhos por um instante e em seguida olhou para Rebekkah de forma feroz. – Encontraram ela na cozinha. Ele te contou essa parte?

– Cecilia! Por favor, agora não. – Daniel Greeley, um dos membros do Conselho, havia entrado na sala. Rebekkah encontrara com ele algumas vezes durante suas visitas a Maylene e agora estava feliz em vê-lo ali. Ele ficou parado como uma sentinela em frente a Cissy.

– Ah, então tudo bem eu ficar sabendo? Minhas filhas ficarem sabendo? Mas temos que protegê-la? – Cissy levantou-se de forma tão abrupta que a poltrona de balanço bateu na parede. Ela encarou Rebekkah. – Você nem é da *família*. Não precisa estar aqui. Apenas diga que não quer, Rebekkah. É só isso que precisa fazer.

Todos pararam de falar. As pessoas foram deixando a sala ou virando as costas, de forma educada, como se não pudessem escutar a conversa. Entretanto, Cissy estava falando tão alto que era impossível não ouvir.

– Mãe. – Liz se colocou ao lado dela. – Você está chateada e...

– Se ela tivesse princípios, iria embora. – Cissy lançou um olhar furioso para Rebekkah. – Deixaria a verdadeira família de Maylene ter o que lhe é de direito.

Por um momento, Rebekkah ficou tão atordoada que nem conseguiu reagir. Ficava enojada só de pensar que a hostilidade de Cissy devia-se a algo tão mesquinho como dinheiro e bens. Aqueles anos todos de raiva em relação a ela e à mãe teriam sido por conta da ganância?

— Saia daqui — disse Rebekkah, calmamente.
— Como é que é?
— Saia. — Rebekkah afastou-se de Byron, aproximando-se de Cissy, mas não muito. Mantinha os braços ao lado do corpo para evitar a tentação de agarrar a mulher e enxotá-la para fora. — Não vou ficar na casa de Maylene e deixar você fazer isso. Entendo que você esteja irritada por causa do enterro, mas sabe de uma coisa? Presenciei Maylene fazer *exatamente o mesmo* quando você começava a dar chilique, mas ela não está mais aqui para mandar você parar de fazer cena.

As gêmeas estavam agora ao lado da mãe. Teresa segurava o braço dela com a mão, num gesto que poderia tanto servir para apoiá-la quanto para contê-la. Liz mantinha os braços cruzados sobre o peito. As duas, como todos os outros na sala, permaneciam em silêncio.

Rebekkah não se mexeu.

— Nunca quis que você me odiasse, e só Deus sabe como tentei ser legal com você, mas agora não me importo mais. O que importa é que você está desrespeitando Maylene dentro da casa dela. Você tem duas escolhas: agir de forma civilizada ou ir embora.

Cissy se desvencilhou de Liz e deu um passo à frente. Sua voz agora estava mais baixa.

— Nunca mais vou te incomodar se você abrir mão do legado de minha mãe. Apenas vá embora, Rebekkah.

Rebekkah franziu o rosto. *Abrir mão do legado dela?*

— Cissy? — O delegado se posicionou ao lado das duas. — Que tal pegarmos um pouco de ar?

Rebekkah não ficou ali para ver se Cissy saiu com ele. Virou-se e foi até a cozinha da avó. Estava cheia de gente: alguns rostos familiares e outros não. Suas visitas a Claysville não eram lá muito frequentes e fazia anos que tinha morado naquela casa, mas, a cada vez que vinha, Maylene parecia querer que ela a acompanhasse a todos os lugares. O resultado era que conhecia vários habitantes de Claysville embora tivesse morado na cidade por poucos anos.

— Senhoras, vocês nos dariam um minuto? — Byron a tinha seguido até a cozinha.

— Acho que tudo correu relativamente bem.

Rebekkah forçou uma expressão do tipo "não estou me desmanchando em pedaços" antes de se virar e olhar para ele. Sabia que ele conseguiria ver o que estava por trás daquilo, mas queria alimentar a ilusão de que ainda não tinha caído no hábito de baixar a guarda ao estar perto dele.

Ele bufou.

— Ela estava esperando por isso.

— Eu ia perguntar por quê, mas não acredito que você saiba mais do que eu. — Rebekkah olhou para o chão da cozinha. — O tapete sumiu. Minha avó morreu bem aqui e tiveram que se livrar do tapete por causa disso, não foi?

— Não faça isso com você mesma, não agora — disse Byron, envolvendo-a nos braços.

— Isso foi um sim. — Rebekkah se inclinou, aceitando o abraço dele. — Não entendo por que Cissy quer me machucar. Não quero saber que Maylene... — Fechou os olhos por um instante. — Não quero que ela esteja morta.

— Isso eu não posso mudar. — Ele a confortou por um tempo e, quando ela relaxou um pouco, perguntou:

— Quer que eu acabe com a raça dela?

Rebekkah riu um pouco, mas o riso não escondeu por completo o soluço.

Ainda estavam parados ali quando Evelyn chegou, alguns minutos depois. Era só um pouco mais velha do que eles, mas sempre tivera um jeito muito maternal. Quando Byron caiu de sua primeira bicicleta durante uma corrida perto do reservatório, foi Evelyn quem ficou junto dele até que Chris o fizesse prometer que iria ao médico *e* fizesse Ella e Rebekkah prometerem que ligariam para ele com o objetivo de acordá-lo a cada quarenta e cinco minutos para garantir que não estava tendo uma concussão. Ser a mulher do delegado e mãe de quatro crianças fazia dela uma provedora ainda mais habilitada.

– Cissy e as filhas concordaram que talvez fosse melhor mesmo se ela voltasse para casa e descansasse um pouco – disse Evelyn.

Com um sorriso lacrimejante, Rebekkah se virou para ela.

– Obrigada.

Evelyn gesticulou, sinalizando que não era preciso agradecer.

– Não fui eu, docinho. Christopher sabe lidar bem com mulheres difíceis – explicou, baixando em seguida o tom de voz. – Ele teve que desenvolver essa habilidade com as irmãs. Vem de uma família de mulheres irritadiças.

– Bom, então agradeça a ele também.

Rebekkah deu uma risadinha. Quando havia morado em Claysville, a família McInney era considerada responsável por uma cota mais do que razoável de perturbação da paz e, pelo que Maylene dizia, uma das razões de o Conselho Municipal ter nomeado Chris como delegado era porque ele conhecia todos os encrenqueiros – ou tinha alguma relação com eles.

– Tudo vai ficar bem, Rebekkah. – Evelyn puxou uma cadeira. – E vai ser mais fácil depois de você colocar alguma coisa para dentro. A dor é exaustiva e não é possível se manter forte com o estômago vazio. Venha cá – disse, dando um tapinha na cadeira. – Sente-se.

De forma obediente, Rebekkah sentou-se. Em seguida, Evelyn olhou para Byron.

– Você, vá ver se o seu pai ainda está aqui. Ele sabe disfarçar direitinho, mas também está passando por uma barra. Esses dois sempre foram unha e carne – disse, fazendo sinal para que Byron fosse logo. – Pode ir. Eu fico com ela um pouco.

Byron olhou para Rebekkah, que inclinou a cabeça, concordando. Apoiar-se em Evelyn não parecia tão perigoso quanto apoiar-se em Byron. Com Evelyn não havia confusão, nenhum conflito. Ela estava apenas sendo gentil. Muito provavelmente faria o mesmo para cada pessoa que ainda estava na casa quando passassem pela mesma situação de luto.

– Vou estar logo ali fora – disse ele.

Evelyn começou a preparar um prato para Rebekkah, preenchendo a cozinha com o mesmo tipo de conversa mole que Maylene costumava adotar quando a neta estava chateada. *E é por isso que ela está agindo assim*, percebeu Rebekkah.

– Obrigada – repetiu mais uma vez, sorrindo com gratidão.

– Shshsh! – Evelyn afagou a mão dela.

Ao longo da hora seguinte, várias pessoas entraram e saíram da cozinha, contando pequenas amostras de histórias sobre Maylene – um bom número delas envolvendo conversas bem naquele cômodo – e, no geral, ajudando Rebekkah a apagar do pensamento a imagem da avó morrendo ali.

Então ela sentiu um puxão, como se estivesse sendo arrastada por uma corda invisível. Voltou para a sala, tentando dar sentido à sensação totalmente desconhecida dentro de si. Já estivera de luto antes, mas isso não força ninguém a seguir passos invisíveis.

– Bek? – Amity foi para perto dela. – Rebekkah? O que você está fazendo?

Rebekkah a ignorou e continuou andando. Abriu a porta e saiu para a varanda. De forma um tanto distraída, se deu conta de que deveria falar *alguma coisa*, explicar-se de certa maneira, mas uma pressão interna insistia que seguisse adiante.

Amity a seguiu.

– O que você... Ai, meu deus. – Ela se virou e voltou correndo para dentro da casa, gritando. – Delegado? Daniel? Alguém?

Uma criança que Rebekkah não conhecia estava deitada no chão. Tinha vários cortes grandes no braço, pelo menos um rasgão no ombro e arranhões nas pernas, como se tivesse sido arrastada pelo chão. Os olhos estavam fechados e o rosto, virado.

Em meio à bruma, Rebekkah ajoelhou-se ao lado da criança e tomou seu pulso. Estava bem fraco, mas ainda assim podia ser sentido. Foi preciso que reunisse todos seus esforços para se concentrar na criança.

Isso não é o que estou procurando.

— Meu deus! — Uma mulher, provavelmente a mãe da criança, pronunciou as palavras, soluçando, enquanto se colocava em frente a Rebekkah e envolvia a menina nos braços. — Chamem uma ambulância. Meu deus, Hope...

O delegado McInney ajudou a mulher na varanda.

— Deixe-me vê-la.

Em seguida o reverendo Ness e a senhora Penelope, a sensitiva local, já estavam ali. Evelyn controlava a multidão. Alguém tinha saído da casa com uma toalha de cozinha e usou-a para fazer uma atadura provisória no braço da menina. Tudo estava sob controle na medida do possível, mas a ânsia que Rebekkah sentia não diminuíra.

Está bem mais longe agora.

Rebekkah passou pela criança e pelas pessoas aglomeradas no jardim. Para além dela havia um pequeno trecho de mata. Na frente da mata, árvores e terreno descampado. Maylene sempre mantivera a parte mais frontal livre de vegetação rasteira. Depois desse pedaço, tudo crescia de forma selvagem. *É para lá que foi.* Ela percorreu árvores e mato tentando localizar alguma movimentação, olhos, algo para ajudá-la a encontrar o animal que fizera aquilo.

Por que eu sentiria a presença de um animal aqui fora?

Byron apareceu ao lado dela.

— Os paramédicos estão a caminho. Evelyn ligou para eles assim que ouviu Amity. O posto é tão perto que eles devem chegar em poucos minutos.

Depois de uma pausa, ele perguntou:

– Bek? Você está bem?
Ela continuou observando as sombras logo à frente.
– Você está vendo alguma coisa?
– Não – respondeu ela.
– Você *viu* alguma coisa? – Byron olhou para a pequena área arborizada. – Um puma? Um cachorro ou algo do tipo?
– Não, não vi nada. – Sentiu como se sua voz não fosse inteiramente sua, como se o som das palavras ecoasse a seu redor.
Os dois ficaram em silêncio por alguns minutos. Logo depois, o puxão que impelira Rebekkah para fora da casa se afrouxou de uma só vez. Ela esfregou as mãos, tentando expulsar a sensação de formigamento na pele.
– Havia algumas outras crianças aqui fora. Estão todas aí? Não conheço muitas dessas pessoas. Imaginava que os pais estivessem supervisionando, mas... Não sei. – Ela manteve o tom de voz baixo, tanto com a esperança de não espantar qualquer coisa que estivesse atrás das árvores quanto para não assustar alguém que por acaso ouvisse a conversa. – Você pode conferir?
– Claro. Vou perguntar ao Chris. Você está...
– Preciso de um minuto – pediu a ele.
Sem dúvida, o choque dos dois dias anteriores tinha atingido Rebekkah em cheio. *Estava na Califórnia ainda ontem.* Hoje participava do café da manhã depois do enterro da avó, observando a mata numa tentativa estranha de encontrar um animal que atacara uma criança. A dor do luto nem sempre era a mesma e, se ela estava agindo de forma irracional, isso era o esperado. *Mas aquilo não parecia dor.* No entanto, não sabia ao certo o que mais poderia ser – nem se queria mesmo saber. O que queria, na verdade, era expulsar todo mundo, subir a escada, pegar uma espingarda e ficar sentada na varanda, esperando pelo maldito gato ou cachorro selvagem que mordera a criança.

Os paramédicos saltaram do carro correndo. Logo atrás deles estava William Montgomery e o jovem rabino que se mudara para a cidade poucos anos antes. O olhar de William primeiro procurou por Byron e depois por Rebekkah. O rabino foi para perto da mãe da criança, mas William passou pelo pequeno aglomerado de gente até se posicionar ao lado de Rebekkah.

– Você está bem?
– Estou – respondeu ela, apontando para a multidão. – Uma menininha foi mordida por algum tipo de animal.

Daniel se aproximou, encarregando-se de manter os espectadores fora do caminho. Fez uma pausa e lançou para Rebekkah e William um olhar quase acusatório.

Rebekkah se encolheu. Não estivera olhando, mas também não tinha sido muito útil – nem ninguém mais fora. Tinham envolvido o ferimento e telefonado para pedir ajuda. Não havia muito mais que as pessoas pudessem fazer. *O que ele esperava?*

– Por que você não volta para casa, Bek? – propôs William.

Não existia uma maneira graciosa de recusar aquela sugestão e ela não queria discutir com ele – era a única pessoa além dela que sofrera uma perda tão grande com a morte de Maylene. Portanto, fez o que William sugeriu.

Foi andando na direção de Byron e, ao se aproximar, ouviu por acaso o final do comentário dele.

– ... igual a Maylene – disse em voz baixa para Christopher.
– Então não me peça para ficar calmo, Chris.

Rebekkah ficou pálida. *Igual a Maylene?* Não fazia sentido. Byron dissera que Maylene fora assassinada. Animais não cometem *assassinato* contra pessoas.

– Byron?

Ele olhou por sobre o ombro.

– Bek... – disse, esfregando a mão no rosto. – Não tinha percebido que você estava atrás de mim.

Ela desviou o olhar dele para o delegado, que balançou a cabeça e permaneceu em silêncio, e depois voltou a encarar Byron.

A senhora Penelope postou-se ao lado de Rebekkah e a envolveu com o braço. A sensitiva era amável mas, ao mesmo tempo, insistente.

– Venha cá para dentro. Foi uma manhã estressante. Evelyn já pôs a chaleira no fogo. Por que a gente não toma uma bela xícara de chá de ervas? Eu trouxe algumas misturas que podem acalmar seus nervos.

De forma gentil, Rebekkah se desvencilhou dela.

– Vá na frente. Preciso de um minuto.

A reverenda se aproximou e lançou a Penelope um olhar inquisitivo que Rebekkah fingiu não perceber. Penelope balançou a cabeça.

– Não há nada que possamos fazer aqui e Evelyn talvez precise da nossa ajuda. Venha, reverenda – disse o delegado McInney. Olhando para Penelope, completou: – Senhora P.

Apressando-se, Penelope abraçou Rebekkah e murmurou:

– Byron é um homem bom. Você pode confiar nele... e em você. – Em seguida afastou-se. Com um sorriso implacável, virou-se para a reverenda. – Cecilia foi escoltada para fora com tranquilidade? Esse detalhe ficou confuso.

– Claro. Obrigada pelo aviso – sussurrou a reverenda McLendon.

Então os três foram para dentro da casa. A porta da varanda fechou com um pequeno estalo, deixando Byron e Rebekkah a sós do lado de fora.

– Sobre o que eu falei para o Chris... – começou Byron.

– Não, não posso. Não agora. Não consigo ouvir mais nada hoje – pediu Rebekkah, balançando a cabeça. – Pode ser?

Byron a envolveu com o braço enquanto observavam os paramédicos colocarem a maca dentro da ambulância. A mãe da criança e o rabino subiram no veículo logo em seguida.

Rebekkah se apoiou nele.

O rabino se inclinou para fora e disse algumas palavras para o reverendo Ness e para William. Depois a porta se fechou.

O reverendo Ness continuou de costas para a casa enquanto a ambulância ia embora, e William se encaminhou para a varanda onde eles estavam. Um tanto sem jeito, embalou o próprio braço, mas ficou em silêncio por um tempo. Apesar de parecer esgotado e, de repente, muito mais velho do que naquela manhã, ofereceu a Rebekkah um sorriso caloroso.

– Maylene ficaria orgulhosa de ver como você está se saindo. Você é mais forte do que imagina.

– Não me sinto tão forte assim, mas fico feliz de pelo menos aparentar.

– Mae sabia das coisas e eu nunca tive motivos para duvidar dela quando vocês estavam envolvidos... tanto um quanto outro. – William olhou para Byron de relance e depois puxou um grosso envelope de dentro do bolso do casaco e o estendeu para Rebekkah. – Ela queria que eu te entregasse isso.

– Obrigada – respondeu, aceitando o envelope.

Ele assentiu e olhou para o lado quando o reverendo Ness chegou à varanda. O reverendo parou no primeiro degrau.

– Existem limites para o que podemos evitar, William. Em breve o Conselho vai intervir.

– Eu sei. – O rosto dele estava abatido e aflito; sua postura era tensa. – Estou cuidando disso.

Rebekkah e Byron trocaram um olhar confuso, mas, antes que pudessem fazer qualquer pergunta, William disse ao filho:

– Nós precisamos conversar sobre alguns assuntos. Preciso que venha comigo agora.

– *Agora*? Mas Rebekkah...

– Eu estou bem – assegurou para os dois. Deu um passo à frente, esticou-se um pouco e beijou o rosto de William. – Obrigada por tudo.

— Maylene tinha razão: você se transformou numa mulher maravilhosa. Byron tem sorte de tê-la — afirmou, envolvendo-a em um abraço firme. — As coisas vão ficar mais fáceis, prometo.

Ele se afastou e ficou olhando para ela em silêncio. Rebekkah não teve coragem de lhe dizer que ela e Byron não eram... seja lá o que ele achava que fossem. Só conseguiu agradecer novamente.

E virou-se para Byron:

— Te vejo amanhã.

Então voou para dentro de casa antes que precisasse pensar sobre as palavras de William ou sobre a expressão esperançosa que surgiu no rosto de Byron quando ela disse que o veria no dia seguinte.

18

Em silêncio, Byron seguiu o pai. William não queria falar sobre o assunto na casa de Rebekkah, e Byron não estava muito disposto a discutir, então acompanhou-o até a casa funerária. Não pararam na parte da casa que era o lar deles; em vez disso, William se encaminhou para a porta que fazia a separação entre a residência e a empresa familiar. Estremeceu ao abri-la.

– Você está bem? – Byron estendeu a mão, mas o pai preferiu se esquivar.

William gritou:

– Elaine, vamos estar no porão. Há alguns memorandos na sua mesa.

– A maioria deles já está pronta – rebateu ela, enfiando a cara para fora do escritório.

– Claro que sim. – William fez uma pausa e depois abriu um sorriso para a administradora da firma. – Obrigado... por tudo.

– O pacote que você encomendou chegou mais cedo. Vou cuidar disso.

– Ótimo. – William assentiu antes de retomar o passo. Parou diante da entrada de sua sala, puxou uma chave e trancou a porta. Depois, em vez de guardá-la, estendeu-a para Byron.

– Coloque isso no bolso para mim.

– Por quê? – perguntou Byron, segurando a chave.

O pai ignorou a pergunta.

— Venha.

Byron estava parado no corredor. A cada dia a lista de coisas que não faziam sentido aumentava, mas tudo se tornou insignificante depois que ele percebeu a cautela cada vez maior com que William segurava o próprio braço contra o peito.

— O que houve com o seu braço?

— Vai ficar bom. Não é sobre isso que precisamos falar agora.

Ele abriu a porta do porão e começou a descer os degraus. Byron enfiou a chave no bolso e seguiu o pai escada abaixo.

— O que está acontecendo?

William abriu a porta do depósito e, num movimento rápido, acendeu as luzes.

— Feche a porta.

Byron fechou-a com força.

— Tranque.

— Você está me deixando preocupado, pai — disse ele, trancando a porta. — Quer me dizer o que está acontecendo?

William deu uma risada sem muito humor.

— Não, para falar a verdade, não, mas já não posso mais esconder isso de você.

— Pai, o que há de errado? — perguntou, postando-se ao lado dele. Estendeu a mão de novo para alcançar o braço que ele segurava junto ao corpo.

— Pare com isso.

— Eu paro, mas só depois que você me disser o que aconteceu com o seu braço. — Byron ficou olhando para o rosto pálido do pai. — É um ataque cardíaco ou...?

— Não, não é. Deixe-me começar do início — disse, fazendo uma pausa. Quando Byron, relutante, concordou com a cabeça, ele prosseguiu. — Muito tempo atrás, os fundadores da cidade fizeram um acordo que vem sendo honrado desde então. Existem condições e responsabilidades que alguns de nós precisam suportar. Um seleto grupo de pessoas pode fazer perguntas que nem todos os outros podem — explicou e, em seguida, encarou o filho com firmeza. – Mas isso também significa que somos responsáveis por manter a cidade em segurança quando surge algum problema. Nós somos o que se encontra entre os vivos e os mortos. Ter o nosso ofício é uma honra, meu filho.

– Eu sei. – Byron foi ficando mais aflito. O que o pai falava parecia cada vez mais sem sentido. *Não era um derrame que fazia os pacientes apresentarem raciocínios sem lógica?* Byron não estava acostumado a diagnosticar nada. Seus "pacientes" já estavam sempre mortos quando ele os encontrava. *Dor no braço também pode ser sinal de derrame.* Ele foi para perto do pai. – Pai, vamos lá para cima. Deixe-me ligar para o dr. Pefferman.

William o ignorou.

– Estou te dizendo o que você precisa saber. Gostaria que isso não fosse um choque tão grande, meu filho. Lamento muito, de verdade.

– Sobre o que você está falando?

Byron cogitou subir correndo para chamar uma ambulância. O comportamento do pai não fazia sentido algum. *Será que está sofrendo? Recusando-se a aceitar a realidade? Tendo um enfarto? Um derrame?* Tentou se lembrar de outros sintomas além de dor no braço, mas não conseguiu.

– Ouça. Mantenha o foco.

William deslizou a mão pela porta do armário azul-claro de metal que ficava na parede dos fundos.

– Em quê?

O armário fez um clique e, quando resvalou para o lado, um túnel pôde ser visto.

– E confie nos seus instintos – acrescentou William.

– Puta m...!

– Não. – O olhar de William rapidamente se dirigiu ao filho. – É preciso ter muito respeito aqui.

– Aqui? – Byron foi à frente para ficar ombro a ombro com o pai. De todas as respostas que imaginara para as inúmeras perguntas não respondidas, um túnel atrás de um armário num depósito não fazia parte da lista. – Onde *é* aqui? Para onde isso leva?

William entrou no túnel e tirou da parede uma tocha que parecia pertencer a uma masmorra medieval – trapos acinzentados envoltos em um pedaço de madeira curtida. A tocha ganhou vida, acendendo-se, como se um interruptor tivesse sido acionado. *Tochas não fazem isso.* O toque da mão de seu pai fez com que a chama aparecesse e lançou uma luz fraca para dentro do túnel. O chão parecia ser composto de um trecho de trilhos de ferrovia abandonados, cobertos de musgo e poeira. As paredes não aparentavam ser outra coisa além de um poço rústico de acesso a uma caverna. Os túneis abandonados das minas de carvão que Byron certa vez explorou com amigos espeleólogos talvez parecessem menos seguros, mas não muito.

Ele olhou para o túnel e, em seguida, para o pai.

– É um túnel da época da era da proibição? De alguma guerra? De... sei lá... O que é isso? E o que tem a ver com o seu braço? Você estava aqui embaixo explor...?

– Não. Essa é a entrada para a terra dos mortos.

– *O que* você disse? – Byron encarou o pai. Ele devia ter entrado numa espécie de estado de demência, ou choque, ou qualquer coisa assim, causado pelo luto. – Vamos lá para cima. Talvez possamos dar uma volta de carro e...

– Venha – disse William, acenando. – Não estou maluco. Sei que parece... Sei bem que isso tudo parece muito estranho, mas você precisa vir comigo agora. Os mortos não se tornam nem um pouco mais pacientes por terem a eternidade à disposição. Entre no túnel.

Byron hesitou. Provavelmente era apenas um túnel antigo, desativado, uma rota de fuga ou algo parecido. Túneis que levam aos mortos não existiam.

Não é real. É... Rostos surgiram em meio ao ambiente gélido; mãos se esticavam para alcançar William. Byron não tinha certeza se estavam dando as boas-vindas ou ameaçando. O terror tomou conta dele conforme as figuras fantasmagóricas se precipitavam na direção de seu pai. Byron entrou no túnel e ficou em frente a ele.

– Pai?

William se inclinou para perto do filho e gritou em seu ouvido:

– Apenas fique comigo. Eles não são sempre assim.

Eles?

William prosseguiu a passos largos, penetrando na escuridão turbilhonante logo à frente. Qualquer palavra que tenha dito se perdeu na rajada de vento que chegou rasgando. A impressionante força do vento era como dentes sendo cravados sobre a pele, como sopro gelado no pescoço de Byron, como coisas pegajosas e molhadas fazendo pressão em seus lábios.

A luz tremulante não parecia sofrer influência alguma do vento estridente, mas o ambiente estava gelado por conta dele. O gelo começou a se insinuar pelas paredes, cobrindo-as de uma crescente geada branca.

Logo depois, o sopro escandaloso cessou da mesma forma repentina como havia começado. As mãos e as vozes se dissiparam e Byron ficou se perguntando se teriam sido frutos de sua imaginação.

Estou tendo alucinações?

– Você queria respostas – disse William, com uma lufada de ar branco. – Agora está prestes a conseguir algumas delas.

Byron deu um pulo ao ouvir o barulho de uma porta fechando atrás de si. Depois disso, a paisagem ao redor deles pareceu se transformar. O túnel, que já era nebuloso, ficou ainda mais turvo, mas, em seguida, iluminou-se no fundo. Uma abertura – um fim para o túnel anteriormente escuro – apareceu.

Ao lado dele, o pai apenas disse:
— Há certos dias em que o caminho é longo e, em outros, ele é breve. Quando é rápido como hoje, significa que eles querem falar *agora*.

Byron se virou depressa quando alguma coisa passou por ele correndo em direção às sombras junto às paredes do túnel.
— Eles?
— Os mortos, meu filho. — William começou a andar em direção aos contornos vagos dos prédios que haviam se tornado visíveis ao fim do túnel. Conforme foram andando, ou talvez conforme o tempo foi passando, as fachadas de madeira das lojas ficaram mais nítidas. — Esse é o mundo deles. Estavam esperando para te conhecer.

— Os mortos? — Byron esquadrinhou a escuridão do túnel, tentando ver o que poderia ter se escondido ali, mas a tocha na mão de seu pai só iluminava um pequeno espaço em volta deles. Mesmo que ela conseguisse iluminar as profundezas do túnel, Byron não tinha certeza se a luz ajudaria. Com cautela, disse: — Estamos aqui para ver os *mortos* que querem *me* conhecer.

— Não todos eles — murmurou William. — Existem alguns que não podemos encontrar por aqui. Você não verá sua mãe. Se tiver filhos que morreram... ou amigos próximos... ou outros Guias...

— Você está dizendo que estamos na terra dos mortos... Que o inferno fica embaixo da nossa casa.

Embora Byron tenha mantido o tom de voz baixo, o silêncio absoluto dentro túnel fez com que a fala ecoasse.

— Nem inferno nem céu. — William ficou olhando para o chão à frente deles na maior parte do tempo, mas varreu as paredes com os olhos algumas vezes como se também visse algo às margens de onde estava iluminado. — Talvez esses sejam outros lugares, mas aqui é o lugar que nós podemos alcançar.

– Nós?
– Você é o próximo Guia, Byron. – William fez uma pausa. Sua mão apertou a tocha com mais firmeza. A luz tremeluziu por sobre seu rosto. – Eu tinha pensado em revelar isso de alguma outra forma, mas é preciso ver para crer. Você precisa ver, e depois... depois nós podemos conversar.

Então William aumentou o passo e Byron ficou com a escolha de segui-lo ou permanecer sozinho na escuridão.

Os mortos.

Byron conteve algumas palavras que certamente estavam longe da reverência solicitada pelo pai para quando estivesse ali. Não tinha certeza do que era mais estranho: o fato de o pai o conduzir para encontrar os mortos ou de ele se sentir traído ao saber que tudo acontecia em sua casa ao longo daqueles anos todos. Uma coisa era esconder uma garrafa de bebida num canto secreto, algum flerte ou mesmo um hobby. Já isso era todo um outro mundo.

No fim do túnel, William parou. Manteve a mão atrás de si, os dedos estendidos e unidos num gesto tranquilizador, e disse:

– Quero que você conheça uma pessoa.

Pela primeira vez parecia nervoso. Um estremecimento passou pela voz dele e os dedos estendidos pareciam preparados para tremer. Isso não aconteceu, mas Byron conhecia o pai o suficiente para ler os sinais de preocupação.

William colocou a tocha em um buraco na parede. A chama se apagou assim que ela foi largada. Saindo do túnel, ele fez uma saudação:

– Charlie.

Parado em frente ao que parecia ser uma cidade mineradora em pleno funcionamento estava um homem que não se misturava aos prédios grosseiros à sua volta. O homem, presumivelmente Charlie, vestia um terno completo ao estilo da década de 1930, com um lenço no bolso, um chapéu tipo fedora de abas largas e uma gravata de seda. Byron suspeitou que a gravata e o lenço combinassem, mas o mundo tinha assumido tons de cinza: todas as cores haviam desaparecido.

— Você já demorou demais. Vamos logo, meu filho — disse Charlie. — Temos lugares para ir e pessoas para visitar.

William ia responder, mas Byron disse primeiro:

— O quê? Por quê?

Charlie parou e abriu um largo sorriso.

— Porque você não vai gostar muito da alternativa. É possível que você seja designado como o novo Guia, mas ele — com um charuto apagado, o homem apontou para William — ainda não terminou sua vida, portanto ainda há tempo de arranjar outra pessoa, caso você não corresponda às expectativas.

William colocou uma das mãos sobre o ombro do filho. Byron olhou para trás e viu que pela manga do terno dele infiltrava-se uma quantidade de sangue. A visão daquilo o assustou mais do que qualquer outra coisa.

— O que aconteceu?

William o ignorou. Olhou para além de Byron e disse:

— Não tenho mais muito tempo do outro lado, Charlie. Você e eu sabemos que é hora de mudar.

Charlie fez que sim com a cabeça. Um lampejo de arrependimento pareceu percorrer suas feições, mas antes de se instalar de vez, já tinha ido embora. O homem morto gesticulava de forma ampla com a mão, ainda segurando o charuto apagado.

— Reservei uma mesa.

— Pai? — Byron puxou a manga do terno dele para cima. Um curativo encharcado de sangue cobria seu pulso. — Droga. Precisamos te levar para o hospital.

Charlie olhou para o braço de William e em seguida o encarou.

— Você precisa de um médico?

— Não — respondeu, afrouxando com delicadeza a pegada de Byron. — Isso pode esperar.
Um olhar inexplicável se deu entre William e Charlie.
— Como você quiser — disse Charlie, assentindo.
Ele se virou e foi em frente, dirigindo-se à paisagem cinzenta. William fez sinal para que Byron seguisse. Byron queria pegar o pai e sair daquele lugar, mas, como confiava nele, resolveu ir atrás de Charlie, ainda que relutante.

A fuligem tinha uma aparência diferente quando só havia tons de cinza: foi a primeira coisa que Byron notou ao percorrer a cidade que não possuía nem modernidade nem antiguidade para se fazer distinguir. Conforme foram penetrando mais nos distritos, estruturas de madeira deram lugar a prédios de tijolos e estruturas de aço e vidro. Carruagens puxadas por cavalos dividiam espaço com bicicletas, carros Ford e Thunderbirds da década de 1950. Os trajes variavam tanto quanto os meios de transporte: mulheres com vestidos tipo melindrosa passavam por outras que ostentavam vestimentas punk ou da *belle époque*. Havia algo de perturbador sobre a beleza artificial dessas eras coexistentes.

As ruas, as fachadas das lojas e as janelas estavam todas apinhadas de gente — muitas dessas pessoas olhavam para eles com franca curiosidade. Byron reparou em algumas armas sendo carregadas abertamente, nem sempre em coldres, mas também viu mulheres com crianças dentro de carrinhos ou agarradas às suas saias. Casais — os homens nem sempre trajados de forma a combinar com a época de suas parceiras — conversavam ou, em alguns casos, ultrapassavam os limites das demonstrações públicas de afeto, apesar dos costumes da época à qual as roupas pertenciam.

— Já faz um tempinho que não temos nenhum turista — disse Charlie, com uma voz tomada de divertimento.

— Ele não é turista — retrucou William. — Ele pertence a esse lugar tanto quanto qualquer um de nós.

— Isso ainda precisa ser verificado, não? — Charlie parou diante de um cruzamento e inclinou a cabeça, com o charuto preso entre os dentes. A rua estava completamente livre. Levantou a mão e fez sinal para que eles esperassem. — Só um momento.

Não mais do que seis batimentos cardíacos depois, um trem passou rasgando pelo cruzamento à frente deles. Não fez barulho algum; não havia trilhos na rua e, em poucos minutos, já era apenas um ponto no horizonte.

Charlie puxou um relógio de bolso de dentro do colete, deu uma olhada, depois o devolveu. Em seguida foi para a rua, que agora estava lotada.

— O caminho vai ficar livre agora.

— Porque um trem passou?

Charlie o encarou e depois olhou para William.

— O rapaz não é muito perspicaz, não é?

William sorriu, mas não de uma forma que pudesse ser confundida com cordialidade.

— Desconfio que ele seja mais do que perspicaz o suficiente para fazer o trabalho melhor do que eu fiz. Se você está atrás de briga, podemos fazer isso depois de conversarmos.

Após um momento de tensão, Charles riu.

— Eu te convido qualquer dia desses, meu velho. Talvez você sinta vontade de ficar com a gente por um tempo.

William balançou a cabeça.

— Vou para onde Ann está, e duvido que minha mulher esteja *aqui*.

Charlie parou diante de uma porta de vidro com as seguintes palavras pintadas: TAVERNA FENOMENAL DO SR. M. Segurou a barra de metal que servia de maçaneta, abriu-a e sinalizou para que eles entrassem. Enquanto William passava, Byron ouviu Charlie lhe perguntar em voz baixa:

— E quanto à sua Guardiã?

— Não. — William ergueu o punho como para acertar Charlie.

— Relaxe, cara. — A ameaça na voz dele ficou mais acentuada. Não se acovardou, mas sorriu com o charuto na boca. — A sua Guardiã está bem protegida, mas ela não pode ir adiante até que *você* venha para cá. Regras são regras.

Byron se posicionou em frente ao pai, esperando aliviar a tensão entre os dois.

— O que é uma Guardiã?

Entre um passo e o seguinte, uma confusão de expressões cruzou o rosto de Charlie — surpresa, dúvida e, em seguida, prazer.

— Você não contou *nada* para o rapaz? — perguntou, fazendo uma pausa e olhando direto nos olhos de William. — E a outra?

Ao seu lado, William abriu o punho.

— Maylene e eu decidimos deixar que eles tivessem paz enquanto fosse possível.

— E agora Maylene está morta — assobiou Charlie.

Byron atingiu o limite da paciência.

— Alguém quer me inteirar do assunto?

— Cara, eu não queria estar na sua pele nem por amor nem por dinheiro — comentou Charlie. — No entanto, pagaria muito para garantir um bom lugar no espetáculo. É uma pena que eu esteja preso aqui.

Em seguida ele passou por Byron e penetrou o interior coberto de sombras da taverna. Parecia bem distante dos tempos gloriosos: papel de parede desbotado e rasgado em alguns cantos, tubulações expostas ao longo de todo o teto e vários sofás de veludo afundados. A parte da frente do salão era ocupada por um palco baixo. Nele encontravam-se um conjunto de bateria e um pequeno piano de cauda — os únicos elementos ali que não mostravam sinais de desgaste, da idade ou de negligência. Por toda parte, mesas forradas com toalhas estavam rodeadas de cadeiras de espaldar alto. Em cada mesa uma pequena vela tremeluzia. No fundo do salão havia um longo balcão de madeira e uma entrada coberta por uma cortina. A cortina, assim como as toalhas de mesa, estava puída em alguns pedaços. O lugar tinha uma espécie de elegância decadente que remetia a dias melhores no passado. Mas o que não tinha mesmo era multidão: se não fosse pela garçonete e pelo *barman*, o salão estaria completamente vazio.

– Ah, ali está a nossa mesa! – exclamou Charlie, fazendo um gesto com o braço para que fossem até lá.

Ao se aproximarem, Byron percebeu que havia uma placa no centro da mesa. Em meticulosas letras de caligrafia lia-se: RESERVADA PARA O SR. M. E CONVIDADOS.

William olhou de relance para a garçonete que os havia seguido até a mesa.

– Uísque. Três deles.

Ela se virou para Charlie.

– Sr. M.?

Sr. M.? Byron olhou para o homem que os conduzira até o bar, para a placa em frente a eles e em seguida para o pai.

Charlie – *sr. M.* – fez que sim com a cabeça.

– Da minha reserva.

A garçonete deslizou para longe.

– E não pare de trazê-los – acrescentou Charlie, gritando para ela. Depois deu um tapinha no ombro de Byron. – Você vai precisar disso.

19

Daisha estava do lado de fora da casa funerária quando sentiu um chamado insistente. Dentro da casa havia uma boca aberta de forma escancarada; não sabia da existência disso até aquele momento, mas agora podia sentir. Queria engoli-la por inteiro, levá-la para o lugar onde ficavam os mortos que não saíam andando e mantê-la por lá para sempre.

Fazer de mim uma morta de verdade.

Um sentimento assemelhado à solidão a pegou desprevenida enquanto estava ali tentando não se agarrar à árvore ao seu lado. Certa vez, tinha visto *ele*, o Guia, subir correndo em uma árvore e se pendurar em um galho para pegar uma pipa pequena que estava toda emaranhada. Ele era adolescente na época, e aterrissou no chão para devolver a pipa às crianças que estavam com ela, sem olhar para eles como se fossem piores só porque não tinham dinheiro como a sua família, sem olhar para ela como se fosse algo repugnante. Foi um herói naquele dia.

Ainda não era um monstro.

Agora a mataria se soubesse o que ela era. Agora acabaria com tudo.

Passaram-se algumas horas enquanto ela permanecia ali, tentando ignorar a tentação de entrar na casa, de encontrar lá dentro a boca do abismo faminto.

Precisava de alguma coisa para evitar que se desintegrasse. *Comida. Palavras. Bebida.* Desde que acordara morta, tudo o que precisava parecia estranho, mas estranho ou não, aquilo era tão necessário quanto o ar quando ainda estava viva. O sangue e a carne não eram tão difíceis de encontrar, mas quanto às histórias, isso era outro departamento. Antes de morrer, nunca foi muito boa na arte de conversar com as pessoas; fazer isso *agora* era ainda mais custoso.

No entanto, havia uma mulher na área, uma estranha. Andava com determinação, como se soubesse exatamente para onde ir, como se soubesse das coisas. Era só poucos anos mais velha do que Daisha, mais jovem do que a nova Guardiã.

Daisha a seguiu por alguns instantes, observando-a enquanto andava e parava. Estava pregando papéis nos postes e, ao mesmo tempo, escutava a música que pulsava nos fones de ouvido. Daisha conseguia ouvir o baixo, mas nada além disso.

Aproximou-se da mulher, parou na frente dela e disse:

– Acho que estou perdida.

A mulher deixou escapar um breve grito e arrancou um dos fones do ouvido. Assustada, Daisha se afastou depressa.

– Me desculpe. Não ouvi você se aproximando – disse a mulher, ruborizada. – Eu não deveria ouvir música tão alto assim.

– Por quê?

Ela segurava a pilha de papéis com uma das mãos.

– Porque tem um... um animal selvagem rondando por aí.

– Ah, é? – Daisha olhou para trás. – Eu não sabia.

– Faço parte do Conselho Municipal. Estamos tentando alertar todo mundo, mas isso leva um tempo – explicou, com um sorriso envergonhado. – Eu ia esperar, mas tenho planos para mais tarde e... Desculpe. Você provavelmente não está interessada em ouvir. – Parou de falar e deu uma risada. – Sou patética, não acha? São os nervos.

– Eu posso ajudar – respondeu Daisha, estendendo a mão.

– Se tem um animal aqui, também não quero ficar sozinha.

– Obrigada. – A mulher entregou a ela alguns panfletos. – Meu nome é Bonnie Jean.

– Vou colocar um naquele poste.

Daisha começou a se encaminhar para o poste de luz.

– Espere – disse a mulher, seguindo-a. – Você esqueceu o grampeador.

– Desculpe.

Daisha continuou andando até que chegaram a um trecho de sombras, até que ficaram bem afastadas da rua já vazia.

– Está tudo bem – declarou Bonnie Jean. – Se a gente se apressar... Eu tenho um encontro.

Está tudo bem. Daisha ouviu as palavras, a autorização. *Está tudo bem. Como Maylene. Ela quer ajudar.*

– Obrigada – sussurrou Daisha, antes de aceitar a ajuda.

Depois, percorreu as ruas tranquilas, desejando que Maylene ainda estivesse viva. Ela *contaria histórias para mim. Bonnie Jean não me contou nada antes de ficar vazia.* Após alguns instantes, tornou-se imóvel enquanto Daisha comia. Não compartilhou nenhuma palavra. Gastou a respiração com barulhos lamuriantes, e então parou de emitir qualquer som.

20

Rebekkah estava sentada diante da escrivaninha de Maylene. Vários papéis empilhavam-se ao lado do mata-borrão, e uma anotação para "apanhar laranjas" fora rabiscada no topo deles. De forma distraída, ela percorria os dedos sobre a madeira. Maylene não queria que ninguém polisse o móvel, argumentando que o padrão dos arranhões e as marcas de desgaste adquiridos ao longo dos anos de uso faziam dele uma peça genuinamente sua. *Os anos deixam histórias escritas em todas as superfícies*, dizia ela. O quarto de Maylene era tomado por histórias. As rendas nas fronhas dos travesseiros e nas toalhinhas delicadas em cima da cômoda tinham sido feitas pela bisavó de Maylene. No pé da cama de quatro colunas em estilo Tudor havia uma parte lascada, de quando Jimmy, ainda criança, atirou um carrinho de brinquedo ali.

Família.

Às vezes parecia estranho saber tanto sobre a árvore genealógica de seu padrasto e nada sobre a de seu pai biológico, mas Jimmy fizera parte da vida dela, ao passo que o pai biológico era apenas um nome na certidão de nascimento. Jimmy foi o único pai de verdade que ela teve – ainda que não tenham convivido por muitos anos –, e, depois que ele morreu, Maylene passou a ser a pessoa da família com quem tinha mais proximidade. Rebekkah e a mãe eram próximas: encontravam-se, conversavam e se davam muito bem, mas nunca tiveram o mesmo tipo de vínculo que Rebekkah e Maylene compartilhavam.

E agora acabou. Maylene está morta.

Rebekkah passou a mão pela mesa. Histórias pairavam como fantasmas no quarto de Maylene e ela gostaria de poder ouvi-las uma vez mais, de ouvir as que a avó ainda não contara, de ouvir a voz dela.

Em vez disso, passou horas ouvindo várias pessoas dizerem que Maylene faria falta. *Nada mais óbvio*. Sorria enquanto falavam que Maylene era maravilhosa. *Como se eu não soubesse.* Tentou não gritar nas vezes em que lhe afirmaram saber como devia estar sendo difícil. *Como podiam saber?*

Cansada de ser importunada, Rebekkah recorreu à grosseria para fazer com que o último dos presentes fosse embora. Não significava que não dava valor à solicitude de alguns amigos de Maylene e vizinhos – na verdade, talvez se ressentisse um pouco. A avó nunca foi completamente aceita pela comunidade. Todos se mostravam bastante gentis, mas nunca passavam por lá para tomar uma xícara de chá ou comer um pedaço de torta. Por algumas razões que Rebekkah nunca entendeu, a comunidade sempre parecia um pouco reservada no que dizia respeito a Maylene e sua família.

Não que Maylene alguma vez tenha reclamado. Na verdade, ela defendia a distância peculiar que a cidade mantinha em relação à família Barrow. "Eles têm os motivos deles, querida", murmurava sempre que Rebekkah levantava o assunto. Já Rebekkah, por sua vez, nunca esteve muito disposta a aceitar que havia alguma razão para que *não* quisessem ter Maylene em suas mesas.

A quietude da casa tinha um efeito apaziguador, apesar de tudo. Havia algo de acolhedor sobre a casa de Maylene – *minha casa* – que sempre aliviava qualquer desconforto sentido por Rebekkah. Mesmo agora, o fato de estar naquela antiga sede de fazenda suavizava o peso da perda de Maylene mais do que poderia ter imaginado. Acariciou a escrivaninha da avó e abriu o envelope que o sr. Montgomery havia lhe entregado mais cedo.

Abril de 1993

Não posso dizer que estou feliz por escrever esta carta, Beks, assim como você não vai ficar feliz ao ler o seu conteúdo. Não tenho certeza se vou estar pronta para falar sobre o assunto com você em algum tempo próximo. Se isso mudar... talvez eu me torne uma alma mais corajosa. Caso contrário, tente me enxergar de forma bondosa quando eu já não estiver mais aqui.

Você está no meu coração tanto quanto Ella Mae está *esteve. No entanto, você é mais forte. Nunca duvide dessa força. Não há por que ter vergonha em admitir isso, nenhum desrespeito por Ella Mae. Eu a amo, mas não finjo que ela era diferente do que foi. Você também não pode fingir. Chegará o dia em que talvez a odeie pela escolha que ela fez. Pode chegar o dia em que você sentirá ódio de mim. Espero que perdoe todos nós.*

Tudo o que tenho, tudo o que sou e tudo o que a mulher antes de mim teve – é tudo seu. A papelada está toda em ordem. Cissy e as meninas sabem disso há anos. Sua mãe também. Quando Ella Mae morreu, você se tornou minha única herdeira. A casa e o que tem dentro dela: tudo é seu e só seu a partir desse momento. Infelizmente, há um lado bom e um lado ruim nesse acordo. Pediria sua permissão se achasse que existiam outras opções, mas você é a minha única escolha agora. No passado imaginei que pudesse ser Ella Mae e você que tomariam a decisão.

Um dia você lerá esta carta e, se Deus quiser, estará pronta para ela. Espero que a minha morte não tenha sido uma surpresa. Caso tenha sido, as respostas de que você preci-

sará estão dentro de casa. Confie nos Montgomery. Confie no reverendo Ness. Olhe para o passado. Todas antes de você mantiveram registros. Os diários estão aqui em casa. Todas as perguntas que está fazendo a si mesma – espero – serão respondidas por meio deles... com exceção, é claro, de por que sou tão covarde para falar tudo isso pessoalmente. Essa vou responder agora: estou com medo, minha querida. Estou com medo de que olhe para mim como Ella Mae olhou. Estou com medo de que olhe para mim como olhei para a minha avó. Estou com medo de que me abandone e sou muito egoísta para perdê-la. Preferiria que continuássemos como estamos agora, com você me amando.

Perdoe-me, meu amor, por todos os meus erros e pense em mim depois que eu morrer. A alternativa é terrível demais para suportar.

Todo o meu amor e a minha esperança estão com você.

Vovó Maylene

A caligrafia apertada de Maylene era tão familiar quanto a dela própria. Entretanto, as palavras não faziam muito sentido. Rebekkah não conseguia pensar em nada capaz de mudar o amor que sentia pela avó, nada com o poder de transformar sua afeição em ódio.

O segundo item do envelope era uma cópia do testamento de Maylene, o qual Rebekkah leu de forma superficial para verificar o que a avó tinha dito na carta. De fato, havia deixado tudo, cada centavo e também a casa apenas para ela. *Tudo?* Rebekkah ficou se perguntando há quanto tempo Cissy sabia disso. *Será que é por isso que sempre me odiou?* Em seguida controlou a si mesma de modo a não ficar por muito tempo naquela linha de pensamento: Cecilia Barrow já havia sugado mais do que o suficiente de sua energia naquele dia.

Em vez disso, desviou o pensamento para os diários que estavam em alguma parte da casa. Não conseguia imaginar como as respostas para o assassinato da avó poderiam ser encontradas em diários – ou em que lugar em meio àquela confusão eles estariam. Uma passada de olhos superficial ao redor do quarto não revelava muito além do fato de que Maylene tinha vivido muito tempo em um mesmo espaço. Havia prateleiras perto do teto e acima dos batentes das portas, preenchendo o perímetro do cômodo. Estavam repletas de livros – alguns desgastados por conta de repetidas leituras ou da idade avançada –, mas nenhum que se assemelhasse a um diário. No lado esquerdo e no lado direito da cama havia armários e, ao pé dela, ficava um baú de madeira. Eram, obviamente, locais usados para se guardar coisas, mas em nenhum deles ela encontrou qualquer diário.

Começou então a procurar nos outros três quartos que ficavam no andar de cima – o dela, o de Ella e o que sua mãe e Jimmy haviam dividido. Embora seu quarto não estivesse muito bagunçado, os outros dois estavam abarrotados. O sótão no terceiro andar era ainda pior. Transbordava com os pertences de Maylene acumulados ao longo de décadas – e com os pertences de outros que vieram antes dela e também moraram na casa por muito tempo. O andar de baixo parecia tão entupido quanto. O "compartimento secreto" em uma das paredes da sala estava tão cheio que Rebekkah o fechou quase imediatamente após tê-lo aberto, fazendo careta. A despensa sempre esteve a ponto de transbordar – um assunto que Maylene colocava de lado com palavras vagas do tipo "nunca se sabe o que um corpo pode querer". Em nenhum lugar em meio àquele pântano de tralhas Rebekkah viu algo que se assemelhasse a diários. O que viu foram recordações da incrível mulher cuja vida fora encerrada antes que a neta tivesse a chance de lhe dizer adeus. A morte de alguém que se ama machuca, o que é incontestável, mas o fato de ser de repente e de forma violenta fazia com que essa morte parecesse ainda pior.

A morte de Jimmy foi de repente. Assim como a de Ella. Rebekkah conseguia imaginar todos eles ali na casa. *Nunca mais.* Olhou em volta e, de súbito, as lembranças se tornaram excessivas – e a lembrança que não era dela, a última lembrança de Maylene, dava a impressão de contaminar tudo.

Maylene foi morta aqui.

As paredes pareciam muito próximas umas das outras e qualquer som a deixava assustada. O lugar onde no passado se sentia segura, o lugar para onde corria quando o mundo parecia opressivo demais, de um momento para o outro apresentava sombras que se expandiam como ameaças ao redor dela. O medo não era racional, mas ela tampouco podia dizer que fosse bobagem. Alguém havia assassinado Maylene dentro de casa.

Será que é alguém que conheço?

Será que é alguém que estava no enterro?

Ele – ou ela – terá me oferecido palavras de consolo?

O vento fez com que o balanço começasse a ranger na varanda. Quando menina, esse barulho costumava confortá-la. Agora, uma mulher adulta sozinha na casa onde a avó fora assassinada achava-o bem menos reconfortante.

Rebekkah apanhou Querubim, que se enroscava em seus tornozelos, e foi até a janela. Abriu as cortinas transparentes e olhou para fora. Já era quase fim de tarde, mas o sol ainda não havia se posto. A varanda estava vazia.

Nada além de sombras e brisa.

– Vou dar uma volta – anunciou.

Querubim soltou um miado.

– Fique quietinho que eu volto daqui a pouco – disse, beijando-o na cabeça e devolvendo-o ao chão.

Ela trocou de roupa, colocando um traje menos fúnebre: calça jeans, pulôver cinza-escuro, botas e jaqueta preta. Em seguida pegou a carteira, as chaves e uma lata de spray de pimenta. O spray de pimenta não seria o ideal contra um bicho, mas ela ganharia tempo se a pessoa que tinha machucado – *matado* – Maylene tentasse atacá-la. *Uma arma seria muito melhor.* Crescera cercada por armas, mas a única que sabia ter na casa era uma espingarda e, mesmo em Claysville, alguém perambulando com uma espingarda nas mãos não seria uma cena normal. *Spray de pimenta está bom.* Colocou tudo dentro dos bolsos da jaqueta e bateu a porta.

Não tinha um destino em mente, mas queria ficar fora da casa. Muita coisa estava mudando de forma muito veloz. Pensara que Cissy teria alguma parte da herança. *Como se precisasse de* outra *razão para me odiar.* Apesar de se sentir um pouco culpada pelo fato de Cissy e as gêmeas não terem sido contempladas com nada, Rebekkah sentiu alívio ao se dar conta de que a casa que passara a considerar seu lar ainda era sua.

Várias vezes pensou ter ouvido alguém atrás de si, mas, quando se virava, não havia ninguém. Começou a andar mais depressa, permanecendo junto às calçadas bem iluminadas. Pensar no braço machucado da menininha fez com que fizesse uma pausa: caminhos bem iluminados talvez fossem um empecilho para "animais" humanos, mas ela não tinha certeza se seriam uma preocupação para um animal selvagem. Se havia alguém ou algo em seu encalço, virar para trás não parecia uma atitude muito inteligente.

E agora?

Pôs-se a correr. O baque da pavimentação sob as botas dava a ilusão de ecoar mais alto a cada passo. Quando alcançou as familiares luzes de néon do Gallagher's, suas pernas doíam e o suor escorria pela coluna. Não tinha sido atacada por nada nem ninguém e a corrida fez com que se sentisse melhor do que vinha se sentindo desde que recebera o telefonema no dia anterior.

Foi apenas ontem. Rebekkah balançou a cabeça. *Mudança demais em tempo de menos.* Abriu a porta e entrou no ambiente escuro do bar.

Rostos, conhecidos ou não, viraram-se para ela. Ninguém parecia hostil, mas aquele exame minucioso não era nada agradável. As pessoas ali a conheciam, e conheciam mais do que ela queria que conhecessem. Lembrou-se disso objetivamente, mas ser observada na prática, estudada, era mais inquietante do que sua memória parecia capaz de imaginar – ou talvez o sentimento de pena fosse mais irritante do que os olhares demorados.

– Beks? – chamou Amity. – Venha se sentar aqui.

Poderia ter abraçado Amity por conta daquele convite. Era papel do atendente ser simpático, mas Rebekkah não estava nem aí. Sorriu e foi em direção ao balcão.

Amity estava de pé com as mãos nos quadris. Um pano pendia de um dos braços. A expressão em seu rosto não era de pena.

– Você está procurando alguém?

Rebekkah fez que não com a cabeça.

– Um pouco de ar e um drinque. Eu precisava sair de casa.

Amity apontou para uma banqueta.

– Quer conversar?

– Não – respondeu Rebekkah, puxando a banqueta para se sentar. – Já estou por aqui de conversas.

– Entendi. Nada de conversar. – Amity empurrou na direção dela um pote com uns salgadinhos. – Então... cerveja, vinho ou alguma coisa mais forte?

– Vinho. Um branco da casa, qualquer um.

– Temos...

— Pouco importa — interrompeu Rebekkah. — Só preciso segurar uma taça de alguma bebida para que eu possa sentar aqui sem ficar parecendo *tão* digna de pena.

Amity a encarou por uns instantes e então virou-se para tirar uma garrafa de vinho branco, já na metade, de dentro de um refrigerador. Girou a rolha, abrindo a garrafa.

— Você não quer beber nem conversar.

— Não.

A garçonete serviu um pouco do líquido claro em um copo, enfiou a rolha de volta no gargalo da garrafa e levou o vinho até o balcão.

— O que você está procurando?

— Não sei — respondeu Rebekkah, envolvendo o copo com os dedos. Parecia tão frágil em suas mãos que por um momento ela pensou em apertá-lo com força, de modo a fazer com que os cacos de vidro atravessassem a sua pele. Ergueu o copo e bebeu metade do conteúdo.

— Um pouco de espaço, rapazes? — Amity tirou a rolha da garrafa e encheu de novo o copo. — Eu deveria ter perguntado "Quem você está procurando"?

— Não.

Rebekkah conseguia escutar atrás de si a porta se abrindo e se fechando. Passos pesados podiam ser ouvidos em todo o salão. A porta se abria e se fechava. Mais passos eram ouvidos. A porta se abriu de novo, com um estalo.

— Bek? — A mão de Amity pousou em cima da de Rebekkah. — Você consegue segurar essa barra.

Rebekkah assentiu. Depois de alguns minutos de silêncio, passou os olhos pelo ambiente. Estava vazio. Com um pano entre as mãos, Amity saiu detrás do balcão. Pelo jeito como estava vestida, a atendente parecia estar esperando uma multidão considerável: a minissaia e as botas de cano longo eram do tipo "olhe para mim". Em noites mais calmas, Amity usava jeans – e nem assim aparentava desleixo –, mas um generoso vislumbre de pele ajudava os clientes a gastarem mais dinheiro; portanto, noites movimentadas implicavam o uso de saias.

– Você expulsou eles – disse Rebekkah.

– Eles não precisavam me obedecer.

Amity arremessou uma garrafa na direção da lixeira, como se fosse uma bola sendo lançada para alcançar um aro. Rebekkah deixou o drinque para trás e foi se colocar ao lado da atendente, que agora cantava com suavidade para si mesma enquanto arremessava garrafas, esvaziava cinzeiros e zunia migalhas para o chão. Rebekkah recolheu vários copos que os clientes abandonaram com bebida pela metade e levou-os até o balcão.

– Nada te abala, não é mesmo?

Por um momento, Amity permaneceu imóvel. Um lampejo de medo percorreu seu rosto. Logo depois, arremessou outra garrafa.

– Ah, você ficaria surpresa.

Rebekkah não tinha certeza se queria perguntar ou deixar de lado. Fez uma pausa e o momento se prolongou.

– Talvez qualquer noite dessas você possa me contar o que amedronta a invencível Amity Blue.

– Talvez – murmurou. – Mas não hoje.

– Não, hoje não. – Rebekkah foi até o balcão e colocou a mão na máquina de lavar louça. – Posso?

– Claro. Caramba, se você quiser pode pegar alguns turnos enquanto estiver aqui. Isso talvez te ajude a manter a cabeça longe da claustrofobia que é estar em Claysville.

– Não estou certa de nada.

Rebekkah levantou a portinhola do balcão e foi para a parte de trás. Em seguida a abaixou, novamente deixando o domínio da atendente separado do resto do salão principal. Ela e Amity estavam agora em lados opostos em relação a como haviam começado a noite.

Um trabalho? Em um único lugar? Rebekkah não conseguia se lembrar da última vez em que tivera um emprego fixo. Parte das pensões que a mãe dela recebia dos vários ex-maridos e o seguro bastante generoso de Jimmy tinham-na deixado com um saldo bancário que nunca parecia diminuir muito. Além disso, ainda contava com os rendimentos de alguns contratos de arte comissionados, o que tinha mais a ver com sua própria autoestima do que com necessidade. *Trabalho significa ter que ficar.* A ideia de permanecer no mesmo lugar nunca fez sentido. *A não ser quando estou aqui.*

— Tenho perguntas a fazer sobre a morte de Maylene, mas isso não significa... — Rebekkah balançou a cabeça: sabia que não iria embora tão depressa. Precisava de respostas. De forma pausada, completou: — Não sei por quanto tempo ainda vou estar aqui.

O tom seco de Amity preencheu a pausa subitamente incômoda.

— Temporário não é algo ruim nesse tipo de negócio, Bek. Na pior das hipóteses, vou te dar umas aulas básicas de atendente de bar, para te distrair... a não ser que você já tenha alguma distração engatilhada.

De forma espontânea, o pensamento dela se voltou para Byron, mas usá-lo como distração era errado. *Será mesmo?* Ela se desvencilhou da ideia e olhou para Amity.

— Não. Não pensei em mais nada que possa me distrair.

— Achei que talvez você e By...

— Nós somos velhos amigos, mas ele é um cara que gosta de relacionamentos sérios e... — Rebekkah fez uma pausa diante do meio sorriso que Amity esboçou. — Estou por fora de alguma coisa?

Amity balançou a cabeça.

— Acho que você conhece um Byron diferente do que eu conheço.

Rebekkah sentiu um incômodo acesso de ciúme. Não encarou Amity enquanto abria o refrigerador, tirava a rolha da garrafa e servia as duas taças. Quando se certificou de que o ciúme injustificado não era visível em sua expressão, olhou para Amity.

— Então você conhece Byron?

— Claysville só tem poucos milhares de habitantes, Bek. E a maioria deles não está nem perto de ser tão interessante quanto Byron — respondeu ela, abrindo bem os braços. — Além disso, o Gallagher's é o bar mais quente da cidade e eu *sou* a garçonete mais quente da cidade, o que significa que conheço todos aqueles que têm idade suficiente para beber.

Rebekkah riu.

— Talvez você devesse me visitar quando eu fosse... para onde quer que eu vá depois daqui.

— Não acho que sou do tipo de ir para algum lugar, mas obrigada.

De taça na mão, Rebekkah ficou meio sentada meio encostada em um dos refrigeradores de cerveja que ia até a altura dos quadris e apoiou os pés contra o banco que Amity havia colocado atrás do balcão exatamente para esse fim.

— Você que está tomando conta daqui agora? Da última vez que me escreveu, disse que Troy era o gerente. Vocês dois estão...

— Não. Troy não é do tipo que quer compromisso, ou talvez eu não seja o tipo de garota com a qual os caras queiram se comprometer — explicou Amity, dando de ombros. — A gente se separou uns meses atrás. Mas está tudo bem... ou *estava*. Ele precisava de uma semana para resolver uns assuntos pessoais, mas já devia ter voltado a trabalhar quase um mês atrás. Não apareceu nem ligou. E Daniel... bom, ele pode ser o *dono* do bar, mas não está dizendo muito além de "Amity, cuide das coisas". E é o que estou fazendo.

— Troy simplesmente sumiu? Ele foi embora da cidade?

Rebekkah sentiu um aperto no coração. Ele nunca teve o perfil do cara responsável, mas adorava o bar. Ela só o via animado — ou demonstrando um sentimento de posse — diante do Gallagher's ou de Amity. No ensino médio, frequentaram juntos a aula de arte, mas depois da morte de Ella não se falaram de verdade até a vez em que ela voltou para uma visita e o encontrou arremessando drinques no ar no Gallagher's. Apresentou-a a Amity, uma colega de trabalho mais nova e tão óbvia paixão.

— Não sei. — Amity limpou a última mesa que havia sido ocupada mais cedo. — Ele desapareceu. Considerando que é muito raro alguém ir embora daqui, *eu* acho que é algo para se preocupar, mas quem sou eu, certo? Daniel age como se fosse resultado de uma briga de casal, mas Troy e eu... não éramos assim. Ele não iria levantar acampamento porque eu comecei a sair com outro cara.

— Você acha que esse outro pode ter dito algo para Troy? Você perguntou a ele? Troy é um amor, mas isso pode ser uma questão. Eles se conhecem? Ou...

— Ele, o *novo cara*, só está me usando para preencher o tempo, Bek. Pode ter certeza quanto a isso.

Rebekkah não conseguia fazer a pergunta, mas queria saber. Gostaria de não se importar se fosse Byron, mas o fato é que se importava.

— Talvez eu pudesse passar um sermão nele. Eu sei quem é?

Amity se aproximou do balcão, apoiou ambas as mãos sobre ele e fez um movimento para cima, tirando os pés do chão. Inclinou-se para frente e alcançou o controle remoto do *jukebox* que estava debaixo da bancada. Saltou de volta para o chão e apontou para o controle.

— Créditos. Escolha umas músicas. Estando aqui, pode também dançar ou jogar.

— Continuo uma péssima jogadora de sinuca. — Rebekkah voltou para o outro lado do balcão e parou junto a Amity. — Você contou ao delegado McInney?

— Sobre Troy? Sim, ele sabe — respondeu, com um sorriso forçado.

— E?

— O Troy não é lá muito confiável, então o delegado não está nem aí. Pedi a Bonnie Jean para mencionar isso na próxima reunião do Conselho Municipal, mas — Amity deu de ombros — minha irmã está tão preocupada em impressionar o prefeito que não estou contando muito com ela.

A porta se abriu. Meia dúzia de homens apareceram. O que estava à frente do grupo olhou para elas duas. Tirou o chapéu e ficou segurando-o entre as mãos.

— Madame?

O sorriso de garçonete de Amity retornou imediatamente. Fez sinal para que eles seguissem adiante. Em seguida murmurou:

— Acabou o recreio, Bek. Coloca alguma coisa alta para a gente. Nada de *country* ou *blues* esta noite.

Rebekkah fez que sim com a cabeça e se encaminhou para perto do *jukebox* antigo. Olhou por cima do ombro para ver Amity, mas a garçonete estava acenando para os homens que galopavam pelo bar. Agia como se as duas não tivessem tido nenhum tipo de conversa pessoal.

— Cheguem mais, rapazes. Essas caixas de gorjetas não se enchem por conta própria e temos uma nova garçonete para treinar. Não posso treiná-la se vocês não pedirem um monte de drinques. — Amity pulou para cima do balcão, passou as pernas para o outro lado e saltou no chão. — O que vai ser?

21

Byron estava sentado na mesa junto com Charlie e o pai. Uma mulher de vestido longo, cabelos escuros como carvão e dotada de um encanto ardente capaz de evocar Bettie Page pavoneava pelo salão. Parou na mesa deles.

– Você me queria, Charlie?

A voz dela era sussurrada, mas isso podia ser resultado do espartilho e do corpete que apertavam a cintura e levantavam os seios de tal modo que estavam a um passo de transbordar do acentuado decote em V do vestido.

– Seja uma boa menina e vá cantar para a gente. – De forma distraída, Charlie deu um tapinha no traseiro dela. – Não suporto o silêncio.

Um único refletor foi aceso num clique brusco. A cortina que ficava na porta de entrada se abriu e três músicos exaustos apareceram para se juntar à cantora no palco. Um deles carregava um violoncelo e os outros dois tomaram os lugares nos bancos em frente ao piano e à bateria.

– Guardiã? – lembrou Byron.

Charlie levantou a taça para fazer um brinde quando a garota sussurrante começou a cantar.

– Ahhh, era disso que precisávamos. Agora, de volta aos negócios... Guardiã: a mulher que evita que os mortos causem tumulto; a parceira do Guia. A substituta de Maylene é – ele inclinou a cabeça como se estivesse pensando – Rebekkah.

Byron desviou o olhar de Charlie para o pai.

— *Rebekkah?*
— Isso — respondeu Charlie, estalando os dedos.

A garçonete surgiu carregando uma caixa escura de madeira. Depositou-a em frente a Charlie, olhou para ele e em seguida foi embora depois de ele não ter falado nada nem ter saudado sua presença. Enquanto ela saía, a cantora sussurrou algo tão baixo que quase não dava para ouvir no microfone.

Charlie tirou uma chave de dentro do bolso e colocou-a no fecho da caixa.

— A Guardiã mantém os mortos na terra ou os traz até mim se eles saem andando. Você precisa de uma nova para substituir Maylene. — Ele desatou os fechos dos dois lados da caixa. — A Guardiã é a única pessoa viva, além de você agora, que pode vir até aqui.

— Por que ela faria isso? — Byron ficou de pé. — Por que *eu* faria isso, aliás?

O refletor pareceu ganhar luminosidade conforme os dedos do pianista dançavam sobre as teclas. O ritmo da bateria acrescentava um senso de urgência à música à medida que Charlie abria a tampa da caixa.

— Porque a alternativa é violar o contrato. — Charlie colocou a mão dentro da caixa e pegou um rolo de papel. — Porque a alternativa é que os mortos irão matar todos vocês. — Ele abriu o rolo, tirou uma caneta de dentro da caixa e bateu com ela de leve sobre o papel. — Você assina aqui.

Charlie estendeu a caneta e os músicos pararam de tocar todos de uma vez, como se o som tivesse sido cortado. Assim como todo o resto desde que Byron chegara à terra dos mortos, eles pareciam estar sob o controle do homem que o observava naquele momento com expectativa. Byron não tinha vontade de estar sob o controle de ninguém.

— Qual é a minha parte? Você falou sobre a Guardiã, mas o que eu estou supostamente prometendo fazer?

Charlie abriu um sorriso magnânimo.

— O que você quer de fato, Byron, o que você quer desde a morte de Ella: você protege a nossa Rebekkah. Você a ama. Você evita que ela queira a morte.

Byron fixou o olhar em Charlie.

— Você pode vir para o nosso lado?

— Se o Guia e a Guardiã fizerem seus trabalhos, *nenhum* dos mortos irá para a cidade. As crianças ficarão na cidade, a salvo de... bom, algumas coisas. A cidade permanecerá forte, segura, próspera, toda essa conversa fiada. — Charlie deu um tapinha no rolo. — Está tudo aqui, bem impresso, preto no branco.

— É apenas a ordem das coisas, Byron — disse William, com uma voz abatida. — Vá em frente.

— Por quê? Você espera que eu... — Byron se afastou da mesa. — Não. Você não está pensando com clareza, mas eu estou. Vamos embora.

Virou-se e caminhou até a porta. Foi aí que ouviu as palavras do pai:

— Você bebeu com os mortos, meu filho. Você assina ou então fica.

Byron colocou a mão na porta, mas não a abriu. Seu pai o havia levado até ali *conscientemente* e o havia colocado naquela situação difícil.

— Sinto muito — acrescentou William, de forma terna. — Existem tradições. Essa é uma delas.

— Seu velho tem razão. — A voz de Charlie ecoou no salão quieto. — Faça a sua escolha.

Com calma, Byron se virou de forma a ficar de frente para eles.

— E se eu não assinar?

— Você morre. Não vai doer: você apenas permanece aqui. Ele encontrará um novo Guia na terra dos vivos. A Guardiã dele morreu; ele agora está livre do seu dever. — Charlie não se levantou da cadeira. Nada em sua expressão oferecia alguma pista para o que estava pensando. – Eu não posso forçar a sua mão. Se você ficar, não vão faltar distrações, e se você assinar, ficará transitando entre os dois mundos. No fim das contas, tanto faz para mim.

Enquanto Charlie falava, o violoncelista e o pianista voltaram a tocar, assim como a cantora retomou o canto suave. Ela olhava apenas para Byron.

Ele deu um passo para trás, em direção à mesa, e olhou para o pai.

– Como você pôde... – Parou, sem ter certeza sobre o que queria perguntar. – Me ajude a entender, pai. Me diga *alguma coisa*.

– Depois que Ella Mae morreu, Maylene e eu concordamos que era melhor deixar para contar a vocês quando estivessem preparados... ou quando fosse necessário. – William parecia tão implacável quanto durante todos os anos em que Byron fizera perguntas sem respostas. – Ela era uma criança. Não podíamos correr o risco de também perder você ou Rebekkah. Agora aqui estamos.

– Ella morreu por causa *disso*? – A boca de Byron ficou seca. Seus batimentos cardíacos soavam muito alto debaixo da pele. – Ela sabia. É isso que não queria contar para a gente. Eu pensei... pensei em tudo quanto é hipótese. Que alguém a machucara ou que ela vira alguma coisa ou... mas era isso.

– Era – admitiu William.

Sem jeito, Byron foi até a mesa e se jogou na cadeira que havia deixado livre.

William engoliu de uma só vez o resto do uísque.

– Ser a Guardiã é um fardo familiar.

– Bek não pertence à família de sangue de Maylene.

Byron se sentiu estúpido ao dizer isso, mas era verdade. Se a família de sangue era o critério, o papel ficaria a cargo de Cissy ou de uma das gêmeas. Ele fez uma careta ao pensar nisso.

— Ah, sim, Cissy — disse Charlie. — Ela faria uma confusão, mas apesar de tudo seria divertido. No entanto, Elizabeth não seria ruim. Você sente atração por ela?

— Por quê? — Byron provou o uísque. Tinha o aroma delicado e o ligeiro sabor salgado que evidenciava ser de origem das Terras Altas, um de seus tipos favoritos. *Provavelmente isso tampouco é acidental. Existe alguma coincidência?*

— Se a sua Bek morrer, será uma das outras. É assim que funciona. Cadeia de comando e tudo o mais. Maylene era uma velha raposa sabida. Ela designou Rebekkah, mas se tivesse deixado as coisas acontecerem como poderiam acontecer... não dá para prever sempre tudo com tantas mulheres na família. Uma das garotas seria sua parceira então... você *vai* assinar, não vai, Byron? Vai voltar, mantê-la protegida e tudo isso? Vai fazer a sua parte?

— Você é um canalha.

Apesar disso, Byron esticou a mão.

— Bom garoto — disse Charlie, estendendo a ele uma caneta e em seguida alisando o rolo. — Bem aqui na linha, filho.

Por um momento Byron fez uma pausa. Seus dedos passearam pelas bordas do papel.

— Assine — instruiu William. — Os termos não mudam a verdade: você assina ou então fica. Você pode ler mais tarde para buscar alguma brecha. Todos agimos assim. Mas nada disso muda o que você precisa fazer agora.

Byron passou o dedo pela coluna com os nomes.

1953–2011 William B.

1908–1953 Joseph

1880–1908 Alexander

1872–1880 Conner

1859–1872 Hugh

1826–1859 Timothy

1803–1826 Mason

1779–1803 Jakob

1750–1779 Nathaniel

1712–1750 William

Algumas assinaturas apresentavam uma caligrafia apertada; outras eram pontudas. Ele se perguntava quantos dos homens da lista tinham se sentido tão desinformados quanto ele se sentia, quantos duvidaram da própria sanidade. *Como conseguiram suportar o fato de sentenciar os próprios filhos a isso? Como seu pai suportou?* Por um momento Byron deixou o olhar se erguer na direção de William, que não se esquivou nem olhou para longe.

– Não tenho o dia todo. – Charlie o cutucou. – Na verdade, *até tenho*, mas estou ficando entediado. Assine ou mande o seu pai de volta para encontrar um novo Guia. Rebekkah precisa de um parceiro, e até que ela seja trazida para cá, para o meu domínio, será apenas uma sombra do que precisa ser. Eles poderão vê-la, mas ela não saberá o que eles são ou o que ela é. Ela está vulnerável a eles. Trate de ser o parceiro dela ou então saia do caminho.

Byron não a abandonaria, nem a seu pai, tampouco aceitaria a morte. Rabiscou seu nome abaixo do nome de William.

Charlie virou a página. Na folha seguinte estava escrito AS MULHERES BARROW e logo depois havia outra lista. Dessa vez, todos os nomes tinham sido escritos com a mesma caligrafia. Não se tratava de assinaturas, mas de uma lista de mulheres que foram selecionadas para desempenhar um papel. Para elas, não havia escolha na verdade.

2011 Rebekkah
1999 ~~Ella~~
1953–2011 Maylene
1908–1953 Elizabeth Anne
(conhecida como "Bitty")
1880–1908 Ruth
1872–1880 Alicia
1859–1872 Maria
1826–1859 Clara
1803–1826 Grace
1779–1803 Eleanor
1750–1779 Drusilla
1712–1750 Abigail

O olhar de Byron se deteve no nome riscado. *Era para ser Ella.* Ele apertou as bordas do papel.

– Por quê? Por que elas não têm escolha?

– Eu não deixaria *tudo* ser tão fácil – respondeu Charlie, enrolando de novo o papel. Em seguida o devolveu à caixa e trancou-a.

A garçonete apareceu e levou a caixa embora.

De forma abrupta, Charlie se pôs de pé.

– Fiquem à vontade para permanecer aqui e aproveitar o espetáculo – assentiu para os dois, colocando o chapéu. – Nós nos vemos em breve, William.

Assim que Charlie saiu, o bar começou a encher. Qualquer que fosse a privacidade que tiveram antes, ela desapareceu quando homens e mulheres mortos se sentaram às mesas. Muitos deles acenavam para William.

Byron se voltou para o pai.
– Tenho algumas perguntas.
– E eu não sei se tenho as respostas que você vai gostar – retrucou, fazendo sinal para a garçonete. – A garrafa.
Depois que ela foi embora, Byron encarou o pai.
– A mamãe sabia?
– Sabia.
– Mas e quanto a Maylene? Se Guardiã e Guia ficam *juntos*, e cada função é passada adiante nas famílias... – Ele fez uma pausa, enquanto pensava. – Isso deixa de funcionar depois de uma geração.
– Amor não significa casamento, meu filho. Se eles decidem ficar juntos, um deles precisa escolher uma nova família para passar o dever adiante. O filho ou a filha é poupado. Esse é o benefício do contrato. Você escolhe uma das crianças para ficar livre. – William riu, mas só havia amargura naquele som.
– Se eu tivesse me casado com Maylene, um de nossos filhos teria sido escolhido e o outro papel teria sido transferido para outra família da cidade. Alguém que escolhêssemos. Se não tivéssemos filhos, ou se não tivéssemos descendentes de sangue que considerássemos merecedores e capazes, poderíamos *escolher* um sucessor. É essa a brecha que Maylene sabiamente usou para escolher Rebekkah: ela concluiu que a escolha para ser a Guardiã passava por uma questão de mérito, então decidiu dar a escolha tanto para Ella quanto para Rebekkah, mas Ella fez uma escolha diferente antes que Maylene contasse a Rebekkah.
– Então você poderia...
– Só se você fosse um vadio, um perdulário. Só se você não pudesse dar conta. Apenas se fosse, *na verdade do meu coração*, melhor para a cidade. Não há ninguém em quem eu confiaria mais para essa tarefa. Você sempre foi talhado para ser o novo Guia.

William pegou a garrafa que a garçonete trazia antes que ela tivesse a chance de colocá-la sobre a mesa. Em silêncio, serviu uísque nos dois copos.

Quando Byron se deu conta de que a garçonete continuava ao lado da mesa, olhou para ela. A moça se agachou e disse:

– Se quiser – ela passou a língua pela curvatura da orelha dele –, o sr. M. disse que você pode ter uma noite completa na casa. – Ela se levantou e gesticulou para o que havia ao redor. – *Qualquer um. Qualquer coisa.* Nenhum fetiche é considerado estranho.

A maior parte dos presentes estava olhando para ele. Sorrisos entretidos, lábios entreabertos, olhos de pálpebras pesadas, expressões desdenhosas e fome brutal – não havia continuidade nas manifestações. Byron se sentiu curiosamente exposto e sem saber como reagir.

A garçonete colocou um envelope nas mãos dele.

– Aqui está um passe. Não tem data de validade... a não ser que você morra, claro. Contudo, enquanto estiver vivo, estamos disponíveis.

– Obrigado – respondeu ele, não porque estivesse de fato agradecido, mas porque ela o olhava com expectativa. – Eu só não... Eu não sei o que dizer.

Ela se agachou e roçou os lábios no rosto de Byron, enfiando depressa uma caixa de fósforos nas mãos dele.

– Bem-vindo ao nosso mundo, Guia.

22

Daisha ergueu a mão para bater à porta do trailer. Era estranho fazer isso, mas a alternativa seria entrar sem aviso, o que também não parecia adequado. Nada parecia certo: estar ali não era certo, mas não-estar-ali era errado. Então ela bateu. A porta se abriu e a mãe dela apareceu à sua frente. Vestia uma camiseta apertada e jeans muito colados. A maquiagem escondia algumas das manchas de sua pele, mas não podia fazer nada quanto aos olhos injetados. Tinha um cigarro e uma garrafa de cerveja na mão. Por um momento, apenas ficou olhando para a filha.
– Você foi embora. Você partiu.
Atrás dela, a luz da televisão tremeluzia e projetava na parede sombras de tom azul.
– Bem, estou de volta.
Daisha pensou em empurrar a mãe para o lado e entrar no trailer, mas a ideia de tocar em Gail fez com que hesitasse.
– Como pode ser? – Gail se recostou no batente da porta e analisou Daisha. – Não tenho tempo para ficar te salvando caso esteja metida em algum tipo de encrenca, ouviu?
– Onde está Paul?
Gail estreitou o olhar.
– Ele está no trabalho.
– Ótimo – respondeu Daisha, passando pela mãe para entrar.
– Eu não disse que você podia entrar.
Gail deixou a porta bater mesmo depois de dizer essas palavras. Distraída, jogou as cinzas do cigarro que mal tinha

fumado na direção de um dos cinzeiros lotados que ficava sobre a mesa de centro repleta de marcas.
– Por quê?
– Isso aqui não é um hotel. Você foi embora e...
– Não. Eu não *fui embora*. Você me mandou embora.
Daisha não sentiu a confusão que vinha sentindo desde que acordara. As paredes tinham o tom sujo do excesso de fumaça aprisionado em lugar pequeno; o carpete tinha as marcas de queimaduras e manchas provocadas pelo excesso de noites de embriaguez; e os móveis apresentavam rachaduras e fendas que denunciavam as brigas e a pobreza. Diante da estrutura minúscula que um dia fora seu lar, ela conseguiu entender mais do que entendera até ali: pertencia àquele lugar. Era dela, sua casa, seu espaço.
– Ele disse que seria uma boa pessoa para você, e não é como se eu estivesse te mandando para algum estranho. – Gail acendeu outro cigarro e em seguida jogou-se de volta no sofá afundado com a mesma garrafa de cerveja e o cigarro entre as mãos.
– Paul disse que ele era boa gente.
Daisha continuou de pé.
– Mas você tinha noção do que estava fazendo, não é, *mãe*?
Gail ergueu a garrafa de cerveja em direção aos lábios e deu um gole. Depois, com um gesto vago para cima e para baixo, acenou para Daisha.
– Você parece bem, então por que está choramingando?
– Para começo de conversa? Estou morta.
– Você está o quê?
Daisha cruzou o pequeno cômodo para se colocar à beira do sofá. Olhou para baixo, na direção da mãe, com esperanças de ver algum tipo de emoção, algum vestígio que dissesse que Gail estava aliviada por vê-la. Não havia nada.
– Estou morta – repetiu Daisha.
– Sei – bufou Gail. – E eu sou a maldita rainha de Roma.

– Roma não tem rainha. É uma cidade, mas... – Daisha sentou-se ao lado da mãe. – Eu *estou* morta.

As palavras não pareciam naturais, admiti-las parecia impossível, mas eram verdade. O corpo dela não estava vivo. O coração não batia em seu peito; a respiração não preenchia os pulmões. Tudo o que fazia uma pessoa estar viva havia parado – porque sua mãe deixara que alguém a matasse.

– Morta – sussurrou Daisha. – Estou morta, não estou viva, não estou certa, e a culpa é sua.

– Você acha que isso é engraçado?

Gail começou a se levantar, mas Daisha a empurrou de volta antes que ela ficasse de pé.

– Não – respondeu. – Não é nada engraçado.

Gail levantou uma das mãos, a que segurava o cigarro, como para dar um tapa na filha. O tom cereja da brasa quase chegava a ser bonito.

Por um momento de tensão, a mão de Gail permaneceu erguida e aberta, mas ela não tocou em Daisha. Em vez disso, deu um trago no cigarro e exalou de forma ruidosa.

– Não estou rindo.

– Ótimo. Não é engraçado.

Daisha segurou o punho da mãe e forçou o braço dela para baixo. Os ossos sob a pele pareciam frágeis gravetos envoltos em carne suave e sangue quente. Era difícil acreditar que algum dia havia pensado que a mãe era forte. Continuou segurando aquele punho fino como uma vara e se aproximou. Pressionou com força o joelho contra a perna de Gail, encurralando-a.

– Me diga: você honestamente pensou, ainda que apenas por um momento, que eu estaria segura?

Os olhos de Gail se arregalaram, mas ela não disse uma palavra capaz de ajudar. Em vez disso, empurrou em vão a filha com a mão que segurava a garrafa.

— Você parece bem, na minha opinião — murmurou. Tentou um novo empurrão, dessa vez mais forte. — Me deixe levantar.
— Não. — Daisha pegou a garrafa e a atirou na parede do outro lado com tamanha força que se estilhaçou. Os cacos de vidro caíram no carpete como se fossem purpurina. — Você sabia o que ele ia fazer?
— Paul disse...
— Não — repetiu Daisha. Deu um tapinha na brasa do cigarro e deixou que caísse no colo da mãe.
Gail soltou um berro e tentou esmagar os resíduos.
— Sua bandidinha. Como você ousa?
— Você me mandou embora com alguém que nem conhecia e não esperava que eu voltasse. — Daisha destruiu a brasa ardente antes que causasse um dano de verdade. — Você sabia.
— Paul disse que vários países ainda fazem casamentos arranjados e utilizam os dotes, e você não estava mesmo contribuindo com nada. Comida e eletricidade e... Filhos custam dinheiro. Não podemos sustentar outro bebê com você aqui.
— O queixo de Gail ficou mais saliente. — Se você fosse embora, a gente pularia para o início da fila de espera para ter um bebê. Paul quer um filho, e eu estou ficando velha.
— Então vocês estavam apenas recuperando as perdas, certo? — Daisha olhou fixo para a mãe. Aquela mulher lhe dera a vida. Tudo o que via era raiva. — Ele me *machucou* e então me deixou na floresta como se eu fosse lixo... Me largou sangrando e, quando pensei que fosse encontrar ajuda, quando pensei que as pessoas *daqui* que me encontraram fossem me ajudar, elas *me mataram*. Tudo porque você queria se ver livre de mim. Tudo porque *Paul* quer um bebê.
— Você não entende.
— Você tem razão — sussurrou Daisha. — Mas quanto mais tempo fico acordada, mais eu *consigo* entender. Ver você aqui ajuda. Estar aqui ajuda. Você está me ajudando agora, Gail, mas sabe como poderia me ajudar ainda mais?

— Não posso deixar que você fique aqui, mas posso... Posso não contar a Paul que você esteve aqui. Talvez eu consiga arranjar um pouco de dinheiro para você ou outra coisa.

— Não. — Daisha encostou a testa contra a testa da mãe e murmurou: — Preciso de mais do que isso.

— Não tenho mais nada para te dar — disse Gail, envergonhada e derrotada diante da filha. — Não posso deixar Paul saber que você voltou.

Quando a mão de Gail fez contato com o rosto dela, Daisha agarrou os dois punhos e os segurou com uma das mãos. Pressionou com mais força as pernas da mãe.

— Paul vai descobrir assim que chegar aqui.

Daisha cobriu a boca da mãe com a mão, apertando para ter certeza de que o som ficaria abafado. Inclinou-se para a frente e mordeu a parte lateral do pescoço dela, fazendo um furo. O sangue jorrava com muita rapidez, de um jeito desordenado. No momento em que Daisha engoliu a primeira mordida, a camiseta de Gail já estava encharcada.

Mas a mente de Daisha parecia cada vez mais clara e seu humor havia melhorado agora que a fome fora silenciada. Quanto mais comia e bebia, mais clara sua mente se fazia. A fome a deixava confusa, assim como o medo a desintegrava.

Estou segura aqui. Agora.

Comer ajudava; beber ajudava; as palavras ajudavam. Gail lhe deu todos os três.

23

Conforme voltavam em direção ao túnel, Byron tentava assimilar o máximo de detalhes que conseguia. Perguntava a ele mesmo se a cidade em si tinha mudado, porque as ruas que atravessavam não se pareciam em nada com aquelas que ele achava que serviram de entrada. A área em torno dele definitivamente não era moderna, mas podia ver o que parecia ser um subúrbio da década de 1950 em um dos cruzamentos. Alguns quarteirões pertenciam a épocas que ele não era capaz de identificar, mas os moradores nem sempre combinavam com a paisagem: mulheres de vestido tipo melindrosa e com aventais apareciam acompanhadas de mineiros de outro século e modernos homens de negócios.

– Vou precisar de um mapa ou algo assim – murmurou ele. – Senão, como vou conseguir algum dia me localizar por aqui?

– Vai ficando mais fácil – assegurou William.

– Depois de quanto tempo? Desde quando você vem para cá? Com que *frequência*?

Byron parou diante de um cruzamento. Passaram por eles duas mulheres em bicicletas de rodas altas do final do século XIX. A primeira sorriu para os dois, mas a segunda parecia não os ver absolutamente.

– Tenho vindo aqui durante grande parte da minha vida. – William esfregou uma das mãos sobre o rosto. – Eu tinha dezoito anos. Meu avô fora o último Guia.

– Não o seu pai?

– Não. Ele já estava velho demais, ou talvez eu já estivesse com idade suficiente. É difícil dizer.

Byron viu a boca do túnel à frente deles. Lá dentro, centelhas vermelhas e azuis piscavam para ele, como se fossem os olhos de uma grande fera. Num mundo de tons cinza, a luminosidade do túnel servia de farol.

– Sua mãe e eu pensamos em não nos casar, em não ter filhos, não transmitir isso para a nossa descendência. Se eu tivesse me casado cedo, talvez chegasse a ser tão velho a ponto de você ser poupado, mas então meu neto precisaria ser o próximo da fila e eu não conseguia pensar no meu neto tendo que lidar com isso tão cedo... e sua mãe e eu queríamos um filho, queríamos *você* – explicou William, balançando a cabeça. Parecia um tanto triste.

Sem saber ao certo o que falar, Byron penetrou no túnel. William o seguiu. Diferentemente de quando haviam entrado na terra dos mortos, o túnel agora se estendia por um longo caminho à frente deles.

– Pegue a luz – instruiu William. – Você guia.

Byron retirou a tocha da parede. Ela ganhou vida em suas mãos.

– Seu toque iluminará o caminho. O toque dela não. Você ilumina o caminho; você abre o portão. Sem você, ela não pode entrar no mundo deles.

– Por quê?

– Para que ela permaneça em segurança. Ela se sente atraída pelos mortos – disse William, abrindo um sorriso pesaroso.
– E você se sente atraído por ela. Você daria a própria vida pela Guardiã, para mantê-la afastada da morte, embora algumas partes dela queiram desesperadamente se lançar nessa direção. Ela pode escolher não ficar com você, mas você e apenas você será capaz de seduzi-la da mesma forma que os mortos. – Ele balançou a cabeça. – Ella sentiu o chamado dos mortos muito antes do que qualquer um esperava. Maylene a trouxe até

aqui. Charlie concordou com isso; o canalha nunca gostou de dizer não para Mae. Ela ia trazer as duas meninas e deixar que elas fizessem a escolha ao longo dos anos seguintes, mas depois que Ella apareceu... Não esperávamos que ela fizesse isso, mas quando fez, decidimos não contar a você nem a Rebekkah. Eu não sei se foi a escolha certa, mas esse mundo representa uma tentação para as Guardiãs que eu não consigo entender... e também nunca me saí muito melhor do que o canalha na tarefa de dizer não para Mae.

William olhou para Byron, esperando alguma reação: perdão, perguntas ou algo que o filho não tinha certeza do que era. Ele não poderia dizer que estava tranquilo diante daquilo tudo ou até que conseguiu entender tudo. Nem sabia dizer se estava com raiva. Mais tarde seria capaz de sentir todas essas coisas; mais tarde eles precisariam conversar; mas, naquele instante, Byron ainda estava tentando dar sentido à enormidade dos assuntos que seu pai – e sua mãe *e* Maylene *e* Ella – mantivera em segredo dele.

E de Bek.

Por outros dez minutos, Byron e o pai caminharam em silêncio, mas a entrada não parecia estar mais próxima. Byron olhou para William e percebeu que ele tinha parado de embalar o braço.

– Seu braço está melhor?

– Não está doendo nem um pouco – assegurou.

– Parecia que estava sangrando bastante – disse Byron, franzindo a testa. – Quer doa ou não, você precisa levar pontos. Você ainda consegue senti-lo? Quer dizer...

– Não preciso de pontos.

– Injeções também – continuou Byron. – Você o limpou? Tinha ferrugem no lugar em que você se cortou? *No que* foi que você se cortou? Estava esterilizado? O que...

– Chega, Byron.

William desenrolou o curativo e deixou que caísse no chão do túnel. Enquanto Byron observava, o curativo se desintegrou e foi arrastado igual à fumaça.

– Os mortos fizeram isso. – Ele estendeu o braço. Faltava um pedaço de pele como se tivesse sido descascada. Os músculos estavam expostos e devastados. – Injeções não adiantam. Mordidas causadas pelos mortos *podem* sarar. A criança ficará bem, mas, assim como qualquer outra ferida aberta, as mordidas são vulneráveis a infecções comuns.

– A criança... – Byron encarou o pai. – Você e aquela criança foram mordidos por uma pessoa *morta*.

– Da mesma forma que Maylene.

– Uma pessoa morta está à solta no nosso mundo... *mordendo* gente. Os que vimos pareciam bastante normais. – Byron fez uma pausa quando se deu conta da excentricidade de seu comentário. – Tirando o fato de estarem *mortos*.

– Eles são diferentes se acordam aqui. – William abaixou o braço, deixando que pendesse solto na lateral do corpo. – Ela acordou faz pouco tempo. Eles vão até a Guardiã assim que podem; se acordarem, o que em geral não acontece. Maylene não teve que lidar com nenhum caso durante muitos anos. Essa não recebeu cuidados. Eles *precisam* de cuidados, assim não acordam. Essa garota... tem que ter morrido lá fora, sozinha em algum lugar. Ela é nova, não tem muito mais do que uns dezessete anos, eu diria. Inconstante.

Byron pensou na garota que tinha visto. *Duas vezes.* Abriu e fechou a boca. Ao redor deles, o túnel de repente se comprimiu e, em seguida, eles já estavam de volta ao lado de fora do cômodo que servia de depósito. Byron colocou a tocha novamente num espaço que havia na parede.

– Acho que conheci a garota morta.

– Ótimo. Você e Rebekkah precisam trabalhar juntos para fazer com que ela entre no túnel. Não tenho certeza sobre o que Rebekkah precisa fazer assim que encontrar a garota, mas Maylene terá ensinado a ela ou deixado instruções. – De forma abrupta, William deu um abraço apertado no filho e pediu: – Perdoe as minhas falhas, meu filho.

Byron ficou agarrado ao pai por um longo momento de silêncio.

– Sim, claro que sim. A gente só precisa descobrir uma maneira de contar a Bek tudo...

– Não – disse William, soltando-o e dando um passo de volta para as profundezas do túnel. – Você precisa contar a ela. Você é o Guia dela.

– Mas...

As palavras de Byron foram definhando na medida em que percebia a tristeza nos olhos do pai.

– Não posso ir com você. – William deu mais um passo na direção das sombras. – Você se sairá bem.

A sobrecarga emocional que ele imaginava ter sentido apenas alguns momentos antes não era nada comparada com a enxurrada de sentimentos conflitantes que o consumiam agora. Charlie dissera que ele poderia morrer, "basta ficar aqui"; Byron vira o nome do pai na lista *com uma data final*. William nunca teve a intenção de voltar para o mundo. Byron olhou para o pai, o último membro de sua família ainda vivo, e disse:

– Quando entramos, você sabia que entrar significava morrer.

– Sabia. Apenas um Guia. Apenas uma Guardiã. Você pode transitar de um lado para o outro sem problemas, até trazer seu substituto para conhecer Charlie. Uma vez que o novo Guia assina... – William abriu um sorriso tranquilizador. – É uma forma indolor de morrer.

– Não quero que você morra... e se eu te puxasse pelo portão? – Byron se sentia desesperado. Muita coisa estava acontecendo muito depressa. – Talvez...

– Não. Eu também morreria, mas com dor. Provavelmente de um ataque cardíaco. Ou então de um derrame. – William deu de ombros. – Para todos os efeitos, eu morri lá. Minha dor foi embora no momento em que você assinou o contrato. Se você forçar a minha volta, a dor retornará e, mesmo assim, eu morrerei. Apenas um Guia de cada vez pode se sentar na mesa do sr. M. Você assinou e eu morri.

Byron sentiu o peso da confissão de William acertá-lo em cheio. Havia matado o próprio pai.

– Você não sabia – disse William, atraindo o olhar do filho para seu rosto. – A escolha foi *minha*. Eu que te levei para conhecer o sr. M. Bebemos com os mortos. Você está seguro para fazer isso agora, até o dia em que levar o próximo Guia para a mesa dele. É assim que sempre foi... Se tiver sorte, é o que fará um dia. Seu filho, ou seu herdeiro, caso seu sucessor não seja de sangue, vai passar por essa porta sozinho e você vai ficar para trás.

– Meu sucessor?

– A Guardiã e o Guia se sentem atraídos um pelo outro. Se você e Rebekkah precisarem escolher um sucessor porque você casou com ela ou teve filhos com ela – William fez uma pausa, como se estivesse medindo as palavras –, é como os casamentos arranjados. Cuide dos interesses deles. Seja sábio.

– Você, mamãe e Maylene... – Byron não conseguia terminar a frase.

– Queríamos que vocês todos tivessem alguma escolha. Poderia ter sido qualquer uma delas. Por isso você se sentia atraído pelas duas, mas a morte de Ella mudou tudo. – A expressão de William se tornou austera. A sobrancelha ficou enrugada e o queixo se ergueu. – Você e Rebekkah farão um bom par.

Ao ouvir isso, cada fiapo de interesse que Byron nutria por Rebekkah pareceu comprometido. O que ele queria, o que sentia, o senso de proteção, a saudade – tudo havia sido programado nele. *Como eles foram capazes?* Byron não podia pensar sobre isso naquele momento. *Era preciso ser prático em primeiro lugar*. Se pensasse no assunto, ficaria furioso e não podia se afastar do pai havendo raiva entre eles. *Mais tarde, quando... meu pai está morto*. Depois então poderia ficar livre para sentir a raiva que se prenunciava.

– Como eu... e quanto ao seu enterro? – Byron se sentiu estúpido por perguntar ao pai sobre seu próprio enterro, mas isso era mais importante agora do que sempre fora. Os mortos andavam por aí. Esse tanto ele entendeu. Não poderia deixar que o pai saísse pelo mundo mordendo gente.

– Nós, Guias, não costumamos morrer da mesma forma que a maioria das pessoas. As Guardiãs também não, a menos que – William empalideceu – não consigam... Às vezes elas caem na armadilha da terra dos mortos, mas é imprevisível.

– Você está morrendo porque Maylene morreu.

– Ela *jamais* substituiu a sua mãe, mas é a minha parceira. Eu fiz dois votos: um para Ann e outro para ser o Guia. Fiz o mesmo voto que você acabou de fazer. – William manteve um tom de voz suave, mas era inegável a firmeza quando disse: – Não faz mais sentido eu ser o Guia. Existe uma nova Guardiã. Ela precisa do Guia *dela*, não de um velho senhor.

– Mas...

– E Maylene precisa descansar – interrompeu William. – Ela merece. Vou tranquilo para a minha morte. Ela foi com dor, consumida pelos mortos que não deveriam ter saído andando. Isso precisa ser resolvido. É o seu trabalho. O seu e o de Rebekkah.

– Pai?

– Vá até Rebekkah. Abra o portão para ela. Ela precisa conhecer Charlie antes que qualquer outra coisa possa ser feita. – William apertou o antebraço de Byron. – Depois leve-a para casa e faça os mortos descansarem no lugar ao qual pertencem.

– Preciso de você. – Byron puxou o pai para mais perto. – Você é a única pessoa que eu tenho. Minha única família. Talvez...

— Você é mais esperto que isso. Não existe talvez. Preciso ir. — William o abraçou de novo. — Tem alguns papéis e outras coisas para você no baú que está no meu quarto. O resto... você vai descobrir. Confie nos seus instintos. Pense nas lições que teve. Eu fiz o que pude para te preparar. Nunca se esqueça do que os mortos são capazes. Você viu o corpo de Maylene. A garota morta que fez isso no meu braço, em Maylene, parece inofensiva, mas não é. — Ele trocou um olhar com Byron. — Não deixe que eles acordem, mas caso isso aconteça... não demonstre piedade. Protejam um ao outro e a cidade. Está me ouvindo?

— Sim, claro.

— Faça com que eu fique orgulhoso. — William virou de costas e começou a andar em direção às sombras. Sua voz chegava com clareza por meio do vácuo mesmo depois de ter se afastado. — Você *sempre* me deixou orgulhoso, Byron.

E em seguida desapareceu.

Morto.

Byron entrou na casa funerária, sua casa de novo, e deu uns passos cambaleantes. Desabou sobre os joelhos quando o peso do que acabara de acontecer se abateu sobre ele.

Meu pai.

Conhecia a dor. Sentiu isso quando a mãe morreu, quando Ella morreu; tinha visto a dor nas outras pessoas ao longo de toda a vida, mas agora era diferente. Seu pai era o último elo com o mundo que ele conhecera, com sua infância, suas lembranças. Tudo o que Byron havia sido — até o "e Filho" que fazia parte do negócio da família e parte da sua vida — estava agora transformado.

Morto.

Não existia mais filho. Com a morte de William, ele era o sr. Montgomery.

O Guia.

Desde criança sabia que seguiria o caminho do pai. Na escola mortuária, conheceu pessoas que se rebelavam contra isso, que seguiam essa trilha porque era o esperado, mas para ele era algo diferente. Como um chamado.

Byron ficou olhando para o armário ainda aberto. As garrafas de plástico, com os líquidos multicoloridos, eram tão familiares quanto a esterilidade e os aromas que os quartos do porão exalavam naquela casa de sua infância. Embora não fosse comum embalsamar os corpos, eles mantinham alguns suprimentos à mão para os não nascidos em Claysville. Apenas os moradores nascidos ali precisavam ser enterrados sem terem os corpos embalsamados. A porta ficava escondida atrás das coisas que eles raramente usavam. Parecia uma pista óbvia agora, mas, antes daquele dia, Byron não poderia ter sonhado com os segredos escondidos atrás daquelas garrafas parrudas.

E agora? Essa era a verdadeira pergunta. Precisava seguir em frente, explicar a ausência do pai, falar com Rebekkah. *Quem mais sabe?*

Foi atingido pela imensidão daquele dia, do futuro, das coisas a fazer.

Ficar sentado não vai ajudar em nada.

Ele se colocou de pé e se limpou, embora não houvesse sujeira a ser removida. Com cuidado, fechou o armário. Vedou o túnel que levava à terra dos mortos, para onde seu pai fora.

Meu pai está morto.

24

Em poucas horas, Amity já tinha ensinado a Rebekkah as misturas elementares ou, pelo menos, como seguir as instruções que ficavam na empoeirada caixa de receitas atrás do balcão. Agora ela se esticava toda de modo a alcançar mais algumas garrafas para a demonstração seguinte. Deu tanta explicação sobre os sabores das bebidas e dos licores que Rebekkah passou a valorizar mais a difícil tarefa de criar novos drinques.

– Qual é a especialidade da casa? – provocou Amity.

– A versão alternativa de qualquer drinque que eu não consiga me lembrar – repetiu Rebekkah. – Se eu acrescentar muito *triple sec* em vez de caprichar na tequila, chamo de "marguerita especial" e adiciono à caixa de receitas se tiver tempo. A não ser que eles nem percebam, o que em geral acontece.

– E se você misturar as coisas de forma totalmente errada?

– A menos que combinem, jogue fora e anote. – Rebekkah abriu um largo sorriso e repetiu um dos conselhos mais curiosos. – E se *eles* pedirem coisas que não combinam, não recuse. "Atendemos a todos, mesmo aqueles com gostos doentios."

– Boa garota.

Amity apanhou uma garrafa dentro do vão e serviu em um copo uma dose dupla de gim. Em seguida arrematou com um pouco de água tônica, apoiando o drinque sobre o balcão no momento em que um dos homens se aproximava.

– Obrigado, querida.

Ele largou algum dinheiro sobre a bancada e levou o drinque. Rebekkah esperou ele se afastar e disse:

– Você faz com que pareça fácil.

Amity registrou a venda, colocou o troco no bolso e deu de ombros.

– Venho fazendo isso desde que era menor de idade. Não existem muitas atividades que eu possa fazer sem precisar deixar Claysville, e existem menos opções ainda que eu gostaria de fazer. Esse emprego é a minha vida... Também quero outras coisas na vida, mas não muitas.

O tom de voz dela fez com que Rebekkah desse uma pausa. Amity não era tão *blasé* quanto estava fingindo ser.

– Posso perguntar que coisas são essas?

Amity a abraçou.

– Família, amigos, você sabe, aqueles desejos básicos.

Meio de brincadeira, Rebekkah estremeceu.

– Não, obrigada. Não gosto de gaiolas. Nunca gostei e nunca vou gostar.

– As pessoas mudam, Bek – murmurou Amity ao mesmo tempo em que se afastava e se ocupava em arrumar as bebidas na prateleira superior.

– Não se eu puder evitar. – Rebekkah jogou fora os cubos de gelo de vários copos que foram levados até o balcão. – Mas, se isso funciona para você, boa sorte com seja lá quem for ele. Existe um *ele* específico, não é?

Amity olhou por cima dos ombros para Rebekkah.

– Nesta noite era para eu animar *você*, então vamos deixar esse assunto de lado, tudo bem?

– Claro. – Rebekkah foi se sentindo cada vez mais desconfortável, suspeitando de que o "ele" em questão fosse Byron. Enfiou as mãos no bolso. – Acho que preciso dormir. Estou indo.

— Me desculpe.

— Pelo quê? Foi apenas um dia longo e...

— E o meu humor oscilante não ajudou, não é mesmo? — Amity deu uma olhada de novo para as mesas, provavelmente para garantir que não estavam precisando de atenção. — Falei sério, você sabe: de fato poderia usar uma mãozinha extra aqui se você decidir parar quieta durante um tempo. Tenho poucos funcionários temporários e estou feliz por ser promovida a gerente até que o Troy apareça de novo... se ele aparecer... mas seria ótimo contar com outro atendente de plantão.

— Claro — respondeu Rebekkah, com um sorriso forçado.

— Me adicione à lista. Acho que vou continuar aqui por alguns dias enquanto decido o que fazer com... tudo.

A casa de Maylene. As coisas de Maylene. Como posso encaixotar tudo? Sentiu de novo o peso das decisões que não queria tomar — ou que não sabia como tomar. *Como posso deixar de encaixotar tudo?* As alegações de Cissy de que Rebekkah não era de verdade da família voltaram com toda a força, quase como uma bofetada real. *Eu sou da família de Maylene. Família não tem a ver só com sangue.* Maylene dissera isso a ela repetidas vezes, e, naquele momento, Rebekkah ficava ainda mais grata do que o normal por esse sentimento específico.

— Bek?

Rebekkah trouxe os pensamentos de volta para o aqui e agora.

— Desculpa. Estou cansada... e sobrecarregada.

— Eu sei. — Amity olhou na direção da porta. — Você quer ligar para alguém e pedir que te acompanhe? Ou talvez um dos rapazes...

— Estou bem. Cheguei aqui por conta própria, não é mesmo?

— Você sabe que Maylene não morreu de morte natural, não sabe? — Amity baixou a voz e acrescentou: — Alguém a matou, Bek. Isso significa que você precisa ter cuidado. *Todos* precisam.

Rebekkah deixou o nervosismo de lado.
— Esquece isso.
— Ignorar o fato não muda nada. Você não está segura — insistiu Amity.
— Eu especificamente?
Amity hesitou. Foi apenas por uma fração de segundo, mas aconteceu.
— Todo mundo, mas nem todo mundo está sofrendo e indo para casa sem companhia.
— Tudo bem. — Rebekkah não acreditou nela. Sentiu arrepios gelados percorrerem sua coluna. Sem mais palavras, pegou a jaqueta e saiu detrás do balcão, trocando um olhar com Amity. — Quero te fazer algumas perguntas. Quero ter a certeza de que você é... Sei lá... A pessoa que eu achava que conhecia, mas nesse momento estou esgotada. Foi um longo dia e vou torcer para que você só esteja escondendo algo de mim porque quer o meu bem, ou então para eu estar sendo paranoica. Não tenho certeza de nada agora.
— Apenas seja cuidadosa. É só isso que quero dizer. — Amity pronunciou as palavras com delicadeza.
— Estou sendo. — Rebekkah vestiu a jaqueta e saiu sem dizer mais nada.
A caminhada entre o Gallagher's e sua casa não era tão longa, mas mesmo assim era burrice pensar em ir andando sozinha quando um animal e um assassino estavam à solta pela cidade. Rebekkah lembrou a si mesma que fizera coisas muito mais estúpidas no passado e suspeitava que ainda as faria de novo. A maior parte das decisões ruins que tomou depois de passar a noite num bar eram muito piores do que ir andando para casa, no escuro, naquela cidade pequena onde se refugiara algumas vezes ao longo dos anos.
Claro, sua avó acabara de ser assassinada nessa cidade pequena, portanto, ela não conseguia se desfazer do desconforto de forma tão fácil quanto teria feito em visitas anteriores.

Os postes de luz eram espaçados com tamanha distância que as sombras mais escuras se faziam onipresentes. Os carros que passavam a deixavam tensa. Barulhos afastados e não identificados, assim como o latido de cachorros, causavam-lhe arrepios, então quando ela viu Troy sentado nos degraus da loja de antiguidades Once in a Blue Moon, o alívio que sentiu chegou a ser palpável.

A loja ficava do outro lado da rua e um pouco à frente no diminuto quarteirão, mas ela o reconheceu sem muita dificuldade. Poucos homens em Claysville apresentavam ao mesmo tempo músculos volumosos e cabelo bem cuidado, como era o caso de Troy. Seus longos cachos estavam amarrados para trás, com uma bandana vermelha, e ele usava o traje habitual de atendente de bar: jeans escuros e camisa de botões vestida como se fosse uma jaqueta sobre uma camiseta justa. Esse visual específico fizera com que Amity o chamasse de "isca de coroas" quando eles saíam para dançar e um grupo de mulheres bem mais velhas passava a noite olhando para ele, como se fosse uma iguaria particularmente decadente. Troy era muito tranquilo para se importar, em especial porque Amity era alguns anos mais nova do que ele. "Quase sem idade para *frequentar* um bar, muito menos trabalhar em um", Troy havia assinalado.

— Ei! — gritou Rebekkah.

Ele olhou para cima, mas não na direção dela. Rebekkah não conseguia decifrar a expressão dele sob a luz fraca que chegava aos degraus cheios de sombra. Ele não se mexeu.

— Troy! — Ela continuava do outro lado da rua, mas não tão longe a ponto de ele não ser capaz de reconhecê-la. — Sou eu, Rebekkah.

Mesmo assim ele continuou sem se mover e não respondeu nada. Os nervos que haviam se acalmado quando ela o viu perturbaram-se de novo.

– Troy?

Então ele se levantou. Seus movimentos eram tão estranhos que ele parecia cambalear quando deu um passo à frente. Levantou a cabeça e olhou para ela com seriedade.

– Você está bem? – Ela parou a uma distância maior que um braço. – Amity estava preocupada com você.

Troy levantou uma das mãos como se fosse estendê-la para Rebekkah, mas simplesmente ficou parado com a mão erguida. Olhou para a própria mão e, em seguida, para ela, franzindo a sobrancelha e fazendo uma careta.

– Você está me assustando um pouco – disse Rebekkah.

Ela se esticou para tocar no punho dele, mas ele empurrou o braço dela para o lado com a mão que estava erguida. Antes que Rebekkah pudesse reagir, ele girou e se atirou para a frente. Com a outra mão, agarrou-a pelo ombro.

– Qual foi, Troy? – perguntou, empurrando o peito dele com a palma da mão.

Os dedos de Troy se agarraram a ela conforme ela o empurrava para trás, na direção da entrada de tijolos da loja, mas ele continuava sem dar uma palavra. Os lábios se entreabriram, soltando um grunhido inaudível.

– Não me teste – desafiou Rebekkah, mas acabou recuando: não era lutadora. Tivera algumas aulas básicas de autodefesa, mas também sabia que o peso dele superava o seu em cerca de cinquenta por cento. Além disso, ele parecia estar sob o efeito de algum tipo de droga.

Ela colocou a mão no bolso para apanhar o spray de pimenta. Se não fosse pela explosão de adrenalina que acabara de vivenciar, não tinha certeza se conseguiria tê-lo empurrado, e a adrenalina não era um instrumento de combate confiável. Recuou mais um pouco.

– Seja lá o que você tenha tomado, não está te fazendo nem um pouco bem.

Ele a encarou em silêncio.
– Vá buscar ajuda. – Ela ainda segurava o spray de pimenta, mas sem levantá-lo.
– Re*bek*kah. – Troy pronunciou o nome dela como se o ato de falar fosse um desafio. A palavra saiu por meio de sílabas quebradas.
Ela engoliu em seco, nervosa.
– Sim...
– Dê um jeito nisso.
Ele avançou para cima de Rebekkah pela segunda vez; dessa vez sua boca alcançou o ombro dela.
O peso do corpo dele fez com que os joelhos dela dobrassem, e ela começou a cair para trás. Instintivamente, pressionou a outra mão contra a garganta dele e empurrou. Sentiu alguma coisa ceder sob a mão, e, antes que pudesse tomar qualquer outra atitude, Troy já havia partido.
Ela se ajeitou, com cautela, e olhou em volta. Em uma fração de segundo ele tinha desaparecido. Para alguém com um caminhar tão obviamente instável, aquele tipo de saída ligeira fazia pouco sentido.
Rebekkah observou todos os cantos da rua. Não havia sinal dele nem de ninguém. Podia ter se esquivado para dentro de qualquer uma das inúmeras entradas sombreadas ou então para dentro de um beco, mas parecia ter evaporado quando ela pressionou sua garganta.
O que é impossível.
Sentiu um arrepio, tanto de frio quanto de medo, e então retomou a caminhada para casa. A sensação era de que cada hora transcorrida desde a morte de Maylene trazia novas questões. A única resposta que tinha naquele momento era que permanecer sozinha na rua não ajudaria em nada, especialmente caso Troy reaparecesse.

Com um breve suspiro de alívio, se permitiu entrar de novo em casa. A tentação de ligar para Amity – e Byron – foi superada pelo fato de que não queria ficar acordada por conta de nenhuma das duas conversas. O ímpeto de adrenalina fora embora e a combinação do choque com a exaustão premente significava que ela não queria nada além de se jogar sobre qualquer superfície plana que encontrasse pela frente. No dia seguinte poderia fazer essas ligações. A manhã não tardaria a chegar.

25

— Vire a placa, por favor — gritou Penelope, do salão dos fundos, quando Xavier entrou.
— Podia ser qualquer pessoa. Você não devia deixar a porta destrancada, principalmente agora. Existem monstros lá fora e...
— Deixei destrancada porque sabia que você estava chegando — interrompeu ela.
Suspeitava que qualquer dia desses ficaria cansada de provocar Xavier, mas, até esse dia chegar, continuaria se divertindo. O reverendo Xavier Ness podia admitir que os mortos andassem, que a Morte em pessoa fizera um pacto com Claysville, que a população da cidade aceitara de forma consciente esse pacto em troca de saúde e fronteiras quase herméticas, mas a ideia de que ela era capaz de prever o futuro o levava a torcer o nariz. Em sua opinião, esse grau de teimosia clamava por uma provocação, o que ela ficava feliz em fornecer.
— Penelope?
— Ainda estou me trocando. Você pode esperar ou assistir.
Deixou cair a saia e vestiu uma calça jeans. Não estava a fim de sair andando pela cidade com uma saia volumosa capaz de atrapalhar qualquer corrida que se fizesse necessária.
O som do caminhar do reverendo fez com que ela parasse.
— Tem camomila e aquela hortelã suave que você gosta sobre a bancada. Fiquei em dúvida sobre qual você ia querer — disse ela, empurrando a cortina de contas para o lado.
O reverendo continuou de costas, mas ela sabia que ele tinha escolhido a hortelã. A camomila era para ela, mas era

mais divertido fazê-lo pensar que estava hesitando. Quando já estava certa de que Xavier havia colocado o infusor na xícara, pegou as botas e disse:

– Por um minuto pensei que você fosse me surpreender. Coloque a camomila na minha xícara, por favor.

– Surpreender... – Ele ficou olhando para os infusores. – Você detesta hortelã.

– É verdade, mas é sempre bom testar a mim mesma. – Prendeu o cabelo em um nó no topo da cabeça. – Não se preocupe com a bagunça.

Ela apanhou a vassoura logo antes de ele, sem querer, derrubar o pote no chão.

– Isso é de enlouquecer. – Arrancou a vassoura das mãos dela. – Você prepara esses cenários ridículos só para... me provocar.

– E para provar que não sou uma charlatã, Xavier. – Ela se agachou com a pá de lixo e a segurou junto à pilha de chá. – Você duvida de mim sempre que passamos muito tempo sem esses "cenários ridículos", e nós dois sabemos disso.

Varreu as folhas de chá para a pá e disse com calma:

– Não tenho a intenção de duvidar de você.

– Mas duvida – disse ela, colocando-se de pé e despejando as folhas na lixeira. – Um dia você não vai mais duvidar, mas até lá – pegou a vassoura e a colocou de lado, junto com a pá – vamos continuar fazendo isso. Te causa muito mais consternação do que a mim.

Ele respirou fundo e olhou diretamente para ela.

– Me diga então por que eu vim.

Lado a lado, os dois lavavam as mãos. Ela encheu as duas xícaras com água fervente, pegou a sua e caminhou em direção à frente da loja. Diante da janela que dava para as ruas escurecidas, murmurou:

– Para me dizer que William morreu.

Atrás de si, ouviu os passos de Xavier, o deslizar da cadeira e o ruído suave da xícara contra a mesa de mosaico que ele preferia. Ficou esperando a pergunta para a qual precisava de uma resposta. Passaram-se alguns instantes. Ela deu um gole do chá e continuou no aguardo. Xavier odiava o fato de querer perguntar-lhe essas coisas, lutava contra isso, então ela lhe deu o espaço para agir como queria. Como todas as outras pessoas em Claysville, ele precisava chegar às próprias decisões no seu tempo e do seu jeito.

Finalmente, disse:

– Me diga que tudo será resolvido em breve.

– Não posso – respondeu, virando-se e caminhando em direção à mesa. – Eu só consigo enxergar até certa distância, em especial no que diz respeito aos mortos. Não posso ver quando é o fim, apenas que ainda estamos longe dele.

– E Byron?

– Ele precisa conversar com alguém hoje à noite. – Penelope permaneceu ao lado da mesa. – Não com um membro do Conselho, mas com alguém que conhecia o pai dele. Você deveria ir.

– Gostaria que você pudesse me dizer onde está o monstro – admitiu ele. – Não parece justo você poder me dizer que eu vou derrubar o chá, mas não poder dizer... Você me faz questionar as coisas, Pen. Eu não gosto disso.

– Eu sei. – Penelope se sentou. – Também nem sempre gosto disso, mas sou apenas o que a Divindade permite que eu seja. Se eu soubesse de tudo – sorriu para ele –, não seria humana... nem estaria aqui.

– Fique em segurança.

Ela assentiu, e o reverendo se levantou e saiu.

26

Mais tarde, naquela noite, Byron se sentou à mesa da cozinha da casa dos pais para tentar dar algum sentido ao que acabara de acontecer. Ouviu uma leve batida à porta. Levantou-se para abri-la.
– Reverendo Ness. – Ele desviou para o lado de modo a deixar o reverendo entrar.
– Como você está?
– Bem – respondeu Byron, puxando uma cadeira e fazendo um gesto para que ele se sentasse.
O reverendo obedeceu.
– E William?
A pergunta foi feita de forma afetuosa, mas ele não sabia o que responder. *Devo falar que ficou na terra dos mortos? Que eu o matei?* Byron também se sentou.
– Vou ficar aqui por um tempo. Papai teve que ir... ele...
– Morreu – completou o reverendo Ness, acariciando a mão dele.
Byron o encarou.
– Você sabe.
– Alguns de nós recebem a tarefa de saber. Não posso te dizer que as coisas vão ficar mais fáceis, mas, se ajudar, nós – eu e os outros clérigos – podemos fazer uma cerimônia. William era um homem bom.
O reverendo tinha uma expressão no olhar que Byron vira em inúmeros enterros. Era apenas a segunda vez que esse olhar se dirigia a ele. A primeira vez, quando sua mãe morreu,

tinha sido tanto para Byron quanto para William. Sofrer junto com alguém era mais fácil do que sofrer sozinho.

– Ele era um homem bom – repetiu Byron, afastando-se para abrir a porta da geladeira. Dentro, havia um engradado com seis cervejas. Ele pegou duas garrafas, tirou as tampas à beira da bancada, e colocou uma delas em frente ao reverendo, que a ergueu.

– A William, que Deus o proteja e o guarde.

– A papai. – Byron fez estalar sua garrafa contra a garrafa de Ness.

Beberam em silêncio. O reverendo o deixou com sua quietude e suas lembranças durante o tempo de uma cerveja degustada com calma. Quando Byron deslizou a garrafa vazia para longe, Xavier também empurrou a sua – quase cheia – para o lado.

– Um enterro seria uma boa ideia. Mas não agora. – Byron tinha pensado em tudo o que sabia até aquele momento e, por mais que quisesse respeitar o luto, se esconder e acalentar o sentimento de perda, não podia.

E Bek também não.

– Ninguém irá perguntar por William – mencionou reverendo Ness. – A incapacidade de questionar as coisas está amarrada ao contrato da cidade e é uma típica consequência de ter nascido aqui. As pessoas aceitam qualquer anomalia que emerge do contrato. Quando você estiver estabelecido, o Conselho Municipal vai te ajudar a entender melhor as minúcias.

– Contrato da cidade?

O reverendo Ness retribuiu com um sorriso torto.

– Quando os fundadores da cidade se estabeleceram aqui em Claysville, fizeram um acordo com uma entidade que, equivocadamente, achavam ser o demônio. Quando me mudei para cá, recém-saído do seminário e pronto para enfrentar as forças malignas do mundo, o prefeito Whittaker anterior explicou tudo para mim em detalhes que chegavam a ser maçantes. Não tenho dúvidas de que Nicolas seguirá os passos do pai e te contará também. O essencial é que estamos a salvo de várias coisas e que as crianças nascidas aqui não poderão ir embora, mas, às vezes, os mortos se recusam a permanecer mortos.

– "Eles" fizeram um pacto e "às vezes" os mortos não "permanecem mortos"? Você fala como se isso não fosse nada demais. Você simplesmente *aceita* tudo isso? – Byron envolveu a garrafa vazia com a mão, agarrando-a como se para assegurar a si mesmo a solidariedade de *alguma coisa*. – Como posso até mesmo saber se estou *são*? Passei por um portão no...

– Não me conte – interrompeu o reverendo Ness. – A diocese me mandou para cá por conta da minha abertura em relação às partes menos *modernas* da fé católica. Entretanto, a menos que haja um motivo apropriado, apenas duas pessoas devem saber onde se encontra a passagem. E eu não sou uma delas. Existem coisas que os membros do Conselho sabem e outras que *nunca* devem ser contadas a nós.

Byron arremessou a garrafa para dentro da pia. Ela se quebrou ao entrar em contato com a superfície de aço inoxidável. Cacos de vidro de cor marrom saltaram sobre a bancada.

– Detesto isso.

– Eu sei, mas o que você faz nos mantém em segurança. Seu pai fazia um trabalho divino.

– Sério? Porque o que eu vi por lá com certeza não se parecia com o paraíso.

– Byron, por favor, o que acontece do lado de lá não é algo que eu deva saber. Gostaria de aliviar o seu fardo quanto a esse aspecto, mas não é o meu lugar. *Posso* estar aqui para te ajudar a enfrentar o sofrimento... ou a raiva. – O reverendo Ness não parecia nem um pouco menos solidário e compreensivo do que antes. Na verdade, parecia ainda mais solidário. – De todo modo, você pode me ligar ou ligar para qualquer um dos líderes espirituais a hora que for.

– Para?

– Conversar. Para o que for preciso. *Você faz um trabalho divino agora* – explicou o reverendo, colocando-se de pé. Apoiou a mão no ombro de Byron e o abraçou. – Não podemos carregar o fardo, mas você não está sozinho.

Byron sentiu a raiva ir embora diante da amabilidade que lhe foi ofertada. Não era culpa do reverendo Ness que ele estivesse nessa situação. O reverendo não merecia nem raiva nem desdém.

– Obrigado.

O reverendo Ness fez que sim com a cabeça.

– Eles também sabem? A senhora Penelope, a reverenda McLendon e o rabino Wolffe?

– Sim, sabem. Nós sabíamos que um dia você e Rebekkah iriam substituir a geração anterior. É lamentável que deva acontecer sob essas circunstâncias, mas temos fé que vocês darão conta do desafio. Da mesma forma como fizeram Maylene e William.

Byron o encarou com surpresa. *Desafio?* Estavam querendo que ele detivesse uma garota assassina que já estava morta, contasse para a mulher que amava há anos que ela passaria a vida inteira "cuidando" dos mortos tendo ele como companheiro, e descobrisse como lidar com a morte do pai. Ele não tinha tanta certeza sobre qual desses *desafios* era o mais intimidante.

– Não sei nem por onde começar – desabafou, sem muita firmeza.

– Comece dormindo um pouco. De manhã, vá encontrar Rebekkah. Os detalhes dos que estão vivos continuarão sendo resolvidos como sempre, mas os mortos estão andando por aí. Todos nós precisamos que a Guardiã coloque as coisas em ordem, e ela precisa de um Guia para abrir o portão.

Byron segurou o braço do reverendo Ness antes que ele pudesse ir embora.

– Não descobri tudo o que quero saber e preciso de respostas agora. Me diga o que você sabe.

O reverendo parou, mas depois de um instante assentiu.

– Os termos do contrato não são tão claros quanto nós gostaríamos, mas ao longo dos anos conseguimos extrair algumas informações. Aqueles que nascem aqui não podem *partir* para sempre; muitos não podem nem sair. Eles são atingidos por doenças se tentam ir embora – explicou, lançando em seguida um sorriso triste para Byron. – Rebekkah não pode deixar Claysville agora. E você também não, a menos que precise ir em busca de um morto *ou* recuperar o corpo de algum membro da cidade.

– Rebekkah não pode ir embora – repetiu Byron. – Ela não faz ideia. Maylene está morta, e ela precisa lidar com isso tudo, e está numa enrascada e... Preciso contar a ela.

– Vá até ela – incitou o reverendo. – Diga a ela o que ela precisa saber, assim vocês conseguem colocar os mortos para descansar. Contamos com vocês para manter um ao outro a salvo e também a nós.

Então o reverendo saiu, deixando Byron sozinho tentando dar sentido a mais coisas do que era capaz de processar. Se seu pai estivesse certo, uma adolescente estava matando pessoas pela cidade. Se sua própria sanidade estivesse intacta – o que ele não tinha tanta certeza –, penetrara em uma terra onde os mortos andavam, e assinara um contrato sem ler. Se era possível acreditar em seu pai, no reverendo e em um homem morto, Rebekkah estava envolvida no mesmo contrato e o trabalho dele era não apenas dar essa notícia a ela, mas também mantê-la a salvo – além de levá-la para conhecer os mortos.

Sem problemas.

Ficou sentado na mesma cozinha onde no passado sua mãe lhe oferecia biscoitos e conselhos depois da aula. *Como eles conseguiram guardar isso em segredo?* Pensou nos anos anteriores à morte da mãe, nos anos posteriores à morte de Ella, nos meses seguintes em que se sentiu compelido a voltar para casa. Aos poucos, tudo se encaixava. Havia conversas sussurradas e visitantes tarde da noite desde quando conseguia se lembrar, e depois da morte de Ella, Maylene passou a ficar na casa cada vez mais. O fato de entender as mentiras e os segredos não aliviava a raiva que ameaçava transbordar.

– *Mãe, o que você e o papai estavam falando com a avó de Ella?*

– *Nada que você precise saber agora* – assegurou. Em seguida fez uma pausa. – *Você sabe que Rebekkah irá precisar ainda mais de você, não sabe?*

– *Sempre estarei disponível para Bek. Ela sabe disso.*

Byron sentiu as lágrimas escorrerem pelo rosto. *Não havia problema em chorar por Ella, por Rebekkah, por todos eles, ali junto da mãe. Ann Montgomery nunca o acharia um fraco por sofrer.*

– *Ela perdeu mais do que qualquer um é capaz de saber.* – Ann o enlaçou nos braços. O aroma de baunilha e de outra coisa que ele não sabia o que era mas que tinha o cheiro de casa tomava conta do ar. – *Ela vai precisar de você.*

– *Eu já era amigo de Bek antes, não só porque ela é...* era *irmã de Ella. Isso não vai mudar* – afirmou Byron, afastando-se dos braços da mãe. – *Não sou um idiota.*

– *Eu sei, meu amor* – disse ela, envolvendo o rosto do filho com as mãos. – *Sei quem você é. E não poderia ter mais orgulho de você do que já tenho. Eu só... às vezes é desconcertante ser...* – Nesse momento ela parou para abraçá-lo.

Na época, Byron achou que ela queria dizer "ser adolescente" ou "ser homem" ou até mesmo "ser amigo de uma garota". Não sabia que ela estava se referindo a ele ser o Guia para uma Guardiã. Não imaginou que ela pudesse estar dizendo que ele teria o futuro mapeado sem o próprio consentimento. Ela já sabia, naquela hora, sabia desde o nascimento dele.

Durante um tempo, Byron acreditou que começara a namorar com Ella porque a avó da menina era próxima de seus pais. Acabavam se encontrando com tanta frequência que ele nem sabia dizer ao certo quando havia *começado* o namoro. Passaram da condição de melhores amigos para namorados sem nenhuma conversa efetiva. Eram feitos um para o outro, um ajuste perfeito. *Como será que ela se sentiu quando soube da verdade?* Desejava, não pela primeira nem pela quinquagésima vez, que Ella tivesse lhe contado na época.

A segunda linha tocou.

– Byron? – *gritou sua mãe.*

– *Já peguei* – *disse ele, depois de agarrar o telefone.*

Como o telefone da família era usado principalmente para assuntos de negócios, seus pais lhe deram uma segunda linha de presente de aniversário alguns anos antes. Na época, não achou nada demais. Porém, no decorrer do ano seguinte, se tornou cada vez mais importante. Quando não estava com Ella, estavam se falando ao telefone.

– Oi.

– *Oi, eu estava só me arrumando para sair e encontrar v...*

– Não – *interrompeu ela.* – Não posso mais te ver.

– O quê? – *Ele se sentou.* – Ella... – *As frases estavam girando em sua mente de forma tão rápida que era difícil falar.* – Eu não... por quê? Se tem a ver com o que eu falei sobre Bek, o que aconteceu, foi só um beijo, a gente não teve a intenção. Eu te amo e...

– Eu sei. – *Ela deixou escapar um som que era quase um riso.* – Na verdade, essa é uma das poucas coisas que me fizeram pensar em não *terminar* com você. Foi bom que você teve esses pensamentos em relação à minha irmã. Significa que você é humano, normal, e não apenas programado, certo?

– Programado?

— A gente pode pensar por conta própria. Você não está só fazendo aquilo que foi forçado a fazer. Eu também não. — Agora ela fungava. — Isso é bom. Ser capaz de escolher o que fazer, quem você é, o que você ama, quem você... — As palavras dela foram se esvaindo e Byron de repente se sentiu mal.

— Alguém te machucou? — Ele detestava dizer essas palavras, mas continuou. — Você foi forçada a fazer alguma coisa? Fale comigo, Ells.

— Acho que te amei antes mesmo de saber o que significava o amor — sussurrou ela. — De verdade, Byron. Te amo com todo o meu coração, o meu corpo, com tudo.

Byron recostou a cabeça na parede. Ella lhe dissera essas palavras em mais ocasiões do que era capaz de se lembrar. Havia murmurado aquilo repetidamente na primeira vez deles. Riu e as repetiu de novo uma noite dessas. Usava essas palavras com tanta frequência, em tantos lugares, que ele não ficou constrangido quando ela as disse na frente de seus amigos.

— Não é o suficiente. Gostaria que fosse, mas não é. Sinto muito. Sinto muito pelo que... Sinto muito sobre como isso vai mudar as coisas para você e para Bek. — A voz de Ella se fez mais firme. — No entanto, estou fazendo a minha escolha. Agora.

— Você está me assustando — admitiu ele. — Vou até aí e a gente vai conversar e...

— Eu não vou estar aqui — disse ela, respirando fundo. — Preciso ir... para algum lugar. Ai, gostaria que você pudesse vir, que você pudesse ver. Um dia vai poder. Apenas não agora... e eu não posso esperar. Não é justo ver e saber que não poderei ter isso por muitos anos ainda... ou talvez nunca. Preciso ir.

— Espere! — Ele enfiou os pés nos sapatos e enquanto se apressava para ir até a casa dela se xingou pela incapacidade de mantê-la ao telefone. — Vou para onde você quiser que eu vá, Ells.

— Eu te amo. Me prometa que vai cuidar de Rebekkah por mim. — Ela fez uma pausa e fungou mais uma vez. — Prometa. Ela precisa de amor.

— *Ells, ela é sua irmã. Eu não...*
— *Prometa* — insistiu Ella. — *É o meu último pedido. Tome conta dela. Diga que sim.*
— *Não, não se... seu último pedido? O que você está falando?* — Byron apertou o telefone.
— *Você me ama?*
— *Você sabe que sim.*
— *Então me prometa que sempre irá cuidar de Bek.*
— *Eu vou, mas...*
Ela desligou.

Byron largou o telefone e saiu correndo até a casa dela, mas quando chegou, ela já havia partido, e ninguém sabia para onde. Ficaram sem saber até o dia seguinte, quando o corpo foi encontrado.

Agora Byron entendia: Ella não estava fugindo de alguma coisa; estava indo em direção a essa coisa. Seja lá o que ela viu na terra dos mortos, parecia mais atraente do que a vida que levava na terra dos vivos.

E agora preciso levar Bek até esse mundo.

27

Rebekkah tentou dormir, mas não conseguiu. Depois de algumas horas de sono entrecortado, já estava fora de casa de novo. Dessa vez, no entanto, viu o sol nascer quando estava a caminho do cemitério. *Dois dias sem Maylene.* Ao longo dos anos, morou em diversos lugares e passou muitos dias – semanas – sem falar com a avó, mas agora que estava em casa, cada dia se arrastava à sua frente como um presságio.

Quando visitava Maylene, elas iam de cemitério em cemitério arrancando as ervas daninhas e plantando flores. Enterravam comida logo embaixo do solo e despejavam uísque, gim, bourbon e várias outras bebidas sobre a terra. Não parecia propriamente *normal*, mas tampouco dava a impressão de ser algo excêntrico.

Rebekkah não conseguia preencher o vazio em sua vida agora que Maylene estava morta, mas o fato de seguir a rotina que compartilhara com a avó por muitos anos ajudava. *Como um punhado de terra para encher um fosso.* Aliviou o peso da bolsa carteiro, trocando-a para o outro ombro. O tilintar de minúsculas garrafas de vidro era quase imperceptível em meio ao barulho de carros e pássaros, mas ela conseguia ouvi-lo. A cena completa – os pássaros cantando, os motores dos carros em atividade e os líquidos sacolejando dentro das garrafas – trazia uma sensação boa. A familiaridade era reconfortante.

No portão de Sweet Rest, Rebekkah agitou o cadeado pesado até ele se abrir com um baque. Levantou a mão na direção do alto portão de ferro e o empurrou. Ele abriu para dentro, com um rangido suave, e respirou fundo. A paz de que precisava estava ali. Sabia disso com uma certeza tamanha que fazia pouco sentido. Seus pés se moviam sobre a terra como se uma corda a puxasse para a frente, não até o túmulo de Maylene, que ficava próximo ao cemitério de Oak Hill, mas em direção a um lote coberto de grama em Sweet Rest. Ao chegar lá, chegar até Pete Williams, ela parou. O fio que a puxara até ali desaparecera.

– Pete – começou ela. – Trago notícias ruins.

Pôs-se de joelhos e abriu depressa a bolsa.

– Maylene não pôde vir te ver – disse ao homem que morrera um mês antes. – Vim no lugar dela.

Tirou uma garrafa de dentro da bolsa e desenroscou a tampa. Em silêncio, despejou o conteúdo sobre uma diminuta hera que havia começado a rastejar pela lateral da lápide de Pete Williams.

– Minha avó morreu, Pete – sussurrou. – Você sentiria falta dela?

Rebekkah fez uma pausa e encostou a testa contra a pedra cinza. Lágrimas caíram no chão, não muitas, mas o suficiente para que precisasse controlá-las.

– Não estou chorando por você, mas com você – disse, fungando um pouco. – Você choraria comigo, não é, Pete?

As lágrimas se espalharam pelo chão, onde o uísque já havia sumido e, em seguida, ela respirou de forma a se reequilibrar, limpando o rosto com o dorso da mão.

– Lugares para ir, pessoas a encontrar – contou ao homem ausente. – Espero que o drinque tenha sido bom. – Depois passou a mão por cima da pedra. – A gente se vê, sr. Williams.

Nove sepulturas, nove garrafas e mais algumas lágrimas depois, Rebekkah percebeu que não estava sozinha: Byron Montgomery vinha andando morro acima na direção dela. Seu rosto sombreado deixava claro que não tinha parado para se barbear desde a manhã do dia anterior. Parecia exausto: roupas amassadas, passos pesados e olhos avermelhados.

— Você dormiu? Quer dizer... você parece quase tão cansado quanto eu me sinto.

Postou-se ao lado dela.

— Aconteceram algumas coisas e... Dormi, mas não o suficiente. E você?

— O mesmo.

Ele se esticou, como para tocar no braço dela, mas não completou o gesto.

— A dor vai diminuir. *Tem que* diminuir, não é?

— Assim espero. Sinto falta dela — murmurou Rebekkah. A grande verdade era essa: o fato de Maylene ter partido doía.

Ele fez que sim com a cabeça.

— Quando mamãe morreu, parecia errado ser feliz, seguir em frente. Eu me sentia um idiota só de tentar esquecer. No meu tipo de trabalho, você pensaria... — Ele se deteve. — Não é igual quando se trata de família. Algumas mortes são piores do que outras.

O olhar de Rebekkah perambulava pelo cemitério conforme os dois percorriam o trajeto de descida, em direção aos antigos mausoléus. Íris coloriam a grama crescida em demasia com explosões de roxo e azul. Ipomeias e heras trepavam nas árvores e nas laterais de pedra dos mausoléus. Poucas dentre as construções atarracadas possuíam bancos desgastados, degraus de pedra e colunas. Portas de ferro e bronze rebuscados fechavam algumas delas; outras haviam perdido as portas e tinham apenas um aramado afixado na entrada para manter longe potenciais visitantes.

Na base da colina, Rebekkah se sentou à grama. Pensou por um instante se Byron tinha se tornado uma dessas pessoas que achavam que descansar muito perto de um túmulo era falta de educação.

— Você senta comigo?

Ele se abaixou e se sentou com as pernas esticadas à frente. Deu um puxão na grama alta que estava ao seu lado. Precisava ser aparada. Ninguém vinha cuidando desse túmulo. Olhou para Byron.

– Como você sabia onde eu estava?

Respondeu com uma expressão impenetrável.

– Talvez nós dois precisássemos estar aqui.

– Eu vim porque... – Ela balançou a cabeça ao se dar conta de que as palavras que estava prestes a dizer soariam estranhas.

– Você veio até aqui – ele se esticou e deitou uma das mãos na lateral da bolsa de Rebekkah – para visitar os mortos.

As garrafas tilintaram quando ele passou a mão por cima da bolsa. Rebekkah afastou a mão dele.

– Maylene costumava me trazer. Pensei que seria... é bobagem, mas pensei que ela ficaria feliz se eu viesse até aqui.

– Não é bobagem – disse Byron, trocando um olhar com ela. – Eu sabia que você estaria aqui.

– Por causa de Maylene.

– E por causa de quem *você* é – completou, pegando a mão dela. Entrelaçou os dedos aos de Rebekkah e ficou segurando.

– Precisamos conversar. Sei que não é o momento oportuno, mas...

– Pare por aí. Você disse que me daria o meu espaço, que era meu amigo, e eu sei que eu... que fui eu que te beijei, mas – ela libertou a mão – eu não vou ficar aqui. Não vou ficar em lugar nenhum nem com ninguém, e você é do tipo que gosta de um relacionamento sério.

– Não era sobre isso que eu queria falar, mas, só para deixar registrado, não. Nunca fui do tipo que gostava de relacionamentos sérios, isso não aconteceu com nenhuma mulher fora de Claysville. Foi só com você. – Ele se levantou. – Mas agora entendo.

– Entende o quê?

— Eu estava esperando *você*, Rebekkah — respondeu, balançando a cabeça e rindo com pouco humor. — *Sempre* vou te esperar e acho que preciso aceitar as migalhas que você está disposta a me dar ou fingir que te superei. Talvez essa tenha sido a escolha há anos, e fui burro demais para perceber. O que eu tenho com você não vou vivenciar com mais ninguém que esteja vivo.

— Byron, sinto muito, mas...

— Não — cortou ele. — Não minta para mim agora.

Ela continuou no chão, olhando para ele. Com o sol crescendo logo atrás, ele parecia um anjo de cemitério, esculpido e escuro, perfilado contra o céu da manhã. Pertencia àquele lugar, ao silêncio do cemitério.

Junto a mim.

Ela mandou esse pensamento embora assim que ele se formou e, falando tanto para si mesma quanto para Byron, disse:

— Não tenho planos de continuar aqui para sempre. Já vou permanecer muito mais tempo do que achei que fosse ficar.

Ele penteou o cabelo com uma das mãos.

— Não sei se você *pode* sair. É sobre isso que a gente precisa conversar, Bek.

Rebbekah não conseguia ver a expressão no rosto dele porque a luz do sol estava logo atrás, mas parecia sério, o que a deixou irritada.

— *O quê?*

Ele olhou para além dela.

— Você já pensou que os obstáculos para o seu objetivo se multiplicam sempre que você chega mais perto de alcançá-lo? Se disser a palavra errada... se tivesse feito o menor detalhe de forma diferente... se você fosse *melhor*... se fosse *bastante*...

— Byron? — pronunciou ela o nome dele com delicadeza.

Ele a olhou de volta.

— Meu pai morreu ontem à noite e, antes de morrer, ele me mostrou algumas coisas que eu preciso contar a você... e te mostrar.

— Meu Deus! Por que você não disse nada quando chegou aqui? Por que não me ligou ontem? – Ela ficou imediatamente de pé e o envolveu com os braços. – Sinto muito, mesmo. O que houve? Ele parecia bem quando vocês dois foram embora.

— Ele... Parece loucura, Bek. Papai partiu e... preciso de você. – Ele segurou a parte de trás da cabeça dela com uma das mãos e com o outro braço a trouxe mais para perto. – Preciso de você, Rebekkah. Sempre precisei, tanto quanto você precisa de mim.

Ela deitou o rosto no ombro dele. Apesar da grande confusão que havia entre os dois, ele ainda era seu amigo, sempre foi seu amigo, e estava sem dúvida sob estado de choque. Ela se afastou e olhou para ele.

— Você quer conversar? Não sou muito de compartilhar meus sentimentos, mas minha mãe sempre gostou disso, então se você precisar... Tive *muita* experiência nesse sentido. Vou te ouvir caso você queira falar.

— Quero – admitiu ele. – Mas não sobre meu pai. Tem um homem que você vai conhecer. O nome dele é sr. M. ou Charlie. Ele mora do lado de lá.

— Onde?

— Na terra dos mortos – disse Byron.

— Na... *o quê?*

— Por favor, apenas escute.

Ele parou e, quando ela assentiu, lhe contou: sobre Charlie, sobre a Guardiã, sobre ele ser o Guia, sobre o contrato entre Claysville e os mortos. Contou sobre o estranho mundo em que diferentes eras convivem, sobre o bar onde havia compartilhado drinques com os mortos e o fato de o pai ter ficado para trás. Em seguida acrescentou:

— E as duas únicas pessoas que podem ir até lá são a Guardiã e o Guia. Eles são parceiros. O Guia abre o portão e a Guardiã escolta os Mortos famintos de volta ao seu lugar legítimo.

— Ahã...

Byron ignorou o tom de voz dela.

– O objetivo é não deixar que os mortos saiam dos túmulos, mas...

– Sair dos túmulos? Byron, querido, eu acho que você está em estado de choque. Você não acha que a gente teria notado a presença de zumbis?

– Eles não são zumbis, Bek.

Entendia por que o pai não lhe contara, mas, conforme tentava explicar a Rebekkah, também compreendeu por que a nova Guardiã e o novo Guia deveriam ter sido comunicados anos antes.

– Tudo bem... Zumbis não. Pessoas mortas saem rastejando de dentro das sepulturas. A Guardiã os leva de volta, conduzindo-os pelo portão que o Guia abre. William ficou para trás; você é o novo Guia.

– Certo, e então ela, *você*, os encaminha para a terra dos mortos – acrescentou.

– Eu?

– Sim. A Guardiã deve mantê-los nas sepulturas por meio de... Não tenho certeza como. Existem coisas a serem feitas quando as pessoas morrem, formas de prendê-las, não sei bem. Eu espero que Maylene tenha deixado instruções para você quanto a isso ou que Charlie te conte ou...

– Uísque – sussurrou ela. – Orações, chá e uísque. Lembranças, amor e desapego... ah, droga.

28

Rebekkah parou. Sentia que os joelhos estavam fracos.
— Você não está maluco, está? Mas se estiver, significa que Maylene também estava e... *droga*.

— *Queria* estar maluco — disse ele. Com o braço, ajudou-a a permanecer ereta, mesmo que suas palavras fizessem com que ela vacilasse.

Ela balançou a cabeça.

— Me mostre.

Em silêncio, conduziu-a até a Casa Funerária Montgomery e Filhos. Elaine — a recepcionista, gerente e assistente geral — caminhou em direção a eles assim que entraram. O cabelo dela, de um acinzentado brilhoso, estava preso no coque habitual. A saia cinza chumbo, a blusa de tom rosa pálido e os sapatos de salto baixo compunham seu traje de trabalho padrão. Quando Rebekkah era mais nova, Elaine a assustava. A administradora do escritório era diferente de todo mundo que ela conhecia: vigorosa, eficiente e severa. O tempo não mudou isso.

— A ausência de seu pai significa que agora somos só nós dois em tempo integral — começou Elaine.

— Não posso lidar com isso hoje — murmurou Byron. — Tem algum corpo?

Elaine franziu a testa.

— Não, mas...

— Então isso vai esperar. — Ele coçou o rosto.

— Nós precisamos...

— Tudo bem. Chame Amity.

Ao ouvir o nome de Amity, uma pontada de ciúme atingiu Rebekkah. *Amity tem todo o direito de... seja o que for.* Ela sabia que Byron era o cara sobre quem a garçonete não queria debater. Nas conversas reconhecidamente esporádicas que mantinham por e-mail, Amity nunca mencionou o nome dele ou a casa funerária. Nem mesmo mencionou que havia terminado com Troy.

O silêncio se estendeu por bastante tempo, até que Elaine disse:

— Vou ligar para a srta. Blue e, quanto a você, Byron Montgomery, é melhor dormir um pouco. Sou bem tolerante, mas seja você meu chefe a partir de agora ou não, ninguém vai rosnar para mim, rapaz.

Virou de costas e desapareceu para dentro do escritório.

— Ela continua tão assustadora quanto eu me lembrava — sussurrou Rebekkah.

— Ela é — concordou Byron, com um gesto de cabeça. — E a gente não conseguiria funcionar aqui sem ela. Acho que seria preciso três pessoas para darem conta do que ela faz num dia comum. Vou me desculpar depois. Primeiro...

Respirou fundo e fez sinal para que ela o seguisse. Conduziu-a até o porão e para dentro do depósito. Uma vez lá dentro, acendeu a luz suspensa e trancou a porta.

— Não estou maluco. Gostaria de estar. Queria muito, muito mesmo, que tudo isso fosse apenas um delírio ou um pesadelo, Bek.

Depois foi até o armário azul-claro de metal, alcançou a parte de trás e puxou-o para si. Quando fez isso, Rebekkah sentiu o coração acelerar. Sua pele se arrepiou toda, como se minúsculos impulsos elétricos estivessem sendo lançados em seu corpo. *É real.* Os lábios dela se entreabriram num suspiro no momento em que ele fez o armário resvalar para o lado.

— Ai... meu... Deus... — Soprou as palavras. — É...

O túnel se estendeu à frente dela, acenando, e só a força de vontade a impediu de sair correndo para lá. Foi se aproximando da forma mais lenta que pôde. Algo ali dentro zumbia, uma música cantada por milhares de vozes suaves, e, em meio a essa música, ela ouviu o próprio nome.

Esticou o braço à frente – e atingiu uma parede.

Byron tocou em seu rosto.

– Agora você está me assustando, Bek.

Rebekkah forçou o olhar para fora do túnel.

– Por quê?

– Não quero que você pareça tão feliz por estar indo em direção à morte. Existem motivos aqui nesse mundo, *bons motivos*, para se sentir feliz. Você precisa se libertar para sentir isso aqui.

Byron se inclinou para mais perto e cobriu os lábios dela com os seus. Rebekkah pôs as duas mãos no peito dele, sem empurrá-lo, mas também sem puxá-lo para perto. Ele colocou uma das mãos, de leve, no quadril dela, que se rendeu ao abraço. A tensão no corpo dele abrandou e ele a puxou para si, beijando-a no pescoço.

– Queria você antes de agora, antes dessa semana, antes desse momento. Eu já te amava antes, você gostasse ou não de ouvir isso.

Antes que ela pudesse fazer qualquer objeção, ele a beijou de novo. Ao recuar, acrescentou:

– Lembre-se. Por favor, lembre-se do que nós dois já sabemos há anos, Bek. Mesmo se você não fosse isso e eu não fosse aquilo, eu te amaria. Eu me achava abominável por causa disso, mas já pensava em você *naquela época*... anos atrás. Você era irmã de Ella e eu achava errado da minha parte, mas não conseguia *não* querer estar mais perto de você. A noite em que você me beijou... Se eu estivesse com qualquer outra pessoa, não tentaria conversar com essa pessoa antes de te dizer o que eu sentia por você. Mas era Ella. Eu precisava contar

para ela antes, e depois... depois ela partiu e você não queria ouvir nada. Você me corta sempre que eu tento falar sobre isso, mas agora não posso deixar de te dizer. Quero ficar com você para sempre. Eu te amo. E você me a...
— Não! Pare. — Rebekkah segurou o braço dele.
Ele colocou as mãos em concha no rosto dela e continuou como se nenhuma objeção tivesse sido feita.
— Eu te amo e *você* me ama. Nós dois sabemos disso. O problema é que você está determinada a não reconhecer.
Ela o encarou. *Amor não.* Nutria vários sentimentos em relação a ele. Eram amigos; foram amantes. Isso não era amor. Ele disse uma vez, mas depois dessa primeira vez, passou a evitar a palavra. *Isso não é amor.* Ela balançou a cabeça.
— Byron, não. Você está abalado.
— Estou, mas isso não muda os fatos — disse, acariciando o rosto dela com o polegar. — Minta para mim depois, se precisar, mas agora, antes de entrarmos ali, você precisa me ouvir. *Eu sei.* Faz muitos anos que sei. Você me ama tanto quanto eu te amo. Precisa parar de mentir para nós dois quanto a isso.
Ela ficou olhando para ele, buscando encontrar palavras que o desmentissem. Não havia nenhuma. Continuou tentando.
— Você está confuso. Não quero te machucar. Ella morreu. Nós... e ela... *você é dela.* Eu não mereço...
Byron suspirou.
— Ela não morreu por causa da gente e, mesmo se tivesse morrido, você acha que ela gostaria realmente que a gente ficasse separado? Ella não era assim. Você sabe disso.
Lágrimas escorriam pelo rosto de Rebekkah. Em nove anos eles nunca falaram sobre isso. Ela não iria, não conseguiria, suportar a ideia dessa conversa.
— Você não era meu e ela era minha *irmã*. O que sinto não é amor. Não pode ser. Nunca. Não tenho nenhum direito de...
— Me amar? — Byron pegou ambas as mãos dela. — Mas você ama e já está mais do que na hora de aceitar isso. O que

a gente tem não diz respeito a Ella... nem a outra coisa. Diz respeito *a nós dois*. Lembre-se disso.

Permaneceram ali, na entrada da terra dos mortos, e ela tentou pensar sobre o que ele estava falando. *Eu me preocupo com ele, mas isso não quer dizer que seja amor.* Balançou a cabeça e olhou para além de Byron. Seu olhar recaiu sobre o túnel. Por instinto, deu um passo naquela direção.

Ele apertou as mãos dela com mais força.

– Bek?

A energia pulsante do túnel era como um ímã para ela; o som logo do outro lado da barreira ficou mais alto.

– Rebekkah!

Ela desviou a atenção que estava dando ao túnel e o encarou diretamente.

– Me diga que você não vai ficar lá – pediu ele. – Prometa que, quando eu for embora, você virá comigo.

– Prometo.

– Eu te amo, Rebekkah Barrow. – Ele soltou as mãos dela e entrou no túnel. – Vou te levar até lá, mas *vou* te trazer de volta para casa.

29

—B YRON? — Rebekkah tentou segui-lo, mas foi interrompida por uma barreira invisível em frente ao túnel. Colocou as mãos no ar e se inclinou para entrar. Observou Byron tirar uma tocha da parede, que se acendeu assim que ele a envolveu com a mão. — Byron!
Voltou-se para ela, através da barreira, e estendeu a mão.
— Você me deu sua palavra, Bek.
Ela deslizou a mão para junto da dele e tentou ignorar que o gesto lhe parecesse tão certo.
Por um momento, Byron ficou olhando para ela, com as feições indecifráveis e, em seguida, a puxou para dentro do túnel.
— Quando chegarmos do outro lado, precisamos encontrar o sr. M. Mais tarde, quando estivermos em casa, a gente conversa... sobre nós dois. No entanto, aconteça o que acontecer, você precisa confiar em mim.
— Mas eu *confio* em você. Sempre confiei.
Não tinha certeza de muita coisa, mas disso ela sabia. No momento em que adentrou o túnel, também teve a certeza de que Byron estava destinado a ficar ao seu lado. Ele a levaria de volta para casa. Com uma segurança que nunca sentira antes, soube que ele fora feito para permanecer ao seu lado – era *dela*.
As vozes dentro do túnel se elevavam e minguavam como ondas. Pronunciavam palavras que ela não conseguia entender muito bem. *Eles estão presos.* O ambiente à sua volta estava

tomado de mãos invisíveis que afagavam seu rosto e seu cabelo. *São os mortos que foram abandonados.*

A mão de Byron segurou com firmeza a dela; os dedos dos dois estavam entrelaçados. Ela a apertou. Um vento gelado se lançou contra ela, levando lágrimas aos seus olhos, fazendo seu rosto arder. O mesmo vento varreu as lágrimas de seu rosto e a respiração de seus lábios.

— Byron?

— Estou com você — assegurou ele.

No fim do túnel, ela perdeu o fôlego. As cores que via eram tão vibrantes que quase chegava a doer quando olhava ao redor. O céu estava riscado de tons lilás e dourados. Os prédios eram impressionantes. Mesmo o mais sem graça deles era coberto de tonalidades de cores que certamente não poderiam existir. Ela se desvencilhou da mão de Byron e deu um passo à frente. Com calma, girou em círculo, assimilando a visão de prédios de vidro inimagináveis que, a distância, brilhavam como joias e, mais perto, construções de madeira e de pedra marrom. Tudo parecia mais rico em termos de matizes do que sua mente era capaz de processar.

Rebekkah olhou à sua volta.

— Byron?

— Ele não pode se juntar a nós agora — disse um homem, balançando a cabeça. — É mesmo uma pena, ele é divertido.

— Onde Byron está? — Olhou mais uma vez a seu redor, mas tampouco conseguia ver o túnel. Ele sumiu assim que ela saiu lá de dentro. — O que aconteceu?

— Parece que o seu Guia foi detido. Ele vai nos encontrar em casa, minha querida. Vou te acompanhar até lá.

— Você... Não, preciso encontrar Byron — insistiu ela.

— Querida, ele estava te trazendo até aqui para *me* conhecer. — O homem tirou o chapéu, segurando-o pela aba, deslizou o braço de forma galante e fez uma pequena reverência.

Um cacho de cabelo escuro se pronunciou à frente quando fez esse gesto. Ainda curvado, ergueu o olhar de um escuro terreno para encará-la. – Charles.

Endireitou-se, ainda mantendo o olhar fixo nela, e acrescentou:

– E você, minha adorada, é a minha *Rebekkah*.

Ela sentiu um arrepio. Seu nome soava diferente nos lábios dele, como uma oração, um sortilégio, uma súplica sagrada.

– Sr. M. – murmurou ela. – Byron me contou...

– Meias verdades, minha querida. – Sr. M. estendeu o cotovelo para ela. – Deixe-me acompanhá-la até a casa enquanto esperamos o seu Byron.

Ela parou, desviando o olhar do braço dobrado para o rosto dele. Ele sorriu.

– Prefiro não te deixar sozinha aqui, Rebekkah. As ruas podem ser traiçoeiras.

– E você?

Sr. M. gargalhou.

– Bem, é verdade. Eu também posso, mas você *está* aqui para me ver, não está?

As coisas que Byron lhe contara não inspiravam muita confiança naquele homem encantador ao seu lado, mas seu instinto lutava contra as palavras de Byron. Ela *queria* confiar no sr. M., mesmo sem ter motivos para isso. Com cautela, apoiou a mão no antebraço dele.

– Não sei bem por quê, mas...

– Ah, mais vale um diabo conhecido do que um santo desconhecido – sussurrou ele, teatralmente. – Você me conhece. Tendo nos encontrado ou não, minhas Guardiãs sempre me conhecem.

– E elas gostam do que conhecem?

Charles riu.

– Isso, minha amada, ainda resta ver. Agora venha. Deixe-me te mostrar o nosso mundo.

Rebekkah olhou em volta mais uma vez. Não havia nada nem de longe parecido com um túnel até onde conseguia enxergar. Uma passarela de madeira bifurcava-se em um lado; uma via de pedestres de paralelepípedos cruzava com a passarela um pouco mais adiante. À esquerda dela, um caminho de terra e uma via pública pavimentada se estendiam para o que se assemelhava a diferentes bairros. Quando virou para olhar para trás, um rio apareceu. Havia mais trilhas do que percebera a princípio, e nenhuma delas se destacava. Voltou a atenção para o homem ao seu lado.

– Você tem certeza de que Byron irá até a sua casa? Hoje? Logo?

– Certeza absoluta.

Sem saber ao certo o que mais fazer – e um tanto culpada pela curiosidade que sentia em relação àquele mundo que serpenteava por todos os lados –, Rebekkah assentiu e começou a andar com ele, na esperança de que não estivesse cometendo nenhum erro e tentando, diligentemente, se concentrar nos alertas que Byron lhe dera. Esse era o homem que manipulara Byron, que tinha as respostas para as perguntas que antes daquela manhã ela nem mesmo sabia que eles deveriam fazer – e naquele momento ele a guiava com cuidado por uma cidade cujos contornos ela não poderia ter concebido.

Rebbekah oscilava entre se maravilhar com o que via e se sentir curiosamente inibida por vestir jeans e camiseta. *Ou talvez estivesse ansiando por outra coisa.* Sr. M. usava um terno bem cortado e as mulheres em volta dela trajavam vestidos variados dos séculos XVIII e XIX. Conseguia ouvir o farfalhar dos tecidos, ver as tonalidades das pedras preciosas e os matizes suaves. Queria se esticar para tocá-los. Empregando mais esforço do que poderia ter imaginado, resistiu.

– É normal.

Lançou um olhar para ele.

– O quê?

– O nosso mundo é diferente para você – respondeu, fazendo um amplo gesto com a mão. – Aqui seus sentidos estão vivos. Nenhum outro mortal vivencia esse mundo como você. Você é a Guardiã. *Minha* Guardiã. Esse mundo é mais seu do que aquele outro algum dia será. Sombras e cinzas, isso é tudo o que você pode encontrar *por lá*. Mas este – ele pegou uma papoula escarlate de um vendedor ambulante e a segurou junto ao rosto dela – é o seu domínio.

O toque da papoula era de causar vertigem. As pétalas contra o rosto dela davam a sensação de seda crua e a cor vibrante parecia radical demais para ser real. Ela fechou os olhos contra tamanha intensidade.

– Lá você é apenas uma sombra do que é no nosso mundo. – Sr. M. acariciou o rosto dela com a flor. – A morte é uma parte de você. É o futuro para onde você foi direcionada todos esses anos. É o caminho que a querida Maylene escolheu para você.

Ao ouvir o nome da avó, Rebekkah abriu os olhos.

– Maylene está aqui?

– Ela estava esperando até que William viesse encontrá-la. – Sr. M. deixou a papoula cair no chão. – Ele se juntou a ela ontem.

– E agora? – Rebekkah sentia como se os olhos estivessem queimando por conta das lágrimas que não queria deixar cair. – Posso vê-la?

– Mesmo se ela *estivesse* aqui, Guardiãs não podem ver os seus mortos, garota. – Ele deu um tapinha na mão dela, que ainda estava apertando seu cotovelo dobrado. – Vocês são criaturas tão previsíveis...

Ela afastou a mão.

— Os humanos?

— As Guardiãs — corrigiu ele. — Embora frequentemente os humanos também sejam previsíveis. Podemos perambular um pouquinho? Assistir a um espetáculo?

Ele inclinou o chapéu para uma mulher que vestia apenas uma camisola de tom cinza-claro, colares em cascata e pulseiras de diamante. Rebekkah a observou indo embora. Quem andava pela rua não dava mais atenção a ela do que a qualquer outra pessoa.

— Não estou aqui para... ela está morta?

— Aqui todos estão. — Sr. M. parou em frente a um imenso bloco de degraus de mármore que desciam em curva suave a partir de uma entrada imponente em forma de arcos. — Bem, todos menos você e o seu Guia, quando ele por fim chegar.

— Você sabe onde ele está?

Com Rebekkah ao lado, sr. M. começou a subir os degraus. No topo, dois homens de uniforme estavam de pé, cada um de um lado da porta de aparência medieval. Apresentando expressões implacáveis, os homens observavam os dois conforme subiam.

Estavam apenas poucos degraus acima quando um antiquado conversível preto de pneus de banda branca chegou cantando pneus pela esquina. Quatro homens vestindo ternos escuros estavam em pé nos estribos; outros dois estavam metade para dentro, metade para fora das janelas laterais de passageiros. Nas mãos, empunhavam armas de cano longo — apontadas para Rebekkah.

— Armas? — Soprou a palavra. — Eles têm...

— Fique bem parada agora, meu bem — interrompeu ele, levantando-a depressa nos braços e virando de costas para a rua.

Sentiu as balas o atingirem enquanto era segurada no alto; deu um grito. O impacto das balas ao penetrarem no corpo dele fez com que ela se encolhesse, mas Charlie se movia ligeiro de um lado ao outro. Fazendo isso, parecia evitar que as balas a acertassem e, o tempo todo, a manteve no alto e continuou subindo as escadas.

Assassinada na terra dos mortos. Sentiu a ameaça de um riso histérico. *Vou morrer aqui.*

E então, tão rápido quanto começou, aquilo chegou ao fim. Rebekkah ouviu o carro acelerar e ir embora, mas não pôde ver nada. Charles a aconchegara em seus braços, e, em pânico, ela fechara os olhos. Agora, ao abri-los e olhar para ele, lágrimas repentinas se faziam presentes.

– Não entendo – sussurrou ela, ao mesmo tempo em que Charles a colocava no chão, de modo que seus pés tocassem os degraus.

Um dos homens que estava ao lado da porta fora embora. Quando Rebekkah olhou em direção à rua, o viu pulando em outro conversível preto, que saiu em disparada, provavelmente seguindo os homens que tinham atirado em Charles.

– Cuidado com o degrau – instruiu ele, deslizando com o pé para o lado e livrando-se de várias balas. Elas repicaram ao rolar escada abaixo.

Rebekkah o encarou. Não havia sangue no corpo dele, mas seu terno estava em farrapos.

– Charles?

Uma grande multidão parou ao pé da escada, olhando-os com diferentes expressões. O outro homem ao lado da porta nem se moveu na direção deles. Ninguém na multidão parecia alarmado. *Isso é normal?* Rebekkah se esforçou para tratar como se fosse – talvez agindo assim conseguisse dissipar o pânico que ainda se agitava sob sua pele. Penteou o cabelo para trás e olhou diretamente para a face do homem que fora baleado ao tentar protegê-la.

— Não entendo o que acabou de acontecer.

Ouviu o tremor na própria voz, mas tentou ignorá-lo — e o choque que fazia com que se arrepiasse — ao mesmo tempo em que ajeitava as roupas.

— Eles atiraram na gente. Por que... — A camisa dela estava rasgada na lateral e, quando colocou a mão ali, sentiu que a pele também fora arrancada. Olhou para a mão e viu sangue. — Charles?

Charles olhou para a mão ensanguentada dela e, em seguida, para o lado de seu corpo. Com cuidado, envolveu a cintura de Rebekkah com o braço.

— Ward — chamou ele. — Traga um médico.

O único homem remanescente na porta se postou ao lado deles no mesmo instante.

— Parece que ela vai desmaiar, senhor. Devo carregá-la?

— Eu cuido dela, Ward.

— Eu não desmaio — protestou Rebekkah.

— Durma — recomendou Charles. — Esqueça tudo e durma agora.

— É só um arranhão — palpitou alguém.

Uma voz — *a de Charlie* — disse:

— Primeiro o médico, depois encontre-os. Esse tipo de descuido é inaceitável.

Em seguida Rebekkah cedeu à escuridão. *É um sonho*, racionalizou ela, *um sonho muito, muito ruim.*

Dentro do túnel, Byron se alternava entre praguejar e suplicar. Havia se atirado na barricada transparente que se formara entre a abertura do túnel e o mundo cinzento dos mortos.

— Charlie! — gritou.

Ninguém apareceu, claro. Byron tinha quase certeza de que a barreira era obra de Charlie. Seja quem ele fosse, parecia ser o único no comando do espetáculo.

Em vão, deu um murro na parede e depois se virou para explorar o túnel com a leve esperança de que pudesse achar alguma pista. Agora o túnel parecia ser uma caverna úmida. Paredes molhadas e escorregadias com uma espécie de mofo fosforescente se estendiam na penumbra atrás dele. O solo sob seus pés era um bloco de pedra, macio como se formado por uma geleira.

Quando ouviu Rebekkah gritar do outro lado, virou-se depressa, arranhando a barreira invisível e raspando a ponta dos dedos na superfície para encontrar algum tipo de abertura. Nada ajudava: estava preso do lado de fora da terra dos mortos. Podia escolher entre esperar ou voltar, mas voltar parecia uma atitude bastante imprudente.

QUANDO ACORDOU, REBEKKAH ESTAVA DEITADA EM UMA ENORME cama de quatro colunas. Olhou em volta, mas não viu nada para além do perímetro da cama, de onde pendiam cortinas de brocado grosso. Esticando-se, deslizou o material entre dois dedos, apreciando a sensação de cada fibra e o peso do tecido. *É só uma cortina*. Apesar disso, acariciou o pano com a ponta dos dedos – até que uma risada fez com que recuasse.

– Os tecidos foram selecionados para o deleite de uma de suas ancestrais que partiu há muito tempo. Fico feliz que te agradem. Embora – Charles puxou um pouco a cortina para vê-la – eu peça desculpas pela razão que a faz estar na minha cama. Não é pelo motivo que eu preferiria.

Rebbekah não desviou o olhar nem reparou no significado por trás daquelas palavras. Não podia negar que Charles era bonito, nem que tinha acabado de salvá-la de muito mais ferimentos do que era capaz de conceber. Ele era tão tentador quanto a imagem que ela fazia do próprio demônio – se ele existisse mesmo –: charme elegante, sorriso malicioso e arrogância fácil. Contudo, não sabia ao certo que jogo estava jogando, e a ideia de olhar para um homem morto com qualquer espécie de desejo parecia algo inerentemente descabido.

Abriu um ligeiro sorriso para ele.

– Eu estou *viva* e ilesa... graças a você – disse, fazendo cara de dor ao se mexer. – Quase ilesa – corrigiu.

– Garanto a você que cuidaremos deles, Rebekkah. – A expressão galanteadora de Charlie foi substituída por uma de ternura. – Peço desculpas pelo arranhão. O médico já limpou e fez um curativo.

Rebekkah passou a mão debaixo do lençol para sentir a atadura que havia sido amarrada em volta de suas costelas, cobrindo o ponto sensível. Ao fazer isso, percebeu que não estava vestindo nenhuma camisa por cima do curativo.

– Oh.

– Meu médico não é um morto recente – disse Charles, com um sorriso torto. – Ele se recusa a usar ataduras mais modernas... Os mortos com frequência se mostram intratáveis no que diz respeito a se adaptar à modernidade.

– Então isso significa que você estava vivo em... – Ela o esquadrinhou, estudando a gravata de seda que combinava com o lenço e analisando o terno bem cortado. – Não tenho ideia de quando – admitiu.

– A Grande Depressão, anos 1930, 1940... mas não. Já estou por aqui há *muito* mais tempo do que isso. Apenas gosto dessa época.

Segurando o lençol contra o peito, ela se sentou e percebeu que suas pernas também estavam nuas.

– Onde está a minha calça jeans?

– Lavando. Tem outras roupas para você aqui. – Ele olhou para trás e fez um gesto para alguém se aproximar. Uma jovem se colocou ao seu lado. – Marie vai te ajudar a se vestir.

Em seguida, antes que ela pudesse fazer qualquer pergunta, ele acenou e foi embora.

– A senhorita gostaria de escolher o vestido?

A jovem segurava um roupão. Por um momento, Rebekkah ficou olhando para ela. Parecia ter uns vinte anos. Tinha o cabelo muito puxado para trás e não usava maquiagem. Uma saia preta, de cintura alta e aparência séria, ia até o chão. A blusa de tom cinza-claro vinha por cima; na gola, uma sofrível gravata preta estava amarrada em volta do pescoço. As pontas do sapato preto simplório apareciam nas bordas da saia, e uma touca cinza cobria o alto da cabeça.

– Senhorita? – A garota não tinha se mexido.

Rebekkah colocou os pés no chão, enfiou os braços dentro do roupão e foi em direção ao armário.

– Posso me vestir sozinha.

Marie a seguiu e abriu o imenso guarda-roupa.

– Peço desculpas, mas acho que a senhorita não está entendendo.

Rebekkah observou as roupas.

– É como uma loja de fantasias.

– Guardiãs gostam de textura, senhorita. O mestre gosta de garantir o seu deleite, se ele puder... o que sem dúvida *pode*.

Marie pronunciou as últimas palavras às pressas – e ficou ruborizada.

Conforme a garota começou a puxar para fora as barras dos vestidos, Rebekkah lutou contra o ímpeto de estender o braço e tocá-los.

Marie continuou.

– Sei que não foi você quem os escolheu, mas as costureiras estão de prontidão. Mandamos suas medidas para todas elas, mas aqui já temos alguns modelos bem bonitos. – Ela puxou a barra de uma saia de tom roxo-escuro. Uma segunda camada fina de um lilás claro caía por cima da anágua. – Esse aqui ficaria ótimo em você.

Rebekkah cedeu e pegou o tecido entre as mãos. Minúsculas pedras estavam espalhadas sobre a anágua. Foi preciso algum esforço para não suspirar, mas ela acabou largando a peça.

– Queria uma calça jeans. Não tenho tempo para isso.

– Sinto muito, senhorita. O que você acha desse?

Fazendo uma careta, Rebekkah pôs a mão dentro do guarda-roupa e percorreu com os dedos as incríveis texturas de alguns tecidos que jamais poderia comprar e de outros que não era nem capaz de identificar. Decidiu-se por um modelo verde, de duas camadas, com mangas transparentes. O vestido cobria tudo – do ombro ao punho, do busto ao tornozelo; não tinha um decote acentuado nem deixava as costas à mostra. Além disso, era folgado o bastante para dar liberdade aos movimentos. Em resumo, parecia a opção mais simples e utilitária.

De forma apressada, Rebekkah deixou cair o roupão e entrou no vestido. Depois que Marie o ajustou, ela virou para se ver no amplo espelho. O vestido tinha parecido inócuo dentro do armário, mas quando Marie estendeu a segunda camada, toda aquela inocência desapareceu. A camada externa, de material diáfano e mangas transparentes, ficava ajustada logo abaixo dos seios. Assim como a saia debaixo descia até o chão, o comprimento extra de material ficaria enlameado ou arrastaria atrás dela. Conforme Rebekkah se mexeu, a camada mais fina se expandiu para os lados, revelando mais da seda verde-escura do vestido.

Enquanto ela considerava a possibilidade de encontrar um vestido mais sóbrio, Marie pegou um par de confortáveis sandálias verdes de salto baixo que combinavam com o modelo escolhido – e eram do tamanho que Rebekkah calçava.

Assim como os vestidos... e sabe lá o que mais.

Ela dobrou o roupão e o colocou ao pé da cama.

– Você pode me levar até Charles?
– Tem brincos e...
– Por favor? – interrompeu Rebekkah.

Depois de um breve movimento de cabeça que podia ter sido mais um aceno do que um sinal de concordância, Marie abriu a porta e gesticulou para que ela a seguisse. Em silêncio, a garota a conduziu até um imenso salão de baile. Do outro lado, portas duplas se abriam para uma sacada. De costas para ela estava Charles.

Ele se afastou e apontou para uma mesa localizada na parte externa.

– Venha. Pensei que nós poderíamos jantar aqui fora hoje.

Rebekkah pôde ver dois lugares dispostos em uma mesa arrumada. Uma garrafa de vinho era resfriada dentro de um balde de prata e taças de cristal estavam esperando. Arranjos de orquídeas e plantas verdejantes cobriam cada espaço imaginável da sacada. O efeito era de uma pequena estufa com crescimento ligeiramente abundante.

– Marie, diga a Ward que a srta. Barrow e eu estamos na sacada da direita. – Charles puxou uma cadeira. – Rebekkah?

Ela cruzou o salão e entrou na sacada.

– Não é que eu não valorize o que você fez, mas eu não estou aqui para ser sua amiga – disse ela, sentando-se. – Estou aqui porque *tinha* que vir.

– É verdade, mas por que isso deve ter alguma relação com a possibilidade de sermos amigos? – Ele serviu duas taças.

Ela aceitou a bebida.

– Acabaram de atirar em mim. Minha avó morreu. E estou sentada com um homem morto. Byron está por lá em algum lugar. – Ela fez um gesto em direção à cidade aparentemente sem fim que se espalhava para até onde sua vista conseguia alcançar. Depois voltou a olhar para Charles. – E tenho quase certeza de que você sabe muito mais do que está dizendo sobre isso *tudo*. O pai de Byron o trouxe até aqui e depois *morreu*. *Pessoas mortas* atiraram na gente. Algo está atacando os moradores da minha cidade e... estou aqui para entender o que está acontecendo, não para jantar.

— Talvez eu possa esclarecer uma parte da sua confusão. O Guia vai vir para cá em breve; você tem a minha palavra quanto a isso. Até ele chegar, você deve ficar aqui, onde posso garantir a sua segurança. Alguns dos meus cidadãos indisciplinados atiraram em você, e eles pagarão por tê-la machucado. Uma criança morta está matando gente em Claysville, e você, minha querida, está exausta e precisando de uma refeição. — Acenou para o homem que estava aguardando com uma bandeja repleta de saladas e pães, e logo voltou a olhar para ela. — Então devemos comer e depois falamos sobre trabalho.

Rebekkah esperou enquanto o homem morto foi até a sacada para servir a comida. Charles permaneceu em silêncio todo o tempo e ela sentiu que ele a contemplava sem trégua. Aquela atenção parecia quase uma avaliação física — e um desafio.

Assim que o garçom retornou para dentro da casa opulenta, ela colocou o prato de lado.

— Fui ensinada a dar comida e bebida para os que já estão mortos. Nunca soube que Maylene fazia isso para impedir que eles saíssem andando, mas agora eu sei. Então o que acontece comigo se eu comer com você?

— Você se diverte, eu espero. A comida aqui é deliciosa de uma forma que você nunca vai encontrar do lado de lá.

Ela cruzou as mãos no colo para evitar que tremessem.

— Por que aquelas pessoas atiraram na gente?

Charles ergueu o guardanapo e tocou de leve os lábios.

— Eles nem sempre são obedientes. Saiba que vou tratar desse assunto com eles.

— Quem eram eles? Por que estavam atirando? Por que você não deixou que me acertassem?

Charles trocou um olhar com ela.
– Porque você é *minha*, Rebekkah.
Como ela não respondeu, ele cortou um pedaço de pão e estendeu para ela.
– Por favor, coma. A comida aqui é segura para você. Eu te juro. Depois podemos lidar com algumas dessas questões que você está querendo entender. Mas você precisa se manter forte caso queira partir para a batalha, certo?
Ignorando a comida que ele lhe oferecia, ela levantou o próprio garfo.
– Você promete que é mesmo seguro e que não terá consequências de nenhum tipo?
– Prometo. É apenas comida. Comida deliciosa, claro, adequada para servir à minha nova e adorável Guardiã, mas ainda assim é comida. – Charles mordeu um pedaço do pão que oferecera a ela. – Nem todos aqui são civilizados, mas o soberano deles é.
– Soberano deles?
– Não falei sobre isso? – Os olhos de Charlie se arregalaram, como se fingisse estar em choque. – Eles me chamam de sr. M., e isso, minha querida, é domínio meu. Tudo o que você vê está sob meu controle. Apenas uma pessoa – ele sorriu para ela – tem a capacidade verdadeira de ficar contra mim... ou ao meu lado.
Rebekkah ainda não estava muito preparada para perguntar o que significava ficar contra ele.
– Quem é você? *O que* é você?
Charles olhou para a cidade atrás dela, mas Rebekkah tinha certeza de que ele olhava para muito além da paisagem que ela conseguia enxergar.
– Já fui chamado de diferentes nomes, em diferentes culturas. Mas o nome não importa, na verdade. Todos querem dizer o mesmo: eles acreditam em mim e eu existo. A morte acontece. Em todos os lugares, com todas as pessoas.

— *Morte?* — Rebekkah o encarou. — Você está dizendo que é a *Morte* e que você existe porque as pessoas acreditam que a Morte... que isso... *você* existe?

— Não, meu amor. A morte simplesmente *existe*. — Ele fez um amplo gesto com a mão, formando um arco. — Isso existe. — Depois, apoiou a mão sobre o peito, onde seu coração estaria se ele fosse mesmo um homem. — *Eu* simplesmente existo... e você, Guardiã, existe graças a mim.

30

BYRON SENTIU A PAREDE DESAPARECER ENQUANTO CAÍA PARA A FRENte, sobre as mãos e os joelhos. Nos momentos anteriores, não fez nada diferente do que vinha fazendo nas últimas horas. Porém, não fazia sentido ficar questionando: agora estava livre e precisava encontrar Rebekkah.

Penetrou no cinzento mundo dos mortos e pensou como seria bom ter um mapa. Diferentemente da primeira viagem que fizera até lá, Charlie não estava esperando; e Byron tampouco contava com o pai para indicar o caminho. Contava era com uma coragem que não sentira na primeira vez. Tudo o que importava era garantir que a sua Guardiã – *que Rebekkah* – estivesse a salvo.

Byron agarrou o braço da primeira pessoa que viu.

– Onde está Charlie? Sr. M.? Sabe onde ele está?

O homem abriu um largo sorriso, se livrou da mão dele e foi embora.

– Obrigado – murmurou Byron.

Olhou em volta, mas a área do lado de fora do túnel parecia deserta. *E agora?* Tinha a vaga sensação de que as ruas não estavam dispostas da mesma forma como na primeira vez, o que, considerando o aspecto aleatório de todo o resto que havia visto, não era totalmente inesperado.

Resolveu seguir o homem, pensando que qualquer direção era melhor do que direção alguma.

Essa parte da cidade dos mortos estava abandonada. As janelas das lojas exibiam placas de "Fechado" e as cortinas estavam cerradas. Ninguém flanava pelas vielas.

— Onde está todo mundo? — perguntou Byron.

O homem morto que ele seguia olhou para trás, mas não respondeu. Chegaram até outra esquina, então o homem ergueu uma das mãos, fazendo um gesto para que ele parasse.

— Fique aí.

Havia uma loja que parecia estar aberta. Três homens estavam sentados em cadeiras do lado de fora, como se fosse um café de calçada ou pub. Não era. Também não se tratava de uma cidade mineradora do século XIX, mas dois deles usavam botas de caubói, chapéus detonados e jaquetas desgastadas.

O terceiro homem, de calça jeans rasgada e uma camiseta preta desbotada de algum show, se destacava dos companheiros. Resmungou alguma coisa para os outros homens e os três se colocaram de pé.

— Alicia? — chamou um deles.

Uma mulher de aspecto bruto usando um jeans confortável e uma camisa masculina abotoada até a metade apareceu na entrada. Um coldre estava pendurado em volta de seus quadris magros e uma faca comprida o suficiente para ser uma espada estava amarrada à sua coxa. Ela arrebitou um dos quadris e disse:

— Pode entrar, Guia.

— Preciso achar Charlie — começou Byron.

— Você vai encontrá-lo, mas é melhor para todo mundo que você pare aqui antes. — Alicia olhou para os homens. — Rapazes, andem.

Um deles fez que sim com a cabeça e foi até a esquina. Outro saiu andando na direção contrária. O terceiro se sentou, apoiou as botas sobre a mesa e inclinou o chapéu, cobrindo o rosto.

Byron não sabia se estava se envolvendo em alguma cilada. Era mais do que capaz de lutar, mas não era idiota. Estava em desvantagem numérica — e também pouco seguro quanto à prudência de lutar contra homens armados.

Foi até a entrada e parou em frente a Alicia.
— Estou em desvantagem.
— De mais formas do que você pode supor, Guia, mas você é bem-vindo entre nós.

Alicia fez sinal para que ele entrasse na loja. Como não saiu da frente, ele precisou passar incomodamente perto do corpo dela.

Logo na entrada da loja tomada de sombras, Byron precisou lembrar a si mesmo que não ingressara no passado. Estava dentro de uma loja de mercadorias gerais. Latas com diferentes alimentos e provisões alinhavam-se, do chão ao teto, atrás do balcão. Uma enorme caixa registradora ficava sobre uma base de madeira apoiada em cima de um mostruário em vidro e madeira. Dentro dele, pistolas e facas dividiam o espaço com relógios de bolso e medalhões.

Alicia se inclinou contra as costas dele. O queixo dela se apoiou no ombro de Byron e a coronha de uma de suas armas escarafunchou a lombar dele.

— Você precisa de uns suprimentos, Guia? — sussurrou ela em seu ouvido.

— Não sei. *Preciso?*

— A não ser que você seja mais esperto do que a maioria do seu tipo quando começa, precisa sim. — Ela se colocou à frente dele enquanto falava e depois apoiou a mão estendida sobre o mostruário de vidro. — A maioria das armas que a gente carrega aqui não é grande coisa se compararmos com o que vocês têm no seu mundo. Os recém-chegados se queixam disso.

— Mas do lado de cá?

— Do lado de cá, docinho, você precisa ter algumas opções.

— Ela apertou o bíceps dele. — Você não é fraco, o que é sempre uma vantagem.

— Lutei boxe por um tempo — admitiu ele.

Alicia fez que sim com a cabeça.

– Ótimo, mas nem sempre se trata de um jogo de cavalheiros. Como você se sai num beco ou num bar?

Byron deu de ombros.

– Nunca tive razões para saber.

– Você saberá. – Alicia foi para o outro lado do balcão e se agachou. – Não deixe que moralismos despropositados atrapalhem. – Ela arriou uma bolsa tipo duffel desgastada sobre o mostruário de vidro que havia entre os dois. – Os mortos não têm tanto a perder quanto você, de ambos os lados do portão.

– Por que você está me ajudando?

Alicia lançou para ele um sorriso um tanto desafiador e outro tanto divertido.

– Você tem certeza de que estou?

E quando ela fez a pergunta, Byron *teve* certeza. Não sabia quem ela era, por que era, nem muitos detalhes sobre coisa alguma, mas havia crescido ouvindo o pai repetir tantas vezes "confie em seus instintos" que agora estava confiando nos próprios pressentimentos.

– Tenho – afirmou ele.

– Bom garoto. – Ela abriu o zíper da bolsa. – Alguns desses recursos não serão mais tão úteis, mas você pode substituí-los por similares do lado de lá.

Alicia tirou de dentro da bolsa um pote de conserva repleto de uma substância branca cristalina, algumas ampolas com etiquetas desbotadas escritas à mão, um revólver Smith & Wesson com cabo de madrepérola, uma caixa de balas e uma faca de quinze centímetros com bainha.

– O que é isso tudo?

Ela parou no meio do movimento. Sua mão ainda segurava um estopim de estanho que exibia uma cruz estilizada.

– O que parece? *Armas*.

– Armas.

– Uma parcela do que você faz é tanto instinto quanto conhecimento. Você sabe disso, não é? – Alicia parou e olhou

para ele com expectativa. Depois que ele assentiu, ela continuou. – Mas às vezes tem um pouco de ciência envolvida.
– Ciência?
– Existem muitos propósitos para uma boa lâmina – explicou ela, tirando a faca da bainha. – Corte os pés de um homem e ele não conseguirá correr. – Estendeu a faca, deixando a extremidade muito perto da garganta dele, de forma perigosa. – Você pode silenciar por um tempo uma mulher morta por meio de um bom corte.
Como Byron não respondeu, Alicia levantou o revólver e o apontou para a rua.
– Se você for um bom atirador, mire nos olhos. Sem poder ver, ninguém consegue seguir. – Ela fez um movimento rápido com o cilindro, abrindo-o e fechando em seguida. – Essa peça é da virada do século, Guia – disse, apoiando-a no balcão e deslizando o dedo pelo cabo de madrepérola. – Bem cuidada. Disparo certeiro. – Então olhou nos olhos dele. – Eu *só* negocio artigos de qualidade.
– Bom saber – disse Byron.
Ela levantou os cristais brancos.
– Sal marinho. Estabiliza os mortos sob uma forma sólida. Faz com que seja mais fácil arrastá-los pelo portão.
Byron ergueu as ampolas.
– E isso?
– Morte temporária. Dosada com excelente pó de zumbi haitiano, do verdadeiro, e cadáveres da terra, na realidade. Funciona muito bem para fazer parar os corações dos que estão vivos. Uma gota para cada quinze minutos de morte. – Ela pegou as balas. – Agora, *isso aqui* é para...
– Por que eu mataria os vivos?
– *Matar* não, Guia. É para dar uma pausa. Caso você precise entrar num necrotério para apanhar um cidadão de Claysville que morreu longe de casa. Isso desliga o corpo. Mas não use por mais de algumas horas.

— Certo — disse Byron, encarando-a. — Me diga de novo: por que você está me ajudando?

— Acho que não te respondi da primeira vez, respondi? — Ela inclinou a cabeça e abriu um largo sorriso. — Preste atenção. Você vai precisar encontrar com Charlie em breve. A gente pode resolver as outras questões outra hora.

— Tudo bem. — Byron ficou olhando para ela. — Outra hora?

— Claro. Me traga algumas armas que ainda não temos por aqui, e aí pode comprar o que quiser dessa minha época. Vamos negociar um pouco e depois — com os olhos, ela o inspecionou de modo lento e minucioso — conversar.

Byron abriu a boca, pensou melhor na pergunta que iria fazer, e depois a fechou. Ela estava sendo prestativa e ele não queria correr o risco de ofendê-la para satisfazer a própria curiosidade. Por outro lado, aquela era a segunda vez até então que era analisado de forma descarada e lasciva por uma estranha. Primeiro foi na Taverna Fenomenal e agora por Alicia.

Ela riu.

— Pode perguntar.

— Perguntar o quê?

— Sim, isso vai acontecer bastante por aqui. Só existe um homem vivo que vem até nós. Você é muito atraente, mas, mesmo que não fosse, você está *vivo*. Isso te torna tentador. — Alicia lambeu os lábios. — Jovem. Vivo. Novo.

— Não estou procurando...

— Ah, eu sei, docinho: você só tem olhos para a sua Guardiã. Você só consegue pensar nela, sonhar com ela. É sempre assim, mas às vezes isso não funciona, então — deu de ombros — não custa nada lançar o convite no ar, não é?

Byron não sabia ao certo como responder, então agiu da mesma forma como Alicia agira antes: ignorou a pergunta.

— E as balas?

Ela riu.

– Funcionam com os mortos. Não de forma permanente, mas elas podem deixar um corpo derrubado por umas boas quarenta e oito horas. Isso é mais do que tempo suficiente para você dar o fora daqui. Mire na cabeça ou no coração para conseguir um efeito mais prolongado.

– Onde eu consigo mais dessas ou do pó, se o meu estoque acabar? – Apesar de ter perguntado, ele estava quase certo de saber a resposta.

Alicia abriu os braços num gesto amplo.

– Bem aqui.

– Suponho que haja mais demanda do que oferta.

– Você de fato entende as coisas depressa. – Alicia abriu bem a bolsa e começou a colocar de volta lá dentro os potes e as ampolas. – Estou aqui para ajudar, Guia, mas mesmo uma garota morta precisa ganhar a vida.

Byron deslizou o revólver para o lado.

– E onde Charlie entra nessa história?

– O canalha comanda este mundo, mas ele não é forte em leis globais. Eu estou no meu direito de te ajudar tanto quanto achar necessário... ou não. Todos estamos. – Alicia abriu a caixa e deu a ele algumas balas. – Extras.

Ele as enfiou no bolso.

– E você não vai me contar *por que* está ajudando, a não ser que eu compre essa resposta.

Alicia apoiou os cotovelos no balcão atrás de si e se inclinou sobre ele. O gesto teve o efeito – proposital, disso Byron tinha certeza – de enfatizar os atributos físicos dela e também sua aparente flexibilidade.

– Eu só te daria uma coisa de graça, e estou quase certa de que você não aceitaria. Pelo menos não agora.

– Não – admitiu ele. – Você é uma mulher bonita, mas... não.

Ao ouvir um barulho vindo da rua, Alicia olhou para a porta. Um dos homens com traje de caubói e chapéu entrou de repente.

– Hora de ele ir, chefe.

Alicia se endireitou.

– Cinco minutos.

– Dois. Três, no máximo.

O homem voltou para o lado de fora. Alicia jogou a faca e a caixa de balas dentro da bolsa.

– Todo o resto tem uma taxa. Escambo. – Ela levantou uma das mãos antes que ele falasse. – Sexo não. Eu não estou pedindo que você se prostitua. Me traga armas. Botas. Seja criativo. Vamos deixar tudo anotado.

– E isso? – perguntou ele, colocando a mão na bolsa.

– Crédito. – Alicia fechou o zíper. – Você está preparado?

– Estou – respondeu, jogando-a sobre os ombros. – Agora preciso saber onde está Charlie.

– Boyd vai te levar o mais perto possível de Charlie. – Enquanto ela falava, o homem, presumivelmente Boyd, voltou até a entrada. Alicia olhou para ele. – Te vejo na próxima viagem, Guia.

31

Daisha percebeu o homem vindo em sua direção. Ele cambaleava, dando passos desequilibrados, ou talvez incerto sobre onde pisar. Ela se sentiu mal por ele. Desde que viera para casa, em Claysville, às vezes também não sentia o solo firme sob os próprios pés. Vinha se sentindo melhor desde que fora até sua casa, mas ainda tinha a sensação de estar desconectada em relação ao mundo a seu redor.

O homem parou bem em frente a ela e fungou.

– Ei!

Ela pulou para trás, para longe do alcance dele.

Com um som que talvez tenha sido uma palavra, ele se esticou e agarrou a nuca de Daisha. Ao mesmo tempo, com a outra mão, segurou o ombro dela, puxando-a para junto de si. A mão que segurava o pescoço passou a puxar os cabelos, forçando a cabeça para o lado.

Daisha se empurrou contra o homem, mas ele nem pareceu perceber. Era a primeira vez desde que acordara que alguém se mostrava indiferente ao seu toque.

Em seguida ele enterrou o rosto contra a garganta dela e inalou.

– O que você está... – As palavras dela terminaram em um ganido quando ele alternou a pegada. O homem forçou a cabeça para cima, contra os lábios de Daisha e fungou mais uma vez. – Pare com isso – pediu ela, com um silvo.

A mão que antes segurava a nuca da garota se moveu para o maxilar, envolvendo o queixo dela. A outra mão dele passou do ombro para a lombar, segurando-a com firmeza contra o próprio corpo. Podia sentir o braço dele como um torno em volta da costela.

Então ele apertou e forçou a boca de Daisha a permanecer aberta. Examinou-a minuciosamente e depois fungou.

Ela não conseguia se libertar.

Pela primeira vez desde que acordara morta, desejava poder controlar aquela capacidade de se dispersar que surgia às vezes. *Medo*. Achava que o medo era o que engatilhava isso e estava com muito medo. *Por que não estou desaparecendo?*

Precisava engolir, o que não era possível com a boca aberta daquele jeito.

Ele inalou, sugando o máximo de ar que conseguia a partir do espaço entre os lábios dela. Não tocou na boca de Daisha, apenas respirou lá dentro.

E isso doeu de tal forma que ele parecia estar puxando coisas do interior dela.

Daisha recordou o que era *dor* e, ao recordar, lembrou o que era capaz de fazer com que parasse. Ergueu o joelho o mais rápido e o mais forte que pôde.

Ele gargarejou, largando-a.

E assim que o fez, ela se transformou em vazio, desapareceu.

32

No meio da refeição composta de vários pratos, a frustração de Rebekkah atingiu níveis incontroláveis. Charles vinha, obstinadamente, se recusando a falar sobre qualquer assunto com maiores consequências; Byron ainda não tinha chegado; e ela, por sua vez, estava sentada diante de uma mesa elegante, comendo alguns dos mais deliciosos pratos que já experimentara.

Perdendo tempo.

– Não estou tentando ser difícil, mas não sei quem você é, que lugar é esse. Pelo que sei, Byron pode estar em apuros e nós simplesmente estamos *sentados* aqui. – Gesticulou para o que havia em torno deles e, em seguida, tirou um momento para reprimir os sentimentos. Dobrou o guardanapo, concentrando-se no quadrado de linho em vez de pensar na raiva e no medo que a incomodavam. – Você está pedindo muito de mim... e eu não tenho certeza se posso confiar em você.

Charles franziu a testa.

– O fato de eu ter sido baleado várias vezes deveria ter te dado *alguma* razão para confiar em mim. Isso não é algo que eu faria por qualquer pessoa, Rebekkah.

Ward retirou os pratos.

Charles se esticou, como para tocar no braço dela.

– Você é especial para mim. Este mundo pode ser seu e você poderá reinar ao meu lado se assim desejar.

— Não — respondeu Rebekkah, recuando. Empurrou a cadeira para trás e se afastou da mesa. — Não vou *permanecer* aqui.

— Claro, mas você virá para cá repetidamente. — Charles foi se colocar ao lado dela. — Não estou pedindo a sua mão, Rebekkah, e certamente não estou pedindo a sua morte. Prefiro você viva.

Ela se distanciou, virando-se de modo a ficar de frente para a cidade que se esparramava em torno deles. Podia ver os topos dos prédios se estendendo até onde sua visão permitia enxergar. *E para mais além.* Exemplares arquitetônicos de várias culturas e épocas diferentes entravam em choque e se misturavam. Um castelo medieval não ficava longe de um enorme prédio envidraçado. Atarracados chalés de madeira localizavam-se ao lado de austeros prédios construídos em pedra marrom. A única continuidade era que toda a cidade se mostrava alvoroçada. Uma multidão de gente e vários meios de transporte preenchiam as ruas até onde ela era capaz de vislumbrar.

Com calma, Charles disse:

— Você é dos mortos, Rebekkah Barrow, e, portanto, você é *minha*.

Desviando o olhar da cidade, ela olhou por sobre o ombro enquanto ele voltava para a mesa. Observou-o servir o vinho.

— Quando você estiver aqui, vai jantar à minha mesa e permanecer ao meu lado no teatro. Como Guardiã, pode passar o tempo que quiser aqui. Só precisa convencer o seu Guia a te conduzir pelo túnel.

Rebekkah riu.

— Convencer Byron a me trazer aqui para ver *você*?

Charles estendeu a taça dela.

Aceitou a bebida, mas não a ergueu até os lábios.

— Eu me sinto atraída... por isso aqui, por você. Você sabe disso, então não tem por que mentir. Você já conheceu quantas Guardiãs até agora?

– Onze ou doze, dependendo se contamos a sua irmã ou não – respondeu, tomando um gole do vinho. – Ella quis ficar aqui desde o momento em que cruzou o túnel. Você... Maylene te manteve longe do meu alcance todos esses anos. Normalmente, conheço a futura Guardiã quando ela é muito mais nova. Você, no entanto, sempre foi um mistério para mim.

O que aquelas palavras sugeriam – que Maylene a havia escondido e que Ella estivera ali – causou arrepios em Rebekkah.

– Então Ella... é por sua causa que ela...

– Não, não por minha causa – corrigiu Charles. – Por causa disso – disse ele, estendendo os braços à frente. – A terra dos mortos atrai as Guardiãs. Maylene sentiu isso, Ella sentiu isso e você, Rebekkah, está tentando com todas as forças *não* sentir o mesmo.

Ela queria correr pelas ruas da cidade, se perder na paisagem que acenava de todas as direções, mas já tinha viajado o bastante para saber que agir assim seria uma tremenda estupidez. Ninguém chega em um novo país – o que, para todos os efeitos, ali também era – e sai andando que nem louco sem ter alguma informação, pelo menos se quiser evitar problemas.

E balas.

– Eu sinto, mas – ela virou de costas para a cidade tentadora – não vou me jogar nos seus braços.

– Por quê?

– *Por quê?*

– Sim. – Ele continuou olhando para ela enquanto tomava um gole da bebida. – Por que recusar a proteção, a companhia, o *anfitrião* para um mundo que você não conhece? Eu chego a ser repugnante? Fui muito rude quando te protegi das balas...

– Não. – Ela voltou a se sentar. Sentiu o fiapo de desconfiança se entrelaçar à culpa. Charles a *tinha* salvado. Não fora escolhida por ele, nem baleada ou forçada a ir até lá. Na verdade, ele só lhe dera proteção e oferecera um espaço seguro para descansar. *E roupas e comida e respostas.* Ela não podia ignorar as preocupações persistentes, mas tampouco podia ignorar os fatos. – Você me salvou. Estou em dívida com você por causa disso. Não queria te ofender.

– Tudo está perdoado – afirmou ele, com um sorriso magnânimo. – Quero que você saiba que, enquanto o Guia toma conta de você do lado de lá, aqui você pode encontrar uma trégua em relação aos julgamentos daquele mundo.

– Julgamentos?

– Se você não for boa o bastante, eles te comerão viva. Temo que literalmente. Você é o que se coloca entre os mortos e os vivos. Minha defensora e deles também. – Charles se esticou para pegar a mão dela. – É um trabalho árduo e você será sempre bem-vinda para vir se juntar aos seus e descansar.

Em silêncio, Ward saiu, deixando mais um prato. Uma dezena de sobremesas diferentes estavam dispostas em uma bandeja redonda que ele colocou no centro da mesa. Facas, colheres e garfos de prata descansavam ao lado das iguarias de aspecto apetitoso.

– Aqueles rapazes de hoje mais cedo terão o tratamento devido e você contará com seguranças, claro. – Charles soltou a mão dela, pegou uma faca e cortou uma das tortas. – Ele sempre oferece um número exagerado de sobremesas. É o jeito dele de tentar descobrir seu gosto.

– Ward?

– Não, querida. Ward é terrível na cozinha. Ele é o meu segurança particular – respondeu Charles, apontando com o garfo para uma torta de creme. – Essa aqui em geral é muito boa.

– Todos aqui parecem saber quem eu sou, o que eu sou, e eu não fazia ideia. Maylene não...

As palavras dela se esgotaram. Na verdade, não sabia muito sobre Charles e, mesmo assim, falava livremente, como se confiasse nele. Afastou-se da mesa e foi para a beira da sacada de novo.

Dessa vez ele foi ficar ao lado dela, de modo que estavam parados ombro a ombro.

— Maylene é uma mulher incrível. Ela desempenhou seu papel junto aos mortos com muita autoconfiança. — Ele franziu o rosto diante do barulho da sirene de um carro que passou apressado na rua logo abaixo. — Tinha bons motivos para não te contar o que você quer saber.

— Não vejo como manter isso tudo em segredo pode ter sido uma *boa* ideia.

Rebekkah se sentiu desleal por pronunciar essas palavras, mas era verdade.

— Ela possuía seus motivos. — Charles colocou uma das mãos no antebraço dela. — Você sabia que a sua mãe passou por um aborto?

Rebekkah olhou para ele.

— Não... muitas mulheres...

— Ela fez isso porque Jimmy não queria que outra menina nascesse para ser *isso*. — Ele apertou o punho dela. — Ella, filha dele, morreu por causa de Maylene. Isso significava que a Guardiã seguinte estava destinada a ser uma das sobrinhas dele ou você... a menos que sua mãe tivesse tido o bebê que carregava quando Ella morreu. Ele pediu a ela que não tivesse a criança.

— Você está querendo dizer que ele sabia sobre isso tudo?
— Ela pensou na atitude de Julia em relação a Claysville, sua recusa em retornar à cidade, sua recusa em ir para o enterro de Jimmy. — Jimmy sabia sobre a terra dos mortos?

— Não são muitos do lado de lá que podem refletir sobre o que você é, mas algumas exceções são abertas para a família da Guardiã. A mãe de Maylene era uma Guardiã, então ela sempre soube o que estava por vir. Bitty morreu tranquila, por sinal, entrou pela minha porta quando Maylene estava pronta. —

Charles suspirou. – Agora, *ali* estava uma mulher de verdade. Combativa. Não mostrava objeção pelo que era. Não se acovardava. Uma vez, ela enfiou um alfinete de chapéu no olho de um homem, pobre coitado. – Charles fez uma pausa e depois prosseguiu. – Sua mãe perdeu Ella e o bebê naquele mesmo ano. Como resultado, Jimmy a perdeu. Ele perdeu tudo por conta do que Maylene era, do que você é. Ele tinha medo e destruiu a si mesmo por isso.

Lágrimas ardiam nos olhos de Rebekkah, mas ela não deixou que caíssem. Sua família inteira fora destruída por esse motivo, por conta de serem Guardiãs: o casamento de seus pais, a dor de sua mãe, a morte de Jimmy, a morte de Ella... e agora Maylene. Depois de saber da história, sentia dificuldade em culpar Maylene por manter segredo.

– Quero que você entenda por que Maylene não te contou – disse Charles, com delicadeza. – Foi escolha dela e eu permiti. No entanto, isso significa que você não tem tempo para tentar dar sentido a tudo. Depois, se você sobreviver, essa casa, *minha* casa, está aberta para você. – Pegou as mãos de Rebekkah, forçando-a a olhar para ele. – Este *mundo* é seu. Do lado de lá, suas necessidades também serão atendidas. A cidade cuidará disso. Faz parte do acordo que estabelecemos alguns séculos atrás. Em primeiro lugar, no entanto, você precisa tratar dos assuntos desagradáveis: Daisha tem que ser trazida para cá. Ela está livre para andar e, a cada dia que passa, a cada comida ou bebida que ingere, a cada fôlego que toma deles, está ficando mais forte.

Rebekkah se desvencilhou das mãos dele e envolveu os braços em torno de si mesma, mas ainda assim começou a tremer.

– Daisha? Você sabe o *nome* da assassina?

– É claro que sei: sou o sr. M. Eu conheço aqueles que são dos mortos... inclusive você. Conheço você melhor do que qualquer pessoa dos dois mundos.

Esticou-se para tocar o queixo dela.
Ela recuou de novo, colocando-se fora de alcance.
– Não toque em mim.
Charles parou, ainda com a mão estendida.
– Você está sendo boba, Rebekkah.
Por um momento permaneceram parados, sem se mover e, em seguida, ele deu de ombros.
– Seu outro acompanhante deve chegar a qualquer momento. Te vejo na próxima vez.
Ele foi embora e a deixou tremendo em sua sacada.

BYRON SENTIU SOBRE SI O PESO DO OLHAR DE ESTRANHOS CONFORME caminhava pelas ruas com Boyd. O homem não havia pronunciado uma palavra sequer, e, verdade seja dita, Byron também não estava a fim de conversa. Tinha tirado a arma que Alicia lhe dera de dentro da bolsa, checado para ver se estava carregada, e agora a empunhava abertamente.

Estava um pouco enferrujado, mas os anos de prática de tiro ao alvo com o pai o deixavam confiante de que seria capaz de atingir a maior parte dos alvos para os quais apontasse. O propósito de estranhos hobbies que ele e o pai compartilharam durante anos de repente se tornou óbvio: preparação para uma carreira que não fora nomeada até então. Byron estava agradecido, mas o conhecimento lançava um manto desagradável sobre suas recordações.

Contudo, o peso do revólver era reconfortante. Preferia que estivesse dentro de um coldre, mas ele não tinha um e tampouco queria enfiar a arma no cós da calça. Tratava-se de um gesto bonito na ficção, mas, na realidade, não era o lugar mais sensato para levar uma arma carregada.

– Vou precisar andar armado sempre que vier aqui? – perguntou para Boyd, em voz baixa.

— Não... O período de transição é sempre um pouco tenso. As pessoas vão se acostumar. Você é novo, alguns vão querer testar a sua coragem.

— E tem alguma punição se eu atirar neles?

— Não, a não ser que eles levem para o lado pessoal. — O tom de Boyd foi tão seco que Byron não sabia se ele estava brincando. — Atire neles com precisão. Nada de ferimentos de fracote. Dê a eles belas cicatrizes. Isso contribui para créditos de história nos bares, sabe?

— Créditos *de história*? — Byron deu uma olhada para Boyd. — É sério?

— Ah, sim. Um homem pode beber de graça se tiver uma história boa o bastante, e você é a notícia, Guia. Você e a mulher. Não aparece muita novidade por aqui. Mesma droga, *todos os dias*. — Boyd se embrenhou para dentro de um beco e apontou para o outro lado da rua. — É isso. Eu paro por aqui. Não sou bem-vindo à casa dele.

Apesar da beleza de algumas das outras construções, a casa do sr. M. se destacava como um palacete em meio a escombros. Degraus de mármore, colunas e uma enorme porta — tudo assegurava que a casa não passaria despercebida. Acima do terceiro andar, um jardim de terraço abrigava árvores gigantescas e plantas que transbordavam pelas laterais. E, no segundo andar, uma sacada comprida se alongava por metade da extensão da casa. Parada à beira da sacada, observando a cidade, estava Rebekkah.

Ela está viva. Está segura. Está... usando um vestido igual aos que as mulheres mortas vestem nas ruas.

Byron franziu o rosto. Uma coisa era ver os habitantes da cidade vestindo-se com trajes de épocas passadas, mas observar Rebekkah com uma aparência antiquada chegava a ser perturbador. Já a tinha visto usando vestidos, mas com aquele de seda e tule ela parecia pertencer ao palacete de Charlie.

Os lábios dela estavam entreabertos enquanto fixava os olhos na cidade, como se fosse membro de uma família real e estivesse examinado o reino.

Eu entrando em pânico por conta da segurança dela, e ela em uma sacada observando a cidade. Byron não tinha certeza se essa constatação o deixava mais ou menos preocupado. Sabia que não gostava de vê-la como se pertencesse àquele lugar. *Ela não vai ficar. Prometeu voltar para casa.* Não tirou os olhos dela enquanto perguntou a Boyd:

– O que acontece se atirarem em mim?

– Aqui? Vai doer. O mesmo que acontece com a gente. Lá? Regras normais.

– E quanto a Rebekkah? – Byron se esforçou para deixar de observá-la.

– Ela pode ser morta aqui. – Boyd deu de ombros. – Ela é diferente.

– *Por quê?*

Ele deu de ombros mais uma vez.

– Eu não faço as regras. Nem mesmo estava aqui quando as regras foram feitas. Algumas coisas apenas são como são.

Em seguida virou as costas e começou a caminhar rua abaixo. As pessoas desviavam dele e Byron ficou pensando por um momento se elas sentiam medo de Boyd ou se simplesmente percebiam que ele não iria sair do caminho, portanto – tinham que se deslocar.

Byron voltou a olhar para a casa, sem saber muito bem qual era o protocolo. *Ela é uma prisioneira?* Havia guardas em ambos os lados da porta monumental. *Devo bater?* Só havia uma forma de descobrir.

Com o revólver ainda na mão, atravessou a rua e começou a subir as escadas. Não levantou a arma, mas, da mesma forma como fez ao caminhar pela cidade, também não empregou esforço algum para escondê-la. Ao pé da escadaria, a rua estava coberta de invólucros de balas, e uma mancha molhada e acinzentada em um dos degraus fez com que Byron parasse. *Sangue?* Nesse mundo, a incapacidade de fazer a distinção entre as cores era algo ao qual ele havia se adaptado com relativa facilidade, mas ao ver o líquido no degrau, percebeu que poderia se tratar de inúmeras hipóteses. Sem cores, ficava mais difícil estreitar as possibilidades. *Rebekkah está na sacada. Está viva.* Ele fez uma pausa ao se deparar com o absurdo daquele pensamento: não podia ter certeza de que ela continuava viva. *Ela pode morrer aqui.*

Subiu correndo o resto dos degraus.

Os dois guardas se postaram em frente à porta em perfeita sincronia.

– Não.

– Sim. – Byron levantou a arma, apontando-a para um deles. – Rebekkah... a Guardiã está lá dentro e eu vou entrar para buscá-la. *Agora.*

Os guardas trocaram um olhar, mas não se moveram nem esboçaram qualquer resposta.

– Eu *vou* atirar – assegurou-lhes Byron. – Abram a porta.

– Nós temos ordens – respondeu o guarda para o qual ele apontara a arma.

– Ninguém sai entrando assim na casa dele. Você não é exceção – acrescentou o outro.

Byron engatilhou a arma.

– Vocês vão me deixar entrar?

– O sr. M. instruiu a gente para não deixar. *Isso* – o primeiro guarda apontou para a arma – não muda as ordens dele.

– Eu não quero atirar. – Byron baixou ligeiramente a arma e alcançou a maçaneta da porta. O guarda agarrou o braço dele. – Mas eu *vou* – acrescentou.

A primeira bala se instalou entre os olhos do guarda e, logo em seguida, outra bala perfurou a garganta do segundo. Os dois caíram, e Byron torceu para que Alicia tivesse sido honesta ao dizer que ele não estaria matando de verdade os homens mortos.

É possível matar quem já está morto?

Isso não importava. Ele não seria rejeitado diante da porta do sr. M. Sua função era manter Rebekkah a salvo, mantê-la ao seu lado, levá-la de volta para casa, no mundo dos vivos.

Byron abriu a porta. Sr. M. estava sentado em uma cadeira reclinável, revestida de veludo, no meio de um vasto saguão. Um lustre enorme pendia bem alto, sobre a cabeça dele e, por um momento, Byron cogitou testar se ainda tinha uma boa pontaria. *Será que consigo quebrar a corrente?* A ideia de botar abaixo aquela monstruosidade de cristal, em cima do sr. M., era bastante tentadora.

Charles acompanhou o olhar dele.

– Tiro difícil, esse. Quer tentar?

– Onde está Rebekkah?

Sr. M. apontou para cima.

– No alto da escada. Bem no fundo, portas grandes, sacada. Não dá para errar.

– Se você machucá-la...

– Você vai fazer o quê, garoto? – Sr. M. exibiu os dentes em uma espécie de sorriso. – Pode ir buscá-la. Tenho alguns trabalhos para fazer. A menos que você queira dar o tiro...

Por um momento, Byron hesitou. Contemplou mais uma vez a corrente que segurava o lustre acima da cabeça do sr. M. *Será que consigo? Será que devo?* Olhando de volta para ele, disse:

– Talvez na próxima.

A risada do sr. M. o acompanhou até o andar de cima.

33

– R EBEKKAH?
Ela se virou, deixando de olhar a rua, e viu Byron atravessando a passos largos o pequeno corredor e vindo em sua direção. Estava confusa, cansada e assustada. Sua costela ardia por conta da bala que a atingira de raspão e sua mente estava tão cheia de preocupações que nem mesmo conseguia dar nome a todas elas. Ainda assim, naquele instante, todo o resto ficou em suspenso.

Ele parou no limiar entre o salão e a sacada.
– Você está bem?
Ele a estudou enquanto falava. Não havia ternura na expressão dele, e ver essa frieza em seus olhos a fez estremecer.
– Estou – respondeu, aproximando-se de Byron. De repente estava constrangida pelo vestido, insegura sobre ele, diferentemente do que acontecera quando entraram no túnel, e culpada embora não tenha feito nada além de jantar com Charles. – Me leve para casa, por favor.
– É esse o plano. – O tom de voz de Byron não era nem um pouco mais caloroso do que sua expressão.
– E *você* está bem? – perguntou ela.
– Vou ficar assim que a gente sair daqui.
Permaneceu parado observando o corredor pelo qual acabara de passar e a sacada. Segurava um revólver de cabo branco na mão direita e tinha uma desconhecida bolsa encardida pendurada nos ombros. Partículas de sangue salpicavam a camisa dele.

– Não tenho ideia de como encontrar a saída... dessa casa e desse mundo – admitiu ela.

– Apenas fique ao meu lado.

Ele colocou a mão no bolso e tirou duas balas. Em seguida abriu o cilindro do revólver antiquado que segurava.

Ela ficou observando ele remover dois invólucros vazios e depois enfiar as balas dentro do tambor.

Byron reposicionou a alça da bolsa no ombro.

– Fique do meu lado, está bem? Se alguém... se alguém atirar na gente, você se coloca atrás de mim.

– Mas...

– Do lado de cá, as balas só são uma ameaça para você. Eu estou a salvo – disse ele, trocando um olhar com ela. – Me prometa.

Ela fez que sim com a cabeça. *Como Maylene conseguiu fazer isso?* Não era nem de perto o tipo de vida que ela imaginava a avó levando.

Byron percorreu o corredor da casa de Charles. O carpete luxuoso aos pés deles, o teto de estanho com estampas elaboradas, os murais na parede – nada disso chamava sua atenção. Fez uma pausa no topo de uma escadaria em curva da qual Rebekkah não se lembrava.

Eu estava inconsciente quando entrei aqui.

– Fique comigo – lembrou Byron.

Ao pé da escadaria, Charles estava esperando. Quando ela e Byron se aproximaram, ele deu um passo à frente.

– Minha adorada Rebekkah, foi um prazer – afirmou, tomando a mão dela e levando-a aos lábios. – Espero que você me avise caso alguma coisa não tenha sido satisfatória. Nossa refeição? Minha cama?

Ela puxou a mão, libertando-se dele.

– Apenas você.

Charles assentiu.

– Nesse caso, eu preciso me esforçar mais. A primeira vez nem sempre é a *melhor* performance. – Em seguida ele desviou o olhar para Byron, que permanecia firme ao lado dela. – Guia.

Rebekkah achava que era impossível o tom de voz de Byron ficar ainda mais frio, mas foi isso que aconteceu quando ele abriu a boca para responder.

– Charlie. Devo esperar um ataque durante o trajeto até o portão? Ou estamos seguros?

– Acredito que a partir de agora eles vão se comportar, mas mesmo assim tente manter a nossa garota em segurança. Meu domínio é perigoso. – Charles foi até a porta para abri-la. – E não deixe corpos demais para eu limpar.

Do lado de fora, dois homens estavam estendidos no chão, um de cada lado da porta. Rebekkah deu um grito sufocado e cobriu a boca. Dos homens, olhou para Byron e em seguida para Charles.

Com uma expressão indecifrável, Charles se recostou na entrada e tudo o que disse foi:

– Cuidado com a barra do vestido, querida. Sangue mancha mesmo.

Byron apoiou a mão na lombar dela.

– Venha, Bek.

O Byron que ela conhecia não era alguém que saía por aí atirando nas pessoas, mas ao olhar para ele agora, pensou nas duas balas que carregara no cilindro da arma. *O que acontece quando os que já estão mortos são baleados?* Byron teria acabado com as *vidas após a morte* deles? Será que havia camadas de realidade para os mortos?

Depois de mais uma olhadela de volta para Charles, Rebekkah começou a descer os degraus de mármore que levavam à rua. Não queria ficar com ele, não queria ouvir as coisas que ele lhe contou, não queria ficar presa em um mundo onde as pessoas atiravam nela. Balas gastas e invólucros descarregados estavam espalhados pelos degraus e pela rua. Também havia gotas de um vermelho vivo na escada e ela ficou se perguntado se seria sangue dela ou de Charles. *Ele tinha sangrado?* Tentou se lembrar. *Por que as balas não* atravessaram *por ele e chegaram até mim?* Parando no meio dos degraus, ela olhou mais uma vez para trás.

Charles permanecia recostado casualmente no batente da porta, observando-os.

– Tenho mais perguntas – disse ela.

O sorriso que apareceu no rosto dele era beatífico.

– É claro que você tem.

– Então...

– Então você irá voltar.

Charles desceu a escada com desembaraço. Não se apressou, mas, a cada degrau, transmitia um entusiasmo que fez Rebekkah ter vontade de fugir.

– Você virá até a minha porta com suas perguntas e suas teorias, e eu – ele fez uma pausa e olhou para Byron – te direi o que você precisa saber.

– Quando eles atiraram na gente, por que você não se machucou? – perguntou ela, apontando para os corpos caídos perto da porta. – *Eles* estão feridos.

– Ah, essa pergunta você talvez precise fazer para o seu Guia. – O timbre de Charles continha alguma desconfiança. – Seu parceiro tem os segredos dele. Não é verdade, Byron?

Byron concordou de cabeça, de forma seca. Visivelmente, examinava a rua ainda que estivesse ouvindo a conversa deles. Tudo o que disse foi:

– Todos nós temos.

Charles manteve uma ligeira distância em relação a eles.

– Verdade.

– Se Byron atirasse em você, doeria? – pressionou Rebekkah.

– *Todas* as balas doem – respondeu, olhando para ela. – Elas não me mataram, mas isso não significa que não doeu quando atravessaram rasgando a minha pele.

Ela ficou imóvel. A lembrança do tiroteio e o número de invólucros no chão fizeram-na se encolher.

– Você quer dizer... – insinuou ela, fazendo um gesto para o sangue que havia nos degraus.

Charles acenou com a cabeça, de forma sucinta.

– Mas, em primeiro lugar, por que eles estavam atirando?

As palavras de Byron chamaram a atenção de Rebekkah.

– É um mundo mortífero, Guia, como você com certeza está aprendendo. – Então Charles se voltou novamente para ela. – Por ora, é melhor você ir embora, a não ser que – abriu um sorriso melancólico – queira descansar mais um tempo por aqui...

De súbito, o olhar de Byron se fixou em Charles.

– Não.

– Talvez na próxima oportunidade – murmurou Charles.

– Não – repetiu Byron. – Nem agora nem depois.

A expressão que tomou conta do olhar de Charles não era nada amistosa.

– Isso não é escolha sua, Guia. Você abre o portão. Você a leva de um lado ao outro, mas isso não significa que faça as escolhas por ela... não mais do que eu.

– Parem. – Uma onda de exaustão tomou conta de Rebekkah. – Vocês podem não fazer isso agora? Estou cansada, com frio e com dor. Todos nós podemos brigar depois, mas agora preciso encontrar Daisha e trazê-la até aqui antes que machuque mais alguém.

– É por isso que ela é a Guardiã, Byron. Agora que ela veio até aqui e se tornou o que estava destinada a ser, o foco dela está concentrado na missão. Todas elas acabam ficando assim. Algumas – Charles fez uma pausa e sua voz amoleceu – são mais assim desde o início. Vá para a terra dos vivos, Rebekkah, e encontre Daisha. Um Morto Faminto não deveria ter ficado tão forte tão rápido. Traga-a para casa.

34

CHARLES SE PREOCUPAVA COM TODAS ELAS, SUAS GUARDIÃS NÃO-totalmente-vivas-nem-mortas. Essa era a natureza do acordo entre eles. Eram responsabilidade sua, suas guerreiras, e ele pouco podia fazer para protegê-las. Sua interferência alguns séculos antes deu a elas um toque de morte, mas ele não era capaz de abrigá-las contra tudo.

– *Você disse que se eu precisasse de ajuda...*

– *Disse, claro. Eu faria por você qualquer coisa que estivesse ao meu alcance.* – Charles envolveu sua mais nova Guardiã em um abraço. – *No entanto, isso eu não posso resolver.*

– *Meu filho está morto e você...*

– *Não posso deixar que os mortos voltem como se ainda estivessem vivos. Isso é proibido.*

Acariciou o rosto úmido dela. Suas Guardiãs estavam entre as mulheres mais fortes e corajosas, porém, assim como todos os mortais, eram também muito frágeis.

Ela se afastou e olhou nos olhos de Charles.

– *Se você não me ajudar de modo que ele possa voltar direito, vou permitir que ele volte como um Morto Faminto.*

– *Alicia...*

– *Não. Faço tudo que me pedem. Eu sou... isso, aqui* – ela fez um gesto amplo indicando as fachadas das lojas ao longo das ruas na terra dos mortos – *como sua Guardiã, sem escolha. Eu aceitei. Fiz como você me pediu, como minha tia pediu quando me designou como herdeira. Tudo o que eu sempre quis foi uma*

família e... – As lágrimas começaram a deslizar pelo seu rosto de novo. – Ele é meu filho.
– Sinto muito.
– Não. As regras dizem que estamos seguros até os oitenta anos. Brendan era apenas uma criança. Era para estar a salvo.
– Acidentes não estão sob o meu controle. Pobreza, acidentes, assassinatos, incêndios, isso eu não posso evitar. Charles sabia que nem todos os pormenores eram lembrados. O contrato que firmara com Claysville não era um documento escrito. Tinham muito medo de que pessoas de fora ouvissem falar do assunto, que quisessem promover uma caça às bruxas na cidade.
– Sinto muito por sua perda.
Tentou alcançá-la, mas ela se afastou. Ele a observava, a conhecia com a mesma segurança com que conhecera todas as Guardiãs desde a primeira, Abigail. Elas eram fortes, não tinham medo de testar as regras que não lhes pareciam fazer sentido. Vida e Morte, tudo nas mãos dessas mulheres. Ele era apenas a Morte. E uma vez tentara trazer a vida de volta.
Por Abigail.
Os resultados foram desastrosos.
– Tem que haver algum jeito... Por favor?
– Não posso trazer de volta a vida dele. E, se você fizer isso, estará morta no dia seguinte, posso te garantir. Você impede que os mortos saiam andando, Alicia. Você nunca os convida para retornar.
– Eu te odeio.
– Eu entendo – respondeu ele, assentindo. – Se quiser, pode passar a eternidade descontando a raiva em mim, mas, se fizer o que está dizendo, estará sentenciando a morte para si mesma e para o seu Guia.
Apesar de cada pedacinho de bom senso, Charles ainda se arrependia de sua escolha. Machucar Alicia – machucar

qualquer uma de suas Guardiãs – não era algo que fizesse com tranquilidade. Se pudesse dar o filho a Alicia impunemente, teria dado, mas era sujeito a regras. Quebrara essas regras por Abigail, uma mortal que abrira o portão para a terra dos mortos. E veja onde isso nos trouxe.

35

Byron estava feliz por Rebekkah ter ficado em silêncio desde que deixaram a terra dos mortos. O alívio em vê-la sã e salva rivalizava com a fúria que sentia por ela ter ficado sozinha naquele mundo. *Charlie armou isso*, lembrou a si mesmo. Infelizmente, também sabia que Charlie não poderia ter feito essa armação se Rebekkah não tivesse largado a mão dele: estava tão fascinada pelo que via que acabou se afastando.

O mundo que ela parecia ver não era o mesmo que ele conhecera, e agora, mesmo ela estando a seu lado, mostrava-se perdida em pensamentos dos quais ele não estava a par. Sabia que a experiência dela lá seria diferente da sua, mas não chegou a pensar sobre o que isso significava. O fato é que não tinha a menor vontade de colocar os pés de volta naquele lugar.

Exceto pela necessidade de manter Rebekkah em segurança.

Cogitou a possibilidade de abrir o portão e simplesmente empurrar os mortos para dentro do túnel, mas a ideia de jogar a menina morta – Daisha – dentro de um túnel sem conduzi-la até a terra dos mortos fazia com que se sentisse um criminoso. Homens bons não sequestravam ninguém. Homens bons não amarravam ninguém para depois jogá-los em câmaras secretas.

Daisha está morta. A garota já está morta.

Os avisos que seu pai compartilhara soavam muito menos desafiadores na época. *Os monstros precisam ser contidos.* A garota morta tinha mordido uma criança, ferido William e matado Maylene.

Dessa vez, Rebekkah manteve os dedos entrelaçados aos dele enquanto voltavam para o depósito, portanto Byron usou apenas uma das mãos para fechar o armário e esconder o túnel. O cômodo parecia diferente assim que o túnel não estava mais à vista, como se o fato de remover a tentação visual modificasse a ameaça.

Não modifica.

Ele vira o rosto de Rebekkah quando ela estava na sacada observando de cima a cidade dos mortos. Estava com medo, mas, sob esse medo, parecia encantada. As bochechas estavam coradas e os olhos brilhavam como se estivesse com febre. Por um momento de apertar o peito, Byron ficou imaginando se foi assim que Ella ficou quando contemplou a terra dos mortos. Ele podia não entender bem, mas *algo* que elas viram por lá fora fascinante a ponto de levar Ella a se precipitar ao fim da vida.

Será que Rebekkah vai fazer o mesmo?

Com movimentos cuidadosamente controlados, ele baixou no chão a bolsa com os suprimentos de Alicia e manteve a voz tranquila quando disse:

– O que aconteceu com as suas roupas?

Ainda segurando a mão de Byron, ela se afastou do armário e piscou para ele. O vestido que era cinza na terra dos mortos de repente se tornou vibrante no mundo dos vivos. O farto tecido verde se destacava em meio ao aço estéril e aos tons apagados do depósito.

– Balas. Sangue – respondeu ela, colocando a mão que estava livre sobre a costela. – Foi só de raspão. Charles me manteve a salvo. Agora não está nem doendo.

Byron se deteve diante da familiaridade no tom de voz dela. A opinião que tinha em relação a Charlie estava longe de ser positiva, mas Rebekkah parecia pensar diferente. As experiências que tiveram na terra dos mortos foram desiguais, o que contribuiu para a aversão que Byron nutria quanto àquele lugar. No entanto, tudo o que disse foi:

— Não confio nele, mas fico feliz que tenha te protegido.

— Eu também – disse Rebekkah, tirando a mão da costela.

— Estou me sentindo bem, mas se ele não tivesse...

— Ele evitou que as balas te atingissem, é isso que importa. Se não tivesse me deixado preso no túnel... – Ele se deteve. – Posso dar uma olhada no ferimento, se você quiser.

— Estou bem, sério. – Os olhos dela se arregalaram por um instante. – Ainda deveria estar doendo. Enquanto eu estava lá, ainda doía, mas agora – ela colocou de novo uma das mãos sobre a costela – está... tranquilo. – Olhou nos olhos dele. – Passou.

Ele não sabia dizer se estava alarmado pelo fato de o ferimento parecer atrelado ao tempo em que ela passou na terra dos mortos ou se estava feliz por a dor dela ter sumido. *Será que volta quando ela retornar para lá? Ou ficou curado de verdade ao passar pelo túnel?* Como em geral acontecia, havia mais perguntas do que respostas. Obviamente, as coisas podiam atravessar os dois mundos. Caso contrário, Alicia não teria feito pedidos para ele.

Byron tentou manter a preocupação longe de sua voz ao dizer:

— Talvez seja uma boa ideia dar uma olhada no ferimento.

— Tudo bem... mas não estou com nenhuma roupa embaixo disso, então significa que vai ficar para depois, ou vou precisar ficar nua. – Rebekkah puxou a saia. – A minha roupa *toda* ficou destruída.

— Ah...

O pensamento de que Rebekkah estava ferida logo foi substituído pela ideia dela vulnerável na cama de Charlie.

Ele só estava querendo me provocar quando disse isso. Ela não faria uma coisa dessas. Faria?

Byron não tinha certeza sobre o que acontecera de verdade, e tampouco sabia ao certo se queria perguntar naquele momento, ou mesmo se poderia lidar com a resposta.

— Você não está em perigo comigo, Bek. Posso ser profissional. Se preferir, posso pedir a Elaine para olhar...

— Não. — Rebekkah estremeceu. — Ela provavelmente me faria deitar na mesa de preparação.

Byron abriu um leve sorriso diante da tentativa dela de suavizar os ânimos.

— Não seja má.

— Alguém tão eficiente não vai ser gentil.

Byron abriu o armário de serviço onde guardava roupas extras desde que voltara para casa. Enfiou a mão lá dentro e apanhou algumas peças, colocando a maioria delas na bolsa que Alicia lhe dera.

— *Eu* posso ser eficiente e gentil.

— E profissional? — provocou Rebekkah.

— Você quer que eu seja profissional? — Ele tirou a camisa. Não havia muito sangue nela, mas o suficiente para fazê-lo querer uma limpa. — É essa mentira que você ainda quer ouvir?

— Você está entrando em território perigoso, B. — advertiu Rebekkah, mas sem fingir olhar para longe enquanto ele arrancava a camisa e a colocava dentro da lixeira.

Ele pegou uma camisa limpa dentro do armário, mas não a vestiu.

— E?

Ela deixou de olhar para o peitoral dele e passou a olhar cuidadosamente para o chão à frente.

— Não preciso que você examine a minha costela. Está tudo bem.

Ele atravessou o cômodo e parou em frente a ela.

— Não foi isso que eu perguntei.

Ela ergueu o olhar.

— Você sabe que eu não estava... quando Charles disse aquilo... Quer dizer, eu *dormi* lá e...
— Tudo bem — interrompeu ele. A última coisa que queria escutar naquele momento era Rebekkah falando sobre Charlie.
— Você não me deve nenhuma explicação; já deixou isso muito claro.
— Claro — disse, colocando as mãos sobre o peito nu dele.
— E eu te conheço há bastante tempo para acreditar, por um só minuto, que você encararia numa boa o fato de eu estar com Charles ou com qualquer outro.
— Talvez eu tenha mudado. — Byron deslizou a mão pelo quadril dela. — Talvez...

Ela se esticou para beijá-lo, de forma cuidadosa e lenta, e todas as repetidas declarações de que não gostava de relacionamentos pareceram vazias. Ela não o tocava como se aquilo fosse casual. Ele chegou a ter amizades coloridas, mas isso era algo mais. Sempre fora.

Para nós dois.

Ela se desvencilhou dele.
— Não.
— Não o quê? — incitou Byron.
— Não, não quero que você seja profissional, e não, você não mudou, mas, nesse momento, eu provavelmente ignoraria isso... de novo. E depois, amanhã, a gente se arrependeria.

Ela recuou.

O humor que ele vinha tentando manter sob controle escorregou um pouco naquele momento.
— Besteira. *Eu* nunca me arrependo na manhã seguinte. Você é a única com esse problema.

E, da mesma forma como fez ao longo dos nove anos anteriores, quando ele tentava falar sobre temas que ela não queria debater, Rebekkah mudou de assunto.
— Preciso achar o diário de Maylene. Ela me deixou uma carta dizendo que havia respostas nele. Comecei a procurá-

lo, mas não tinha me dado conta de que era tão importante. Agora preciso... nem tenho certeza do que preciso, mas tem uma garota morta à solta e não tenho ideia de como pará-la.

– Certo – engoliu ele.

Colocou a nova camisa, levantou a bolsa e caminhou em direção à porta que levava ao corredor. Sentia como se estivesse percorrendo uma linha tênue entre forçá-la a encarar os fatos e pactuar com a habitual evasão dela. O problema é que *ele* sabia que já haviam passado do ponto em que ignorar o relacionamento entre os dois era uma opção.

Ela é capaz de aceitar assassinos e mundos secretos, mas quanto a nós... isso ela não consegue aceitar.

Mal controlando a frustração, Byron se afastou para que ela passasse. Segurando a barra do vestido, Rebekkah entrou no corredor. Assim que ele fechou a porta, ela perguntou:

– Você vem comigo? Para vasculhar a casa, quero dizer.

– Estava planejando ir, mas antes preciso pegar uma coisa – respondeu, trancando a porta do depósito. – Ontem à noite, antes do meu pai... antes de eu voltar de lá sem ele, meu pai disse que deixara umas coisas no quarto.

– E você ainda não foi pegá-las? – perguntou ela, com uma expressão de incredulidade. – *Por quê?*

Por um momento, ele ficou olhando de volta para ela.

– Porque achei que encontrar você era um pouco mais importante, dadas as circunstâncias. Meu pai disse que nada podia ser feito até que você conhecesse Charlie e aquilo tudo parecia um tanto surreal. Eu só queria... Eu precisava te encontrar antes de mais nada. – Byron tomou a mão dela entre a sua. – Aconteça o que acontecer, embora ache irritante a sua recusa em admitir o que existe entre a gente, você é a minha primeira prioridade para o resto da vida. É isso que significa ser o Guia. Você, minha Guardiã, é a minha primeira, última e mais importante prioridade. Antes da minha vida, antes da vida de qualquer outra pessoa, *você*.

Rebekkah o encarou em silêncio.

– O quê?

– Meu *trabalho*, Rebekkah, é colocar a sua vida antes da minha.

– Eu não quero... – disse ela, balançando a cabeça.

– Não solte mais a minha mão quando estiver no túnel. Você pode *morrer* lá – explicou ele, com um meio sorriso. – Eu, no entanto, aparentemente posso ser baleado várias vezes e continuar vivo.

Ela abriu e fechou a boca, e seus olhos foram tomados de lágrimas.

E, da mesma forma como acontecia diversas vezes quando ela chorava, a irritação dele desapareceu. Ele suspirou.

– Eu te amo e prefiro ser a pessoa que vai tentar te manter em segurança do que deixar alguém desse mundo... ou *daquele*... fazer isso, mas preciso que você trabalhe junto comigo. Não confio em Charlie e não sei qual é o jogo que ele está jogando, mas o que eu sei é que nem passou pela minha cabeça hesitar quando tive que atirar em dois homens para chegar até você.

– B., eu não...

– Não. Não quero ouvir todos os motivos de você não poder isso ou aquilo. Apenas me diga que, não importa se pode dar uma chance para *nós* ou não, vai cooperar comigo nessa questão da Guardiã. – Byron ficou olhando para ela. – Eu sou o único que pode abrir o portão, Bek, e vou deixar a cidade toda morrer antes de te deixar ir até lá e ser assassinada porque está sendo teimosa.

– Prometo – sussurrou ela.

Ele odiava a maneira como ela o encarava, como se, de certa forma, ele fosse um estranho, mas detestava mais ainda a ideia de falhar com ela. A segurança de Rebekkah era o que havia de mais importante nos dois mundos. *Eu não vou falhar com você*. Byron pensou nas balas que foram disparadas contra ela, pensou na certeza que tivera mais cedo de que ela estava em perigo. *Nunca mais vou ter a garantia de que ela está segura.* Os mortos andavam e o trabalho dela era encontrá-los. Não era possível confiar no homem que controlava a terra dos mortos. A única certeza que Byron tinha era de que preferia morrer do que falhar com Rebekkah – e, se *de fato* morresse, estaria falhando.

36

Rebekkah permaneceu muda enquanto eles subiam as escadas para entrar na parte privativa da casa. Seguiu Byron e fingiu não reparar na maneira tensa como ele se comportava. Não é que não tivessem tido a sua cota de discussões, mas havia alguns temas que ele sempre permitira a ela que evitasse. Depois que o choque imediato da morte de Ella passara, Byron às vezes olhava para Rebekkah com uma expressão de expectativa – e ela fingia não ter ideia da conversa que os dois deveriam ter. Anos depois, quando acabaram na cama pela primeira vez, ela ignorou a conversa do tipo "o-que-isso-significa". Ele chegou a pressionar algumas vezes, mas ela sempre dava um jeito de ir embora ou calar a conversa por meio do sexo. *Eu não mereço ele.* Essa era a verdade e ela sabia disso.

– Sinto muito – disse ela, com calma, conforme subiam o segundo lance de escadas.

No topo, Byron olhou para ela e suspirou.

– Eu sei.

– Trégua? – Ela estendeu a mão.

– A gente ainda vai conversar – advertiu ele.

Ela manteve a mão estendida.

– E eu vou segurar a sua mão quando cruzarmos o túnel para a terra dos mortos e – a voz dela falhou – fazer o meu melhor para que nenhum de nós dois seja baleado.

Byron pegou a mão dela, mas, em vez de apertá-la, puxou-a para um rápido abraço.

– Não foi culpa sua. Nem o fato de você ter sido baleada nem de eu ter matado aqueles homens. – A voz dele se tornou áspera quando completou: – Eu ficaria destruído se te perdesse.

A verdade é que ela se sentiria da mesma forma se o perdesse, mas, antes que pudesse admitir isso, ele se afastou. De forma brusca, percorreu o corredor e abriu uma porta.

– Venha. Meu pai disse que a gente encontraria algumas respostas por aqui.

Byron atirou a jaqueta sobre a cama e passou rapidamente os olhos pelo quarto. Ao pé da cama havia um baú de madeira escura. Parecia um daqueles objetos que passa de geração em geração. O fecho de latão estava amassado e arranhado, e as diversas manchas pareciam indicar que tinha sofrido os danos causados pela água ao longo dos anos. Ele se ajoelhou em frente ao baú, levantou o fecho e abriu a tampa.

Lá dentro havia uma antiga pasta de médico em couro preto. Ao lado, uma pequena caixa de madeira revelava, quando aberta, dois antigos revólveres derringer. Algumas facas de aparência terrível estavam dentro de bainhas.

– Bom... – Byron abriu um cofre repleto de etiquetas de identificação de vários hospitais. Ao examiná-las, se deparou com uma anotação que dizia: "Peça a Chris quando precisar de novas."

Com cautela, Rebekkah se sentou perto dele no chão.

– Não estou entendendo.

– É para o caso de eu ter que recuperar um corpo que precisa ser trazido para casa e não estiver com tempo de lidar com burocracia – explicou Byron. – Também existem outras formas.

Em seguida contou a ela sobre a mulher que conhecera na terra dos mortos, Alicia, e sobre as ampolas que ela lhe dera e que eram capazes de causar morte temporária. Conforme ele falava, Rebekkah começou a tremer.

Se não conseguissem encontrar Daisha, haveria algumas mortes; se os moradores de Claysville morressem fora da cidade e ficassem sem cuidados, acabariam acordando – e mais pessoas morreriam. A lista assombrosa de coisas que poderiam dar errado fez os ombros dela pesarem. Precisava manter os mortos em suas sepulturas e tinha que detê-los caso acordassem. Pessoas que não tinham a menor ideia sobre a existência do contrato, pessoas que não tinham a menor ideia de que Claysville existia, pessoas que não tinham a menor ideia de que os mortos *poderiam* acordar: todos dependiam de que ela não falhasse.

E eu dependo de Byron.

Byron era a única pessoa no mundo em quem ela podia confiar; era o único homem que amou. Essa era a verdade que ela não deveria dizer: amava-o de fato. Em poucos – embora intensos – dias, aqueles anos todos fugindo dele foram anulados. Ela não sabia ao certo se rir ou chorar seria mais apropriado para o momento: finalmente encarava o fato de que esteve apaixonada por Byron a vida toda.

Devido ao que nós somos.

Percebeu então que ele a olhava, à espera de algo, à espera dela. Estava esperando por Rebekkah havia quase uma década.

– Sinto muito – murmurou ela.

Ele balançou a cabeça.

– Como eles conseguiram?

– Da mesma forma que nós vamos conseguir – respondeu, apertando a mão dele.

Os dois olharam para a bolsa e, em seguida, um para o outro de novo. Demonstrando uma apreensão evidente, Byron a abriu e observou o interior. Uma antiga caixa de seringas, ataduras, diferentes antibióticos, gaze esterilizada, um pequeno bisturi, pomada antibiótica, água oxigenada e outros inúmeros materiais de primeiros socorros preenchiam a bolsa. Nem tudo era moderno, mas a maioria sim.

Lá dentro também havia um envelope. Ela o estendeu.

— Abra-o — disse Byron.

Obedecendo, ela tirou de dentro do envelope uma pequena folha de papel, abriu-a e leu em voz alta o que estava escrito: "Você também pode pagar Alicia com suprimentos medicinais."

— Isso faz sentido?

— Faz — respondeu ele.

Rebekkah virou o papel.

— Atrás diz: "As seringas irão detê-los. Guarde para emergências."

Byron bufou.

— Isso quer dizer o quê? Quando pessoas mortas estão tentando nos matar *não configura* uma emergência?

Ela deu de ombros.

— Não faço a mínima ideia.

Byron pegou o papel, e começou a observá-lo. Ergueu-o na direção da luz e ficou examinando-o de perto. Quando fez isso, Rebekkah conseguiu distinguir uma tênue marca d'água.

— Essa não é a letra do meu pai — disse ele. — De quem será? Do avô dele? De outra pessoa?

Estendeu o papel, e Rebekkah o pegou. Depois de dobrá-lo, ela o devolveu ao envelope.

Byron colocou a mão dentro do baú para alcançar um último item: uma pasta sanfonada com uma etiqueta escrita SENHOR M. Resolveu abri-la. Dentro havia dois diários de cor castanha, cartas, recortes de notícias e alguns papéis.

— Talvez a gente tenha acabado de achar algumas respostas.

Ele estendeu um artigo recortado de forma cuidadosa, em que se lia a manchete: ATAQUE DE SUÇUARANA TIRA A VIDA DE TRÊS. Deixando isso de lado, abriu um envelope. Olhou cada um dos itens que continha e, em seguida, foi passando um a um para Rebekkah. Havia recibos de pistolas, munição e um par de botas femininas tamanho 37.

Byron continuou passando os itens para ela, que lia a miscelânea de anotações. Um pedaço de papel dizia: "Para Alicia." Outro listava perguntas e respostas: "Humano? Não. Idade? Não a que se vê *ou* a época a que pertencem as roupas dele." Depois desse havia a seguinte anotação rabiscada: "Alicia tem segundas intenções." Alguns levariam mais tempo para ser lidos. Cartas e recortes de notícias se misturavam a anotações quase ilegíveis. Percorrer tudo demandava tempo.

Tempo de que a gente não dispõe.

Quando ela bocejou, Byron parou de lhe passar os papéis. Em silêncio, juntou aqueles que dera a ela, colocando-os de volta na pasta, e arrumou isso e vários outros itens do baú dentro da bolsa que trouxera da terra dos mortos.

– Eu estou bem – protestou Rebekkah.

– Você está exausta – corrigiu ele, gentilmente. Encarou-a por um momento, até que ela fez que sim com a cabeça.

Rebekkah ficou de pé e se espreguiçou.

– Vamos para casa.

A expressão de surpresa no rosto dele foi disfarçada quase na mesma hora e ela ficou feliz por ele não ter comentado nada. Mesmo ao longo dos anos em que tiveram um *affaire*, ela não usava muito o termo "nós" e certamente não se referia ao espaço em que estava morando como "casa".

Ela caiu no sono durante o pequeno percurso de carro dali até sua casa e acordou assim que Byron desligou o motor. Em vez de sair do carro fúnebre, ficou um tempo com a cabeça encostada na janela do lado do carona.

– Você está bem? – perguntou ele.

Ela o olhou.

— Estou. Sobrecarregada. Confusa. Exausta... mas não vou sair gritando noite adentro. E você?

Ele abriu a porta.

— Nunca fui muito de gritar.

— Não sei, não. Me lembro de algumas sessões de filmes...

— Eu nunca gritei.

Byron foi para trás e pegou a bolsa.

— Berrou, gritou, tanto faz. — Ela saiu do carro, segurou a saia do vestido entre as mãos e subiu os degraus da varanda da frente. Destrancou a porta e entrou na casa. — Estou feliz por você estar aqui comigo. Talvez seja medo ou parceria ou sofrimento ou...

— Ou amizade. Não vamos pular essa, Bek. — Ele fechou a porta atrás de si. — Tem essa outra coisa rolando, mas a gente era amigo antes disso tudo. Se você não vai admitir que me ama, pelo menos admita que somos amigos.

— Nós somos, mas somos amigos que ficaram sem se falar por alguns anos — corrigiu ela.

Ele cerrou as mandíbulas, mas não falou o que estava passando por sua cabeça. No lugar disso, colocou a bolsa com cuidado sobre a mesa de centro.

— Você ter me pedido para ficar na noite de anteontem teve alguma coisa a ver com isso?

— Talvez — admitiu ela. Isso era o que não comentara, o *outro* medo que insistia em permanecer nas beiradas de sua mente. — O que te faz acreditar que a nossa... amizade é real?

— Alguns anos aturando você, ouvindo você e Ella falando sobre meninos, cabelo, música, livros, vendo filmes que vocês duas me obrigavam a assistir. — Parecendo mais frustrado de repente, ele contava cada item nos dedos. — Muitos anos mais esperando que você voltasse para casa, te procurando no meio da multidão, anos esperando que toda morena ligeiramente parecida com você fosse se virar e dizer o meu nome.

– Mas quanto disso estava fora do seu controle? – Ela desabou no sofá. – Algo disso era real ou era apenas instinto? Você está destinado a proteger a Guardiã, *eu*, então talvez estivesse respondendo a isso.

Ele permaneceu no meio da sala e ficou encarando-a.

– Isso importa?

Ela fez uma pausa. *Importa?* Não estava levando em conta essa questão. Os comos, os quandos, os porquês, os e agoras, que vinha tentando ignorar, infelizmente não podiam ser negligenciados. *Isso importa?* Se tudo o que compartilharam era mera coincidência, se o fato de ele estar naquele cômodo naquele momento tentando ajudá-la... se tudo era resultado da escolha de Maylene em torná-la a substituta de Ella, então sim, importava.

No entanto, nada disso era o que queria discutir, então ignorou o assunto em prol de temas mais urgentes.

– Você quer me ajudar a revirar a casa toda? Ou vai começar a examinar a pasta do seu pai?

– Você está fugindo da questão – sinalizou Byron. – A gente precisa falar sobre isso, sobre a gente, Rebekkah. Você ignorou o assunto por mais de oito anos, mas agora... somos nós dois lidando com isso. Você honestamente acha que ignorar o que existe entre a gente continua sendo uma opção?

Rebekkah fechou os olhos e inclinou a cabeça para trás. Sabia que ignorar os sentimentos que nutria por Byron não era mais uma opção; talvez nunca tivesse sido, mas ela não estava certa do que fazer. Amava-o, só que isso não significava que todo o resto se encaixaria.

Depois de uns instantes durante os quais ela não respondeu nada, Byron suspirou.

– Eu te amo, mas às vezes você é um pé no saco, Bek.

Ela abriu um dos olhos e o contemplou.

— Você também. Então... vamos aos diários?

Ele fez uma pausa, e ela esperou que ele a pressionasse. Queria dizer as palavras, mas não sabia muito bem como. Anos e anos tentando guardá-lo numa prateleira junto com o restante das coisas de Ella não iriam desaparecer em um único dia.

Em vez de pressioná-la, ele disse:

— Acho que a gente precisa falar com o Conselho Municipal, ler o contrato *e* fazer algumas perguntas para Charlie.

— Eu fiz umas perguntas para ele, mas ser prestativo não é seu primeiro impulso – disse Rebekkah, e então o deixou a par do pouco que soube por intermédio de Charles.

Byron, por sua vez, contou-lhe sobre as conversas que teve com Charles, com William e com o reverendo Ness.

— Então seja lá qual for esse contrato com a cidade... está do lado de lá, no mundo dele? Você viu? – perguntou ela, depois que ele terminou de falar.

A expressão no rosto de Byron se tornou curiosamente fechada.

— Vi *um* contrato, mas não tenho certeza se era esse com a *cidade*. Continha os nomes de Guardiãs e Guias passados e... não sei mais o quê. Meu pai estava lá e foi nossa última chance de conversar... naquele momento eu não sabia disso, mas eles, obviamente, sabiam. Charlie guardou o contrato dentro de uma caixa e foi embora, mas acredito que todo Guia deve ler seu conteúdo mais cedo ou mais tarde.

— Então a gente volta e diz a ele que quer ver o contrato.

— Basicamente – concordou Byron. – Também precisamos falar com o Conselho.

— É terrível ficar furiosa com todos eles? – Rebekkah juntou os punhos das mãos. – Quer dizer, eu entendo, mas *que droga*, a gente não tem muito tempo para descobrir *nada* e... eu estou exausta.

– A gente vai descobrir. Vamos encontrar Daisha e depois descobrir o resto.

Rebekkah fez que sim com a cabeça, mas não tinha certeza absoluta de que *poderiam* fazer tudo o que precisavam fazer. *Como vamos encontrar Daisha? Como podemos contê-la? Em primeiro lugar, por que existe um contrato? Ele pode ser quebrado?* Fechou os olhos e reclinou a cabeça nas costas do sofá. Sentiu a almofada afundar quando Byron sentou-se ao seu lado.

– Que tal a gente dormir um pouco?
– Não podemos. Precisamos...
– Só umas duas horinhas. Não vamos chegar a lugar nenhum se estivermos tão cansados a ponto de desabar. Nós dois estamos rodando quase a sono zero.

Ela abriu os olhos.

– Sei que você está certo, mas... há pessoas *morrendo*.
– Eu sei, mas se você não puder se concentrar, o que fará de bom para elas? Os membros do Conselho estão dormindo a essa hora. Charlie se recusou a responder nossas perguntas. Entre o cansaço da viagem, o enterro de Maylene, a morte do meu pai, viagens ao mundo de Charlie, tiros... tirar umas horinhas de sono vai ser melhor do que qualquer outra coisa que possamos fazer agora.

Por um momento permaneceram onde estavam; então ela se levantou.

– Você está certo. Vou tomar uma chuveirada rápida.

Sentindo-se ridícula, virou de costas para ele.

– Você pode soltar isso aqui?

Ela desatou o fecho que havia entre os seios e depois se livrou da camada externa do vestido. Puxou o cabelo para um dos ombros e olhou com firmeza para a frente.

O primeiro toque das mãos dele em suas costas fez com que ela, de repente, ficasse ofegante. Os dois ficaram paralisados durante alguns batimentos cardíacos – os quais ela estava certa de que ele era capaz de ouvir. Depois, com calma, ele começou a desatar a fileira de ilhós que desciam ao longo da coluna. Ela segurou com mais firmeza a camada externa transparente que tinha entre as mãos.

Quando o vestido se abriu nas costas, ele pressionou um beijo na nuca de Rebekkah. Ela estremeceu e olhou por sobre os ombros para ele.

Fale. Diga a ele.

Respirou fundo, para se estabilizar, afastou-se dele – e escapou.

37

Byron escutou a água sendo ligada no andar de cima e ficou debatendo a insensatez que seria segui-la. Diferentemente de Rebekkah, não podia se importar menos com os *porquês* de estarem juntos, apenas se importava em ficar com ela. Passou a vida toda à espera, mas se soubesse sobre as Guardiãs e os Guias, teria antes renunciado a ela para não precisar vê-la em perigo. *Ela não tem escolha*. Por conta do contrato, estavam amarrados até a morte. *O que não aumenta a probabilidade de ela admitir os próprios sentimentos*. Ela é a Guardiã – mas continua sendo a mesma mulher que detestava se sentir presa, a mesma mulher que deixara a irmã morta se colocar entre os dois durante anos, a mesma mulher que tinha tanto medo de perder as pessoas que amava, que acabava negando o fato de amá-las. *E agora vai estar em perigo para o resto da vida*. Ele não tinha certeza do que era mais assustador: a vulnerabilidade de Rebekkah na terra dos mortos ou o fato de que uma garota morta estava matando pessoas em Claysville. Em ambos os mundos, Rebekkah era um alvo.

Como você fez isso, pai?

Tudo mudara em questão de dias – dando a Byron o que ele mais queria, um futuro ao lado de Rebekkah, e deixando esse mesmo objeto de desejo em um estado de perigo que não poderia ser previsto. Ele verificou as portas e então parou em frente à janela da sala, observando a escuridão. Daisha poderia

estar lá fora e ele não saberia. Poderia estar matando alguém. *Iria matar gente.*
Ele pegou o diário e começou a folhear as páginas.

Se Mae soubesse que Lily morrera, nada disso teria acontecido. Que tipo de homem esconde a morte da própria mulher? Lily foi mantida lá e, por causa disso, ela voltou. Mae estava de coração partido.

Virou para outra seção e leu:

Charlie se recusou a me contar qualquer coisa sobre a raiva de Alicia. Ela não está muito melhor. Me deu conselhos errados algumas vezes, mas a maior parte de suas informações é boa...

O número de segredos contidos no livreto era assombroso. Byron passou os olhos pelas páginas, procurando o nome de Charlie.

Nick é um idiota. Se pudesse, deixaria os ministros se mudarem para cá sem terem nenhum conhecimento sobre o contrato. Ele diz: "Os moradores da cidade não sabem disso quando têm filhos, então por que os ministros deveriam saber?" A diferença é que os habitantes estão presos aqui. Pessoas novas não estão. Podem ir e vir caso não tenham nascido em Claysville.

Ann levantou a questão da paternidade quando mencionei a balbúrdia na reunião. Nós podemos ter filhos quando quisermos. Guias não precisam esperar nenhuma autorização. Como passo isso adiante para o meu próprio filho? Como digo não para Ann?

Rebekkah desceu até metade da escada. Vestia uma camisola longa, cuja parte de cima estava úmida por conta do cabelo encharcado.

– O chuveiro está liberado.

Se isso não fosse fazê-la correr, ele já estaria lá em cima ao seu lado. Em vez disso, Byron assentiu.

– Vou subir num minuto.

Retomou a leitura:

Mae entendeu por que Ella fez isso, mas não quis me contar. Eu vi o jeito como olhou para Ella. Sabe dos atrativos do mundo de Charlie. Eu não entendo, mas ela me diz que o mundo que conhece lá não é o mesmo que eu vejo.

Às vezes sonho em matar Charlie.

Byron folheou mais um pouco e leu:

Mae foi mordida. Eu queria matar o morto, mas ela não consegue se lembrar de que eles são monstros. Deixa-os entrarem em sua casa, leva-os para sua mesa... Às vezes não sei como argumentar com ela. Às vezes acho que esquece que é humana. Se eles vierem para cá, podem matá-la. Matariam todos nós. Ela me diz que eu me preocupo demais, mas existo para protegê-la. É o meu trabalho.

Com cuidado, Byron fechou o livreto e subiu as escadas.

Isso não era imaginação: não havia regras previstas para proteger os habitantes da cidade enquanto descansavam. O monstro poderia entrar – como havia entrado – nas casas. Daisha tinha entrado *nessa* casa e matado Maylene. Tinha entrado na casa de Byron e mordido seu pai.

E não temos ideia de onde ela está.
Imaginou Daisha entrando na casa enquanto Rebekkah estava sozinha. A chuveirada dele foi rápida. Mal se enxugou antes de se enfiar dentro da calça jeans. Secou o cabelo com uma das mãos enquanto abria a porta do banheiro.

Rebekkah estava parada na entrada do quarto, observando-o. Obviamente tomara alguma decisão, porque levara a mala dele para lá. Tinha ficado no chão, a seus pés.

– Você vai ficar comigo? – perguntou ela.

Sem interromper a troca de olhares, ele se colocou à frente dela. Ao longo dos anos, tinham ficado ali, naquele impasse, muitas vezes. Bastava ela olhar para ele que já o tinha nas mãos. Ela nunca admitiu que o que compartilhavam era especial. Ele não era capaz de contar o número de quartos que haviam dividido e o número de noites que haviam passado juntos em diferentes cidades e vilarejos. Mesmo assim, nem uma única vez ela se permitiu admitir que *ele* importava, que *eles* importavam.

– É por que você não quer dormir sozinha ou por que *me* quer aqui?

– Porque quero você – sussurrou ela.

Recuou um pouco e ele entrou no quarto. Byron abriu a bolsa e tirou de dentro a arma que Alicia lhe dera. Colocou-a sobre a mesa de cabeceira e em seguida ajeitou a mala contra a parede, de forma que não tropeçasse nela caso precisasse se levantar de repente.

Rebekkah empurrou a colcha ainda emaranhada para trás e se sentou na ponta do colchão.

Ele apagou as luzes e foi para perto dela. Com um breve suspiro, ela se enroscou nos braços dele, que se deitou, abraçando-a.

– Isso não significa nada – murmurou ela, conforme os olhos começavam a querer fechar.

— Mentirosa.

Com um dos braços, a segurava, embalando-a junto a si, e com o outro, que estava livre, alisava o cabelo dela para trás. Ou poderia usar para alcançar a arma. Os olhos de Rebekkah se abriram de novo.

— Byron...

Ele enrolou no dedo um fio úmido do cabelo dela e depois deixou cair sobre seus ombros. Uma parte dele, a mesma parte que sempre aceitara os termos que ela determinava quando ele a tomava nos braços, dizia para ficar quieto. O restante dele estava cansado de jogar de acordo com as regras dela.

— Nenhuma mudança. Nada de compromisso. Isso não tem significado algum. Sempre foi assim.

Ela suspirou.

— Não é isso... esqueça.

— Estou ligado a você para o resto de nossas vidas. Te amo há muitos anos e você me ama pelo mesmo tempo. — Ele não olhou para longe ao dizer isso, e dessa vez ela não negou. — Pode protestar o quanto quiser, mas meu *trabalho* é te manter em segurança, ser baleado por lá, caso seja necessário. Eu assinei um contrato. Hoje mesmo atirei em dois homens.

Ela se sentou e afastou-se dele.

— Eu não pedi isso. Eu não te pedi para fazer nada.

Byron ficou observando-a.

— E você não pode mudar quem você é ou o que sente. Eu entendo, mas também não posso mudar quem eu sou. É isso que somos. Independentemente do que fizermos agora, eu estou na sua vida. Independentemente de como você se sinta, sou seu até a nossa morte.

— Se Ella não tivesse morrido...

— Mas ela *morreu*.

Rebekkah saltou para a ponta da cama, colocando-se fora de alcance.

— Ela morreu sabendo que eu... que a gente...

— *Se beijou*. Foi um beijo e nós fizemos muito mais do que isso desde então. Não é *Ella* que se coloca entre nós dois. Você se sente culpada e está com medo. Eu entendo, mas você precisa deixar isso para trás. Eu nunca vou te largar, Bek, não importa com que frequência ou o quanto você me rejeite. Te esperei por quase a vida toda e vou ficar aqui. Isso não vai mudar se você e eu virmos onde podemos ir ou não. Me diga que somos apenas amigos, ou que temos uma amizade colorida, e — ele deu de ombros — vou tentar aceitar.

— Você vai *tentar*?

— Sim, vou *tentar*. — Ele se virou e deslizou para o canto da cama. — Seja lá quanto tempo tivermos, vou permanecer ancorado ao seu lado. E não vou fingir que não te quero na minha vida *e* na minha cama. Eu te am...

— Talvez você não queira *a mim*, Byron. Você chegou a pensar nisso? Você quer a *Guardiã* — disse, fulminando-o com os olhos. — Se Ella não tivesse se matado, você...

— Mas ela se matou, não é mesmo? E, caso você esteja se esquecendo, eu já me sentia assim *antes de ela morrer*. — Ele se sentou e puxou-a para seu colo. — Eu costumava procurar por você sempre que vinha para casa. Examinava as cartas do meu pai à procura de alusões a você. Não a Ella, não à Guardiã, mas a *você*, Rebekkah.

— Você faria isso se eu não fosse a Guardiã? Se você não fosse o Guia?

— Eu gostaria de poder responder, mas não existe uma resposta. Nós *somos* isso. Não posso desfazer esse fato. A não ser que você morra, você é a Guardiã e — ele pegou a mão dela — não acho que seja uma ideia muito boa colocar de lado a você mesma, sua vida e a cidade para resolver o nosso problema. Se você quer ignorar os fatos, me ignore por tudo menos o... trabalho, vou tentar fazer o mesmo, mas acho que é um erro.

Ela não respondeu e, depois de um tempo, ele soltou sua mão.

– A gente não precisa resolver isso agora. Foi um longo – ele ficou olhando para os números vermelhos do relógio – dia, uma longa noite... alguns dias. Vamos tentar dormir.

– Você é um homem bom – disse ela, arrastando-se para longe do colo dele. – Você merece mais.

Ao ouvir isso, ele parou. A decisão de não pressioná-la mais naquela noite foi para os ares.

– Então agora você está me protegendo? Ficando longe da minha cama e da minha vida para me manter seguro?

– Sim, acho que é uma forma de colocar a questão – respondeu, deslizando para o lado oposto da cama, mas sem se deitar.

Ele se esticou e se apoiou em um dos braços.

– Você pode ser a mulher que eu amo, mas não é que eu tenha sido exatamente celibatário.

– Então me diga que não significaria nada para você. Me diga que não complicaria tudo; que não seria o começo de um relacionamento. – Ela escorregou para fora da cama e ficou olhando para ele por um momento. Como não respondeu, ela colocou uma das mãos na barra da camisola e começou a levantá-la devagar. – Ou me diga não.

Byron observou-a naquele gesto, apreciando a visão de seus quadris nus e de sua barriga lisa.

Sem ouvir nenhuma resposta, Rebekkah continuou a levantar a camisola. O tempo todo manteve o olhar fixo nele.

– Você não quer as mesmas coisas que eu.

– Não tenho tanta certeza disso – retrucou ele, sustentando o olhar e se encaminhando até ela. Ajoelhou-se no colchão para que pudesse alcançá-la. Com calma, percorreu com a ponta dos dedos a barriga de Rebekkah.

Ela fez uma pausa.

— Eu não disse pare — sussurrou ele.
Ela tirou a camisola pela cabeça e deixou-a cair no chão. Ele envolveu os seios dela com as mãos e em seguida beijou um deles e depois o outro.
— Lindos.
Recuperando o fôlego, ela deslizou a mão pela nuca de Byron.
Ele passou os polegares pelos mamilos dela, já enrijecidos, e depois arrastou as mãos pela curvatura dos seios e pelas costas. Não a segurou com firmeza, mas manteve as mãos em suas costas nuas. Seus dedos se deslocaram pela pele dela e, por um momento, não conseguia pensar em nada além do fato de estar finalmente tocando-a de novo.
Ela não disse uma palavra — nem se afastou. Sua respiração estava tão irregular quanto a dele. De lábios entreabertos, fixou os olhos em Byron.
Ele foi um pouco para cima, mordeu o pescoço dela e começou a beijá-la até a orelha. Ela suspirou e inclinou a cabeça para facilitar-lhe o acesso.
— Nós dois sabemos — ele beijou a curvatura do ombro dela — que se fizéssemos amor — inclinou-se para trás e observou o rosto dela enquanto aos poucos traçava os contornos do lado direito de seu corpo — teria um significado — beijou-a com suavidade — para nós *dois*.
Em seguida, recuou.
— Mas tenho que concordar com um ponto: não seria o começo de um relacionamento. A gente começou esse relacionamento anos atrás.
Ela o encarou, mas continuava muda. A expressão de choque em seu rosto era quase suficiente para fazê-lo hesitar. Byron se forçou a continuar olhando fixo para ela — em parte porque a visão daquele corpo praticamente nu não estava contribuindo muito para sua decisão.

Antes que pudesse ceder, ele ficou de pé, agachou-se e arrastou a colcha para longe.
— Eu já sou um homem adulto, Bek. Não lance desafios para mim a menos que esteja preparada para os resultados.
— Você está me dizendo não?
— Estou — respondeu ele.
Vestindo apenas a calcinha, ela resvalou para a cama. Ele ergueu a colcha sobre ela e foi embora.
— Byron? — disse ela, quando ele alcançou a porta.
Ele parou com a mão na maçaneta.
— O quê?
— Não estou preparada para nada disso. Nem para nós nem para ser a Guardiã.
— Às vezes não importa estar preparado ou não. O fato é que *existe* um "nós" e você *é* a Guardiã.
— Eu sei — sussurrou ela.
Ele abriu a porta.
— Byron?
— O quê?
— Ainda quero que você durma aqui.
Ele a olhou de volta.
— Só dormir?
Rebekkah não respondeu. Ele conseguia ver o busto dela crescendo e diminuindo e contou cada respiração. Passaram-se alguns instantes e então ela disse:
— Não, não é o que quero, mas qualquer outra coisa teria importância para nós dois.
— Eu sei — disse Byron, com um sorriso no rosto. Depois fechou a porta. Não era exatamente uma confissão completa, mas já demonstrava um progresso.
Subiu na cama e puxou Rebekkah para junto de si.

38

Rebekkah pulou para fora da cama assim que acordou. Tinha amanhecido fazia pouco tempo. A luz da nova manhã era filtrada pelas cortinas que ela esquecera de fechar na noite anterior. Passou pela tábua desgastada que rangia por tanto tempo quanto ela possuía um quarto na casa de Maylene. O sono estava fora do alcance e, se era para ficar acordada com excesso de pensamentos em mente, o melhor era fazer isso com uma xícara de café nas mãos.

Vestiu rapidamente a camisola que fora descartada no chão e já estava na porta quando Byron começou a falar.

– Está fugindo ou não consegue mais dormir?

– Já amanheceu – disse ela, em vez de responder a pergunta.

Byron semicerrou os olhos diante da luz do lado de fora.

– Faz pouco tempo, Bek.

– Você não precisa levantar.

Ela colocou a mão na maçaneta de vidro e abriu a porta. Em algum lugar no andar de baixo, Querubim tinha começado a anunciar sua necessidade de comida. A familiaridade do som fez Rebekkah sorrir. Algumas coisas eram constantes, e, à luz das inúmeras esquisitices dos últimos dois dias, essa constância era muito bem-vinda.

Byron se sentou e esfregou os olhos.

– Vou preparar a mesa se você começar com o café. A gente precisa se encontrar com o Conselho Municipal ou com o prefeito. Alguma hora também precisamos começar.

Rebekkah pensou nas travessas de comida que os vizinhos de Maylene deixaram para ela. A maioria não era comida de café da manhã, mas chegou a ver pelo menos duas bandejas de frios na geladeira. Entre as fatias de presunto e queijo e as cestas de frutas variadas, os dois encontrariam muito que beliscar. Foi o que ela lhe disse.

– Você pode comer comida fria se quiser, mas eu vou fazer ovo com presunto.

Ele esfregou o rosto e piscou mais algumas vezes.

– Nem tudo muda, hein? Você não acorda nem um pouco mais alerta agora do que costumava acordar.

Byron se atirou para fora da cama, percorreu os poucos passos até a porta e a envolveu nos braços.

– Posso ficar alerta quando preciso.

Rebekkah pousou a mão estendida sobre o peito dele e olhou para cima.

– Hum. Byron ou café? Sexo ou comida?

– Se você precisa pensar, então não tem disputa.

Roçou os lábios nos dela, em um beijo breve e recatado.

– Venho pensando em você há muitos anos, B.

Desvencilhou-se dos braços dele e saiu do quarto.

Na cozinha, alimentou Querubim, começou a preparar o café e pegou uma bandeja de frios e pão. Enquanto passava o café, sentou-se e ficou mordiscando a comida que tinha colocado sobre a mesa. O barulho do chuveiro no andar de cima levou-a a sorrir. Ter outra pessoa ali tornava mais fácil evitar a ideia de morar sozinha naquela enorme casa antiga.

Morar sozinha aqui.

Com um sobressalto, percebeu que agora jamais poderia deixar Claysville. Como Guardiã, estava presa. Não que quisesse ir a algum lugar específico ou fazer algo específico; era apenas o fato de saber que poderia ir a qualquer lugar, fazer o que quisesse. Evitara complicações durante grande parte da vida. *Fugia disso.* Agora seu futuro, seu endereço, sua conexão com

Byron, seu compromisso com Charles: muitas coisas de repente foram decididas sem o seu conhecimento. *Já tinham sido decididas; eu apenas não sabia.* Pensou de novo na carta que Maylene lhe deixara. *Era isso que ela não queria me contar.* Enxaguou duas xícaras, colocou uma delas perto da cafeteira e, em seguida, serviu um pouco de café na outra, para ela mesma tomar.

Byron desceu as escadas. Seu cabelo estava úmido, com pequenos tufos salientes, revelando que tinha acabado de secá-lo com a toalha. Não parou enquanto se dirigia ao café.

– Não posso ir embora – disse ela, em voz alta, testando as palavras, avaliando o pânico que continham.

– Eu sei. Era isso que eu estava tentando te dizer ontem, em Sweet Rest. – Seu rosto parecia cuidadosamente sem expressão enquanto se servia do café. – Não sei o quão rigoroso é isso ou... bem, não sei quase nada. Assinei um contrato, mas está vinculado a mim, não a você.

Ela ficou boquiaberta.

– Você *assinou* um *contrato*? Prometendo o quê?

– Não sei – respondeu, sem olhar para Rebekkah. Foi sentar-se em frente a ela. Enrolou uma fatia de presunto e uma de queijo juntas e comeu o sanduíche sem pão.

– Você não sabe o que assinou? Como você assinou um contrato sem ler?

Ele deu de ombros.

– Fatores circunstanciais.

– *Circunstan*... Está falando sério?

Ainda sem olhar para ela, enrolou mais algumas fatias de presunto e de queijo.

– Estou.

Rebekkah se afastou da mesa e foi até a janela. Ele não fazia ideia do que tinha acordado, mas o fato é que assinou o papel. Ela, por sua vez, nem teve opção. Dobrou o braço esquerdo sobre a barriga enquanto estava de pé, e deu um gole do café que segurava com a outra mão. Atrás de si, ouviu Byron afastar a cadeira e se servir de mais café.

– Você quer ovos?

– Não – respondeu ela, sem encará-lo.

Ele começou a abrir os armários. O barulho de vasilhas e panelas era o único som que se ouvia durante alguns instantes. Depois disse:

– A gente estava com Charlie. Meu pai falou que, ou eu assinava, ou ficava para trás. Eu bebi com os mortos. Eles armaram para mim, mas eu fiz assim mesmo. Não sabia que, ao assinar, estava matando meu pai. Tudo o que sabia era que, se não assinasse, estaria te deixando.

Enquanto ele falava, ela girou para ficar de frente para ele, mas Byron estava de costas porque tirava algumas coisas de dentro da enorme geladeira. Com uma caixa de ovos na mão, virou-se e disse:

– Isso eu não podia fazer. *Não vou* fazer.

Ela cruzou a cozinha, tirou os ovos da mão dele e colocou-os sobre a bancada.

– William morreu para que você pudesse ser...

– Ele morreu porque Maylene morreu – interrompeu Byron.

– E porque a nova Guardiã precisava do Guia *dela*.

Rebekkah pegou as mãos dele.

– Estou com medo e lamento muito pelo seu pai, e também sinto raiva por todos nós estarmos presos, mas estou feliz por ser você quem está do meu lado.

– Eu também. Eu... – O celular dele tocou, fazendo-o franzir a sobrancelha. – Guarde esse pensamento. Esse é o toque do trabalho. – Ele apanhou o aparelho. – Montgomery... Sim. Onde?... Não, vou para lá. Só um minuto. – Olhando para Rebekkah, fez um gesto no ar como se estivesse escrevendo.

– Na mesa de centro – disse ela, em voz baixa.

– Desculpe – murmurou Byron. Em seguida, foi até a sala. Rebekkah preparou dois sanduíches de queijo com presunto e começou a guardar o resto da comida. Fragmentos da conversa de Byron podiam ser distinguidos como a luz de um farol.

– ... animal...

– ... família desaparecida...

Já ouvira o suficiente para saber que queria ir junto com ele até a cena do crime, então desligou a cafeteira, pegou duas canecas térmicas do armário e encheu as duas.

Quando ele voltou à cozinha com uma anotação rabiscada e uma careta, ela estendeu uma das canecas e um sanduíche.

– Preciso de cinco minutos para vestir uma roupa e pegar um prendedor de cabelo.

– Bek...

– É a Daisha?

– Ainda não dá para saber, mas... é, parece que sim – respondeu, liberando o ar em um suspiro carregado. – Você pode vê-la na casa funerária. A cena de um assassinato é... Chris disse que essa está uma zona.

– Eu consigo – assegurou-lhe. – Cinco minutos?

Ele fez que sim com a cabeça e ela subiu correndo para se trocar.

39

Byron e Rebekkah partiram em direção ao estacionamento de Trailers Sunny Glades. A comunidade de casas móveis não ficava exatamente à margem dos limites da cidade, mas era uma viagem de carro longa o suficiente para que o silêncio começasse a parecer incômodo. Byron ligou o iPod ao aparelho de som do carro fúnebre.
— Seu *upgrade*? — perguntou ela, inclinando a cabeça em direção ao aparelho.
— É. Acrescentei alguns meses atrás — respondeu e olhou para ela de relance. — Foi uma espécie de reconhecimento de que eu voltei para ficar. Soube disso assim que cruzei a fronteira da cidade, em dezembro, mas levou um pouco mais de tempo para realmente admitir.
— Bom, então você está alguns meses na minha frente: eu só me dei conta de que vou ficar aqui menos de uma hora atrás. — Rebekkah olhou pela janela. — Me diga o que você sabe.
— Sei que vai ficar tudo bem.
— Sobre o assassinato — elucidou ela. — Não sobre morar aqui.
Ele desligou o motor.
— Chris recebeu uma ligação, uma denúncia anônima, dizendo que havia dois corpos que precisavam ser removidos.
— Dois?
— Um casal. Marido e mulher... Ele disse que foi outro ataque de algum animal ou talvez assassinato seguido de suicídio.

Byron abriu a porta do carro, mas não saiu.
— Isso é ridículo — disse Rebekkah, com um tom de voz que demonstrava raiva. — E se a gente contasse para eles?
— Contasse para eles? — repetiu ele.
— Que um monstro está matando as pessoas, não um animal.
Ela saiu do carro e fechou a porta com força, mas sem batê-la. Byron fechou a dele com suavidade e contornou o veículo para se colocar ao lado dela.
— Você quer contar a Chris que uma garota morta matou essa gente e atacou os outros?
— Isso. É exatamente o que quero fazer. Ou eles acreditam e podem tentar se proteger ou...
— Ou eles apenas esquecem, ou então pensam que estamos loucos — completou ele.
Como Rebekkah não respondeu, ele foi em direção à porta do trailer. Ela o seguiu em silêncio.
A porta estava entreaberta e ele dava graças a Deus pelo dia fresco. O cheiro de morte recente preenchia a pequena estrutura, mas, se não fosse pelas janelas abertas e pela brisa, a situação seria pior. Entregou a ela um par de botas protetoras.
Depois de ter colocado as suas, ele olhou por sobre o ombro.
— Você consegue? Ou prefere esperar do lado de fora?
Ela franziu o rosto e passou por ele para entrar na sala. Seus olhos se arregalaram.
— Há três odores de morte.
Respirou fundo e depois, aparentemente inabalável diante do sangue que tomava as paredes e encharcava o sofá, avançou ainda mais para dentro do trailer.
— Dois corpos. Outra morte.
— Um terceiro homicídio? Chris disse que...
— Não — respondeu ela, olhando em volta do cômodo como se visse algo que ele não enxergava. Seu olhar parecia vago, mesmo quando examinou o quarto. — Morto Faminto, não morto imóvel.

Um som vindo do corredor chamou a atenção de Byron. Chris tinha saído de um dos quartos e agora estava parado na entrada. Ele balançou a cabeça.

– Byron. Rebekkah.

Rebekkah não estava olhando para ele; andou na direção contrária e foi até a área da cozinha. Sua mão estava estendida, como se tentasse sentir alguma coisa no ar.

Pouco depois, ela se virou. Seus olhos reluziam como prata.

– Por aqui – disse, com calma.

– Bek! – Byron quase saltou por cima da mulher morta para alcançar Rebekkah.

– Ela está bem, Byron – disse Chris. – As mulheres Barrow ficam assim. Maylene ficava com uma aparência estranha quando seu pai a trazia para perto de gente morta.

Conforme Chris falava, Rebekkah foi ficando tão resplandecente que os olhos de Byron começaram a doer só de olhar para ela. Os tons de castanho que via no cabelo dela estavam realçados como tonalidades individuais: acobreados escuros e dourados suaves se mesclavam a fios cor de âmbar e mel.

O ímpeto de ir até ela rivalizava com a necessidade de fugir dela. Assim como entrar no túnel para encontrar os mortos, esse momento era, ao mesmo tempo, assustador e fascinante. Byron engoliu saliva por conta da boca de repente seca. Ela ainda era Rebekkah, ainda era a mulher que ele amou durante anos, ainda era sua parceira na estranha tarefa que os esperava. *Mas não era inteiramente desse mundo.*

Esforçou-se para manter o olhar longe dela e perguntou a Chris:

– O quê?

– Não entendo os pormenores, mas ela vai ficar bem. Da mesma forma que a avó. Os olhos ficam diferentes, mas não é preciso se preocupar. – O delegado balançou a cabeça e depois foi em direção à porta, tentando desviar da pior parte do

carpete ensanguentado. – Venha. Vou te ajudar a embalar esses dois.
– Delegado? – chamou Rebekkah. – Não foi um animal. – Sua voz também estava diferente, esganiçada de uma maneira que lembrava Byron do vento no túnel que levava à terra dos mortos. – Tem um...
– Pare. – Chris virou-se e levantou uma das mãos. – Antes que você fale mais, os fatos são: eu não sei tanto quanto você, mas os termos do meu trabalho me deixam entender coisas que a maioria das pessoas não poderia guardar na memória. A reverenda McLendon, o reverendo Ness e os demais membros do Conselho são capazes de se lembrar de alguns detalhes, mas se você começar a falar sobre assuntos que não devemos saber, logo surge uma enxaqueca infernal.
– Enxaqueca? – repetiu Rebekkah.
– São como umas chicotadas e a visão fica embaçada, chega a dar enjoo. Horrível. – Chris esboçou uma careta. – Não saia dizendo nada que não seja para eu saber. O que importa é: algo que não deveria estar aqui os matou. Quando alguém morre, eu chamo o Guia. Você – inclinou a cabeça para Byron – traz a mulher da família Barrow quando precisa. Qualquer... *esquisitice* que Maylene me contava sempre fazia a minha cabeça doer, e, de qualquer forma, eu nunca me lembrava de nada no dia seguinte.
– E você fica bem com isso? – A voz de Rebekkah parecia ainda mais suave.
– Não. É por isso que eu não quero que você me conte nada que não seja da minha conta.
– Não foi isso que eu quis dizer – sussurrou ela.
– Eu sei. – Chris tirou o chapéu e coçou o cabelo com uma das mãos. – No entanto, algumas coisas estão fora do nosso controle. Tentar mudá-las – colocou o chapéu de novo – simplesmente não faz sentido. Eu sei o meu lugar. Fazer perguntas não faz parte do jogo.

Rebekkah franziu o rosto, como se quisesse insistir no assunto, mas logo depois suspirou.

– A gente vai precisar falar também sobre os outros *ataques de animais*.

O delegado concordou com a cabeça. Em seguida olhou primeiro para Byron e depois para Rebekkah.

– Sei que não eram vocês que lidavam com isso – disse a Byron. – Mas os olhos dela estão estranhos como os da avó e você é o Guia. Eu te chamei. Isso significa que, mais cedo ou mais tarde, os ataques de animais vão parar, certo?

Byron não hesitou enquanto trocava com Rebekkah um olhar carrancudo. Então os dois responderam:

– Certo.

Chris fez que sim com a cabeça.

– Ótimo. Vou até o carro pegar os sacos para os corpos. Vocês dois façam o que for preciso aqui. Gritem quando quiserem ajuda para ensacá-los.

Então os deixou sozinhos.

40

Com um misto de compaixão e espanto, Rebekkah observou o delegado ir embora. A pele dela parecia incomodamente irritada diante do que podia sentir dentro do diminuto trailer. Certificou-se de que o delegado estava bem longe, distante do alcance da voz, antes de virar de frente para Byron.

– Está frio por onde ela andou. Ali – apontou para um lugar perto da geladeira – ela permaneceu mais tempo ainda. Parece gelo contra a minha pele quanto mais eu me aproximo. Não tenho certeza de que é Daisha, mas – Rebekkah caminhou em direção a Byron, seguindo o rastro que queria arrancá-la da própria pele – sei que uma pessoa morta andou por aqui.

Byron manteve a distância, dando espaço a ela para se conduzir pelo cômodo minúsculo.

– Você pode encontrá-la lá fora, na cidade?

Rebekkah balançou a cabeça.

– Talvez. Não sei. Só sei que ela matou gente aqui. Sinto a presença dela – explicou, apontando para o sofá. – Um deles morreu bem aqui.

– Está cheio de sangue, então faz...

– Não. – Rebekkah foi até a beira do sofá. Abaixou-se para tocar o ar logo acima das almofadas maltrapilhas. – Ela esteve aqui. Sentou aqui. O sangue pode ser do ataque que matou um deles, mas tem muito sangue em outros lugares em que não teve morte. Aqui. – Ela deslizou a mão pelo ar, numa diagonal, como se estivesse desenhando as costas de alguém curvado para a frente. – Bem aqui.

— Você consegue sentir a morte dela?

Byron se aproximou.

— Ou dele. Não sei qual das duas. — Rebekkah olhou para longe das manchas quase pretas nas almofadas. — Isso não importa. Eles não importam. *Ela* é que importa. — Dobrou os braços sobre o peito como se apoiar o próprio corpo fosse impedi-la de sair flutuando. Mas não tinha tanta certeza disso. Uma parte dela sentia como se pudesse fechar os olhos e começar a vagar pelos ares. — Daisha está forte por ter matado gente. Não está apenas morta. Não está vazia. Está mais forte do que uma garota morta recém-nascida deveria estar. Posso sentir. Posso senti-la, e sei que está forte. — Rebekkah colocou uma das mãos sobre o peito enquanto passava por Byron para ir até o corredor. Respirou fundo algumas vezes, no intuito de se encher de ar, de fazer peso para ficar nesse mundo.

Havia apenas algumas gotas de sangue no carpete nessa parte do trailer, como se lágrimas negras tivessem manchado as fibras. O rastro de frio era muito mais óbvio do que o sangue. *Isso* ela podia ver: estendia-se em sua direção, como filetes de fumaça vindo de um fogo quase apagado.

— O outro morreu ali — disse ela, apontando para o banheiro.

— Se sairmos, você consegue seguir o mesmo rastro?

Byron continuava logo atrás. A voz dele estava baixa, mas parecia estranha a ela.

Não está morta.

Ela olhou por sobre o ombro. Os rastros fumarentos de morte não o tocavam; sopravam pelo ar em volta dele, mas ele não podia vê-los. Eram para que ela os seguisse.

— Os corpos precisam ser levados daqui — sussurrou.

Ele assentiu.

— Eu sei, mas você... Bek? Seus olhos não estão... eles estão diferentes.

Ela se olhou no espelho quebrado que estava pendurado na parede do banheiro, mas não foi a imagem de si que viu refletida. Em vez dos traços que sabia serem seus, um vulto prateado olhou de volta para ela, com olhos negros e sem pupilas. Tudo bem. Ela *entendeu*. Para achá-los, para levá-los para casa, para mantê-los nas sepulturas, precisava ser semelhante a eles. Não fazia mais parte do mundo dos vivos, não realmente, mas estava atrelada a ele. *Através de Byron*. Ele era sua amarra.

— Eu não estou aqui — murmurou a si mesma.

— Bek? — Byron tocou-lhe os ombros e, ao fazer isso, ficou visível no espelho. Diferentemente dela, estava iluminado. Seus olhos eram de um verde intenso e ela de repente teve a sensação de que, naquele momento, poderia vê-lo no escuro.

Como uma luz a me guiar para casa.

— Você está aqui, Rebekkah — assegurou ele. No entanto, não chegou mais perto. Ficou separado dela, com a mão em seu ombro.

Ela não conseguia falar nada. Não sabia quais palavras eram capazes de esclarecer para ele seus pensamentos sussurrados. Balançou a cabeça. Foi o melhor que pôde fazer naquele instante. A mão dele em seu ombro parecia diminuir a impressão de distanciamento. Ele era a corda que a amarrava ao mundo dos vivos.

E eu preciso mantê-lo a salvo.

Isso significava encontrar Daisha.

Rebekkah fechou os olhos por um momento. Sua língua parecia muito espessa para a boca, e a voz que ouvia como sendo a sua não soava bem, mas precisava dar algumas explicações a Byron.

— Daisha esteve aqui... ou alguém como ela. — Abriu os olhos e encontrou o olhar dele no espelho que refletia seus olhos ainda ocos. — Daisha precisa que eu a ajude a encontrar o caminho de volta para casa.

Byron afastou a mão.

– Preciso cuidar daqueles que ela matou. É o meu trabalho também.

Sem dizer uma palavra, Rebekkah fez que sim com a cabeça.

– Chris! – gritou Byron. – Já estamos prontos.

Então Rebekkah foi para fora enquanto Byron e Christopher selavam as duas pessoas mortas dentro dos sacos para cadáveres. Esses não andariam. No velório, ela pronunciaria as palavras e depois visitaria as sepulturas nos meses seguintes. Byron cuidaria dos detalhes do mundo dos vivos, do velório e do enterro, e, quando os corpos estivessem na terra, ela seria responsável por garantir que permanecessem lá.

Como Maylene deveria ter feito com Daisha.

Se Daisha tivesse sido enterrada e recebido cuidados, não despertaria. *O que significa que não teve atenção. Será que houve um acidente? Por que ninguém comunicou nada? Ela foi assassinada?* Havia um motivo para a garota ter acordado, uma razão para ela não estar descansando onde deveria, e Rebekkah precisava descobrir qual era.

Depois de eu cuidar de Daisha. Ou talvez como parte de cuidar de Daisha.

A primeira obrigação de Rebekkah era com os mortos e, assim que pisou na grama amarronzada do lado de fora do trailer, compreendeu que a garota morta que havia matado e parcialmente devorado aquele casal precisava de algo que não vinha recebendo: o trabalho de Rebekkah era dar-lhe a paz que lhe negaram.

41

Alicia não levou nenhum dos rapazes consigo. Boyd reclamou, mas quase todos os dias se comportava como se fosse o irmão mais velho que ela nunca teve, então aquelas objeções dele tinham parado de incomodá-la algumas décadas antes.

Os guardas em quem o Guia tinha atirado ainda jaziam um de cada lado da porta, mas um novo par estava de pé, no degrau logo abaixo. Ela apontou uma espingarda de cano serrado para o primeiro deles.

– A gente precisa debater sobre o meu convite?

O segurança particular de Charlie, Ward, abriu a porta.

– Você não se cansa de atirar nas pessoas, Alicia?

Ela inclinou a cabeça.

– Não, na verdade não. E você?

– Acho que depende do dia – respondeu Ward, sinalizando para que ela entrasse. – Ele está te esperando.

– Imaginei que fosse estar, embora eu preferisse abrir o caminho a bala do que fingir alguma civilidade em relação a ele.

Ward, de forma prudente, não disse nada.

Alicia pendurou a espingarda no ombro, dentro do coldre que havia separado para isso. Depois de lançar um sorriso perverso para Ward, gritou:

– Estou atrás do maldito canalha que pensa que manda nesse lugar.

– Você precisa fazer isso?

– Eu podia sair atirando nas coisas – sugeriu ela. – Sempre parece chamar a atenção dele. Na verdade...

Estendeu a mão para alcançar a arma, mas Charlie chegou até o topo da escada e ficou olhando para ela.

– Minha querida, que surpresa agradável.

Ela resfolegou e apontou a arma para ele.

– Por que você deixou a garota ser baleada?

– Eu não "deixei" ela ser baleada, Alicia – suspirou ele. – Por que eu permitiria que fosse ferida?

– Em primeiro lugar, por que diabos você permitiu que eles atirassem nela?

Depois de mover ligeiramente o tambor, ela disparou.

Charlie não se encolheu quando estilhaços do corrimão de madeira entalhada voaram pelos ares, ao seu lado.

– Era para intimidá-la; não era para ela ser ferida, só para se sentir incentivada a ficar sob proteção. Eu não preciso que ela saia por todos os cantos fazendo perguntas, enchendo a cabeça com as coisas erradas.

– Com a verdade, você quer dizer.

– Nem todas as verdades são iguais, Alicia. – O olhar de Charlie não vacilou. – Devo contar a ela os *seus* segredos?

Alicia baixou a arma.

– Não, mas não pense que vou ficar parada, esperando as coisas acontecerem.

– Percebi – disse ele, com um olhar carrancudo. – Você não podia ter esperado eles se orientarem antes de tentar colocá-lo na palma da sua mão?

– Por que eu deveria? Você não perdeu tempo, não é verdade? A pobre coitada mal chegou e você já se colocou no papel de um cavalheiro. Comprá-la com um belo jantar e um belo vinho, depois de uma cena de resgate oportunamente planejada com o objetivo de fazê-la correr para os seus braços. Você é mesmo previsível – concluiu ela, balançando a cabeça.

– Se eu fosse previsível, minha querida, você teria passado a perna em mim décadas atrás... a não ser que – Charlie começou a descer a escada, indo em direção a ela – talvez você *goste* de tentar me enganar. É isso, Alicia? Você...

O resto das palavras ficou perdido em meio à explosão do segundo tiro disparado por ela. Não o acertou, claro, mas mirou tão perto que estilhaços do corrimão chegaram a cortá-lo.

Canalha sem coração. Não é humano. Não é correto.

Ele continuou descendo os degraus, como se os estilhaços não o machucassem. Podia até não sangrar, mas sentia dor. Os dois sabiam disso. Também sabiam que ele permitiria que ela o machucasse repetidas vezes se isso fosse amenizar a raiva que a corroía por dentro.

Da mesma forma como não conseguia perdoá-lo, tampouco conseguia olhar para a plácida expressão no rosto dele. Embora os dois soubessem que ela era capaz de recarregar a arma de olhos fechados, Alicia olhou obstinadamente para a espingarda enquanto abria o tambor, removia os invólucros e colocava lá dentro dois novos projéteis. Quando fechou a culatra e ergueu o olhar, ele estava à sua frente, aguardando.

– Seja lá o que esteja acontecendo daquele lado, não é assunto corriqueiro – disse ela. – Nós dois sabemos disso. Mortos que saem andando é uma coisa, mas matar os mortos para fazê-los andar é totalmente diferente. Você precisa intervir dessa vez.

Por um momento, Charlie ficou olhando para ela, e Alicia viu a pessoa que achava que ele fosse quando ainda era viva. Naquela época, parecia quase humano. Naquela época, parecia um homem poderoso que dominava um império indomável. *Um homem em quem eu podia confiar.*

Ele balançou a cabeça.

– Não vou violar as regras. Não faria isso por você e também não farei por eles.

– Você é um idiota.

Ela apontou a espingarda para cima e atirou no lustre pavoroso. Cacos de vidro choveram em cima dele enquanto ela se virava para ir embora.

42

Pouco tempo depois, enquanto Byron dirigia o carro rumo à Montgomery e Filhos, Rebekkah sentiu o peso do mundo dos vivos começar a se assentar de novo em seu corpo. Ainda podia sentir uma conexão persistente com os mortos e, de alguma maneira, isso fez o ar parecer diferente; tudo apresentava um cheiro mais intenso.

Quando Byron estacionou o carro fúnebre, ela entrou no salão da casa. Em algum lugar da cidade, Daisha estava esperando. Faminta. Durante todo o tempo desde que morrera, ninguém levou em conta suas necessidades. Ficou sozinha. De alguma forma, ocultaram-na de Maylene.

– Sua atualização da semana – disse Elaine, estendendo um grosso envelope de cânhamo.

– Minha... tudo bem. Minha atualização. Preciso dos registros de todas as mortes dos últimos seis meses – pediu Rebekkah, forçando a língua e os lábios a formarem as palavras.

Byron entrou atrás dela, e Elaine o chamou.

– Sr. Montgomery, o gabinete do prefeito ligou. Houve um novo ataque de animal, fatal dessa vez. Ele queria marcar uma reunião com você.

Byron parou e trocou um olhar com Rebekkah.

– Você conseguiu falar com Allan? – perguntou ele.

– Ele está a caminho da coleta agora. – Elaine amoleceu por um momento. – Depois de eu atualizar Rebekkah, pensei

que talvez pudesse correr até o Cherry's Pies para comprar uns sanduíches.
— E café?
— Claro.
— Obrigado. Vou estar na sala de preparação.

Byron fez que sim com a cabeça e saiu. Logo em seguida, a porta do porão se abriu e se fechou.

Elaine pegou o chaveiro, fez um sinal para Rebekkah e levou-a até outro escritório. Abriu a porta e apontou para um arquivo alto e de cor cinza.

— Toda semana a cópia de segurança é arquivada. Existe uma referência cruzada que lista o sobrenome dos mortos.

Enquanto Rebekkah assistia a tudo em silêncio, Elaine puxou uma pasta e a abriu.

— Cada morto tem uma entrada diferente dentro da família. Nela, você vai encontrar a data, a causa da morte e qualquer detalhe específico. — Enquanto falava, ia apontando com os dedos para alguns exemplos dos vários detalhes que enumerava. — É claro que o sobrenome do morto é a primeira categoria do arquivo, mas sub-referências estão listadas nos campos apropriados das folhas com os dados — explicou, fechando a pasta com um estalo.

Rebekkah ficou encarando-a.
— Você é incrível.
— A versão eletrônica é mais fácil — acrescentou Elaine. — Mas a última sra. Barrow preferia as cópias impressas.
— Ela gostava das coisas do jeito que eram — murmurou Rebekkah.

A expressão severa de Elaine se abrandou.
— Ela era uma boa mulher. Sem querer desrespeitar Ann, eu tinha esperanças de que ela e William se casassem depois da morte de Ann, mas eles brincavam diante da sugestão. No entanto, os dois se amavam.

— Eu sei.

— Mas eles eram teimosos — disse Elaine, balançando a cabeça, com um sorriso saudoso no rosto. — Um amor assim é raridade, e só de pensar que os dois encontraram isso duas vezes...

Rebekkah segurou firme a pasta.

— Não tenho certeza de que amar implica ter que se casar. Ela o amava, mas isso não significa que...

— Não é da minha conta, mas, se fosse, eu começaria a importunar o jovem Montgomery para já se casar com você. Vocês dois vêm fingindo há anos que não se amam. Pura bobagem, se me perguntarem, mas — Elaine lançou a Rebekkah um olhar que faria a maioria das pessoas se acovardar — ninguém está me perguntando nada, não é mesmo?

— Não — disse Rebekkah. — Não acho que alguém esteja perguntando.

Elaine suspirou.

— Bom, mais cedo ou mais tarde um de vocês vai ser esperto o bastante para perguntar a minha opinião.

Por um instante, Rebekkah não sabia se ria ou se dizia para Elaine se retirar. O riso venceu.

— Tenho certeza de que se algum dia a gente chegar a esse ponto, conseguiremos te encontrar.

— Ótimo. — Elaine sorriu ao apontar para a mesa vazia. — Esse é o seu local de trabalho. Não acho que você gostaria dela equipada para essa década...

Rebekkah mordeu a bochecha para evitar rir de novo.

— Provavelmente vai ser mais fácil pesquisar nas pastas eletrônicas.

— Todas elas têm cópias no servidor. Eu fiz um curso no verão passado, sabe? — A empolgação de Elaine pareceu óbvia. Seus olhos brilhavam e o sorriso se ampliou. — Vou organizar tudo para você essa semana. No meio-tempo, se precisar de ajuda com o sistema de arquivamento, estarei no meu escritório.

– Tenho certeza de que não vou ter problemas. Algo me diz que o seu sistema é infalível.

Rebekkah abriu o envelope que mantinha entre as mãos e sentou-se diante de sua nova mesa.

D<small>E PÉ</small>, B<small>YRON PERMANECIA EM SILÊNCIO NA SALA DE PREPARAÇÃO</small>. Detestava admitir que estava desconcertado por conta da reação de Rebekkah à cena do crime. Continuava sendo sua Rebekkah, mas vê-la transformando-se em algo *diferente* o deixara perturbado.

Concentrou-se no trabalho, mostrando-se grato pelos passos habituais. O corpo do homem sobre a mesa estava relativamente em forma. Sua aparência denunciava anos de trabalho braçal e vida difícil: era magro, de musculatura bem definida, e tinha uma cicatriz no bíceps esquerdo provocada por uma faca e outra enrugada no local em que uma bala entrara em sua coxa direita. O ataque de Daisha ao homem fora sem dúvida mais brutal do que o ataque contra Maylene. Um dos antebraços estava comido até o osso, e a garganta e o pescoço estavam expostos até a clavícula, em ambos os lados. O bíceps direito também fora devastado.

Ela parecia tão inofensiva.

A assassina, a assassina *morta*, era pequena demais para parecer capaz de tamanha selvageria. Esse corpo não ficaria disponível para um velório de caixão aberto.

Ela é um monstro, não uma garota. Seu pai o alertara quanto a isso, dizendo que os mortos não deveriam ser tratados com pena e, ao olhar para aquela prova de força e violência, Byron entendeu por quê.

Será que eles também são tão fortes assim na terra dos mortos? Sentiu uma onda de exaustão diante do pensamento. Não estava preparado para isso. *Algum dia estarei?* Uma mágoa que ele não queria sentir pelo pai brotou em seu íntimo. William tinha sido um homem bom e um bom pai, mas sua escolha em manter esses segredos capazes de transformar uma vida ameaçava anular todo o resto.

Byron olhou para cima quando Elaine entrou na sala.

– Allan está aqui – disse ela. – Ele vai descer logo. Você pode subir. O corpo... é Bonnie Jean.

– A irmã de Amity?

Elaine fez que sim com a cabeça.

– Allan vai cuidar das coisas por aqui.

Byron virou de costas e tirou o macacão descartável.

– Eu preciso...

– Não. Você precisa ir até o antigo escritório de Maylene ver Rebekkah – disse Elaine, de forma categórica. – Amity vai ficar com a família. Eu vou cuidar dos preparativos para o enterro.

Byron espreitou Elaine enquanto se dirigia para o lixo de resíduos biológicos e jogou fora a roupa de proteção que mal fora usada.

– Certo, e preciso fazer isso porque...

– Porque... porque é no escritório das mulheres Barrow que ficam as pastas dos mortos. Tudo vai ficar mais fácil se...
– A voz dela sumiu.

– Tudo o quê?

Elaine franziu o rosto. Sua habitual atitude peremptória e mandona estava ausente. Em vez disso, coçou as têmporas antes de falar.

– Assuntos de trabalho. As Barrow... fazem certas coisas. Ajudam.

– Entendi. Aquelas coisas. – Byron se sentiu culpado ao ver Elaine esfregar a cabeça. – Me desculpe.

Ela acenou com a mão para ele.

— Eu não espero que você fique ao lado dela enquanto ela se ajeita no escritório, mas acho que ela precisa de ajuda. William dava assistência a Maylene e... Rebekkah precisa de você. Lá em cima. Allan pode fazer isso, e você não pode ajudar Amity, mas Rebekkah precisa... Me desculpe. Acho que a luz aqui de baixo está irritando os meus olhos de novo.

Ela se virou para ir embora e Byron engoliu de volta a culpa que começava a sentir. Não *acreditava* ter dito algo capaz de magoá-la.

— Elaine? — chamou ele. — Meu pai achava que uma visita de um dia a um *spa* ajudava a melhorar a sua dor de cabeça, não é?

Ela parou.

— Uma simples dor de cabeça não precisa de mimo...

— Eu estaria perdido aqui sem você. Sei disso, e *você* também sabe — disse, colocando-se ao lado dela. — Você está certa. Allan vai cuidar da preparação aqui embaixo e eu vou ver o que Rebekkah precisa. *Você* vai descansar para não ficar doente e me deixar sozinho batendo cabeça.

Allan entrou na sala de preparação enquanto Byron levava Elaine para o andar de cima. Quando passaram por uma sala livre, Byron ouviu Rebekkah chamar por Elaine. Diante da porta, os dois pararam.

Rebekkah olhou para eles de uma pilha de pastas que estava sobre a mesa.

— Você conhece alguém nascido na cidade cujo primeiro nome seja Daisha?

Elaine apontou para a parte debaixo do arquivo.

— Os registros de nascimento estão catalogados ali, mas William deixou uma anotação com esse mesmo nome. Eu ia começar a procurar logo antes de você chegar. As coisas foram registradas, mas... espere.

Ela saiu e logo voltou com uma pilha de papéis.

— Não cheguei a organizar todas as pastas, mas já tenho duas Daishas até agora. Uma tem cinco anos de idade: mãe, Chelsea; pai, Robert.

— E a outra? — perguntou Byron, de pronto.

— Dezessete. Mãe, Gail; o pai não era natural de Claysville. Ela partiu já faz tempo. De acordo com o bilhete na pasta da escola, a mãe informou que ela foi morar com o pai. Tentei ligar ontem para a mãe várias vezes, mas não tive resposta. — Elaine balançou a cabeça. — O endereço... é... — Ela virou a página.

— Estacionamento de Trailers Sunny Glades — completou Rebekkah. — É ela.

43

Daisha voltou para sua antiga casa. Os corpos não estavam mais lá. Pensou em mantê-los ali, mas quanto mais comia, mais se lembrava – e não tinha tanta certeza se *queria* lembrar muito mais. As pessoas que encontrou na cidade ajudaram-na a se lembrar, então assim que chegou ao trailer já tinha lembrado muito mais do que queria.

Folhas em sua boca.
Mãos em seu pescoço.
Sabia que fora assassinada.
Sabia que quando acordou foi impedida de ir para casa.
Para encontrar a mulher reluzente. A Guardiã.
Para ouvir as palavras, para encontrar alimento.
Alguém tinha tornado impossível que ela voltasse, apesar de sentir a trama que crescia dentro de si, puxando-a de volta para aquele lugar, para casa, para *ela*. Quando despertara, já sabia para onde deveria ir.

Ar, bebida e comida.

Se tivesse mantido Gail e Paul ali, eles logo teriam acordado: por isso, ligou para o disque denúncia para que removessem os corpos. *Não quero que eles acordem.* A Guardiã impediria que isso acontecesse. Agora Daisha compreendia isso. Compreendia quase tudo: quanto mais tempo fazia que estava viva de novo, mais reaprendia. Quanto melhor fosse alimentada, mais era capaz de recordar.

Lembrava-se do Homem Gelado. Ele também estava ali.

E lembrava-se *dela*, da mulher.

– Depois deixe eles irem embora – tinha dito a mulher. – Eles vão resolver tudo e, quando tiverem acabado, a gente vai matá-los de novo.

Daisha lembrou-se da voz, da mulher. Era por causa *dela* que matara a última Guardiã: fora enviada para fazer apenas isso.

Foi por isso que a mulher me transformou em morta.

44

Nicolas virara prefeito depois que o último par de Guardiã e Guia já estava estabelecido, então o protocolo para lidar com os novos representantes era um tanto obscuro para ele. Nunca tivera que responder perguntas, preencher lacunas ou explicar nada.
– Senhor?
– Pode trazê-los – disse ele.
As palavras mal tinham saído de sua boca quando os dois entraram na sala. A ameaça só faltava irradiar a partir do novo Guia, mas a Guardiã – assim como sua antecessora – parecia muito mais serena. Rebekkah Barrow não nascera em Claysville, nem passara a vida toda na cidade. Alguma parte indistinta dele perguntava-se sobre a vida que ela poderia ter tido, sobre as possibilidades que alguém nascido fora dali poderia escolher, mas logo se desvencilhou desses pensamentos. Ele nasceu e foi criado em Claysville, como as gerações de homens que o antecederam. Os homens da família Whittaker só saíam dali para adquirir instrução ou uma esposa.
Nicolas contornou a mesa e apontou para o sofá e para as cadeiras.
– Por favor.
– Nós temos algumas perguntas – disse o Guia.
Rebekkah colocou a mão no pulso do prefeito.
– Você sabe quem nós somos?

— Sei — respondeu Nicolas, indo em direção ao bar que havia dentro da sala. — Aceitam um drinque?

O Guia franziu o rosto.

— Está um pouco cedo para isso.

— O alcoolismo é uma doença. Portanto, assim como todas as outras doenças, as pessoas que nascem em Claysville estão livres dela até os oitenta anos de idade. Depois disso, toda proteção expira. Logo... — Nicolas serviu uma medida generosa em um copo. — Senhorita Barrow?

— Não, obrigada.

Ela se sentou no sofá, e Byron a seguiu.

Nicolas pegou a bebida e sentou em uma das cadeiras.

— Vocês sabem sobre o contrato? — perguntou ele. — A... situação aqui?

— Um pouco — respondeu a Guardiã. — Sabemos que *existe* um contrato.

— E sabemos que o que está matando gente não é um animal — acrescentou o Guia.

O prefeito agitou a cabeça.

— *Isso* ainda resta ver. Pode até não ser um animal da maneira como a maioria de nós usaria a palavra, mas qualquer criatura que ataca, de forma selvagem, seres humanos... Eu diria que "animal" é um termo apropriado. Um dos membros do meu Conselho foi morto. Sua avó — ele acenou para a Guardiã — foi assassinada. Já vi o bastante para concluir que se trata mais de um animal do que de uma pessoa.

O Guia não disse nada, mas um ligeiro arquear de lábios sugeria que estava de acordo. A nova Guardiã, entretanto, franziu o rosto e disse:

— Não é culpa deles. Se os mortos receberem o cuidado...

— O animal que anda atacando obviamente *não* recebeu cuidado, então encontre-o e resolva a questão.

Nicolas não levantou a voz, mas só de pensar em Bonnie Jean morrendo, seu estômago se contraiu.

— Isso é tudo que você tem a dizer? Encontrar os mortos e resolver a questão? — O Guia franziu o rosto. — Você sabe o que a gente passou essa semana? Quem nós perdemos? E a gente precisa apenas intervir e *resolver* tudo? Que tal uma ajudinha? Alguma informação? Solidariedade?

— Byron... — murmurou a Guardiã. Colocou a mão dele entre as suas, apertando-a, depois olhou para Nicolas. — O que você pode nos dizer?

Nicolas os encarou diretamente.

— A primeira morte foi a da sra. Barrow e a mais recente foi a de Bonnie Jean Blue. Por quê? Não sei. Má sorte por parte de Bonnie Jean, acredito. Houve muitos outros ataques, mas eles foram... relativizados. Mortes não, claro. Essas são piores de conter. No entanto, mais de uma dúzia de mordidas. — O prefeito fez uma pausa, tomou um gole do uísque e depois continuou. — As pessoas não juntam tudo no mesmo saco. Não fazem isso por causa do contrato. A menos que estejam no Conselho, elas simplesmente não conseguem articular tudo. Pelo que sei, sempre foi assim.

— E não tem um contrato aqui que a gente possa ler? — perguntou a Guardiã.

— Não, tudo é transmitido verbalmente. Gente de fora talvez não entendesse se tivesse que ler, e... apenas não é a forma como fazemos as coisas. — Ele se sentiu curiosamente culpado enquanto falava, como se estivesse sendo desleal à sua posição. Claysville era uma boa cidade. — Passamos anos e anos sem problema algum. Se alguém acordava, a sra. Barrow sempre dava um jeito. Ninguém ficava sabendo.

— Por quê? — perguntou a Guardiã. — *Por que* concordar com isso? Por que as pessoas aceitam viver dessa forma?

Por um momento, Nicolas deixou virem à tona as verdades que em geral não admitia.

— Na realidade, a gente não pode sair. O acordo que os fundadores fizeram, as pessoas que fizeram esse acordo, todos já partiram há muito tempo. Nós estamos aqui. Nascemos e morremos aqui e, entre esses dois momentos, tentamos fazer o melhor com o destino que recebemos. – Afastou-se para encher de novo o copo. – Também nem tudo é ruim.

Como não responderam, ele prosseguiu.

– Pensem nas suas vidas aqui. Ninguém fica doente. Nós morremos, mas só por conta de acidentes ou quando atingimos a idade para isso... ou então quando escolhemos morrer para dar lugar a outra pessoa.

Assim que ele disse isso, Rebekkah e Byron trocaram um olhar.

– Para a maioria das pessoas, ter um bebê significa esperar até que alguém morra. Algumas famílias conseguem isenção. – Nicolas olhou sem rodeios para eles. – Outras ganham dispensa por meio de serviço comunitário ou podem se apropriar da permissão concedida a outra pessoa caso o desistente tenha feito uma cirurgia de esterilização. Só conseguimos dar conta desse tanto de corpos. Os fundadores criaram algumas regras para que a gente não exaurisse nosso espaço. Queriam garantir que haveria lugar suficiente para os alimentos e para os recursos necessários aos habitantes.

– Mas isso foi há muito tempo. Agora a gente já pode conseguir comida e outras coisas fora da cidade – objetou a Guardiã.

– Talvez, mas ainda continua tendo a mesma quantidade de empregos. Temos alguma pobreza agora porque estamos com mais gente do que postos de trabalho. – Nicolas abriu um sorriso forçado. – Existem muitos benefícios, mas mantê-los requer controle. Parte disso implica contar com os recursos que possuímos, incluindo vocês dois.

O Guia interveio.

– Não sei se concordo com tudo isso.

– Por que vocês não fazem o trabalho de vocês e eu faço o meu? – Nicolas olhou para os dois. – Ao contrário de todos nós, *vocês* são as únicas pessoas qualificadas para seus... postos peculiares. O restante de nós vai cuidar da cidade. Vocês precisam resolver essa questão do animal.

A Guardiã ficou de pé; ainda segurava a mão do Guia, então ele também se levantou. Por um momento, Nicolas sentiu uma pontada de inveja. Eles nunca estavam sozinhos. Também tinham, é claro, muito mais chances de sofrer mortes violentas do que qualquer outra pessoa nascida em Claysville.

A troca não vale a pena.

Nicolas levantou-se.

– Vocês também precisam saber que não terão nenhuma conta a pagar. Nunca. Duvido que alguém tenha dito isso a vocês, mas o fato é que não precisam pagar nada. Assim que se tornam *isso*, suas necessidades são – ele acenou com a mão – atendidas, em todos os sentidos e para todos os efeitos. Não serve de compensação para o que são solicitados a fazer, mas vocês terão suas necessidades supridas. E quando estiverem prontos, não precisam entrar na fila para serem pais. Podem ter quantos filhos quiserem, quando quiserem...

– Isso não vai ser uma questão – disse Rebekkah, de forma categórica.

– Certo. – Nicolas apontou para a porta. – Vejo vocês na reunião, mas gostaria muito se pudessem me comunicar quando o animal for contido.

A Guardiã se retesou, mas o Guia assentiu.

Então foram embora.

45

Depois que deixaram o gabinete do prefeito, partiram de carro e ficaram alguns minutos em silêncio antes de Rebekkah bater com a mão no painel.
– Encosta o carro.
– Aqui?
– Agora, por favor.
Lançou um breve olhar para ele. Seus olhos não estavam totalmente prateados, mas um círculo de cor sobrenatural contornava sua íris.

Byron estacionou o carro, pegou uma arma e outros suprimentos dentro do porta-luvas e saiu para se juntar a Rebekkah. Enfiou o revólver em um dos bolsos e uma seringa no outro.

Ela andava a passos largos, determinada. O olhar perscrutava ao redor. Cruzaram alguns quarteirões – em direção à casa dela – até que Rebekkah parou para tomar fôlego.
– Ela veio até mim – sussurrou, naquela voz falhada.

Byron queria olhar para ela, queria vê-la se transformando em algo que não era desse mundo, mas mantê-la a salvo era sua prioridade. Permanecendo alerta para qualquer sinal da presença de Daisha, ele colocou a mão dentro da jaqueta aberta e afrouxou o fecho do coldre. A outra mão estava dentro do bolso, segurando o revólver.

Pararam na extremidade do jardim de Rebekkah. Daisha estava na varanda.

Byron não sacou a arma que estava no coldre de ombro, mas sua mão se retesou no revólver dentro do bolso da jaqueta.

Eu poderia matá-la? Quais são as regras aqui?
— Você está morta. — Rebekkah estendeu a mão, como se estivesse chamando Daisha para junto de si. — Você voltou... e...
Daisha se contraiu, mas não escapou.
— Sei que estou morta, mas não sou a única.
— Daisha? Esse é o seu nome, certo?
De forma cautelosa, a garota morta fez que sim com a cabeça.
— Preciso que você me escute. — Rebekkah foi se aproximando devagar, sem chegar ainda aos degraus da varanda, mas não mais permanecendo na extremidade do jardim. — Você precisa deixar que eu...
— Não, não preciso. Seja o que for, eu não preciso — retrucou Daisha, erguendo a mão, como para afastar Rebekkah.
Byron não conseguia decidir se era melhor sacar a arma ou esperar. Se puxasse o revólver, provavelmente assustaria Daisha, e ele não sabia ao certo quão rápida ela era — ou se ele próprio era rápido o bastante para pegar a arma antes que ela pudesse atacar.
— Eu queria te alertar — murmurou a garota.
— Alertar? — perguntou Rebekkah, com voz delicada. — Sobre você?
— Não, não sobre mim.
— Você matou a minha avó. — A voz de Rebekkah não vacilou. — Aqui. Você a matou aqui, na minha casa.
— Não foi de propósito. Quando acordamos, vamos até a Guardiã. Eu não sei por quê. Talvez você saiba... mas você *brilha*. — Daisha foi até a beira da varanda. — Vocês ficam cheias de luminosidade, que irradia por dentro, e eu... — Ela balançou a cabeça. — *Tive* que ir até ela.
— E agora?
Rebekkah pisou no primeiro degrau.
Daisha sorriu.

— Agora eu não preciso te ver. Não preciso vir até sua porta, nunca mais. Posso ir embora.

Byron estava perto o bastante para ajudar, mas todos os instintos que ele queria ignorar diziam-lhe que Rebekkah precisava tocar a garota.

— Então por que você está aqui? — perguntou ele, atraindo a atenção de Daisha para si. — Se você não precisa vir, por que veio?

Foi preciso um esforço evidente para Daisha tirar os olhos de Rebekkah e se concentrar nele, mas ela o fez.

— Não tenho certeza de quem ele é, mas outra pessoa... como eu. Ele vai te encontrar.

Rebekkah não recuou.

— Você não pode ficar nesse mundo. Não é o seu lugar.

— Eu não pedi para estar morta — disse Daisha, franzindo o rosto como se tentasse lembrar de alguma coisa. Mordeu os lábios. Sua mão apertou ainda mais a balaustrada da varanda.

— Daisha? — Rebekkah atraiu de volta a atenção da garota.

— Posso te oferecer uma refeição? Uma bebida? É disso que você precisa, não?

Diante da pergunta, Daisha riu.

— Não, não de você. Não vou beber ou comer de você... não.

Rebekkah colocou uma das mãos sobre a mão de Daisha.

— Eu quis dizer comida normal, não...

— Só uma chance para isso — murmurou Daisha. — Eu vim. Eu comi. Eu bebi. Eu ouvi. Ela queria que eu... mas eu não conseguia chegar até aqui. *Antes*. Antes daqui eu não conseguia chegar aqui. Mas eu senti. Senti *ela* me chamando para casa.

— Maylene?

Daisha concordou com a cabeça.

— Era como precisar de ar, mas eu não conseguia... Alguém me impediu.

Byron sentiu calafrios tomarem conta dele.

– Quando você... acordou, alguém te impediu de vir até aqui?

– Eu queria vir. Queria encontrá-la – respondeu Daisha, de forma que parecia uma criança perdida. – Mas não conseguia.

– Mas você veio – lembrou Byron. – Quem te impediu?

– Eu vim. – Daisha concordou. – Mas então eu já estava faminta. Era tarde demais.

– Quem te impediu? – repetiu Byron.

Uma mulher gritou em algum lugar ali perto e Daisha, ao ouvir o som, puxou a mão para longe de Rebekkah.

– Ele está aqui.

Os olhos dela se arregalaram. Deu alguns passos para trás.

– *Quem?* – Com a mão estendida, Rebekkah se aproximou da garota morta. – Daisha, por favor!

Porém, o vulto de Daisha oscilou e, em seguida, ela já havia partido, como se nunca tivesse estado ali.

Assim que ela desapareceu, Byron e Rebekkah se voltaram para o lugar de onde o grito parecia ter vindo. Já estavam a caminho quando ouviram um segundo berro, mais estridente do que o primeiro. Byron agarrou a mão de Rebekkah e os dois começaram a correr mais rápido.

Seja lá o que Rebekkah esperava ver, não foi o que encontrou. Em uma viela estreita atrás do brechó local, era possível sentir a presença nítida de um Morto Faminto – pairando no ar em torno de uma Amity Blue ensanguentada.

– Amity? – Byron a pegou entre os braços. – O que aconteceu?

Ela estava segurando o braço direito contra o peito, de modo que a mão tocava na clavícula. A camiseta preta estava molhada e agarrada ao corpo. *Sangue.*

Amity estremeceu de forma quase violenta.

– Na minha bolsa.

— Já peguei — disse Rebekkah, enquanto abria a bolsa de Amity e virava de cabeça para baixo. Pequenas garrafas de álcool, uma pistola d'água, várias garrafinhas de plástico com água, uma arma paralisante e um caderno saíram tilintando pela calçada.

— Água benta. — Amity deu um grito sufocado. — Não quero ficar assim.

— Você não vai. Não é conta...

— Por favor? — interrompeu Amity.

Byron já estava abrindo uma das garrafas de plástico.

— Aqui — disse ele, despejando a água sobre o ferimento. O líquido escorreu pela calçada, tingido de rosa, alcançando uma guimba de cigarro e uma folha.

— Rápido. — Rebekkah olhou para Byron e em seguida para a multidão de pessoas se aproximando para vê-los. Não conseguia focar neles. Seu corpo parecia estar sendo forçado a se mover.

Uma mulher cujo nome Rebekkah não conseguia se lembrar ultrapassou as cinco ou seis pessoas que estavam tentando ver o que tinha acontecido.

— Nós berramos pedindo socorro. Eu ouvi um grito, mas Roger pensou que fosse a TV. O que você precisa que eu faça?

— Você consegue manter toda essa gente afastada? — Quando a mulher fez que sim com a cabeça, Byron voltou a atenção para Amity. — Você viu... alguma coisa?

— Troy — respondeu, abrindo para eles um sorriso torto. — Ele não estava normal. Sei disso. Já tinha visto ele antes... e fiz anotações para mim mesma. Às vezes essas anotações me ajudam a lembrar dos fatos. Em geral.

Franzindo o rosto, Amity colocou a mão no bolso da jaqueta. Tirou de lá um pequeno caderno preto.

— Aqui está. Isso é o que sei.

Byron abriu o caderno. As páginas estavam tomadas de rabiscos que se alternavam entre frenéticos e calmos. As palavras se arqueavam através das folhas, como se tivessem sido talhadas sobre o papel e, ao redor delas, uma escrita apertada serpenteava entre os espaços vazios. Uma parte daquilo parecia estar escrita em alguma espécie de código.

– No fim. Eu o vi antes e escrevi sobre isso. – Amity ficou encarando Byron enquanto ele virava as páginas. Quando alcançou a última página, virou o caderno na direção de Amity e de Rebekkah.

Em silêncio, Rebekkah leu as palavras que Amity escrevera em letras grossas e em caixa-alta: TROY.ESTÁ.MORTO. CONTAR A BEK. Foram sublinhadas várias vezes.

A noite em que eu o vi. Rebekkah sentiu um arrepio. *Ele estava tentando me morder.*

– Amity? – chamou Byron. – Fale comigo.

Ela ainda mantinha a cabeça afundada entre os joelhos erguidos. A voz estava abafada.

– Ele me mordeu. Mais cedo eu o vi e saí correndo. Maylene disse para contar a você se alguma coisa estranha acontecesse algum dia e ela se foi. – Amity virou a cabeça para o lado e olhou diretamente para Rebekkah. – O que isso significa? Ele é um vampiro?

– Não. Só quer dizer que eu preciso impedir que ele machuque as pessoas – respondeu Rebekkah. – E vou impedir, Amity. Prometo.

– E eu? Vou ficar... doente? – perguntou, sem desviar o olhar.

– Me sinto enjoada só de me esforçar para manter isso em mente... ou talvez porque eu tenha perdido um naco de pele.

– Ou os dois. – Rebekkah colocou a mão na cabeça de Amity e ficou alisando o cabelo dela para trás. – É mais fácil esquecer certas coisas.

– Não gosto de esquecer. É por isso que mantenho o diário.

Amity riu, porém isso pareceu mais um soluço.

Byron enfiou o diário dela no bolso.

– Aí vem o Chris.

O delegado chegou e uma equipe de paramédicos veio logo atrás dele. Christopher saiu do carro e foi até a calçada.

– O que houve?

Byron não hesitou.

– Um cachorro ou outra coisa a atacou. Ouvimos ela gritando e a encontramos desse jeito.

– Joe? – gritou o delegado. – Outra maldita mordida de cachorro.

Um jovem paramédico assumiu o comando, e Christopher concentrou o olhar em Rebekkah e Byron.

– Espero que isso termine logo.

– Eu também – disse Rebekkah.

Byron passou o braço ao redor dela.

– Vai terminar. Tenho certeza.

O alívio daquela garantia ficou enfraquecido diante do jeito como Amity olhava para eles. Ela não o chamou, não pediu que Byron a acompanhasse, mas Rebekkah percebeu que aquilo era o que ela queria.

– Por que você não vai com Amity? – sugeriu Rebekkah.

Byron lançou-lhe um olhar que transmitia exatamente o quanto achara aquela ideia estapafúrdia.

– Chris está com a situação sob controle.

O delegado assentiu. Byron foi até Amity e murmurou algo que Rebekkah não conseguiu ouvir – e nem tinha certeza se queria mesmo escutar.

Ela esfregou os olhos e olhou para a rua. Podia ver uma trilha esfumaçada soprando à sua frente. Deu um passo nessa direção.

Byron foi atrás.

– Preciso seguir – sussurrou ela.

46

Byron seguiu Rebekkah para fora da viela e dobrou a esquina. Ela estava praticamente correndo. Seja qual fosse o rastro que seguia, ou estava desaparecendo rápido demais e por isso precisavam se apressar ou estava tão claro que eles não precisavam de nenhuma pausa. Byron não tinha certeza de qual das opções seria: ele não via nada.

Chegaram a um pequeno cruzamento e Rebekkah foi para a rua sem prestar atenção a nenhum dos lados. Byron segurou seu braço.

– A gente precisa... – balbuciou ela.

– Tomar cuidado para não sermos atropelados – interrompeu ele. Um carro passou e depois disso ele a soltou.

Dessa vez, quando ela voltou a seguir o rastro, começou a correr de verdade.

– Que droga, Bek.

Ele agarrou a mão dela para impedi-la de se jogar na frente de alguma coisa ou sair de seu alcance.

Ela não disse nada, tampouco se desvencilhou da mão dele.

Durante os vinte minutos seguintes, correram em silêncio. O único som era o arquejar suave da respiração de Rebekkah. Quando chegaram à zona de carga e descarga de uma pequena mercearia, ela parou.

– Ele está aqui.

Ela olhou em volta dos fundos do terreno, mas não disse mais nada.

Byron sacou a arma e deixou os olhos vagarem pela propriedade. Vários carros poderiam servir de esconderijo perfeito, assim como duas enormes caçambas de entulho que foram colocadas ali para depositar o lixo e o material reciclável. Uma pequena faixa de grama preenchia o espaço entre o terreno e o rio. Uma mesa de piquenique e uma grelha enferrujada estavam dispostas sobre o gramado de aparência deplorável. Ao longe, via-se uma cesta de basquete sem rede.

– Troy? – Rebekkah chamou, com voz suave. Caminhou em direção às caçambas. O brilho de seus olhos prateados fazia com que não parecesse humana, mas Byron não se perturbava mais com isso. – Estou aqui.

De arma em punho, ele permanecia ao lado dela. Mais cedo, confiara nos próprios instintos ao se colocar entre ela e Daisha, mas agora parecia diferente. Troy *passava a sensação* de ser mais perigoso do que Daisha.

Rebekkah parou ao lado das caçambas.

– Sei que você estava me procurando naquela noite.

Byron disparou um olhar para ela.

– *O quê?*

Ela o ignorou.

– Agora estou aqui. É disso que você precisa, não? Você precisa de mim. Veio para me encontrar.

Troy saiu detrás de uma das caçambas. Não parecia diferente da última vez em que Byron o vira no Gallagher's: usava uma de suas bandanas, jeans escuros e uma camiseta preta muito justa. O que faltava era qualquer espécie de consciência em sua expressão. Ele e Rebekkah já foram amigos bem próximos, a ponto de Byron sentir ciúme, mas agora nem os olhos de Troy nem sua linguagem corporal pareciam indicar qualquer tipo de reconhecimento. Ele não sorriu nem disse palavra alguma.

– Posso resolver isso, Troy. – A voz de Rebekkah estava tomada por um misto de tons suaves e cantarolantes que as pessoas em geral reservam para falar com animais assustados. – Apenas confie em mim. Se eu soubesse, não teria deixado isso acontecer com você.

Troy ficou encarando-a. Seus lábios se curvaram em um rosnado inaudível.

– Entendo que você esteja com raiva, Troy, mas eu não sabia. Eu ainda nem estava aqui – explicou ela, balançando a cabeça. – Me deixe dar a você comida e bebida. Você se lembra de todas as vezes que deu às pessoas o que beber e comer? Você se lembra de que cuidou de mim quando eu visitava o bar?

O homem morto piscou para ela.

– Você se lembra – sussurrou Rebekkah. – Não sei há quanto tempo está com fome, mas ainda posso te ajudar... Deixe que eu te ajude.

Ele deu um passo à frente.

– Isso – incentivou ela. – Venha até mim.

Ele franziu o rosto.

– Venha – disse ela, estendendo a mão. – Você se lembra que no ano passado, quando estive aqui, a gente dançou no bar depois do expediente? Pensei que Amity fosse se machucar pelo jeito como rodopiava. Eu mantive contato com ela. Ela te contou?

A expressão no rosto de Troy não demonstrava o reconhecimento que Rebekkah claramente estava buscando. No entanto, ele se aproximou e pegou a mão dela entre a sua. Por um momento, Byron pensou que ela conseguira atraí-lo, que as coisas estavam indo no caminho certo, que tudo ficaria bem.

Então Troy a puxou de forma brusca para junto de si e levou o braço dela à boca.

– Não! – berrou Byron, atirando-se à frente.

– Byron, pare – disse Rebekkah. Parecia calma. Byron a olhou bem de perto. Ela forçara o braço tão para dentro da boca dele que o maxilar estava escancarado. Ele tinha envolvido o outro braço ao redor da cintura dela e agora a levantava do chão.

– Seringa? Agora, por favor – pediu, com a voz um pouco falha.

Byron encaixou a arma no coldre com uma das mãos e pegou a seringa com a outra.

– Onde?

– Em qualquer lugar. – Nesse momento a tensão na voz dela parecia evidente.

Torcendo para que ela estivesse certa, Byron enfiou a agulha no pescoço de Troy, logo abaixo da orelha. Troy não reagiu. Ficou olhando para Rebekkah, que ainda estava com o braço na boca dele, e piscou algumas vezes.

Em seguida, aliviou a pressão em volta da cintura dela e ela pôde tocar novamente os pés no chão. A mão dele deslizou pelos quadris dela quando deixou de apertá-la; seus braços penderam para os lados. Enquanto isso, Rebekkah ainda estava com o braço dentro da boca dele, como se fosse um osso na mandíbula de um cachorro.

– Bek? – Byron não sabia ao certo o que fazer, mas Troy não parecia mais estar machucando-a. Na verdade, parecia quase em estado de coma.

Rebekkah levantou um dos pés e atingiu Troy atrás do joelho. Então empurrou todo o seu peso para a frente e ele caiu. Ela caiu junto, aterrissando em cima dele com o braço ainda em sua boca.

Girou a cabeça e ergueu o olhar para Byron, aquele estranho olhar prateado.

– Segure o maxilar dele aberto.

Byron se agachou, colocou as mãos uma de cada lado do rosto de Troy e pressionou os polegares na curvatura do maxilar. O gesto não fez com que o maxilar se abrisse ainda mais, porém seria uma forma de impedir que se fechasse de forma súbita.

Quando Rebekkah puxou o braço para fora, Byron viu as marcas de dente envoltas em sangue impressas sobre a pele dela.

Aparentando não estar consciente do próprio braço ensanguentado, ela se pôs de pé e olhou para Troy.

– Ele já está morto há muito tempo.

– Você está sangrando. – Byron não tinha nenhuma gaze, nada que pudesse ajudar a estancar o sangue ou aliviar a dor.

Ela o ignorou.

– Preciso levá-lo até Charles.

O olhar do homem morto seguia Rebekkah, mas ele a observava sem qualquer espécie de reconhecimento. Parecia estar alerta – pelo menos tão alerta quanto estava quando o encontraram –, mas imóvel. *Vamos ter que carregá-lo até o túnel.*

Rebekkah pegou as mãos de Troy e ele se levantou com um movimento único e fluido. Flutuou alguns centímetros acima do chão, conforme ela entrelaçava os dedos aos dele.

Ou não.

Byron conteve um estremecimento diante da visão do homem morto planando acima do solo enquanto Rebekkah seguia em frente. Achava que o que vira na terra dos mortos era desconcertante, mas o choque de estilos de roupa de diferentes épocas e a suspensão da lei natural deixaram de ser a visão mais anormal da semana.

Alguns passos adiante, Rebekkah parou.

Quando Byron se deu conta de que ela o esperava, passou os olhos rapidamente pelo chão, para verificar se não deixaram nenhum vestígio da visita. Depois de se certificar de que não havia nenhum traço da presença deles, juntou-se a Rebekkah e disse:

— Então, rumo ao Charlie.

47

A CAMINHADA ATÉ A CASA FUNERÁRIA FOI MAIS LENTA DO QUE a corrida para encontrar Troy, mas por pouco. Rebekkah estava tomada pela pressão de levá-lo até a terra dos mortos. Não sabia ao certo o que o estava mantendo ao seu lado, como era possível ele estar se movendo tão calmamente a alguns centímetros do chão, mas tinha certeza de que aquilo não duraria para sempre.

Apressou o passo.

– A gente precisa correr, Byron.

Byron balbuciou algo que ela não conseguiu escutar. Enquanto percorriam a cidade, retornando, as pessoas os ignoravam tanto quanto haviam ignorado durante a busca que empreenderam. À porta da casa funerária, Byron entrou primeiro, de modo a garantir que não havia ninguém esperando para obstruir o avanço deles.

Troy deslizou para dentro da casa e desceu as escadas ao lado de Rebekkah.

– Quase – sussurrou ela. – Estamos perto.

As palavras destinavam-se tanto a si mesma quanto a Byron. Sentia uma pontada de medo de que não chegariam ao destino, que a cooperação de Troy acabaria, que o portão estaria muito longe. No entanto, Byron estava ali. Ele abriu a porta do depósito e, em seguida, resvalou para o lado o armário que escondia o túnel.

A expressão em seu rosto era de tensão quando segurou a mão de Rebekkah que continuava livre.

— Não solte. Não importa o que aconteça.

— Eu sei — respondeu ela. Sentiu a respiração dos mortos contra o rosto, ouviu as vozes sussurrantes dando-lhe as boas-vindas e desejou que aquilo tudo não parecesse tão verdadeiro.

— Bek? — Byron se postou à frente dela. — *Não* solte a minha mão dessa vez.

— Ou a dele — completou Rebekkah, assentindo.

— Honestamente? Prefiro que você solte a dele do que a minha. Agora ele está aqui, mas você...

As palavras de Byron foram varridas para longe, em um uivo do vento.

— Ele não vai ficar preso no túnel — afirmou Rebekkah aos mortos sussurrantes. — Não vou soltá-lo. — Olhou para Byron. — Se eu soltar Troy, ele vai ficar preso no túnel como os outros.

Byron estremeceu.

— Então não solte nenhum de nós dois.

Rebekkah fez que sim com a cabeça. Segurou firme tanto em Troy quanto em Byron enquanto percorria o túnel. O homem morto não disse uma palavra, não parecia reagir a nada em volta deles. Byron guiava-os adiante e o túnel respirava ao redor dos três.

— Você está bem? — perguntou ele.

Rebekkah não sabia se ele estava falando com ela ou com Troy. Não importava: naquele túnel, naquele momento, era a única pessoa que podia responder.

— Estamos.

A sensação de adequação tomava conta dela, a ponto de quase explodir. Era isso que estava destinada a fazer; era o que precisava fazer a fim de preencher o seu lugar no ordenamento das coisas. Depois de anos e anos achando que toda cidade, todo homem, todo emprego estavam inadequados, sabia que *isso* era totalmente adequado. Não que San Diego ou a agência de publicidade ou Lexington ou o cargo de redatora técnica fossem ruins. Apenas não eram o que estava procurando. Ali, com Byron, em Claysville, escoltando os mortos até Charles: aquilo parecia certo. De forma distraída, ficou se perguntando se as pessoas sempre se sentiam assim quando encontravam seu lugar no mundo, como se um *clique* perceptível pudesse ser ouvido.

Quando estavam perto do fim do túnel, ela parou e respirou fundo. Até ali vinha confiando nos próprios instintos, mas eles começaram a lutar contra o desejo conforme se aproximavam da terra dos mortos. Era como se estivesse respondendo a um canto de sereia, tentando acalmar seus pés enquanto era impulsionada para a frente.

Continuaria sendo tão tentador se eu estivesse morta?

Afastou esses pensamentos e olhou para Troy.

– Venha.

Pela primeira vez desde que vira Troy na rua, a pessoa de quem ela se lembrava estava olhando de volta. Ele não disse nada, mas tampouco estava tentando atacá-la. Pelo contrário: parecia alegre.

– Vai ficar tudo bem agora – assegurou ela.

Sentiu a mão de Byron apertar a sua com mais firmeza assim que pisaram na terra dos mortos, dessa vez juntos e levando também um Morto Faminto.

– Aqui estamos – disse Byron. – Agora...

Troy envolveu Rebekkah com os braços, em um abraço repentino. Parecia estar tremendo quando se agarrou a ela. Byron se esticou, mas Rebekkah balançou a cabeça. Não era assustador.

– Obrigado. – A voz de Troy estava áspera, mas ela não tinha certeza se era por falta de uso ou por conta de lágrimas.

– É isso que eu faço: trago os mortos para casa.

— Eu não sabia bem onde estava. Eu *morri*, Bek. — Os olhos dele se arregalaram quando percebeu o que disse. Depois de olhar para ela, olhou para Byron e então voltou a contemplá-la.

— Estou morto.

— Você está — afirmou ela, com delicadeza. — Sinto muito.

— Não sei por quê. — Ele franziu a testa. — Eu não estava morto e depois estava, e depois não era *nem uma coisa nem outra*. Eu precisava encontrar — ele caiu de joelhos — você, mas não conseguia.

— Mas você conseguiu — disse Rebekkah. — Você me achou e eu te trouxe até aqui. Está tudo bem.

— Mas antes... — Os olhos dele se arregalaram. — Tinha uma garota. Ela é pequena. Tentei machucá-la. Depois. Antes não. Ela também não está viva, essa garota que eu tentei ferir... Acho que acabei machucando ela. Estou sonhando? Diga que eu estou dormindo. Amity está bem?

— Ela vai ficar bem — afirmou Rebekkah, penteando os cachos dele para trás. — Você não está dormindo.

— Estou morto. — Troy se afastou de Rebekkah, mas ela ainda segurava firme em sua mão. — Eu a matei. Acho que matei uma garota. Não queria, mas estava com tanta fome... Não queriam me deixar ir embora. Tinham me prendido... Tinha veneno no chão todo. Queimava só de tocar. Eu queria desaparecer. Como fumaça... ser levado pelos ares. Eu podia fazer isso, mas não deixavam.

— *Quem* não deixava? — Rebekkah apertou a mão dele. Troy franziu a testa.

— Ela odeia você... o que você era... ou é. Vocês são duas pessoas? Ela queria o que você tinha, e queria você não viva para que pudesse tomar tudo de você, mas você não está morta.

Ele se esticou para cobrir a boca de Rebekkah, assim a respiração dela estava contra a palma da mão dele.

— Você não está morta, mas ela matou você. — Troy parecia cada vez mais aterrorizado conforme falava, como se o fato de falar trouxesse clareza e essa clareza lhe deixasse mais terrificado ainda. — A sra. Barrow queria que eu matasse a mulher das tumbas. *Você*. Por isso que ela me deixou sair. Não, primeiro... Primeiro ela deixou a garota sair para matar... a primeira mulher das tumbas. Mãe dela.

Byron apoiou uma das mãos nas costas de Rebekkah, dando-lhe estabilidade. Ela balançou a cabeça. As ideias, as palavras que Troy dizia faziam um sentido terrível, mas não podia ser verdade. *Cissy? Cissy fez isso?* Só de pensar, Rebekkah se sentia tão mal que não era capaz nem de verbalizar. — *Cissy o matou. Fez com que ele matasse Daisha... que matou...*

Ela pegou a outra mão de Troy, passando a segurar as duas mãos dele.

— Você tem certeza? Minha tia? Cecilia Barrow fez isso? Com certeza?

Triste, Troy fez que sim com a cabeça.

— Ela me manteve lá. Eu não podia sair. Eu não conseguia pensar, mas eu sabia para onde tinha que ir. Eu precisava ir para casa... encontrar *você*... mas não exatamente você. A mulher que poderia resolver as coisas. Havia um você diferente. Não existem duas de você, não é? Você é real? — Ele puxou uma das mãos e acariciou o rosto dela. — Você é, você me salvou, mas não era você que eu precisava encontrar, ou era? Não estou entendendo.

— Eu entendo. — Rebekkah soltou a outra mão dele. — Você estava procurando a minha avó, mas ela morreu e eu sou... igual a ela.

Ele parecia chocado.

— Fui eu que...?

— Não. — Rebekkah pegou o braço dele quando ele começou a se afastar. — Não foi você.

— Matei uma garota, Bek. — Dava a impressão de estar destroçado. — Eu... nunca imaginei que pudesse... que tipo de homem eu sou?

— Um homem que foi usado. — A expressão de Byron continha a raiva que Rebekkah ainda não podia se permitir experimentar.

Cissy provocou a morte de Maylene.

— Troy. — Rebekkah atraiu a atenção dele. — Você pode me dizer mais alguma coisa sobre Cissy?

— Ela... elas... gêmeas... — Os olhos dele se arregalaram. Balançou a cabeça e se afastou. — Preciso ir.

— Espere. — Ela tentou alcançar o punho dele, mas Troy escapou.

Assim que deixou de tocá-lo, ele desapareceu. Rebekkah ficou do lado de fora do túnel, junto com Byron.

— O que houve? — perguntou ela.

— Nós não podemos ver os nossos mortos — respondeu, olhando nos olhos dela. — Suponho que isso inclui mais do que aqueles que chamamos de família.

— Então todas as pessoas que eu trouxer até aqui vão desaparecer?

Rebekkah franziu o rosto. A cidade emergia a poucos passos dali, mas ela não sabia se continuava naquela direção ou se voltava para casa. Ficar lá significava que poderia se perder na superabundância sensorial oferecida pela terra dos mortos. *Esconder-se.* Voltar significava que precisaria encontrar Daisha — e Cissy.

Cissy o matou.

Rebekkah abriu a boca para perguntar a Byron o que ele achava, mas assim que o fez, ele disse:

— Alicia.

— Onde? — Ela olhou ao redor. Dois homens se aproximaram, mas nenhum deles parecia se chamar Alicia. Um usava

calça jeans rasgada e uma camiseta preta desbotada de algum show. Rebekkah olhou para trás. Também não havia ninguém.
— Isso seria bom — disse Byron. — Ele precisa de uma mãozinha... Só que ele é barman profissional, não um...
— Byron? — balbuciou Rebekkah. — Com quem você está falando?
— Desculpe, isso é... O que você quer dizer? É claro que ela pode... — A expressão de Byron ficou aflita de repente. — Bek? Quem você vê perto de mim?
— Dois homens que eu não conheço. Mas eles não estão falando nada. Você está falando e...
— Você não vê uma mulher? — Ele apontou para um espaço vazio. — Você não consegue vê-la?
Rebekkah balançou a cabeça devagar.
— Não.

BYRON OLHOU PARA ALICIA.
— Não — disse Alicia, em eco. Estava de pé, com o quadril arrebitado e o queixo inclinado.
— Vocês não conseguem ver uma à outra. — Ele olhou para as duas mulheres de novo e depois apontou para os homens que chegaram com Alicia. — Vocês podem vê-los?
— Sim — responderam ao mesmo tempo Rebekkah e Alicia.
— E eles veem vocês?
— Rapazes? — perguntou Alicia.
— Ela está logo ali, Lish. Coisinha bonita — disse um deles. O outro homem assentiu.
— Mas está desarmada. Bobinha.
Byron fez uma pausa.
— Então... vocês não veem uma à outra. Eles — apontou para os acompanhantes de Alicia — veem vocês duas. Ela não te conhece, então você é... — Ele olhou de uma para a outra.

Pensou na lista com os nomes. *Tinha uma Alicia?* – Você era uma Guardiã.

Os ombros de Alicia se arquearam para trás.

– Eu *sou* uma Guardiã. Estou morta, mas continuo sendo o que sou.

– Ela é... por que ela ainda está aqui, Byron? – Rebekkah agarrou o braço dele. – Pergunte a ela. Isso significa que Maylene...

– Por que você está aqui? – perguntou ele.

Uma centelha de dor cruzou o rosto de Alicia.

– Nenhuma razão para seguir em frente e várias para ficar. É uma escolha, Guia. Fiz essa escolha. Diga a ela que Maylene foi em frente. Seu pai também. – Ela se aproximou, até ficar desconfortavelmente perto, mas não tocou nele. – Se quiser passar uma noite tranquila qualquer dia desses, te conto sobre isso tudo.

– Vou lembrar disso.

– O quê? – incitou Rebekkah. – Lembrar do quê?

– Alicia estava explicando que está aqui por escolha própria. Maylene e meu pai seguiram em frente, mas ela escolheu ficar.

– Não está contando a ela sobre a minha oferta? – O sorriso de Alicia foi malicioso. – Ai ai ai...

– Não estou a fim de joguinhos – alertou Byron. – Troy, que chegou aqui com a gente, está seguro?

– Seguro como qualquer um aqui. – O acompanhante de calça rasgada olhou para trás. – O homem que vocês trouxeram pediu para dizer que sente muito por ter matado aquela garota e que vocês precisam ir para resolver a questão de Cissy.

– Ele parou. – Quem é Cissy?

Rebekkah deixou escapar um suspiro vacilante.

– Por favor, diga a ele que vamos resolver isso.

O segundo acompanhante de Alicia olhou por sobre o ombro.

— Ela está pedindo para te dizer que eles vão resolver esse assunto.

Alicia pousou a mão contra o peito de Byron.

— Vou cuidar do barman.

— Não tenho nada para você — disse Byron. — Toda essa história de Mortos Famintos...

— Da próxima vez. Seu crédito ainda serve por um tempo. Arranje também umas armas para a sua amiga, tudo bem? — Alicia enroscou a mão, de modo que as unhas pressionavam a camisa dele. — Não se demorem por aqui hoje.

— Por quê?

— Rapazes? — disse Alicia, ignorando a pergunta.

Os dois homens se viraram para segui-la. Byron suspeitou que Troy fez o mesmo, mas não conseguia ver o barman morto. Eles partiram e Byron ficou pensando no quanto confiava em Alicia no fim das contas. Ela levou Troy embora, mas ele não era capaz de pensar em nenhuma boa razão para uma Guardiã permanecer nesse lugar se *podia* seguir em frente. Alicia tinha planos e parecia ser a fonte para as armas na terra dos mortos.

Será que ela estava por trás do tiroteio contra Bek?

Ficou olhando para Alicia enquanto ela percorria a rua acinzentada. Podia até fazer parte da família de Rebekkah, mas isso não queria dizer que era digna de confiança. Alicia Barrow mantinha segredos.

— B.? — incitou Rebekkah.

— Ela disse que a gente precisa voltar agora.

Rebekkah enlaçou os dedos aos dele.

— Você confia nela?

— Por enquanto — respondeu, fazendo que sim com a cabeça. Juntos, os dois entraram de novo no túnel.

Dessa vez o caminho de volta foi como um piscar de olhos. Mal tinham pisado no túnel, já estavam de volta à Montgomery

e Filhos. Byron recolocou a tocha na parede e juntos retornaram para a terra dos vivos.
– Você está bem? – perguntou ele.
– Acho que adoraria que a gente pudesse parar de perguntar isso um para o outro – respondeu Rebekkah, enquanto o observava fechando o armário.
– Depois que conseguirmos fazer tudo voltar ao normal, prometo parar de perguntar – disse, olhando para ela, antes de se dirigir à porta.
– Combinado.
Ela o seguiu até o corredor e fechou a porta atrás de si. O papel de Guardiã passaria a ser menos exaustivo – e esquisito. *Tinha que ser.* Maylene levara uma vida razoavelmente calma; pelo menos era o que parecia. Quando Rebekkah morou na casa dela, as restrições da avó eram muito severas, mas a maior parte do tempo a vida era bem tranquila. Em geral, Maylene não se preocupava muito com o toque de recolher, mas quando encrencava, era inflexível.
– Uma vez que eles são postos para descansar, a Guardiã impede que os mortos saiam andando, mas com Daisha e Troy, Maylene não conseguiu porque...
– Porque Cissy escondeu os corpos deles – completou Byron.
Tudo fazia um terrível sentido agora: se tivessem sido enterrados, Maylene teria cuidado das sepulturas e eles teriam descansado. Se tivessem conseguido ir até a Guardiã quando acordaram, não teriam se transformado em criaturas selvagens. *Alguém me impediu*: foi o que Daisha dissera. *Ela me impediu*, ecoou Troy. Cissy os detivera. Queria que ficassem *mais* perigosos antes de chegarem à Guardiã.
Ela usou os mortos para matar Maylene.
Estavam na metade da escada quando Rebekkah declarou:
– Quero ver se a gente consegue falar com Daisha. Troy não pôde nos dizer muito e eu preciso saber quantas pessoas Cissy

matou, onde elas estão, quem mais tem alguma informação, e quero saber *por quê*.

Byron permaneceu em silêncio enquanto subiram a escada e saíram da casa. Quando estavam ao lado de sua Triumph, ele disse:

— *Daisha* matou Maylene.

— Não — corrigiu ela. — Cissy usou os mortos como armas. Não passaram de instrumentos para ela. *Meus* mortos, que cabe a mim proteger, e *minha avó*... Cissy os matou.

A expressão de Byron não revelava nada.

— Então você está *perdoando* Daisha?

Rebekkah fez uma pausa. *Estou?* Daisha e Troy mataram gente; feriram gente; agiram de forma ao mesmo tempo dolorosa e grotesca. *Devo perdoar?* Ela queria. De certo modo, já perdoara: havia abraçado e consolado Troy. A reação dela não era o que teria esperado uma semana antes. *Meus mortos.* No entanto, as palavras que dissera eram a pura verdade: aqueles eram seus mortos. Eram responsabilidade dela. O fato de ser a Guardiã tinha moderado suas — *habituais* — reações, não chegando a anulá-las, mas apenas embotando-as.

— Não — respondeu ela, alcançando a mão de Byron. — Levei Troy até onde ele precisava ir. Eu o detive. Vou fazer o mesmo com Daisha e com todos os que Cissy tiver criado. Vou detê-la também. Custe o que custar. Se isso é cruel demais ou...

— Não, não é — interrompeu ele, com um tom de voz ríspido. — Mas vamos ser claros: você está me dizendo que está disposta a *matar* Cissy?

— Apenas me entregue uma arma.

Ela pegou o capacete, colocou na cabeça e esperou ele subir na moto.

— Matar alguém aqui desse lado não é igual a matar no mundo de Charlie, Bek. Eles não conseguem se reerguer. — Byron jogou a perna sobre a moto e também colocou o capacete. — Se você fizer isso...

— Se eu não fizer, Cissy vai continuar machucando as pessoas. Ela matou Maylene. — Rebekkah sentiu uma fúria como nunca sentira antes. — Ela usou os mortos, meus mortos, os mortos *de Maylene*, para matar. Se for preciso, vamos levar Cissy até o mundo de Charles. Se tiver outra resposta, a gente tenta, mas vamos acabar com isso.

Em silêncio, montou na moto e pôs os braços em volta dele.

Com estrondo, a moto ganhou vida e Byron não disse mais nada. Não foi como da última vez, quando começou o passeio devagar; dessa vez ele pisou fundo, acelerando desde o zero até correr como um louco, no que pareceu um piscar de olhos.

48

— Mas ela não me ligou nenhuma vez essa semana — enfatizou Liz. — Teresa *nunca* fica tanto tempo sem ligar ou fazer uma visita.

— Sua irmã não leva em conta como as ações dela afetam os outros, Elizabeth. — Cissy Barrow cortou da roseira uma rosa morta e atirou-a dentro de um balde ali perto. — Ela acha que os interesses *dela* são mais importantes do que o dever.

— Você sabe onde ela está?

— Nós tivemos um desentendimento — admitiu Cissy.

— Sobre?

Segurando a tesoura de jardinagem, Cissy acenou com a mão, mostrando desdém.

— O de sempre. Ela só pensa em si mesma. Você não é assim, não é, Elizabeth?

O tom de voz dela, de superioridade moral inflexível, deixou Liz tensa. Não que a mãe fosse sem coração, mas não acreditava que se devesse mimar ninguém. *Os filhos devem ser obedientes e fiéis. As mulheres jovens devem respeitar a mãe. A falta de propósito leva à acomodação.* Liz já ouvira as advertências da mãe tantas e tantas vezes que sabia exatamente o que eram, na verdade, as perguntas enganosamente doces: testes.

— Não, mãe, eu penso primeiro na família — respondeu Liz, erguendo os ombros e mantendo a serenidade na voz.

Cissy assentiu.

— Boa menina.

– Você precisa que eu faça alguma coisa? – ofereceu Liz, com cautela. – Posso falar com Teresa se você souber onde ela está.

– Depois, filha. Nesse momento, ela não está muito preparada para falar. Ela vai estar em mais algumas semanas, mas agora está *confusa*.

O olhar de Cissy vagou pelo jardim que ela havia projetado e cultivado no quintal de Liz. Não era exatamente o que Liz teria escolhido, mas havia certos assuntos pelos quais valia a pena enfrentar a mãe e outros que era preferível deixar de lado. A disposição das flores caía nessa última categoria.

– Em breve, vou conseguir deixar tudo em seu devido lugar. Vocês duas irão cumprir seus papéis.

Cissy podou outra rosa morta.

– Nossos papéis? – Liz sentiu o medo dentro de si crescer a passos velozes. – Que papéis?

– Uma de vocês será a Guardiã, Liz. Me dei conta de que precisava ser você. Agora Teresa já entende. Mas, primeiro, a gente precisa remover Becky da equação. – Cissy deu um passo para trás, para admirar a roseira. – Byron ficará bem se conseguirmos convencê-lo. É melhor trabalhar com ferramentas conhecidas do que começar do zero, concorda? Quando Ella morreu, ele deixou de ser leal à sua prima e passou a ser leal àquela garota. Vai migrar para você com a mesma facilidade. – Ela jogou a tesoura dentro do balde, junto com os botões de rosa. – Vou me lavar.

Liz ficou parada no minúsculo quintal, observando a mãe se afastar. *Ela está falando sobre a morte de Rebekkah. Se eu sou a próxima Guardiã, significa que Rebekkah estaria morta.* O leve medo se transformou em pânico generalizado. *O que foi que ela fez? Teresa, onde você está?*

Liz dizia que não acreditava mais em "ligação telepática" entre gêmeos, mas em uma cidade onde pessoas mortas podiam voltar – e de fato voltavam –, acreditar em uma conexão entre companheiras de útero não era assim tão estranho. *Não quero acreditar nisso agora.* Se acreditasse, se pensasse no motivo real para o medo que sentia, teria que perguntar a si mesma se a mãe era *de fato* capaz de cometer assassinato.

– Por favor, esteja bem, Terry – sussurrou.

49

B YRON DESLIGOU O MOTOR DO LADO DE FORA DO TRAILER, DEU a volta e usou um pé de cabra para abrir a porta da frente. Rebekkah olhou para ele com uma expressão de perplexidade.

– Será que devo perguntar por que você sabe como fazer isso?

– Meu pai me ensinou.

No passado, Byron pensava que aquelas aulas estranhas eram sinais da natureza descontraída do pai, prova de que ter um pai mais velho era melhor negócio do que o que as outras crianças tinham. Em momentos de devaneio, chegou a pensar que o pai poderia ter uma espécie de vida secreta: arrombar fechaduras, fazer ligação direta em carros e ter habilidade com revólveres configuravam excelente preparação para criminosos. Abriu um sorriso ao se lembrar de que costumava imaginar William como um vilão de história em quadrinhos treinando o filho em suas atividades nefandas. *Eu nunca teria adivinhado a verdade.* Agora Byron enxergava esses hobbies como eram: preparações para a vida que estava levando. É mesmo *um negócio de família.*

A fechadura cedeu e ele girou a maçaneta. Junto com Rebekkah, entrou no trailer manchado de sangue.

A garota morta estava sentada na ponta do sofá, onde o corpo da mãe fora encontrado. As almofadas ensanguentadas do assento foram viradas ao contrário e um cobertor estava dobrado perto de Daisha, que mantinha os pés apoiados na mesa de centro.

Ela baixou o livro que estava lendo – um romance em brochura, danificado pela água – e olhou para eles.

– Vocês podiam ter batido à porta.

– Você sabia que a gente estava aqui – disse Byron.

– Discreto você não é, Guia.

Daisha marcou a página que estava lendo, fechou o livro e colocou-o de lado.

Rebekkah avançou ainda mais para o interior do cômodo. Não se sentou, mas estava tão perto de Daisha que a garota morta poderia agarrá-la sem muito esforço.

– Troy se foi. Foi levado para onde precisava ir – disse Rebekkah.

– Obrigada.

Daisha pegou o livro de novo.

A soma de tensão e exaustão levou Byron ao limite.

– Daisha!

O livro caiu e ela pousou os pés no chão com um baque. Inclinou-se para a frente. A ilusão de uma adolescente normal, embora peculiar, desapareceu. A voz dela se reduziu a um tom carregado e nada humano.

– É melhor você *não* gritar comigo – alertou, olhando diretamente para Byron. – Troy ainda não estava alerta. Ainda não tinha se alimentado o suficiente *ou* não com as pessoas certas. Eu me alimentei.

– As pessoas... – começou Rebekkah.

– Gail, Paul, eles fizeram toda diferença. – Daisha abriu bem os braços. – Eles falaram comigo. Me deram a comida e a bebida de que eu precisava. Eu sou eu mesma, só que... estou *diferente* agora.

Em silêncio, Rebekkah se aproximou mais. Sentou-se na ponta da cadeira que formava um ângulo com o sofá.

— A gente não veio para brigar... nem para te perseguir.

A tensão no ambiente diminuiu. Daisha desviou o olhar de Byron e passou a olhar para Rebekkah.

— Então o que vocês querem?

Rebekkah sorriu.

— Preciso encontrar Cissy, a mulher que te matou.

— *Troy* me matou.

— Porque ela o levou a fazer isso — explicou Rebekkah, gentilmente. — Preciso encontrá-la. Tinha esperanças de que você pudesse nos levar até ela, até o lugar onde você ficou presa. — Falou com Daisha de forma calma, assim como falara com Troy, como se os atos deles não fossem deploráveis. — Posso encontrar *você* e outros mortos. Posso tentar. Tentar senti-los se tiverem outros...

— Tem — interrompeu Daisha.

De repente, ela se levantou e foi até a cozinha. Abriu uma gaveta de forma brusca, virou-a de cabeça para baixo sobre a bancada e começou a examinar o emaranhado de objetos que caíram. Chaves, lápis e papéis eram derrubados no chão e grudavam no sangue coagulado enquanto ela fazia a busca. Continuou jogando as coisas no chão até encontrar o que aparentemente estava procurando: um mapa.

Byron ficou observando com uma fascinação macabra a garota pisar no sangue e depois deixar um rastro no piso ao retornar para o sofá.

— Aqui. — Daisha abriu o mapa e apontou com o dedo uma área que ficava do outro lado, no limite mais afastado de Claysville. — Foi nesse lugar.

— Cissy não mora aí — ressaltou Byron.

— Eu sei o que sei. — Daisha foi até a porta e segurou a maçaneta. — Agora, tenham uma boa noite.

— Daisha? — A voz de Rebekkah atraiu o olhar dos dois. — Minha tia está matando gente.

— Eu também estou.

— Eu sei, mas você está fazendo isso devido ao que ela fez a você. — Rebekkah foi até Daisha e pegou na mão dela. — Não vou mentir dizendo que estou tranquila em relação ao que você fez. Você matou a minha *avó*...

Por um momento, todos ficaram em silêncio, conforme a voz de Rebekkah foi sumindo.

— Eu não queria. Não conseguia pensar. Eu só... — interrompeu a si mesma. — Mas sim, matei.

— Matou — concordou Rebekkah. — E agora preciso que você me ajude.

— Por quê? — perguntou Daisha, inclinando a cabeça.

— Porque não sei onde Cissy está, porque ela já matou duas pessoas que depois saíram por aí fazendo... isso. — Rebekkah apontou para o sofá onde Gail morrera. — Ela fez isso com você e agora preciso da sua ajuda. Você me alertou sobre Troy. Pensei que pudesse me ajudar agora. Me ajuda a encontrá-la?

— E detê-la?

— Isso. — Os lábios de Rebekkah estavam bastante comprimidos, mas ela continuou olhando fixo para a garota.

Por alguns momentos, elas simplesmente ficaram olhando uma para a outra. Depois, Byron apontou para o caminhão cinza fosco estacionado do lado de fora.

— De quem é?

Daisha exibiu os dentes para ele, em um sorriso selvagem.

— De um cara que eu matei. Acho que vocês tiraram ele daqui, não foi?

— Posso iniciar o motor do caminhão, assim ela pode vir com a gente.

Rebekkah e Daisha se viraram para olhar para ele.

– Eu também posso fazer isso, *sem* precisar de ligação direta.

Daisha recolheu do chão um molho de chaves e arremessou para Byron.

Quando saíram do trailer e subiram no caminhão, Byron ficou torcendo para não estarem cometendo um erro colossal.

50

Grande parte do trajeto até os limites de Claysville se deu em silêncio. O rádio do caminhão estava emperrado em uma estação que parecia difundir principalmente pregações inflamadas e os únicos CDs no veículo eram os álbuns de country anasalado que Daisha atirou pela janela com gritos eufóricos de "Vai pro inferno, Paul".

Rebekkah oscilava entre o desejo de proteger Daisha e o sentimento de raiva em relação à garota. Daisha era uma vítima e o trabalho de Rebekkah era proteger os mortos. Não importava se eram mortos dentro-do-túmulo, Mortos Famintos ou aqueles que já estavam do outro lado: ela precisava tomar conta de todos, cuidar deles e, quando necessário, levá-los à terra dos mortos.

— Por ali. — A voz da garota mal passava de um sussurro. — Ali à direita.

Rebekkah não sabia ao certo se era medo ou ódio o que se escondia por trás daquela voz, mas se esticou e apertou a mão de Daisha.

— O que ela fez está errado. Ela *vai* pagar por isso.

O olhar que Daisha exibiu foi breve demais para ser interpretado.

— Vire nesta estrada.

Ao lado de Rebekkah, Byron continuava em silêncio. Seguiu as indicações de Daisha, mas não fez nenhuma observação – tampouco esboçou reação diante do comentário de Rebekkah.

O cabo da faca que Byron carregava na coxa encostou nela, o que a fez olhar para baixo, para a arma, dentro do coldre, que ele lhe entregara assim que entraram no caminhão. O fato de segurá-la não a deixava desconfortável. No entanto, a ideia de usá-la na tia sim.

Não é a primeira opção.

Byron saiu da estrada e entrou em um caminho coberto de árvores. Considerando a região arborizada e o horário, estavam razoavelmente bem escondidos.

Ele saiu do caminhão e estendeu uma das mãos.

– Tenho uma lanterna.

– Estou enxergando bem – murmurou Daisha, logo ao lado deles dois.

Rebekkah hesitou antes de admitir:

– Eu também, mas se você...

– Não. – A voz de Byron estava tensa. – Não pensei nisso quando a gente estava seguindo Troy, mas... Consigo enxergar bem sem luz.

Rebekkah olhou de relance na direção de Byron. Para ela, os olhos dele brilhavam como os de um animal quando refletiam qualquer luz. Virou-se para Daisha.

– Os olhos dele...?

– Você brilha dos pés à cabeça e os olhos dele cintilam da mesma forma. – Daisha balançou o rosto. – Mas não sei se... pessoas *vivas* conseguem ver. No cemitério, ninguém mais parecia notar o jeito como você brilhava, então talvez apenas gente como eu seja capaz de ver.

Rebekkah assentiu e então começou a andar o resto do caminho até a casa. Não sentiu aquele rastro a guiá-la em direção aos mortos como sentira da outra vez. *Talvez não tenha mais nenhum.* Olhou de relance para Daisha. *Ou talvez ela esteja tão perto que eu não consiga sentir mais ninguém.*

Conforme caminhavam, Byron mantinha-se perto o bastante para que sua desconfiança em relação à garota morta fosse bem clara. Não falava nada, mas observava Daisha com uma espécie de atenção minuciosa reservada aos perigosos ou aos loucos. Rebekkah não podia culpá-lo. Daisha estava com eles, mas isso não fazia dela um animal domesticado. *Quando terminarmos, preciso convencê-la a ir para a terra dos mortos – ou então levá-la até lá à força.*

Os três chegaram à casa de um só andar. Não havia nenhuma luz acesa nem carros estacionados na porta. Tinha uma garagem, mas as janelas estavam fechadas.

Uma linha branca e grossa atravessava o chão em frente à porta da garagem. Rebekkah se agachou para tocá-la. Seu dedo roçou a linha, mas sem desarrumá-la.

– Não! – Daisha agarrou o braço esquerdo de Rebekkah, puxando-a para longe. – Afaste-se.

Rebekkah se ajeitou e olhou para o pó branco na ponta do dedo. Não era giz. Tinha um aspecto arenoso. Com o dedo indicador ainda levantado, virou-se na direção de Daisha, que soltou o braço dela e foi para trás.

– Acho que é sal – disse Byron. – Alicia comentou que é útil com *eles.* – Lambeu o dedo, se abaixou e tocou no pó. Provou a substância e fez que sim com a cabeça. – É isso mesmo.

Rebekkah se afastou para seguir a linha. Estendia-se de forma contínua em frente à garagem e ao redor de ambos os lados, terminando em uma pequena pilha que cintilava à luz do sol.

Voltando-se para Byron e Daisha, disse:

– Se estende por todo o caminho ao longo da garagem. Para manter algo do lado de dentro ou de fora.

— Não consigo atravessar, mas — Daisha sorriu com uma alegria tão inocente que era fácil esquecer que ela era um monstro —, se *alguém* tirasse isso do caminho, eu poderia entrar.

Com esperanças de que a barreira tinha o intuito de manter os mortos fora dali, Rebekkah foi até a porta e varreu a linha branca. Se houvesse outros lá dentro, iria precisar impedi-los de sair. *E levá-los para casa.* Franziu o rosto ao pensar nos mortos, os Mortos Famintos que deveriam procurar a Guardiã, estando presos — e em sua incapacidade de senti-los graças à barreira que Cissy montara.

— Vamos. — Rebekkah tocou com delicadeza o ombro de Daisha. Não era o abraço que ela de repente se sentiu compelida a oferecer, mas era algum contato.

Daisha olhou para ela com uma expressão de perplexidade e depois deu de ombros.

— Claro. Você consegue abrir a porta desse lado ou precisa que eu faça isso do lado de lá?

— Eu consigo destrancar a porta. — Byron passou por elas. Puxou do bolso interno da jaqueta um estojo fino de couro preto, mas, em vez de abri-lo, olhou de volta para as duas. — Só por curiosidade, como *você* faria para abrir?

Daisha desapareceu. O ar onde ela estivera parecia envolto em névoa, como se uma bruma repentina tivesse surgido ali e apenas ali.

— Daisha? — chamou Rebekkah.

A porta da frente se abriu. Daisha estava recostada no batente.

— Sim?

Byron franziu a testa.

— Como você...?

Ela apontou para si mesma.

— Garota morta. — Em seguida apontou para a porta. — Nenhum impedimento. — Agitou a mão. — Uuoosh. Como uma brisa, estou dentro.

— *Uuoosh?* — repetiu Byron.

Daisha se dissipou em uma forma vaporosa e, logo em seguida, voltou a se solidificar.

— Uuoosh.

Da soleira, Byron olhava Daisha. Rebekkah passou por eles e foi em direção à garagem. Abriu a porta e parou assim que cinco pessoas se viraram para olhá-la em perfeita sincronia. Um homem que parecia ter a idade de Maylene estava sentado no chão de cimento sem carpete e, ao seu lado, havia uma bengala com punho de madeira. Uma mulher e um homem que aparentavam estar na faixa dos vinte anos permaneciam ao lado do senhor mais velho. Cada um dos três estava rodeado por um anel de sal. Encostado à parede em frente, um menino que mal tinha idade para ser chamado de adolescente andava de um lado para o outro dentro do perímetro de um círculo de sal. O quinto círculo comportava um corpo imóvel e sem vida: Teresa, filha de Cissy.

– O que ela fez?

Rebekkah entrou na garagem. Ao olhar para eles, percebeu que apenas Teresa, que ainda não acordara, poderia ser enterrada e depois receber comida, bebida e palavras. Os outros precisariam ser escoltados até a terra dos mortos. *Como Troy. Como Daisha.* Não era assim que deveria ser. Aquilo era abominável.

O garoto dava a impressão de ser aquele que acordara havia mais tempo: nitidamente queria se ver livre daquela prisão. O casal se pôs de pé conforme Rebekkah percorria o cômodo. Com os braços estendidos acima da cabeça como se estivessem tentando alcançar apoios para as mãos, os dois se inclinavam no ar que formava uma fronteira ao redor deles. O senhor mais velho apenas olhava para ela. Não se mexia, mas acompanhava seus movimentos.

– Bek?

Ela se virou.

– Ela fez isso. Foi isso que fez com Daisha e com Troy.

Lágrimas escorriam pelo rosto de Rebekkah. Pôde senti-las com a consciência objetiva de que estava chorando. Diante da presença dos mortos que não fora capaz de proteger, encontrava-se perdida. Eles eram *seus*, mas até então desconhecia aquelas mortes.

Porque Cissy os matou.

– Não vamos deixar que ela faça o mesmo com mais ninguém – declarou Byron, ao lado dela. Ele encarava os mortos sem demonstrar medo, mas também sem ser indiferente ao sofrimento deles.

– Preciso tirá-los daqui. – Rebekkah não podia tocar nem consolá-los. *Não aqui.* No entanto, podia levá-los até a terra dos mortos. Podia quebrar cada círculo de sal e guiá-los, um por um, para o lugar onde voltariam a ser eles mesmos. – Vou libertá-los. Posso levá-los... menos Teresa. Ela precisa ser enterrada. Você pode levá-la e...

– E quando Cissy voltar, vai saber que foi desmascarada. Pense, Bek.

– Não posso deixá-los assim. – Rebekkah foi até o último círculo, onde estava a prima Teresa. – Teresa morreu faz pouco tempo. Vou cuidar da sepultura dela e ela nunca terá que sofrer, nunca terá que *saber*. Os outros... preciso levá-los para casa.

– Ainda não. – Byron permanecia logo atrás dela. Não chegou a tocá-la, mas estava perto o bastante para detê-la caso tentasse entrar nos círculos de sal.

Em vez de olhar para Byron, Rebekkah desviou a atenção para o senhor mais velho.

— Ele acordou há pouco tempo. Talvez ainda seja possível dar a ele o que precisa. Talvez não precise percorrer o túnel. Posso levá-lo até a casa, oferecer comida e bebida.

Byron colocou uma das mãos no ombro dela, fazendo-a virar para encará-lo.

— Se a gente fizer isso, Cissy vai fugir. Se você levar o corpo de Teresa, se levar esse senhor, Cissy vai saber. Quer dizer que você está disposta a salvar essas pessoas à custa dos outros que ela vai matar depois?

— Não. — Rebekkah se esforçava para não discutir, mas seus instintos rivalizavam com a lógica. Os mortos estavam presos e ela *precisava* conduzi-los a seus devidos lugares.

— Ainda não podemos libertá-los — disse Byron, com voz firme.

Ela fez que sim com a cabeça e colocou a mão dele entre a sua enquanto olhava para aquelas pessoas. *Meus mortos. Cabe a mim protegê-los.* Os círculos de sal bloqueavam os instintos que deveriam atraí-la para eles, e eles para ela, mas mesmo assim ela os encontrou.

— Hoje à noite vocês vão para casa. Já está quase terminado para vocês.

Byron apertou a mão dela e juntos entraram na casa.

O fato de saber que os mortos estavam ali — *sofrendo* — e que ainda não podia ajudá-los fez com que ela se sentisse fisicamente mal. Os instintos que deveriam atraí-la em direção a eles foram bloqueados pelo sal, mas vê-los, sem no entanto poder senti-los, causava-lhe um sofrimento difícil de exprimir. Precisava se afastar, sair dali, para um lugar onde não pudesse vê-los, criando distância entre eles e permitindo que considerasse a lógica contida nas palavras de Byron.

– Você pode ficar com Daisha? Já vou voltar, mas antes preciso de um minuto.
– Você quer...
– Fique com ela, por favor – implorou Rebekkah. Em seguida, escapou pela porta de trás antes que corresse para afastar o sal que não lhe permitia sentir a conexão com os mortos.

D AISHA OUVIU O CARRO A DISTÂNCIA. COM SUA AUDIÇÃO DE SER humano vivo, o Guia não fazia ideia de que Cissy estava se aproximando. Daisha, ao contrário, ouvira o motor sendo desligado e sabia que ela estava perto. Vinha em direção à casa, provavelmente porque avistara o caminhão deles.
— Você ouviu? — perguntou Byron.
— Ouvi. Rebekkah precisa de um minuto, então eu fico aqui com você — respondeu Daisha. Primeiro considerou depois rejeitou a ideia de dizer a ele que ouvira Cissy caminhando em direção à casa. *Dê a ela um minuto.* Rebekkah não saíra para confrontar Cissy, mas tinha o direito de fazê-lo. Assim como os mortos dentro da garagem, como Daisha, como Troy, e também Maylene, Rebekkah tinha o direito de confrontar o monstro que roubara tanto de tantas pessoas. *Ela é a Guardiã.* Daisha daria a Rebekkah a chance de falar com aquela mulher e depois sairia para fazer o que fora lá para fazer.

Tentou manter as feições plácidas, para não revelar o que ouvia do lado de fora, para deixar que Cissy se aproximasse. *Ganhar um tempo para a Guardiã.* Na verdade, o Guia não era um tipo mau. Não podia culpá-lo pela reação que demonstrou diante dela. O trabalho dele era cuidar dos enlutados vivos e dos realmente mortos. *Diferente de Rebekkah.* A Guardiã se preocupava com os realmente mortos e com os Mortos Famintos.

Byron estreitou os olhos e contemplou-a.

– O que está rolando?
– Nada. Não queria que Rebekkah tivesse visto isso – respondeu Daisha, apontando para a garagem. – Essa mulher é cruel e eu não queria que Rebekkah se magoasse.
Byron olhou para ela com uma expressão de perplexidade.
– Por quê?
– Ela cuida dos mortos. Como a última. Protegeria a gente dessa mulher. De você. De tudo.
– Não confio em você – disse ele. – Quando isso chegar ao fim, você terá que ir para a terra...
– Essa, Guia, não é uma decisão sua.

53

—Becky. — Cissy ainda estava com a mão dentro da bolsa, mas ergueu os olhos para ver Rebekkah. — Que surpresa adorável. Você veio me dizer que decidiu me dar a minha herança? Que vai deixar a casa e tudo o mais para os herdeiros legítimos?
— Não. — Rebekkah se aproximou. — Como você pôde fazer isso? Matou sua própria filha, sua mãe...
Cissy sacou de dentro da bolsa uma pistola preta, semiautomática.
— Você acha que vai voltar diferente? Fiquei imaginando o que aconteceria se uma *Guardiã* se tornasse uma Morta Faminta.
Por um momento, Rebekkah continuou parada. Tinha esperanças de que houvesse alguma explicação, alguma verdade capaz de minimizar a maldade de tudo o que Cissy fizera.
— Por quê?
— A Guardiã deve ser uma mulher da família *Barrow*. Coisa que *você* não é. — Cissy apontou a arma para ela. — Você não faz parte da minha família, mas, mesmo assim, aqui está, a nova Guardiã.
— Você vai me matar porque eu não sou filha biológica de Jimmy? — perguntou Rebekkah, boquiaberta. — Você teria matado Ella?
— Ella tratou de fazer isso por conta própria. — O braço de Cissy não tremia. — Devia ter sido eu. *Ela* concluiu que eu não

era boa o bastante, que não conseguiria dar conta dos mortos. Olhe para eles.
– Você não deu conta deles. Você os usou.
Cissy resfolegou.
– Agora eles não são mais pessoas. Que diferença faz?
Rebekkah sabia que não era rápida o suficiente para escapar a uma bala. Não tinha ideia de *como* escolher a próxima Guardiã. Só o que sabia com certeza era que Cissy não era uma opção.
Pensar assim é suficiente?
Só conseguia imaginar uma pessoa para escolher: Amity Blue. Sussurrou o nome, caso fosse necessário pronunciá-lo.
– Amity Blue. Amity Blue é a próxima Guardiã se eu morrer aqui.
– O que você está murmurando? – Cissy deu um passo à frente.
Amity Blue. Quero que Amity Blue assuma essa tarefa.
– Becky? Eu te fiz uma pergunta – disse, apontando a arma para a perna dela.
– Você nunca será a Guardiã – jurou Rebekkah.
Cissy apertou o gatilho.
Nenhum som revelador pôde ser ouvido, e Rebekkah nem chegou a ver o tiro, ou mesmo processar que aquilo acontecera. Simplesmente desabou. Sua perna parecia ter sido espetada por um atiçador de brasa. Pôs uma das mãos sobre a coxa, numa tentativa inútil de conter o sangramento. O sangue escorreu pelos dedos.
– Tentei falar com mamãe, mas – Cissy se agachou ao lado de Rebekkah – ela só tinha olhos para você. Rebekkah. A preciosa *Rebekkah*. Depois que você e sua mãe fugiram, eu pensei que mamãe fosse me escolher, ou uma de minhas meninas... mas sabe o que ela disse?
Rebekkah colocou também a outra mão sobre a perna, apertando a pele para que ficasse unida. Ao fazer isso, a dor

que sentiu turvou sua visão. Engoliu duas vezes antes de conseguir responder.

– O quê?

– Que mesmo se você morresse, não entregaria esse fardo às minhas meninas. – Cissy ficou de pé. Estendeu a mão, ainda segurando a arma. O cano roçou o rosto de Rebekkah. – Acho que foi bom dar o fardo a você. Talvez ela não te amasse, no fim das contas, Becky.

Rebekkah se esticou para agarrar a arma, mas Cissy empurrou a pistola para longe, num gesto brusco.

– Não sou assassina, Becky. Matei uma vez, mas agora eu deixo que eles se matem. Não pretendo me apresentar diante do meu criador com esses pecados na alma.

– Ainda estão na sua alma – sussurrou Rebekkah, com a vaga consciência de que Cissy a observava. Lutou para tirar a camiseta. Qualquer movimento doía, muito mais do que quando levou aquele tiro de raspão na terra dos mortos. *Baleada duas vezes em dois dias.* Ao engolir a saliva para se livrar do gosto amargo na boca, percebeu que mordera tanto o lábio que o sabor acre que sentia vinha do próprio sangue. Não podia desperdiçar. Piscando contra a dor, amarrou a camiseta em volta da perna. Era uma solução grosseira, mas talvez estancasse o sangue.

– Não. "Os pecados dos mortos são de responsabilidade da Guardiã, pois se ela tivesse feito o seu trabalho, eles não estariam livres para causar o mal." Li os diários há muito tempo, mas, quando ela morreu, eu os peguei. Como você não tem os diários de mamãe, queria te informar sobre essa parte. Essas mortes? Todos os ferimentos que ocorreram desde a morte de minha mãe são responsabilidade sua. Muito apropriado que você chegue ao seu fim com essas manchas.

Rebekkah olhou para cima. Mesmo diante da bruma criada pela dor, o puxão em seu peito dizia que alguém, que um Morto Faminto, estava por perto.

Daisha estava parada diante da entrada. Olhava para as duas mulheres, mas Rebekkah não conseguia decifrar sua expressão. Não queria chamá-la, para não alertar Cissy. Olhou mais uma vez para o rosto sem expressão da garota. *Será que se sente atraída pelo sangue? Será que vai me matar como fez com Maylene?*

Depois a garota desapareceu.

Cissy ergueu Rebekkah com brusquidão e meio puxou, meio arrastou a Guardiã em direção a casa.

– Eu não pretendia alimentá-los ainda, mas os planos mudam. Assim que você estiver morta, Liz será a nova Guardiã. É a única que restou. Teresa vai ficar lúcida e forte.

Abriu a porta e empurrou Rebekkah para dentro.

– Por quê? – perguntou Rebekkah. – Você matou sua filha.

– Teresa entendeu. Ela será minha guerreira neste mundo e Liz vai poder me levar até o outro. – O sorriso de Cissy era o de um fanático, de uma mulher cujas crenças representavam tudo, e esse tipo de devoção era algo assustador. – As outras não pensavam. Todos esses anos trabalharam para *ele*, como criadas do sr. M... eu li sobre isso tudo quando era mais nova. Passei horas lendo todos esses diários. Nós o *servimos* e o que ganhamos com isso?

Em meio à dor na perna e às próprias dúvidas, Rebekkah não tinha resposta para essa questão, mas Cissy não estava atrás de uma.

– Todo esse poder. *Dois mundos*, Becky. Apesar disso, cá estamos nós, presos em alguns quilômetros de terra. Ele tem um mundo inteiro. Uma mulher depois da outra se transforma em serva dele. Mulheres da família Barrow. Nós morremos por causa das escolhas dele. Já chega. Não sou uma espécie de criada de um homem morto.

– Você não é a Guardiã.

Rebekkah forçou essas palavras a saírem em meio à dor. Recostou-se na parede e tentou ficar olhando para a tia, mas seus olhos tinham perdido o foco. O desejo de fechá-los lutava contra o medo de que, agindo assim, nunca mais conseguiria abri-los de novo.

Atrás delas, Daisha reapareceu.

– Oi, senhora Barrow.

Cissy virou-se.

– O que você está fazendo aqui?

– Encontrei a Guardiã. Era isso que eu precisava fazer. Me lembro disso... e agora já achei.

– Não quero você na minha casa. – Cissy não recuou, mas sua postura permaneceu tensa enquanto tentava, furtivamente, passar os olhos pela cozinha. – Como você entrou?

– Agora não tem mais barreira em volta da sua casa. Você arrastou ela por cima disso – explicou Daisha, com uma voz bem pragmática.

Rebekkah piscou. Não tinha certeza de qual ameaça era pior: a tia que empunhava uma arma ou a garota morta que matara Maylene. No entanto, se tivesse que escolher, depositaria sua fé na garota. Deu um passo em direção a Daisha e cambaleou. Seus olhos se fecharam de repente.

– Você... – começou ela.

Em menos tempo do que Rebekkah levou para se forçar a abrir os olhos, Daisha já tinha avançado e a segurado nos braços. Segurava-a como se fosse uma criança pequena.

– Ela é para mim?

– Eu ia oferecê-la aos outros, mas – Cissy se afastou – pode ficar para você. Você parece alerta. É consequência de ter comido. Prefiro que eles ainda não estejam alertas.

A porta da garagem se abriu, e Byron atravessou o sal que separava a casa da garagem. Deixou a porta aberta. Os mortos não estavam mais confinados dentro de círculos de sal. Aguardavam do outro lado da linha, na soleira. Byron estava sangrando, mas continuava de pé.

Cissy arregalou os olhos.

– O que você fez?

Byron não lhe deu atenção e caminhou até Daisha.

– Você tem certeza?

– Tire ela daqui. – Daisha entregou Rebekkah para ele. Assim que a soltou, agarrou Cissy. Os movimentos foram tão rápidos que pareceram virtualmente simultâneos.

Byron foi até a sala e colocou Rebekkah no sofá. Levantou um recipiente de plástico que parecia servir para armazenar arroz ou cereal. Depois despejou o conteúdo na soleira entre a cozinha e a sala.

– Daisha! – Rebekkah se esforçava para tentar ficar em pé.

Byron foi até ela para impedi-la.

– Não. Ela vai ficar um pouco mais.

– Você não pode. Ela me *ajudou*.

Rebekkah se contorcia para tentar levantar.

– É escolha dela. Daqui a pouco vou deixá-la sair. Confie em mim.

Depois que ela fez que sim com a cabeça, ele passou pela linha de sal e voltou para a cozinha.

– A gente pode fazer isso de outra forma – disse ele.

– Esse é o preço da minha ajuda, Guia – esclareceu Daisha.

Enquanto Rebekkah observava, Daisha sinalizou para a barreira de sal que impedia os outros mortos de entrarem na cozinha e ordenou:

– Pode remover.

– Montgomery! Você não pode dar ouvidos a ela – implorou Cissy. Parecia apavorada, mas seu medo naquele momento em nada podia contribuir para apagar as coisas terríveis que fizera.

– Byron? – chamou Rebekkah. Ele olhou para ela. – Por favor, faça o que Daisha está pedindo – disse, com uma voz delicada.

Por um momento, ele hesitou. Em seguida, sem deixar de olhar para ela, raspou o pé sobre a linha, removendo a barreira de sal e libertando mais quatro Mortos Famintos na cozinha.

Assim que ele fez isso, Daisha empurrou Cissy para os mortos e se colocou entre eles e Byron.

– Vá.

Ele não perdeu tempo; entrou correndo na sala. Agachou-se para tirar Rebekkah do sofá, mas ela o deteve com a mão e depois olhou de volta para a cozinha.

– Ainda não. Eu preciso – se forçou a olhar para ele – testemunhar isso.

– Não precisa – disse ele, desviando imediatamente o olhar do rosto dela para o ferimento na perna. – Você foi *baleada*. Me deixe te levar para o caminhão e...

– Ainda não – repetiu ela. Lançou os olhos para a cozinha, onde os mortos estavam devorando uma Cissy suplicante e aos gritos. – É *aqui* que eu preciso estar.

Se eles sentenciariam alguém a morrer, ela não se esconderia dessa morte. Aquela visão – os gritos estridentes conforme Cissy ia passando de mão em mão – não seria esquecida com facilidade, mas mesmo assim Rebekkah continuou assistindo à cena.

Aquilo era justiça: os mortos mereciam ser recompensados.

54

Bastaram poucos minutos. Logo Daisha chamou:
— Guia?

No sofá, Rebekkah fechou os olhos. Seu ferimento precisava de cuidados, mas Daisha não sabia como ajudá-la. Tudo o que sabia era que estava disposta a fazer o que fosse preciso para que a Guardiã conseguisse ajuda médica, conseguisse ficar boa e sobreviver.

— Me tire daqui para que a gente possa levá-la até um médico — disse Daisha, apontando para a linha de sal.

Em silêncio, Byron pegou o recipiente com sal que tinha levado para a sala. Ficou a postos.

— Depois do três, hein? Um, dois — ele removeu uma linha de sal —, três.

Ela saiu correndo e ele imediatamente pôs de volta a linha antes que os outros pudessem atravessar.

Olhando nos olhos de Daisha, disse:

— Rebekkah pode até se esquecer de que você é um monstro, mas eu não esqueço. Você continua morta, mesmo sendo diferente deles — murmurou, apontando para a cozinha. — Você é uma assassina.

— Sou, mas ela precisa perdoar a gente. É da natureza dela. — Daisha baixou a voz. — E quanto a você... não acho que se espera que você perdoe.

— Não estou nem aí para o que *esperam* da gente — afirmou ele, de forma rude.

Ela abriu um largo sorriso.

— É? Pois eu também não... porque imagino que não se espera que eu queira ajudar nenhum de vocês dois, mas eu quero.

Ele abriu a boca, mas não disse nada.

— Dê uma ajuda para ela se levantar, Guia. Esses mortos precisam ser levados para aquele abismo embaixo da sua casa.

— Daisha franziu o rosto e saiu da sala. Depois de examinar com pressa o banheiro praticamente vazio, pegou uma toalha grande e foi cortando-a em tiras enquanto voltava para o sofá. Estendeu o curativo improvisado para Byron. — Tome.

Ele aceitou, sem abrir a boca, e de forma delicada enfaixou a perna de Rebekkah. Rebekkah, por sua vez, pegou a mão de Daisha.

— Obrigada — disse ela.

Daisha ficou sem palavras, então apenas assentiu e contemplou o Guia. Uns instantes depois, percebeu que ainda estava segurando a mão da Guardiã e imediatamente soltou-a.

— Você pode me ajudar por mais alguns minutos? — perguntou Rebekkah.

— Claro.

— Preciso colocá-los em segurança, antes de mais nada.

Ela apontou para a cozinha, onde os mortos aguardavam. A maioria olhava para Rebekkah como os leões no jardim zoológico olham para as criancinhas, como se ela fosse uma refeição que eles devorariam caso tivessem a oportunidade. O senhor mais velho parecia diferente. Também não participara do ataque a Cissy.

— Bek, você *precisa* ir até um médico.

A Guardiã voltou a olhar para o seu Guia.

— Eu vou, mas depois que eles forem levados para casa.

Os dois trocaram olhares como se pudessem convencer um ao outro por meio de pura determinação. Daisha preferiu poupar tempo.

– Posso trazer um deles até a linha de sal – disse ela.
– Não. – Byron suspirou. – Você não pode atravessar a linha, e eu não vou ficar abrindo a barreira. Vamos acabar logo com isso, assim podemos buscar ajuda para você. Posso entrar lá e pegar um deles.
– Se você entrar, eles te comem vivo. – Daisha olhou-o por um momento e depois virou para Rebekkah. – Se você me garantir, confio que não vão me prender lá dentro.
– Garanto – prometeu Rebekkah.
– Então ele – Daisha olhou para Byron – pode me colocar ali e depois eu trago um deles até a parede. Tem sal suficiente para desenhar novas linhas. Confio em você.
O Guia torceu o nariz, mas Daisha sabia que o plano dela fazia mais sentido. Byron removeu um trecho do sal de modo que ela pudesse entrar. Assim que entrou na cozinha, ela pegou a mulher morta. Byron injetou nela algo que parecia ser uma espécie de soro salino, deixando-a mole. Enquanto Daisha segurava a mulher, ele foi até o sofá, levantou Rebekkah e carregou-a até a porta.
Com cautela, removeram da cozinha a mulher morta – que naquele momento flutuava – e foram os quatro para o caminhão.
Em silêncio, seguiram para a casa funerária. Depois de estacionar, Byron carregou Rebekkah para dentro. A mulher morta flutuava ao lado dela.
Daisha se recusou a entrar. Ficou aguardando do lado de fora, esperando que voltassem.
Quando a Guardiã voltou, pouco tempo depois, estava mancando mas andava sozinha.
– O que houve? – perguntou Daisha.
Byron não disse nada.
– Está melhorando – respondeu Rebekkah, calmamente.
Diante da resposta, Daisha concluiu que era melhor deixar de lado essa linha de perguntas, então apenas fez que sim

com a cabeça e subiu de volta no caminhão. Repetiram o procedimento até que cada um dos mortos fosse levado ao abismo. A cada vez, o ferimento de Rebekkah parecia melhor. Quando chegaram à funerária com o último Morto Faminto, Byron entrou na casa. Segurando a mão do último morto, Rebekkah ficou do lado de fora. A Guardiã não disse nada e Daisha não estava nem um pouco ansiosa para acelerar o inevitável momento de confronto.

Juntas, permaneciam em silêncio. O resto da cidade dormia, sem saber de nada. Não faziam ideia de que Daisha existia, de que fora assassinada por um homem morto, de que tirara vidas. Enquanto ela rasgava a carne dos corpos vivos, eles ignoravam a situação.

Podia continuar assim. Se ela deixasse, eu poderia ficar aqui.

Cruzou os braços sobre o peito, como se o gesto pudesse conter os arrepios que ameaçavam tomar conta dela. Não olhou para Rebekkah, mas tampouco desapareceu. Rebekkah estava exausta, sozinha e confiante.

Como Maylene ficara.

– Você sabe que também precisa ir – sussurrou Rebekkah.

Daisha não respondeu. Em alguma parte insensata de sua mente, chegara a acreditar que Rebekkah deixaria que ficasse ou que a Guardiã conheceria uma solução para o seu dilema. Não fazia muito sentido, mas também não fazia sentido estar morta e continuar andando por aí.

– Se você não soubesse que chegou a hora, teria fugido enquanto eu levava os outros. Você podia ter fugido. Sei disso, mas – Rebekkah abriu um sorriso profundamente exausto – você esperou.

Daisha olhou para o lado.

– Não é justo. Eu queria *viver* e agora que eu sou *eu*... não quero matar ninguém, mas também não quero morrer.

Suavemente, Rebekkah tocou no ombro dela.

— É lindo o mundo de lá... eu queria... se eu fosse você, não tenho certeza do que faria, mas sei que quero ir para lá. Quero *ficar* lá.

Não foram as palavras e sim o nó na voz de Rebekkah que fez Daisha olhar para ela.

Rebekkah ofereceu-lhe um pequeno sorriso.

— Ainda não posso ficar lá, mas, se pudesse, ficaria. Você *pode*. Não existe tempo naquele mundo nem passado nem presente. Todos os anos existem ao mesmo tempo. Nenhuma comida aqui é tão boa quanto a de lá. Não sei dizer por quê, mas te juro que o que vi de lá não faz daquele um mundo do qual se queira fugir.

— Eu estaria morta.

— Você já está — disse Rebekkah, sorrindo delicadamente.

— Estou com medo. — Daisha não se sentiu tão monstruosa quando Rebekkah a olhou, mas também não queria *acabar*. A ideia de ir para o Inferno ou para o Paraíso, ou seja lá para onde esse abismo levava, não era nada reconfortante.

— Eu sei. — Rebekkah se colocou ao lado dela e estendeu uma das mãos. — Gostaria que você estivesse viva, mas não posso fazer nada quanto a isso. Eu posso te levar para um mundo que se parece com este, mas onde você não vai estar condenada a comer carne humana ou sangue.

Em silêncio, Daisha pegou a mão de Rebekkah e juntas com o último morto desceram as escadas. No depósito, Byron estava esperando. O armário fora aberto e um túnel luminoso bocejava à frente deles.

Daisha estava apavorada.

— Como podemos fazer isso com dois deles? — perguntou Byron.

— Guie a gente — disse Rebekkah. — Eu vou segurá-los e você vai nos guiando.

Daisha apertou a mão de Rebekkah com mais força.

— Se ele não tem certeza, por que devemos ir?

O sorriso de Rebekkah freou o mal-estar da garota.

– Ele se preocupa comigo. Normalmente ele segura a minha mão quando entramos no túnel, mas vai dar tudo certo. Vocês estão indo para onde precisam ir e – ela olhou de novo para o Guia – eu também.

Aproximou-se do senhor mais velho e pegou a mão dele. O homem parecia confuso, mas mesmo assim cooperou.

– Confiem em mim – disse Rebekkah, atraindo a atenção dos três.

– Eu confio, mas acho que precisamos confiar também no seu Guia – disse Daisha, soltando a mão dela. Em seguida, apertou as mãos entrelaçadas do senhor e da Guardiã, de modo que tanto ela quanto o homem morto estavam segurando a mão de Rebekkah.

Com um suspiro de alívio, o Guia entrou no túnel. Tirou uma luz da parede e depois voltou para pegar a mão livre da Guardiã.

– Vem.

Ela aceitou a mão dele e juntos entraram no túnel.

55

As vozes dos mortos sussurravam palavras reconfortantes para Rebekkah conforme ela se encaminhava para a terra deles. O senhor mais velho estendera o braço ao lado, assim Daisha podia andar entre e atrás deles.

Amanhã ela já vai estar em sua nova... vida. Podemos chamar de vida se ela está morta?

Entretanto, as palavras não importavam. O importante é que tudo ficaria em ordem. Os Mortos Famintos estavam sendo levados para o lugar deles, e depois Rebekkah passaria a tomar conta das sepulturas dos mortos de Claysville. Daria a eles palavras, bebida e comida. Cuidaria de suas moradas de forma que não teriam necessidade de acordar. A cidade estava segura.

Saíram do túnel e entraram na terra dos mortos. Dessa vez, Charles estava lá para cumprimentá-los.

Não a nós – a mim.

Byron olhou para o lado e Rebekkah suspeitou de que Alicia também estava esperando.

Tanto o senhor mais velho quanto Daisha soltaram a mão dela. Rapidamente, Rebekkah procurou a mão de Daisha, mas a garota morta se afastou. Não desapareceu, como acontecera com Troy.

– Você a conheceu depois que ela já estava morta – disse Charles. – Ela não é um dos *seus* mortos.

Daisha se pôs à frente de Rebekkah, com o intuito de protegê-la.

– Quem é esse velho?

– Sou o sr. M., menina, e agradeço se você não me chamar de velho – disse Charles, apontando para ela com uma bengala de madeira escura.

O senhor mais velho fez uma saudação a Rebekkah.

– Sua escolta foi de muito valor, senhorita Barrow – declarou ele. Foi embora, rua abaixo, com aprumo e confiante, lembrando a Rebekkah o andar de um homem muito mais jovem.

– E quanto a Daisha? – perguntou Rebekkah.

Com uma expressão austera em relação à garota que permanecia entre eles, Charles disse:

– Suspeito que ela vai ficar muito bem, mas a não ser que eu esteja interpretando mal a presença da senhora Barrow *mais velha* – ele olhou para onde Alicia supostamente estava –, a garota receberá a oportunidade de ser arrastada para as iniciativas detestáveis daqueles que gostam de me frustrar.

Daisha abriu um largo sorriso diante de algo que Rebekkah não pôde ouvir.

– É?

Abraçou Rebekkah de repente e, ao se inclinar, sussurrou:

– Obrigada.

Rebekkah não a soltou de imediato.

– Você vai ter cuidado?

– Vou estar aqui quando você vier. Pode me procurar, se quiser.

– Alicia e eu precisamos tratar de alguns negócios – começou Byron. – Podemos todos acompanhar Daisha e...

– Preciso falar com Charles – interrompeu Rebekkah. – Ele me deve algumas respostas.

– Pois bem. – Charles pôs a mão de Rebekkah na dobra de seu cotovelo. Com a bengala, apontou para uma pequena construção de madeira a alguns passos dali. – Vamos estar no café.

Byron trocou um olhar com Charles.

– Não deixe ela ser baleada dessa vez.

Charles não desviou o olhar.

– Aqueles senhores acabaram compreendendo o erro em suas condutas.

Byron olhou para Rebekkah e, quando ela assentiu, ele saiu junto com Daisha – e provavelmente com Alicia também.

Rebekkah seguiu Charles através de uma passarela de tábuas de madeira, reminiscência de uma cidade fronteiriça. Os passos dela ecoavam conforme caminhava.

– Nada de portas de *saloon*?

Ele ergueu uma das sobrancelhas.

– Isso seria demais, não?

Sem ter a intenção, ela riu.

– Você nunca é pego de surpresa, não é mesmo?

Em vez de responder, Charles abriu a pesada porta, de tábuas de madeira, e foi para o lado, para deixá-la entrar. Lá dentro não havia ninguém. Mesas vazias estavam arrumadas de modo aleatório ao longo do salão. Bem no fundo havia um pequeno palco com um piano e um banco. Cortinas de veludo azul-escuro, grossas mas gastas, estavam deslocadas para o lado, em frente ao palco.

Charles puxou uma cadeira da mesa onde um aparelho de chá de prata, bem fora de contexto, aguardava. Perto dele, havia uma bandeja com sanduíches e bolos. Nos dois lados da mesa estavam dispostos guardanapos de linho dobrados. Apesar do contraste com o que havia ao redor, o chá e a comida pareciam perfeitamente adequados.

E o que eu preciso.

O alívio de se esconder naquele lugar escurecido era ao mesmo tempo inesperado e inegável. Já o ímpeto de chorar era menos inesperado. Rebekkah não saberia dizer se era exaustão, tristeza ou alívio, mas simplesmente não conseguia se conter. Enquanto servia o chá, Charles não reparou nas lágrimas que corriam pelo rosto dela.

– Você perguntou sobre nomes. Quando meu nome se torna conhecido, logo passa ao esquecimento. A palavra não resiste por muito tempo em cérebros de mortais. – Ele se inclinou para trás e olhou para ela. – Nem o meu nome nem o nome do lugar. Conhecê-lo, conhecer a mim, é inevitável. Todo mundo "dança com o sr. M.", mas alguns mortais, como você, já têm uma certa queda pela morte. É assim que você é, e eu não vou deixar as coisas mais difíceis para você dizendo o que você não precisa saber. Me pergunte de novo quando morrer. Aí vou te contar tudo, qualquer coisa, nada.

Ela ficou pensando se valia a pena negar que tinha uma queda em relação à morte. Decidiu que não.

– Então não vou saber o seu nome verdadeiro?

– Gosto de ser chamado de Charles – respondeu, pegando a mão dela.

Ela não se desvencilhou.

– Quanto disso você sabia? Daisha? Cissy? O assassinato de Maylene? E sobre Alicia?

– Sei sobre os mortos quando eles escapam do meu alcance e quando eles estão sob o meu alcance. Eu soube da morte de Daisha e soube que ela acordou.

– Mas Cissy...

– Não estava morta. As ações dela não estavam dentro do meu campo de visão. – Ele virou a mão dela ao contrário e ficou examinando a palma, como se pudesse ler os segredos que continha. – Eu soube da morte de Maylene antes de você saber, mas isso é porque fico sabendo das mortes e não porque era algo que eu poderia ter evitado. Eu a amava, assim como amo você e como amei Alicia e as outras Guardiãs. Você é minha. – A voz dele era suave, mas a expressão ardente em seus olhos era perturbadora. – Você toma conta dos meus filhos. Você cuida deles e os traz para casa, onde ficam a salvo.

– Seus filhos comem pessoas – disse ela, estremecendo. Ali, ao lado dele, sua afeição pelos mortos diminuía. Ali, conseguia sentir o horror do que eles fizeram.

– Apenas quando não recebem cuidados – assinalou ele. – Você os trouxe para cá. Daisha poderia ter ido para além da cidade. Ela estava forte o bastante, mas você a deteve.

– Então isso quer dizer que você vai agir como se eu fosse uma espécie de mãe adotiva para todas as pessoas mortas, uma supervisora dos mortos? – perguntou ela, colocando-se de pé e afastando-se dele.

– Eu nunca tinha formulado desse jeito, mas – ele sorriu beatificamente – sim, funciona bastante bem como resposta. As Guardiãs são sagradas. Tanto aqui quanto lá, vocês estão acima de todos os outros, para mim e para nossos muitos filhos.

– Então aquelas balas na minha primeira visita foram um presente de Dia das Mães? O bote que eles dão, do tipo me-deixe-comer-a-sua-pele, é um abraço, na verdade? – Rebekkah lançou para ele um olhar fulminante. – Acho que não.

– Alguns filhos podem ser indisciplinados, eu admito. Mas você vai cuidar deles e eu vou fazer tudo o que puder para cuidar de você.

Ele abriu um sorriso torto e depois estendeu uma pequena travessa repleta de pequenos sanduíches.

– Isso tudo é muito absurdo – murmurou ela.

Mesmo assim recuperou seu lugar em frente a ele.

Charles parecia satisfeito quando levou um sanduíche aos lábios.

— E quanto a Alicia? — perguntou ela.

A mão que segurava o sanduíche parou de forma quase imperceptível antes que Charles falasse.

— A antiga senhora Barrow é uma dor de cabeça sem fim.

— E?

— E nada. Não há mais nada que eu esteja inclinado a dizer — respondeu, mordendo o sanduíche.

56

Por um breve momento, Charles pensou que Rebekkah aceitara suas respostas, mas ela logo olhou para ele com um ar carrancudo.
– Não.
– Não? – ecoou ele.
– Acabei de sentenciar uma mulher à morte porque ela queria ser uma Guardiã, mas não sua "serva". – Rebekkah balançou a cabeça. – Não assinei nenhum contrato. Estou jogando adivinhe-as-regras, e você está retendo informação. Eu *mereço* algumas respostas, Charles.

Não havia nada que dizia que ele precisava responder, nenhuma regra dizendo que ele deveria revelar suas falhas, mas o fato de viver uma vida eterna o ensinara a julgar as pessoas. Sua Guardiã ficaria mais compreensiva se soubesse a verdade. Para Charles, essa razão era suficiente.

– Certa vez, há quase trezentos anos, uma mulher, Abigail, veio até aqui. Abriu um portão e veio até mim. Uma mulher viva e vibrante entrara em meu domínio. Ela realmente era uma mulher incrível, minha Abigail. Determinada como você. – Ele abriu um pequeno sorriso. – Existem outras terras dos mortos, mas essa aqui ainda era nova.

– Por quê?

Ele acenou com a mão.

– Sobretudo problemas de espaço. Elas ficam cheias. Surgem novas. Eu me encarreguei dessa, na verdade fiquei honrado em fazer isso. Não sou a única face da Morte, minha querida, mas em algum lugar anterior à memória, eu fui outra coisa. Sei disso. O nada ganhou forma.

— Ah...

— Isso deixa um homem — ele ofereceu a ela um sorriso autodepreciativo — ávido para se provar, suponho. Eu tinha meu novo espaço, novos mortos e era arrogante. Eu me apaixonei por ela. Sei que parece ridículo, mas sair do nada para me tornar um ser funcional pode ser vertiginoso. Abigail me enganou, então, quando me pediu para visitar o outro mundo, e eu disse sim.

Charles tentou avaliar a reação de Rebekkah, mas ela estava calada e enigmática, então ele continuou.

— Uma vez que o caminho estava aberto, outros também voltaram. Diferentemente de Abigail, eles estavam mortos. Eles devastaram a população, praticamente dizimando a jovem cidade, e Abigail começou a arrastá-los de volta para cá. Eu não posso ir até lá, não podia ajudá-la de nenhuma forma útil, então estabeleci um acordo com a cidade. — Ele respirou fundo e olhou fixo para Rebekkah. — Eu não podia remover o portão, mas podia dar à cidade outras coisas, salvaguardas para ajudar a manter o mundo seguro, em geral, proteções para que pensassem que a mudança, que o portão, era ação *deles*. Se soubessem que Abigail tinha culpa por abrir a porta, a teriam matado, e então os meus mortos acabariam com eles. Precisava protegê-la.

— Então você mentiu — disse Rebekkah, baixinho.

— Fiz um acordo — corrigiu ele. — Se ela morresse, todos eles teriam morrido. Aquele mundo, Claysville, teria se tornado uma extensão desse aqui, no fim das contas.

Ele não recuou diante do julgamento de Rebekkah. Apenas ficou esperando.

— E Abigail? — provocou ela.

— Ela encontrou um homem, um homem vivo, que a protegeu.

— O primeiro Guia — murmurou Rebekkah.

Charles fez que sim com a cabeça.

— Eles ajudaram a fazer o contrato com a cidade. A consequência disso é que existem novas Guardiãs e Guias que seguem os passos deles.

— Porque você cometeu um erro.

— Porque me apaixonei — admitiu ele.

Sem olhar para trás, Rebekkah soube que Byron entrara no salão. A expressão suplicante de Charles deu lugar a um sorriso forçado.

— Ser amado dessa forma tem um encanto, não é mesmo?

— Você sabe que vou contar a ele, não sabe? — disse ela.

— Claro. — Charles sorriu. — Mas quando somos mais velhos que o pó, aprendemos a sentir prazer onde ele é oferecido.

— Ninguém está oferecendo — disse Byron, com uma voz mais exausta do que irritada. Puxou uma cadeira, girou-a ao contrário e se sentou.

Lançando um ar de satisfação para os dois, Charles estalou os dedos. Ward apareceu com uma garrafa empoeirada de uísque em uma das mãos e copos na outra.

— Bebida?

Byron fez que sim com a cabeça, e Ward o serviu.

— Rebekkah? — perguntou Byron.

— Não, obrigada.

Ela ficou observando, perplexa, enquanto Charles e Byron examinavam um ao outro.

— Vou voltar para ler o contrato — avisou Byron.

— Os do seu tipo sempre voltam — rebateu Charles, em uma cadência estranha, como se a conversa fosse rotina.

— Não sou apenas um tipo.

Byron pegou o copo.

Charles levantou o dele.

— Vocês sempre têm essa esperança.

Os dois esvaziaram os copos, e então Charles baixou o dele, esticou o braço através da mesa e pegou a mão de Rebekkah.

– Até a próxima, minha querida. Por favor, saiba que você sempre é bem-vinda.

– Sei disso.

– Que bom. – Charles beijou a mão dela e ficou de pé. Depois desviou a atenção para Byron. – Você está convidado a vir examinar o contrato quando quiser.

Byron inclinou a cabeça, mas não se levantou.

– Nunca vou gostar de você, não é?

Charles deu de ombros.

– Essa é a natureza dos nossos papéis. Eu vou lembrar a Rebekkah sobre o mundo que ela poderia dominar aqui, e você – por um instante, a expressão dele foi de pena – vai fazer tudo o que puder para lembrá-la de que a vida é para os vivos. – Depois, olhou para ela. – E nós dois vamos tentar mantê-la a salvo dos mortos quando ela esquecer que eles são perigosos.

Ward cruzou o salão e abriu a porta. Charles foi atrás.

– Diferentemente de Alicia, eu não mantenho uma linha de crédito. O uísque é um presente. Sem compromisso.

Logo em seguida, ele foi embora.

Após um momento de silêncio, Byron se levantou. Inclinou-se e puxou Rebekkah em seus braços para um beijo demorado.

– Vamos para casa – disse ele.

Apesar de tudo o que sabia, Rebekkah ainda sentiu uma pontada de dor, um sentimento de perda, ao deixar Charles e a terra dos mortos. Gostasse ou não, o fato é que *pertencia* aos dois mundos. Não mantinha a ilusão de que Charles era *totalmente* digno de confiança, mas acreditava e confiava nele. *De modo geral.*

Não soltou a mão de Byron quando ele recolocou a tocha no suporte da parede e abriu o armário do outro lado do túnel. Continuou agarrada a ele ao cruzarem o depósito e seguirem pelo corredor. Ele largou a mão dela apenas para trancar a porta e, logo depois, ela já pegou a mão dele de volta.

Com um silêncio tranquilo que ela jamais conhecera, subiram as escadas. Rebekkah aceitou a ajuda dele para colocar a jaqueta e o capacete, e os dois aceleraram noite adentro em cima da Triumph. Não havia dúvidas de para onde iriam – e ocorreu a Rebekkah que ela nunca vira o apartamento dele, e provavelmente não o veria até que ele o deixasse. A casa funerária agora era a casa dele. *De novo*. Assim como a casa de Maylene agora era a casa dela. *De novo*. Ambos estavam onde deveriam estar, para onde foram encaminhados durante grande parte da vida.

Mais tarde, contaria a ele sobre a história de Charles, mas naquele momento queria deixar isso tudo de lado. A paz que procurara era dela. Sentira isso naquele dia mesmo, quando resgatou os mortos, quando viu Daisha começar bem uma nova vida e quando viu Cissy se encaminhar para o merecido fim. Aquela era a sua vida, e Byron estava destinado a fazer parte dela.

Sempre estivera.

Enquanto vagavam de moto, ela apreciava a conexão com ele, com a cidade. Quando ele parou em frente à casa, ela desceu da moto e tirou o capacete.

– Eu te amo, você sabe.

– O quê? – Ele se levantou, segurando o capacete.

– Eu te amo – repetiu ela. – Isso não significa que estou te pedindo em casamento nem oferecendo ter filhos. Não estou, mas te amo de verdade.

Ele envolveu o rosto dela com a mão que estava livre. Com o polegar, acariciou sua pele.

– Não tenho certeza de ter sugerido casamento ou filhos.

– Ótimo – respondeu ela, sorrindo. – Achei que já estava na hora de admitir essa questão do amor. Não sei se...

Ele a beijou suavemente.
– Não sei se algum dia vou estar pronto para ter filhos. Isso... o que nós somos... não quero...
– Eu sei. – Ela pensou na carta que Maylene escrevera, sobre a inveja de Cissy, sobre a morte de Ella. – Eu também não. Pegou a mão dele e juntos entraram na casa. Subiram as escadas e apagaram as luzes.

REBEKKAH ACORDOU QUANDO O SOL ESTAVA NASCENDO E SE DIRIGIU para o primeiro cemitério da lista. Ajoelhou-se diante da lápide e plantou uma pequena roseira amarela. Em seguida, bateu a terra que tinha nas mãos e tirou uma garrafinha de dentro da bolsa.
– Agora eu estou aqui, Maylene – sussurrou. Acariciou a parte de cima da lápide. – Você se lembra de quando a gente plantou nosso primeiro jardim juntas? Ervilhas, cebolas e ruibarbo. – Fez uma pausa diante da recordação, deixando a doçura da lembrança preenchê-la. – Você, eu e Ella... sinto falta dela. Ainda sinto falta. De Jimmy. De você...
As lágrimas escorriam pelo rosto de Rebekkah. Não havia como apagar a dor que sentia por dentro, mas ficava aliviada por saber que Maylene partira para uma outra vida, em outro mundo, onde poderia estar com o resto da família.
Terminou de fazer as rondas pelo cemitério, parando para limpar a sujeira acumulada nas lápides, despejar um pouco de bebida no solo e pronunciar suas palavras. Era o primeiro cemitério na agenda do dia, mas nem por isso ela tratou com menos cuidado nenhum dos residentes da lista.
Olhou por um instante para o céu iluminado e colocou a garrafa dentro da bolsa quando o viu. A calça jeans dele estava desbotada e gasta; a mochila pendurada nos ombros parecia já ter visto dias melhores; e a barba por fazer denunciava que saíra às pressas.

– Você acordou cedo – constatou ela, quando ele se colocou ao seu lado.

– Bom-dia – disse Byron, depois de beijá-la.

– Oi. – Ela enroscou os braços em volta dele e gostou de ser acalentada por um momento. – Pensei em vir logo trabalhar para que a gente depois tentasse sair ou... quer dizer, pensei... – Ele abriu um sorriso largo.

– Então você queria deixar a noite livre para mim?

– É – respondeu ela, cutucando-o no peito. – Não acho que alguns passeios de moto ou viagens a lugares exóticos com pessoas mortas contem como encontros. Também quero fazer coisas normais. Cozinhar...

– Eu tinha planejado preparar o café da manhã, mas você não estava mais lá – disse ele, sem acrescentar que ficou em pânico quando viu que ela saíra, mas já haviam enveredado por essa trilha tantas vezes que ela sabia exatamente o que ele sentira.

– Deixei um bilhete na mesa.

Ele parecia envergonhado.

– Claro. Eu sei...

– Você não viu.

– Apanhei algumas coisas e vim te encontrar e... – As palavras dele foram sumindo e ele pegou as mãos dela. – Você tem o hábito de fugir.

– Eu *tinha* o hábito de fugir – corrigiu ela.

– Tem certeza?

– Tenho. Eu te amo, e você parece louco o bastante para me amar também, então... se você ainda quiser...

Ele a emudeceu com um beijo.

Estar com Byron sempre fora certo, tanto que ela nunca considerou outra pessoa por mais de um instante, mas admitir essa verdade fez com que sentisse um alívio familiar assim como uma nem tão familiar felicidade.

– Então, tudo bem. – Ela se afastou – Me deixe voltar ao trabalho.

Ele franziu o rosto.

– Em algum lugar está escrito que eu não posso ir junto para ajudar?

– Não – respondeu, encarando-o. – Você quer passar o dia perambulando por cemitérios?

– É onde você vai estar?

– Bom, é.

– A não ser que eu receba alguma ligação, não vejo por que eu precisaria ou *teria vontade* de estar em outro lugar – disse, entrelaçando os dedos aos dela. – Não vou trabalhar com você todos os dias, Bek, mas de vez em quando...

Ele deu de ombros.

Por um momento, Rebekkah ficou parada, preparando-se psicologicamente para o medo de se sentir aprisionada, a preocupação de muitos laços de envolvimento, mas o pânico habitual estava ausente. Pela primeira vez desde que deixara Claysville, sabia onde era seu lugar.

Ali. Com Byron. Cuidando dos mortos.

EPÍLOGO

R EBEKKAH ABRIU OUTRO DIÁRIO QUE RESGATARA DA CASA DE CISSY e começou a ler.

William me diz que viu Alicia de novo. É besteira da minha parte sentir inveja, mas sinto. As Guardiãs não podem ver os seus, e eu aceitei isso. Depois que entendi os jogos de Charles, percebi que algumas das regras são para nossa própria proteção – e não só dele. Não quer dizer que eu goste delas. Às vezes me canso dos segredos. Fico farta de me sentir tão sozinha. É tentador ir até lá, ficar do outro lado e me deixar resvalar para aquele mundo, para ver se a vitalidade dos mortos continua a existir quando eu também for um deles.

Mas não posso.

Por enquanto permaneço por aqui, sabendo que minha família foi devastada pelo fardo que Alicia passou adiante para minha mãe. Fico aqui sabendo que ela não vai responder minhas perguntas se eu fizer com que William as leve até ela. Tentei mandar uma carta, mas o envelope desapareceu quando ela o tocou.

Será que fica mais fácil? Será que algum dia o fato de saber que passamos essa herança para alguém que amamos deixa de doer? Tenho algumas perguntas. Faço o que faço. Vivo a minha vida por essa cidade e faço isso sabendo que o que faço é por amor à minha cidade e à minha família – mesmo tendo consciência de que isso também os destruirá.

A criança que eu mais amar, a que achar mais forte, será também a que vou escolher.

Às vezes odeio Charles. Odeio Alicia. Odeio minha própria mãe. Mesmo assim, vou fazer o que é minha obrigação, e espero que a minha neta me perdoe.

Rebekkah concluiu que poderia ter escrito esse trecho, que poderia ter escrito vários dos trechos que estavam nos diários guardados pela avó para ela. Neles repousavam as respostas que vinha procurando. Não estava sozinha. Apesar de aquelas que escreveram essas palavras já terem morrido, ainda permaneciam ali, ao seu lado, mesmo ausentes.

Em vez de continuar lendo, virou a última página do diário mais recente e começou a escrever: "Daisha foi a primeira garota morta que conheci..."

Impressão e Acabamento:
GRÁFICA STAMPPA LTDA.
Rua João Santana, 44 - Ramos - RJ